D1352245

Yasmine Galenorn vit aux États-Unis où sa série *Les Sœurs de la lune* est un best-seller. Elle et son mari ont changé leur nom de famille pour Galenorn, un terme inspiré du *Seigneur des Anneaux* et qui signifie « arbre vert ». En revanche son mari s'appelle Samwise et c'est son vrai prénom !

Yasmine est considérée comme une sorcière accomplie au sein de la communauté païenne. Elle collectionne les théières, les dagues, les cornes et les crânes d'animaux et cultive une passion pour le tatouage.

www.milady.fr

Yasmine Galenorn

Dragon Wytch

Les Sœurs de la lune – 4

Traduit de l'anglais (États-Unis) par Cécile Tasson

Milady

Milady est un label des éditions Bragelonne

Titre original : *Dragon Wytch*
Copyright © 2008 by Yasmine Galenorn

Illustration de couverture :
© Tony Mauro

ISBN : 978-2-8112-0258-3

Bragelonne – Milady
35, rue de la Bienfaisance – 75008 Paris

E-mail : info@milady.fr
Site Internet : http://www.milady.fr

À tous les hommes sensuels
Qui nous font rêver de chevaliers noirs
Dans un jardin jonché de pétales de roses et de ronces.

Remerciements

Merci à mon mari qui m'inspire de bien des façons. À mon agent, Meredith Bernstein et à ma correctrice, Kate Seaver. À l'artiste qui s'occupe de mes couvertures, Tony Mauro, et dont les dessins font prendre vie à mon monde. Merci aux Witchy Chicks, les meilleures blogueuses de la toile, qui sont devenues ma famille virtuelle. Et merci aussi à tous mes amis qui m'ont soutenue durant les bons et les mauvais moments de ma carrière.

Merci à mes chats, les filles Galenorn. À Ukko, Rauni, Mielikki et Tapio, mes gardiennes spirituelles.

Merci à mes lecteurs, nouveaux comme anciens. Votre soutien m'aide à entretenir mon amour pour l'écriture.

Retrouvez-moi sur Internet sur Galenorn En/Visions : www.galenorn.com (site en anglais) ou écrivez-moi (voir mon site web ou mon éditeur). Si vous voulez une réponse, n'oubliez pas de joindre une enveloppe timbrée avec vos nom et adresse.

« Jeu de pouvoir : tenter de prendre l'avantage en manifestant sa force et sa supériorité, par exemple dans une négociation ou dans une relation. »

Microsoft Encarta 2006

« Le secret de la réussite, c'est d'apprendre à se servir de la douleur et du plaisir au lieu de les laisser vous guider. Si vous suivez ce conseil, vous contrôlerez votre vie. Sinon, c'est la vie qui vous contrôlera. »

Tony Robbins

Chapitre premier

Il y avait de la poussière de lutin dans l'air. S'infiltrant par-dessous la porte du *Croissant Indigo*, elle venait me chatouiller le fond de la gorge. Aucun doute possible : elle ne ressemblait à aucune autre magie Fae. Elle scintillait sur le plan astral, suspendue entre deux réalités. Pas tout à fait solide, ni tout à fait immatérielle. Pourtant, cette magie avait plus d'effets sur les humains et leur environnement que sur n'importe quoi d'autre.

Étrange. Si je pouvais la sentir à l'intérieur, ça signifiait qu'elle provenait d'un lutin puissant. Outremondien, si je ne me trompais pas. De toute façon, aucune fée terrienne n'avait approché la boutique depuis son ouverture. Du moins, pas à ma connaissance. En général, les créatures surnaturelles m'évitaient parce que j'étais à demi Fae, mais surtout parce que j'étais une sorcière. Dans tous les cas, elles ne me faisaient pas confiance.

En Outremonde, certaines sorcières capturaient des lutins pour leur voler leur poussière. Ils n'étaient pas blessés, mais leur *ego* en prenait un coup. Surtout lorsque les ravisseurs revendaient leur butin pour des sommes à faire ciller un leprechaun. Bien sûr, les lutins, eux, ne percevaient rien et certains attaquaient les revendeurs avec succès... mais la plupart se contentaient de nous éviter.

À vrai dire, je ne leur faisais pas confiance non plus. Les lutins adoraient planter la merde sur leur passage. En général, ils n'étaient pas dangereux, du moins, pas autant que les gobelins, mais il ne fallait pas les sous-estimer.

Je finis de compter la recette et rangeai la caisse dans un coffre sous le dernier tiroir de mon bureau. Encore une journée calme. Le mois n'avait pas été bon pour le *Croissant Indigo*. Soit les gens lisaient moins, soit je n'avais pas assez de nouveautés à leur proposer.

J'attrapai mon sac et mes clés. Ma sœur, Delilah, était déjà partie. Son bureau de détective privé se trouvait au-dessus de la boutique, mais elle avait été sur le terrain toute la journée. Elle n'y avait fait qu'un saut ce matin pour vérifier ses messages.

Après m'être assurée que tout était à sa place, j'enfilai une capeline légère. J'avais un penchant pour les bustiers, les caracos et les jupes en mousseline qui ne faisaient pas bon ménage avec la météo de Seattle. Tant pis. Pas question de changer de style à cause de quelques nuages menaçants.

Malgré l'approche du printemps, le temps était encore frais et couvert. De gros nuages gris lourds de pluie étaient arrivés de l'océan, déversant leur cargaison sur les routes et les trottoirs.

Naturellement, partout dans la ville, des bourgeons ornaient les arbres et la mousse embaumait une odeur riche de terreau, mais nous étions encore loin du printemps d'Outremonde. Là-bas, à cette période de l'année, l'or ruisselant du soleil couchant envahissait le ciel crépusculaire indigo, telle une aquarelle. La douceur de l'air invitait les hirondelles nocturnes à chanter tous les soirs et le parfum des terebells embaumait les jardins autour de notre maison.

Nostalgique, je soupirai. Les souvenirs étaient tout ce qui nous restait. J'enclenchai le système de sécurité et verrouillai la porte. Fatiguée ou non, je devais découvrir d'où provenait la poussière de lutin. Si un groupe s'était installé dans le quartier, toutes les boutiques seraient dans de sales draps.

Tandis que je me tournais vers le trottoir, un hennissement attira mon attention, me faisant oublier toute idée de courir après les lutins. Je me figeai. Qu'est-ce que…?

Une licorne avançait dans ma direction. Elle dépassa *Le Deli de Baba Yaga* qui avait ouvert juste à côté de ma librairie, puis s'arrêta si près de moi que je pouvais sentir son souffle sur mon visage.

—Bonsoir, dame Camille, me salua-t-il, car il s'agissait d'un mâle, en inclinant nonchalamment la tête.

Perplexe, je me demandai si la fatigue ne me jouait pas des tours. Mais non, il était toujours là. Son manteau brillait de ce blanc lumineux et soyeux propre aux créatures magiques. Ses yeux étincelaient d'intelligence et sa corne était dorée. Plus que son anatomie, ce détail prouvait qu'il s'agissait d'un mâle. Les licornes femelles possédaient des cornes argentées.

Plus je l'observais et plus il me semblait sortir tout droit d'une pub pour un parfum. Le genre où l'on n'était pas vraiment sûr de quel produit il s'agissait jusqu'à ce que le flacon apparaisse à l'écran et que la voix off sorte une formule ringarde du genre: «Laissez-vous emporter par la magie.»

Je clignai des yeux.

Non, toujours là. M'éclaircissant la voix, j'étais sur le point de lui demander ce qu'il faisait dans les rues de Seattle lorsqu'un bruit attira mon attention. J'aperçus alors un gobelin, un Fae et un ogre surgir d'une allée avoisinante et s'approcher de nous. Ils n'avaient pas l'air content.

Ça me rappelle une blague. Un gobelin, un Fae et un ogre entrent dans un bar et ils rencontrent une belle serveuse à forte poitrine…

Je m'arrêtai à mi-chemin de ma blague. En quelques secondes, la situation était passée de «Qu'est-ce qui se passe ici?» à «Oh non, ils n'ont pas l'intention de faire ça quand même?».

Le gobelin visait la licorne avec une sarbacane.

—Livre-nous le lutin, Feddrah-Dahns, ou tu es mort! cria l'ogre d'une voix gutturale, en calouk, la langue commune des citoyens d'Outremonde.

Il mangeait ses mots, mais la menace était claire.

Merde! Si les licornes étaient des créatures belles et dangereuses, les gobelins, eux, étaient dangereux et stupides. Sans réfléchir, je fermai les yeux et me mis à prononcer une incantation. Mes doigts fourmillèrent tandis que l'énergie se déversait en moi, en une rafale épaisse, puisée dans les courants d'air qui soufflaient vers le nord-est. En sentant la force onduler à l'intérieur de mes bras, je me concentrai pour former une boule entre mes mains avant de la lancer sur le gobelin.

Pitié, faites que ma magie ne me laisse pas tomber maintenant, priai-je silencieusement. À cause de mon sang mi-Fae, mi-humain, mes sorts avaient tendance à mal tourner. Court-circuit ou manque de chance, je ne pouvais jamais prévoir s'ils allaient marcher, s'ils allaient avoir l'effet escompté ou si, au contraire, ils allaient partir à cent km/h comme un train incontrôlable. Cette année, j'avais déjà saccagé une chambre d'hôtel en jouant avec les éclairs et la pluie. Alors, je n'avais pas envie de détruire la rue et de me mettre à dos le quartier.

Cette fois, la Mère Lune fut de mon côté et le sort tint bon. Le projectile frappa le gobelin en plein torse, le faisant tomber en arrière avant qu'il ait pu se servir de sa sarbacane. Cependant, le sort ne s'arrêta pas en si bon chemin. Après avoir mis le gobelin KO, la boule ricocha sur la devanture de la librairie et fonça sur l'ogre, l'envoyant valser sur le trottoir comme une canette vide un jour de vent.

Observant le chaos que j'avais réussi à créer en quelques secondes, je me sentis gênée et extrêmement fière à la fois. Je devenais plutôt douée! D'habitude, j'avais du mal à invoquer une telle force, surtout avec la magie du vent. Peut-être que les pouvoirs d'Iris déteignaient sur moi.

—Aïe! criai-je en sentant la brûlure d'un fouet sur mon bras. (La douleur intense me sortit de mon autocongratulation.) Putain, ça fait mal!

Je me retournai pour voir le Fae m'observer, fouet à la main.

—Non merci, ce genre de jeu ne m'intéresse pas, lui dis-je en avançant de quelques pas.

Mieux valait se concentrer sur le moment présent. Après, j'aurais tout le temps pour me féliciter. Ramenant le fouet à lui, il s'humecta les lèvres. *Beurk*. J'avais l'impression qu'il tirait un peu trop de plaisir de la situation.

Apparemment, la licorne avait décidé de prendre part à la bataille. Corne en avant, le bel étalon s'élança vers nous au galop, transperçant le Fae à l'épaule et l'envoya voler deux mètres plus loin. L'homme s'effondra sur le bitume, criant et saignant comme un cochon qu'on égorge.

Le carnage continua lorsqu'une voiture qui apparut au coin de la rue dans un crissement de pneu fonça sur l'ogre. «Flac». Aussi plat qu'un pancake. La Porsche, du moins ça y ressemblait, s'enfuit sans me laisser le temps de relever son numéro d'immatriculation.

Tant pis. L'ogre ne m'aurait pas réservé un meilleur sort, alors pas question de m'apitoyer sur le sien. Je me retournai vers le champ de bataille.

—Bon…

Il n'y avait pas grand-chose à dire. Des créatures magiques ne se faisaient pas écraser tous les jours devant ma librairie.

Quand la licorne s'approcha de moi, je levai la tête et me retrouvai hypnotisée par les couleurs tourbillonnantes de ses yeux. Joli. Très joli. Mais il n'avait pas l'air très content, lui non plus.

—Vous devriez appeler un agent de police, dit-il, légèrement inquiet en désignant l'ogre aplati. Quelqu'un risquerait de se blesser en glissant dessus.

Il n'avait pas tort. Le trottoir ressemblait à une scène de *Pulp Fiction* ou de *Crazy Kung-fu*. Je savais déjà ce qu'allait dire Chase. Il allait adorer mon appel. Il avait beaucoup de boulot ces derniers temps, sans compter qu'il devait faire croire à tout le monde que nous répondions toujours à l'OIA, la CIA outremondienne, alors que nous avions pris notre indépendance. Nettoyer après le passage de trois affreux n'était sûrement pas dans ses projets.

Je soupirai bruyamment.

—Vous avez sûrement raison. Venez donc à l'intérieur avec moi pendant que je passe un coup de fil, proposai-je en lui montrant la boutique.

—Très bien, répondit-il en haussant les épaules autant que son corps de licorne le lui permettait. Vous n'auriez pas quelque chose à boire, par hasard ? J'ai soif et je n'ai trouvé aucune fontaine dans le quartier.

—Bien sûr, je vais vous apporter de l'eau. Au fait, je m'appelle Camille. Camille D'Artigo. Je suis originaire d'Outremonde.

Déverrouillant la porte, j'éteignis également le système d'alarme que je venais d'enclencher.

—C'est plutôt évident, lança-t-il d'une façon qui me fit tiquer. (Je me rendis alors compte que nous ne parlions pas en anglais, mais en Melosealfôr, un rare dialecte crypto que toutes les sorcières liées à la Mère Lune apprenaient lors de leur apprentissage.) Je sais qui vous êtes. Vous ne passez pas inaperçue, ma chère. Comment allez-vous ? Je m'appelle Feddrah-Dahns.

—Feddrah-Dahns ? Vous venez sûrement de la vallée du saule venteux !

Son nom me disait quelque chose, mais je n'arrivais plus à mettre le doigt dessus. En revanche, je savais que le patronyme des licornes de la vallée du saule venteux était Dahns. Cet endroit grouillait de Cryptos. D'après certaines rumeurs, des hordes de chevaux à cornes envahissaient ses plaines, des nomades qui migraient à travers la vallée pendant les mois estivaux.

—Vous êtes douée en géographie, Camille D'Artigo.

—Oui, enfin… Et le lutin? Où est-il passé? J'ai senti de la poussière un peu plus tôt.

—J'espère qu'il va bien. Il a repris à l'ogre quelque chose qui m'appartient. Techniquement, il récupérait simplement un objet volé, mais les trois complices ne l'ont pas vu de cette façon, expliqua Feddrah-Dahns en clignant de ses jolis cils.

Je lui adressai un grand sourire.

—Les voleurs comprennent rarement le concept de propriété, qu'ils soient humains ou ogres.

J'ouvris la porte aussi grand que possible pour laisser entrer la licorne qui franchit prudemment le seuil, la tête baissée. Ses yeux pétillaient de curiosité. La vie à Seattle était peut-être morne et humide, mais jamais ennuyeuse. Personne n'aurait pu me faire croire le contraire.

Chapitre 2

Le Fae blessé avait réussi à s'échapper en rampant avant l'arrivée de Chase. Il avait laissé une traînée de sang derrière lui qui menait à la ruelle derrière la boutique. J'y avais jeté un coup d'œil, mais il faisait trop sombre pour en voir le bout et je n'avais pas l'intention de m'y aventurer seule. Chase et ses hommes s'en chargeraient.

Toutefois, je décidai de porter le gobelin inconscient à l'intérieur, dans la pièce à côté de mon bureau. Il puait, ce qui était dégoûtant, et ses vêtements étaient sales, ce qui était encore pire. Quoi qu'il en soit, je le ligotai dans le fond à l'aide de ruban adhésif. Pendant que je lui attachais les poignets et les chevilles, il se réveilla et m'adressa un regard assassin.

Sans lui laisser le temps de parler, je lui collai un morceau de Scotch sur les lèvres. Contrairement à son regard, ses paroles pouvaient me tuer. Les gobelins ne savaient pas tous utiliser la magie. En revanche, ils étaient tous de fieffés menteurs.

L'ogre, lui, ou du moins, ce qu'il en restait, pouvait demeurer où il était. Pas question de nettoyer un tel massacre en portant des vêtements en velours et dentelles.

Dix minutes plus tard, Chase était adossé au comptoir, les yeux rivés sur la licorne, tandis que Sharah et Mallen récuraient le trottoir. Malgré l'air nauséeux qu'ils affichaient, aucune plainte ne franchit leurs lèvres. Chapeau.

Feddrah-Dahns buvait de l'eau dans un seau que j'avais trouvé dans l'arrière-boutique. Comme Iris s'en servait pour le ménage, je l'avais rincé avant de le remplir à la fontaine à eau. Il paraissait aussi songeur que toutes les licornes que j'avais rencontrées. C'est-à-dire très peu, même en Outremonde. En général, elles préféraient rester entre elles.

En voyant la porte ouverte, des habitués de la boutique qui passaient par là entrèrent pour voir si tout allait bien. Stupéfaits, ils encerclèrent presque aussitôt l'animal à corne, comme s'il s'agissait d'un dieu.

En y réfléchissant, il s'en approchait un peu. Les portails n'intéressaient pas beaucoup les licornes outremondiennes, tandis que les espèces terriennes vivaient en retrait. Étant donné leur place privilégiée dans les légendes et mythologies humaines, il n'était pas étonnant que les gens lui ouvrent immédiatement leurs cœurs.

L'air ébahi, Henry Jeffries, l'un de mes meilleurs clients, caressa doucement la crinière qui tombait dans la nuque de la licorne. Levant les yeux vers lui, Feddrah-Dahns hennit légèrement. Aussitôt, Henry se rapprocha de moi et se passa une main sur les yeux. Il semblait au bord des larmes.

— Je ne pensais pas vivre pour voir ça. Vous croyez que M. Beagle a réellement rencontré une licorne ? me demanda-t-il.

Je fronçai les sourcils. Je doutais que Peter S. Beagle ait croisé une de ces créatures avant d'écrire *La Dernière Licorne*, mais je me trompais peut-être.

— Je ne sais pas, Henry. C'est difficile de se faire une idée.

Il me rendit mon sourire avant de se retourner vers Feddrah-Dahns.

— Camille ? Camille ? Tu m'écoutes ?

— Hein ? dis-je en faisant volte-face. (Chase m'avait parlé en même temps qu'Henry.) Désolée. Qu'est-ce que tu disais ?

Il soupira.

— C'est le troisième Crypto que l'on me signale depuis ce matin.

Même s'il s'était calmé depuis notre première rencontre, Chase restait un charmeur. C'était aussi un excellent inspecteur. Au début, je le détestais, pourtant j'avais fini par vraiment l'apprécier… du moment qu'il gardait les yeux en dehors de mon décolleté. Oh, bien sûr, de temps en temps, son regard s'aventurait vers des territoires interdits et il sentait toujours les tacos au bœuf épicé mais, au moins, maintenant, il était un peu plus poli. Et surtout, il n'empestait plus le tabac. Ma sœur Delilah l'avait forcé à porter des patchs. Il s'en sortait plutôt bien. Les seules fois où il avait rechuté, elle avait refusé de l'embrasser ou de le toucher.

— À ta façon de présenter les choses, on dirait qu'ils se sont échappés du zoo, remarquai-je en soupirant. Chase, chéri, il faut que tu arrêtes de penser que l'intelligence est réservée aux bipèdes.

Il ricana.

— Tu ne peux pas m'en vouloir, femme. Tu viens d'Outremonde. Tu es demi-Fae. Tu n'habites ici que depuis… un an, c'est ça ? Et les portails, eux, ne sont ouverts que depuis quatre, peut-être cinq ans ?

— C'est à peu près ça, acquiesçai-je.

— Pendant ces quelques années, un certain nombre de Fae ont débarqué sur Terre et les créatures surnaturelles terriennes se sont révélées au grand jour. Mais c'est la première fois que nous avons affaire à des Cryptos. Du moins, autant que je m'en souvienne. Alors pourquoi sont-ils partout tout à coup ? Il y a eu des dizaines de rapports à Portland et à Washington. D'après toi, qu'est-ce que ça signifie ?

Je devais admettre qu'il avait tous les droits de s'inquiéter. Même si les Fae n'étaient pas encore très nombreux aux États-Unis et que nous avions tendance à nous installer sur la côte ouest, notre présence n'était plus aussi remarquable que lors de l'ouverture des portails interdimensionnels par l'OIA.

Depuis la réinstallation des systèmes de communication entre les deux mondes, abandonnés lors de la Grande Séparation, nous étions mieux acceptés par la société humaine. De plus, récemment, les créatures surnaturelles terriennes prenaient de l'importance.

Après la première phase de choc, on nous avait accueillis à bras ouverts. Pour la plupart. Certains groupes extrémistes pensaient que nous étions le mal incarné et se voyaient déjà embraser notre bûcher. Cependant, nous ne faisions pas attention à eux. Après tout, l'intolérance existait partout. Impossible de l'endiguer totalement.

Les Cryptos, en revanche… Il n'était pas étonnant qu'on se retourne sur leur passage, mais leur apparence n'était pas le problème.

—Ce n'est pas ce qui m'inquiète, Chase. Je crois que tu devrais reformuler ta question.

Il se mordilla la lèvre.

—OK, dis-moi quelle est la bonne question et ce que leur présence signifie. En bien ou en mauvais.

—D'accord, répondis-je en fronçant les sourcils. Qu'est-ce que tu penses de ça : une licorne qui se promène dans les rues de Seattle, c'est déroutant. Pas parce que c'est un Crypto, mais parce que ce genre de créature préfère la nature à la ville. Que Feddrah-Dahns soit curieux de ce qui se passe de l'autre côté du portail est tout à fait normal. Par contre, ce qui l'est moins, c'est qu'il ait choisi la ville plutôt qu'une forêt. Donc, tu as raison. Quelque chose cloche.

—Intéressant, fit Chase en tapant des doigts sur la vitrine près de moi. Alors, pourquoi est-ce qu'il est dans ta boutique et pas dans un parc?

Je lui donnai une légère tape sur les doigts.

—Arrête ça. Tu vas abîmer la vitre. (Me laissant tomber sur le tabouret à côté de la caisse enregistreuse, je m'accoudai sur le comptoir.) Je n'en ai pas la moindre idée. Je vais en toucher un mot à Feddrah-Dahns. En attendant, parle-moi des différents rapports qui ont été faits. Encore des histoires de Sasquatches?

—Pas du tout. Certains font vraiment froid dans le dos. À 3 heures du matin, nous avons reçu l'appel d'une femme terrifiée parce qu'un satyre avait essayé d'entrer dans son lit. Apparemment, il était bien monté et voulait lui en faire profiter. Bon, il s'est échappé dès qu'elle s'est mise à crier et se débattre, mais, aux dernières nouvelles, le viol n'était toujours pas toléré. S'il ne veut pas passer les dix prochaines années en prison, il ferait mieux de rentrer en Outremonde avant qu'on l'attrape.

Oups. C'était un problème de taille. En général, les satyres et les Cryptos sauvages ne quittaient pas le couvert des forêts. Alors que fabriquaient-ils au beau milieu de Seattle?

—Vous ne l'avez pas arrêté?

—Non. On est arrivé chez la victime juste au moment où il disparaissait à travers les buissons. Impossible de le rattraper. Pour une raison que j'ignore, les Cryptos semblent être des experts en évasion.

—Sûrement parce qu'ils savent se camoufler. Et parce qu'ils sont rapides.

La plupart des Cryptos allaient beaucoup plus vite que les humains. Les Fae aussi. Malgré mon sang mêlé, j'avais beaucoup plus d'endurance que Chase. Le moment était peut-être mal choisi pour m'en vanter. Je l'observai de plus près. Avec ses cernes, il avait l'air de ne pas avoir dormi depuis des nuits.

— Tu dors bien, ces derniers temps ? m'enquis-je.

Il secoua la tête.

— Pas vraiment. Ta sœur m'en empêche… et pas pour les raisons auxquelles tu penses. En ce moment, elle n'arrête pas de chasser sa queue, la nuit. Sur le lit. Sur mon coussin. Et après ça, elle se fait les griffes sur mon torse. Mes cicatrices le prouvent. Alors si, en plus, on me rajoute des histoires de satyres et de gobelins, comment veux-tu que je dorme ?

Il attrapa un stylo sur le comptoir pour jouer avec.

— Tu as envie d'une cigarette ?

— Ouais, répondit-il en hochant la tête. Écoute, les Outremondiens vont devoir apprendre à respecter nos règles, sinon ça va mal finir. (Il grimaça.) Ces satanés Anges de la Liberté sèment la zizanie à droite et à gauche. Plus vous devenez populaire, plus ils deviennent hargneux.

Les Anges de la Liberté était un groupe d'extrême extrême droite qui avait mis en pratique les discours des Chiens de Garde, passant ainsi de la catégorie des emmerdeurs à celle des dangereux. Jusqu'à présent, leurs actions avaient été de petite envergure et il y avait plus de peur que de mal. Après tout, les Fae étaient plus puissants, plus rapides et, surtout, plus impitoyables qu'eux. Toutefois, il ne fallait pas oublier qu'une simple arme pourrait mettre à mal cet équilibre.

— Maintenant que le portail du *Voyageur* mène à Darkynwyrd plutôt qu'à Y'Elestrial, diverses créatures arrivent au bar plusieurs fois par semaine. Il y a deux jours, Menolly a dû se battre avec trois gobelins. Ils n'ont aucune chance contre elle et elle les offre à dîner à Tavah, mais c'est quand même embêtant. Sauf pour le repas gratuit, bien sûr.

Tavah, à l'instar de ma plus petite sœur, était un vampire Fae. En revanche, elle n'était pas aussi regardante que Menolly sur sa nourriture.

— Vous ne pouvez pas vraiment fermer le portail, remarqua Chase, les lèvres pincées.

— Non, ce n'est pas possible.

Delilah, Menolly et moi avions essayé de trouver une solution, sans succès. À présent, le problème commençait à s'étendre à la ville.

Seattle, comme presque toute la Terre, connaissait l'existence des Fae et d'Outremonde. Nous n'avions plus à nous cacher. Pourtant, il y avait tellement de choses qu'ils ignoraient ! L'existence des Royaumes Souterrains, par exemple. Ou l'intention d'un seigneur démon, nommé l'Ombre Ailée, de détruire la Terre et Outremonde. Ou encore, l'idée terrifiante que mes sœurs et moi étions les seules à pouvoir le repousser.

— Le truc, dis-je au bout d'un moment, c'est que les Cryptos dont tu me parles ne sont pas passés par le portail du *Voyageur*. Menolly le fait surveiller vingt-quatre heures sur vingt-quatre.

— Admettons. Est-ce qu'il existe d'autres portails, dans les environs ?

Son regard se posa sur la licorne et, pendant un très court instant, j'aperçus du ravissement sur son visage. Je souris doucement. Alors comme ça, même notre inspecteur endurci pouvait être émerveillé par une créature du pays des fées…

— Eh bien, il y a le portail dans les bois. Celui gardé par Grand-mère Coyote.

Je réfléchis à l'existence d'autres portails. Il éclata de rire.

— Est-ce que c'est la peine de te demander si elle les laisserait passer ?

—Ne sois pas si sûr de toi, le prévins-je. Elle n'est pas vraiment de notre côté.

Grand-mère Coyote était une sorcière du destin. Ni bonne ni mauvaise, elle se tenait à l'endroit où les différents royaumes d'existence se rencontraient. Si les choses allaient de travers, elle et ses consœurs s'occupaient de rétablir l'équilibre. Lorsque l'Ombre Ailée et ses sbires avaient modifié le futur, elles nous avaient demandé de les aider. Peut-être qu'un événement similaire s'était produit.

—Si l'équilibre l'exige, elle pourrait les laisser traverser. (Tout à coup, en pensant aux sorcières du destin, je me rappelai un détail que la reine des elfes avait mentionné quelques mois auparavant. Je claquai des doigts.) J'ai compris!

L'air nerveux, Chase jouait avec sa cravate. Contre toute attente, ses rayures jaunes et orange faisaient ressortir le bleu de son uniforme.

—Assez de suspense, femme, rétorqua-t-il. Si on ne résout pas ce problème très vite, mon chef va commencer à nous poser des questions auxquelles on ne pourra pas répondre. Le maire ne sera pas très content non plus. Je n'ai vraiment pas besoin que Devins s'en serve pour me rabaisser. Le maire, c'est encore un autre problème, mais…

Je jetai un coup d'œil autour de nous. La licorne avait attiré beaucoup de monde. Leurs rires et conversations menaçaient de nous envahir.

—Viens par ici, dis-je à Chase en lui faisant signe de me suivre dans un renfoncement de la pièce.

Là, le brouhaha se changea en murmures lointains. Chase s'assit sur un banc en acajou au-dessus duquel étaient exposés des thrillers: Grisham, Crichton, Clancy, etc. Après m'être assurée que personne ne nous avait suivis, je l'imitai.

—Quand la reine Asteria est venue nous voir, il y a quelques mois, elle nous a parlé de la découverte de portails jusque-là inconnus. Des portails qui n'étaient pas gardés. La plupart mènent sur la côte ouest.

Chase cligna des yeux.

— Delilah ne m'en a pas parlé.

— C'est une fille bien. Elle sait garder un secret. Tu n'avais pas besoin de le savoir à ce moment-là.

Son expression de surprise se transforma en mécontentement. Oups ! J'avais mis les pieds dans le plat. Ça m'arrivait souvent avec Chase. En fait, depuis notre rencontre, nous n'arrêtions pas de nous contrarier.

— Oh vraiment ? Merci pour la confiance que vous m'accordez ! Dis-moi, si tu crois que c'est le bon moment… Où se trouvent ces portails ?

Bingo ! J'avais blessé son *ego*.

— N'en fais pas tout un cinéma ! Il y a plein de choses que tu ne nous dis pas à propos de ton boulot !

— Aucun de mes secrets ne vous concerne directement, rétorqua-t-il en plissant les yeux. Bon, c'est pas grave, laisse tomber. Tu disais que la plupart de ces portails mènent sur la côte ouest ?

— Oui, répondis-je en prenant une grande inspiration. Apparemment, un grand nombre d'entre eux débouchent sur Seattle et ses environs. La reine Asteria a placé des gardes près de ceux qu'elle a découverts sur son territoire, mais il en existe d'autres, ailleurs, et personne ne les contrôle. Tu paries que les Cryptos et leurs copains les ont trouvés et s'en servent quand bon leur semble ?

— La reine Asteria ne peut pas les arrêter ?

Je secouai la tête.

— Non, comme je te l'ai dit, ils ne sont pas sous la juridiction d'Elqavene et des territoires elfiques. Et pour ceux qui sont sur ses terres… elle n'a pas assez d'hommes pour tous les surveiller. Il ne faut pas oublier qu'elle est en pleine guerre contre Lethesanar. C'est une chose que tu dois bien comprendre. En Outremonde, on fait la guerre pour tuer, comme sur Terre. En revanche, la magie fait beaucoup plus de dégâts que les tanks ou les armes à feu. Les mages les plus anciens sont capables de changer complètement un paysage. Ils altèrent la structure de l'air et du sol. C'est déjà arrivé, à l'extrême sud.

Le visage de Chase s'assombrit.

— Si tes sœurs et toi étiez en Outremonde…

— Eh bien, si notre père n'avait pas déserté et que notre tante et notre cousin n'étaient pas devenus des traîtres à la couronne, nous aurions dû prendre les armes comme tout le monde. Étant donné l'état actuel des choses, nous aurions sûrement été torturées puis tuées. Toute notre famille est considérée hors-la-loi sur le sol d'Y'Elestrial. Jusqu'à ce que Tanaquar remporte la victoire, nous n'avons plus de chez-nous.

Je m'interrompis. Une pensée m'avait traversé l'esprit plusieurs fois, mais j'avais peur de ce qu'elle impliquait. D'ailleurs, je n'en avais pas encore parlé à Delilah, ni à Menolly.

— Oui ?

— Je n'en ai pas encore parlé à mes sœurs… Je crois que notre père a disparu parce qu'il a changé de camp. Même si sa conscience lui interdit de se battre pour Lethesanar, il reste un guerrier, fier de sa position au sein de la garde Des'Estar. Il ne peut pas se contenter de se cacher et de regarder, ni laisser Lethesanar ternir l'image de la Cour et de la Couronne comme elle l'a fait jusqu'à présent. Je suis certaine qu'il se bat quelque part. Je le sens.

— Tu crois qu'il travaille pour les elfes ? demanda Chase en me prenant la main.

Je me retins de la retirer. Après tout, il essayait d'être gentil. Ses yeux ne mentaient pas.

—Oui, ou pour l'armée de Tanaquar. Au final, ça revient au même.

Les yeux rivés au sol, je pensais aux dangers auxquels il s'exposait.

—Il y a une chose que tu dois bien comprendre, Chase. Nous sommes les filles d'un membre de la garde Des'Estar. Il nous a toujours appris à faire face au danger plutôt que de le fuir. Son père faisait également partie de la garde. Nous venons d'une famille qui sert fièrement la Cour et la Couronne. Père s'investira dans cette guerre jusqu'à ce qu'Y'Elestrial soit libérée de l'emprise de cette mangeuse d'opium et qu'une reine honorable prenne le trône.

Chase sembla réfléchir à mes paroles.

—Si j'ai bien compris, personne ne surveille les nouveaux portails ?

Je hochai la tête.

—En gros, oui. Pas étonnant que les Cryptos en profitent pour les traverser… même si j'ignore quel est leur but. Ce pourrait être de la simple curiosité.

—En tout cas, leur présence n'aide pas mes efforts pour décrocher une promotion, surtout quand ils se bourrent la gueule, marmonna Chase en désignant la porte. (Sharah et Mallen approchaient.) Les voilà. Juste avant que tu m'appelles, j'ai envoyé Shamas s'occuper d'une autre affaire. (Il sortit son carnet de notes et un stylo.) Quelqu'un a signalé la présence d'un troglodyte ou un truc dans le genre sur la côte. Je n'ai pas la moindre idée de ce que c'est, mais j'espère qu'ils ont tort. Vraiment.

Shamas était mon cousin réfugié sur Terre après avoir été torturé et condamné à mort à Y'Elestrial. Il avait réussi à se cacher à Aladril, la cité des prophètes, jusqu'à ce que Menolly et moi le ramenions à la maison sans le savoir. Apprendre son identité avait été une bonne surprise. Depuis, il avait emménagé chez Morio et nous l'avions engagé dans notre propre version de l'OIA. Il semblait être fait pour l'investigation.

— Chef, on a un problème, commença Sharah en se hissant sur le comptoir.

Ses jambes ne touchaient pas le sol. Sharah était la nièce de la reine des elfes. Elle était tellement fine que n'importe quel mannequin terrien aurait paru gros à côté d'elle.

— Je ne veux pas le savoir, répondit Chase en lui adressant un regard noir.

— Ça va de soi, fit-elle pour le calmer. (Son sourire disparut.) Pourtant, vous n'avez pas le choix. Tenez, l'ogre avait ça sur lui.

L'elfe déposa un objet oblong à côté d'elle. Aussitôt, Chase et moi reculèrent vivement.

— Putain, qu'est-ce que tu fais avec de la dynamite ? (La voix de Chase trahissait son choc, mais par instinct, il ne l'éleva pas.) Faites attention. Ne criez pas. Si ce bâton est vieux, n'importe quoi pourrait le faire sauter.

— Sors tout de suite ce truc de ma boutique. Les explosifs ne font pas bon ménage avec la magie. Il pourrait y avoir beaucoup, beaucoup de dégâts. Une catastrophe. Et qu'est-ce que tu veux dire ? L'ogre l'avait sur lui ? Il a été aplati ! Ça aurait dû exploser !

— Pas dans ce cas-là. Apparemment, le bâton a roulé sur le côté lorsqu'il est tombé, avant même que la voiture lui passe dessus. Je sais qu'il lui appartenait parce qu'il est imprégné de son odeur, faites-moi confiance, dit Mallen, un elfe gringalet qui possédait plus de pouvoirs que nous tous réunis, en se dirigeant vers la porte avec la dynamite. Sharah, on devrait s'en occuper avant qu'un accident se produise.

Je jetai un coup d'œil à Chase. Pourquoi un ogre se baladait-il avec un bâton de dynamite dans la poche dans les rues de Seattle ?

— Le gobelin ! m'exclamai-je tout à coup en me dirigeant vers la réserve. Et s'il était armé, lui aussi ?

— Si je comprends bien, tu ne l'as pas fouillé avant de le ligoter ? fit-il en soupirant d'un air qui signifiait qu'il avait eu son compte pour la soirée.

— Le fouiller ? Tu plaisantes ? Je n'ai aucune envie de le toucher de trop près… Avec ce genre de créatures, tu ne sais jamais où se trouvent certaines parties de leur anatomie, ni si le compte est le même que le nôtre. Une fois, j'ai vu un gobelin nu. J'aurais préféré m'abstenir : il avait tout en double : deux bites, deux paires de couilles. Pas d'attente.

— Ne me dis pas que tu es sortie avec un de ces satanés…, marmonna Chase.

— Si tu ne veux pas que je demande à Delilah de te mordre la langue, ne raconte pas n'importe quoi. Je ne sortais pas avec lui ! C'était dans un bar. Il était complètement bourré. Il s'est déshabillé et il s'est mis à courir après une serveuse. Je ne suis pas restée assez longtemps pour lui demander si tous les gobelins avaient les mêmes ou s'il avait eu de la chance.

— Un jour, il faudra vraiment que je visite votre monde, remarqua Chase en me suivant. On ferait mieux de vérifier qu'il n'a rien sur lui. Où est-ce que tu l'as mis ?

— Dans la pièce à côté de mon bureau, dans le coin, là-bas. Je l'ai attaché avec du ruban adhésif.

— Du ruban adhésif ? se moqua-t-il. Ça m'étonnerait que tu t'en serves sur Trillian ou renard-boy.

Génial ! Voilà qu'il imitait Trillian à présent ! Originaire du Japon, Morio était mon deuxième amant ainsi qu'un

Yokai-Kitsune ou démon renard. En nous aidant dans notre combat contre les démons, il avait gagné mon cœur.

Je me retournai et tendis la main vers Chase.

— Ne commence pas à te moquer de Morio ! Trillian le fait déjà bien assez comme ça. Et ce que nous faisons au lit ne te regarde pas, Johnson. Si tu veux tout savoir, je ne suis pas une dominatrice, alors oublie mes jouets et concentre-toi sur ceux de Delilah.

Il eut un sourire en coin.

— Tu sais bien que Delilah n'a pas besoin de jouets… à part ses souris, bien sûr.

— C'est ton problème, pas le mien, dis-je en réprimant un sourire.

Visiblement, la nature plus réservée de Delilah le déconcertait. À moins qu'il en soit soulagé. Je ne lui avais jamais posé la question. De plus, s'ils avaient des problèmes au lit, Delilah m'en aurait parlé. Nous aimions partager nos histoires croustillantes.

Tandis que j'avançais dans le couloir qui menait à mon bureau, je sentis un courant d'air. L'agence de détective de Delilah se trouvait à l'étage, mais ce n'était pas son genre de laisser la porte ouverte quand elle passait par-derrière.

J'étais sur le point de crier pour lui demander si elle était là, lorsque je sentis Chase me taper sur l'épaule. Sur le sol, une traînée de sang menait de la porte jusqu'à la réserve. Des mètres de ruban adhésif déchiré jonchaient la pièce. On aurait dit qu'une tornade était passée par là. Aussitôt, je courus vers mon bureau. Mes papiers et mes livres avaient été réduits en petits morceaux. Mon coffre avait été forcé. L'argent qu'il contenait avait disparu.

Pendant que j'observais les dégâts que j'allais mettre des heures à nettoyer, Chase posa une main sur mon épaule.

— Je suis désolé, Camille.

—Crois-moi, quand je les aurai rattrapés, le gobelin et le Fae le seront bien plus! rétorquai-je. Ça va être leur fête. Menolly se fera un plaisir de s'occuper d'eux!

En cas de doute, tire. Tu auras toujours le temps de poser des questions après.

CHAPITRE 3

T andis que je faisais un inventaire de tout ce qui me manquait, un grand fracas provenant de la boutique attira soudain notre attention. Je me précipitai alors vers le couloir. Chase me suivait de si près qu'il marcha sur ma jupe en velours. Elle m'arrivait au niveau des cuisses sur le devant et aux pieds derrière. Le vendeur avait appelé ça « asymétrique », mais si vous vouliez mon avis, c'était tout simplement « pas pratique ».

— Enlève tes pieds de ma jupe, idiot.

Lui adressant un regard noir par-dessus mon épaule, je m'arrêtai pour éviter la moindre déchirure. Chase me rentra dedans.

— Surveille ton langage, marmonna-t-il en reculant.

Je secouai le tissu avant de reprendre ma course, essayant d'entendre ou de voir ce qui se passait.

Les livres avaient l'air à leur place. Henry Jeffries se trouvait dans la section de l'âge d'or de la science-fiction. Comme tout bon fan de SF, il respirait Asimov et Heinlein et avait lu tout ce qui avait été publié. Et il ne s'arrêtait pas là ! Il avait même dévoré les biographies de Greg Bear, Anne McCaffrey et de tous les auteurs dont le style se rapprochait de la science-fiction ou de la Fantasy.

Nous avions passé des après-midi entiers à échanger des histoires pendant qu'il flirtait avec Iris, l'esprit de maison finlandais qui vivait avec nous et m'aidait à tenir la librairie.

Apparemment, le peu de temps qu'il avait passé avec Feddrah-Dahns lui avait suffi, si bien qu'à présent, plongé dans son paradis d'encre, il ne prêtait plus aucune attention à ce qui se passait autour de lui.

Des cris provenaient de la partie avant de la boutique où l'on pouvait s'asseoir. Divers groupes de lecture, ainsi que le club des observateurs de fées, se rassemblaient chaque mois au *Croissant Indigo*. C'était là-bas que j'avais installé Feddrah-Dahns, entre deux canapés en cuir. Devant lui, assise sur une causeuse ornée de roses de mai, se trouvait Lindsey Cartridge, une amie à moi.

— S'il vous plaît, laissez-moi toucher votre corne. Juste une fois.

Son ton suppliant me hérissa. Je n'avais pas vraiment envie de savoir de quoi il retournait. Mais je ne pouvais pas faire marche arrière. C'était ma boutique, je me devais d'y faire respecter le calme.

Pendant que j'approchais, Lindsey essaya de nouveau d'attraper la corne. Putain, elle allait se faire mal ! Feddrah-Dahns s'était relevé et tapait le sol avec ses sabots, bougeant la tête pour rester hors de portée. Tous les autres avaient reculé, inquiets.

Ils avaient toutes les raisons de l'être. Les licornes étaient des créatures dangereuses et imprévisibles. Il ne fallait pas croire ces conneries d'histoires de pureté que l'on lisait dans les légendes terriennes. Ce n'était qu'une façon de dissimuler leur nature puissante et sensuelle, comme celle des Fae l'avait été avant que les portails s'ouvrent. Nous n'avions rien à voir avec des esprits de la nature qui dansaient nus et embrassaient les arbres. Les elfes par contre…

Quoi qu'il en soit, je n'avais vraiment pas besoin d'une licorne énervée dans ma librairie. Elle pouvait facilement ruer ou embrocher Lindsey avec sa corne. Mon assurance

n'accepterait jamais l'excuse d'«attaque de licorne».
Aucune chance.

Je me précipitai alors pour m'interposer, attrapant Lindsey
par les épaules.

— Qu'est-ce que tu fabriques? Tu as perdu la tête?

Puis, je me retournai immédiatement vers Feddrah-
Dahns pour m'excuser de son comportement.

— Je suis désolée. Ne lui en voulez pas, elle ne sait
pas comment se comporter face à une créature de votre
stature.

Quand il cilla, la couleur de ses yeux me réchauffa à
l'intérieur.

— Elle semble avoir l'idée complètement erronée que
je peux la faire tomber enceinte, me dit-il en Melosealfôr.
Apparemment, elle a lu trop de contes de fées.

Je le dévisageai.

— Génial. Je n'avais aucune idée de cette rumeur.

— Je suis presque certain que c'est ce qu'elle me demande.
Ce n'est pas physiquement... Elle serait terriblement blessée,
expliqua Feddrah-Dahns, aussi perplexe que moi.

Je me retournai vers Lindsey.

— Est-ce que tu lui as vraiment demandé de te mettre
enceinte? murmurai-je.

Si c'était le cas, j'espérais sincèrement qu'elle pensait à autre
chose qu'au scénario de mauvais film porno qui me passait
par la tête. Ou celle de Feddrah-Dahns. Je voyais le titre d'ici:
Corne d'abondance, ou une connerie dans le genre.

Lindsey baissa la tête. Directrice du refuge *La Déesse verte*,
elle aidait les femmes à se prendre en main et à commencer une
nouvelle vie. Malgré son côté toqué, elle avait une obstination
à toute épreuve et était une excellente avocate des droits des
femmes et des programmes sociaux.

— Euh... dans un sens, oui.

—Tu plaisantes? demandai-je, bouche bée. Tu ne…
Ce n'est pas un garou, tu sais?

—Quoi? s'exclama-t-elle en reculant. Tu t'imagines que je pensais à…? Tu rigoles?

Soulagée, je laissai échapper un soupir.

—D'accord, calme-toi. Répète-moi exactement ce que tu lui as dit. L'anglais n'est pas sa langue maternelle.

Même si Feddrah-Dahns parlait couramment notre langue, ça ne signifiait pas qu'il en connaissait tout le vocabulaire.

—Il a vraiment pensé que je voulais faire ça? Oh non! fit-elle, le rouge aux joues. (Quand je posai la main sur son bras, elle soupira longuement.) OK, OK. J'ai lu dans un livre de mythologie que toucher la corne d'une licorne pouvait aider une femme à concevoir. J'essaie… (Elle s'interrompit et se mordit la lèvre tandis que ses grands yeux noisette se remplissaient de larmes. Je pouvais sentir la douleur se dégager d'elle, crépiter comme un éclair retenu.) Nous essayons depuis si longtemps!

—Attends un instant, dis-je en me tournant vers la foule. Tout va bien. Il ne s'est rien passé. Je sais que vous êtes excités d'avoir rencontré une licorne, mais je dois fermer. (Je me penchai pour murmurer à l'oreille de Lindsey:) Attends-moi ici et surtout, ne touche à rien.

Tandis que je faisais sortir les spectateurs déçus, j'aperçus la voiture de Sharah et Mallen qui s'éloignait avec la dynamite et les restes de l'ogre. Je n'aurais pas voulu être à leur place.

Après avoir promis à tout le monde de convaincre Feddrah-Dahns de revenir nous rendre visite, je fermai la porte à clé et m'y adossai. Soupirant, les yeux clos, j'appuyai la tête contre la vitre froide. Parfois, la présence du peuple de ma mère me décontenançait. Leurs émotions m'écorchaient presque.

J'adorais mes clients, mais l'excitation due à leur rencontre avec la licorne avait résulté en une explosion de bavardage qui avait fait tomber mes barrières de protection.

Au bout d'un moment, je repoussai ce sentiment pour retourner au comptoir. Chase y était adossé, l'air inquiet. Alors que je passai près de lui, il m'attrapa par le bras.

—Ça va être long? murmura-t-il.

Je jetai un coup d'œil en direction de Lindsey.

—Pourquoi? Tu dois aller quelque part? Écoute, je viens d'être dévalisée, un gobelin et un Fae détraqué se sont lancés à la chasse à la licorne, et maintenant…, fis-je en secouant la tête. Pourquoi n'irais-tu pas chercher des indices dans mon bureau pendant que je m'occupe de Lindsey? Elle a vraiment besoin de me parler.

Sans un mot, Chase disparut dans l'arrière-boutique.

Je passai alors un bras autour des épaules de Lindsey qui essuyait ses larmes, pour la mener jusqu'à la table de jeu pliante à laquelle je m'asseyais toujours le matin pour boire mon café au lait glacé tout en feuilletant un magazine ou un livre. Je préférais les boissons froides et sucrées et les lectures sur papier. Je n'aimais pas les ordinateurs.

Je m'installai près d'elle et lui pris la main. En plus de diriger le refuge, elle avait beaucoup aidé une de mes amies, Erin Mathews. Propriétaire de *La Courtisane Écarlate*, Erin avait été transformée par Menolly. Même si le but premier avait été de lui sauver la vie, à présent, elle devait faire face à son existence de vampire. Lindsey était l'une des rares personnes à être au courant.

Pour l'instant, nous faisions courir la rumeur qu'Erin était partie en vacances de longue durée. Elle avait d'ailleurs appelé ses amis en faisant semblant de se trouver à l'étranger. Lindsey avait repris son poste de présidente du club des observateurs de fées, tandis que les femmes de son refuge travaillaient à *La Courtisane Écarlate*. C'est pour cela que je devais beaucoup plus qu'une simple faveur à Lindsey.

— Dis-moi ce qui ne va pas.

Pour l'aider à passer outre ses inhibitions, je fis tomber mon masque et révélai mon glamour. Être demi-Fae avait ses avantages. Se faire des amis et influencer les gens étaient les plus importants. J'essayai d'être sage et de ne pas m'en servir à outrance, mais le pouvoir que nous avions sur les HSP ne cessait de m'étonner.

Refoulant ses larmes, Lindsey m'adressa un léger sourire.

— Ron et moi essayons de faire un bébé depuis trois ans, mais tout ce que nous faisons se révèle inutile. D'après les statistiques, j'aurais déjà dû être enceinte vingt fois ! Le pire, c'est que nous n'avons pas assez d'argent pour payer un traitement contre l'infertilité. Nous avons bien sûr envisagé d'adopter, mais à cause de son handicap, les orphelinats ne sont pas très intéressés par notre profil.

Alors que sa voix se brisait, je me laissai aller en arrière, songeuse. Beaucoup de monde pensait à avoir des enfants en ce moment. D'abord, Siobhan Morgan, une selkie, avait eu des problèmes pour tomber enceinte. Grâce à Sharah et aux médecins de l'OIA, nous avions découvert l'origine de son problème qui avait été facilement résolu. Elle et Mitch, son petit ami, nous avaient annoncé la bonne nouvelle la semaine dernière. À présent, c'était au tour de Lindsey, une femme qui utilisait la magie des HSP. Un dieu quelconque avait-il décidé de s'en prendre aux bébés magiques récemment ?

— Ils t'ont vraiment dit que c'était à cause de son handicap ? Tu ne peux pas les attaquer ? Je croyais que la discrimination était du passé, du moins pour les humains ?

Visiblement, j'avais tort.

— Ils ne me l'ont pas dit aussi clairement. Quelqu'un que je connais travaille là-bas. Elle a jeté un œil à notre dossier.

Ils nous ont mis tout en bas de la pile et nous ont classés comme famille à risque à cause de la condition de Ron et parce que je travaille avec des femmes battues, expliqua-t-elle en fronçant les sourcils. Si nous avions assez d'argent, nous pourrions les attaquer, mais même si c'était le cas, il faudrait des années avant que notre préjudice soit reconnu.

— C'est n'importe quoi !

Lindsey et Ron auraient fait des parents formidables. Bien qu'il soit paralysé des jambes, Ron ne laisserait pas un fauteuil roulant se mettre en travers de son chemin. Quant à Lindsey, elle était ceinture noire en judo. Elle pouvait se défendre de n'importe quelle attaque sans ciller. Ça expliquait pourquoi elle n'avait pas eu peur d'essayer d'attraper la corne d'une licorne sans sa permission…

— Je m'en veux de briser tes illusions, mais les rumeurs sont fausses. Frotter la corne d'une licorne ne te rendra pas plus fertile. Ça te tuera avant d'arranger ta tuyauterie.

Elle serra un peu plus l'accoudoir.

— Est-ce que tu pourrais faire quelque chose, Camille ? En temps normal, je n'aurais jamais posé la question…

Oh merde, j'espérais qu'elle plaisantait. J'essayai de réprimer un fou rire, en vain. Je me laissai aller contre le fauteuil, les larmes aux yeux.

— Chérie, crois-moi, tu n'as pas envie que je joue avec ton utérus, fis-je en m'essuyant les yeux avec ma manche. Premièrement, je ne suis pas une guérisseuse. Deuxièmement, avec mon sang mêlé, il pourrait se passer n'importe quoi. Imagine, tu pourrais enfanter un ogre… ou pire… mon sort pourrait avoir l'effet inverse.

Son expression douloureuse s'apaisa et elle me sourit.

— Si terrible que ça ?

— Oui, sérieusement, ça pourrait arriver. Laisse-moi réfléchir cinq minutes. (Se servir de la magie pour jouer avec une vie humaine n'était pas très sage, mais il fallait savoir reconnaître les exceptions.) Écoute, je vais en parler autour de moi. Si j'apprends quoi que ce soit, je t'en ferai part, d'accord?

— Tu ferais ça? s'exclama-t-elle en se redressant d'un coup.

— Je ne te promets rien, la prévins-je, alors ne fonde pas tous tes espoirs là-dessus. Je vais simplement voir ce que je peux faire. Est-ce que ton docteur t'a parlé d'un problème précis?

Avant de la faire espérer, je devais m'assurer qu'il ne s'agissait pas de quelque chose que seuls les dieux pouvaient régler.

Elle se rongea les ongles.

— Non. Ils ne comprennent pas pourquoi je n'arrive pas à tomber enceinte. Le sperme de Ron est fertile et j'ovule normalement. C'est comme si quelque chose ne voulait pas que j'aie un bébé. Nous sommes tous les deux bouleversés. Surtout depuis cette histoire d'adoption.

Je hochai la tête.

— D'accord. Je t'appellerai dès que j'en saurai plus. Pour l'instant, je dois y aller. Est-ce que tu vas voir Erin ce soir?

Menolly lui rendait souvent visite, mais Erin devait s'habituer à vivre autour d'humains qui respiraient toujours sans devenir folle et les attaquer. Chaque jour, elle apprenait à brider un peu plus sa faim et ses nouveaux pouvoirs. Sassy Branson s'en occupait. Elle considérait Erin comme son projet personnel.

— Oui, fit Lindsey en hochant la tête, à plus tard.

Après avoir adressé un dernier regard rempli d'envie à Feddrah-Dahns, elle disparut à travers la porte qui se referma derrière elle avec un «clic».

CHAPITRE 4

J e n'avais aucune idée de la façon dont mes sœurs allaient réagir en me voyant arriver avec une licorne. Feddrah-Dahns se reposait sur la banquette arrière du 4 x 4 de Chase. Même s'il refusait de l'admettre, j'étais persuadée que l'inspecteur avait acheté ce monstre pour se rassurer sur sa masculinité. Quoi qu'il en soit, dans la situation actuelle, je lui en étais reconnaissante.

Le convaincre d'y laisser monter Feddrah-Dahns n'avait pas été une mince affaire. Heureusement, les licornes outre-mondiennes étaient légèrement plus petites que leurs cousines terriennes et, après avoir poussé son magnifique postérieur blanc, nous avions réussi à le caser dedans.

—Je te préviens, s'il chie sur la banquette, tu paies pour le nettoyage, marmonna Chase en refermant le coffre. On est aussi dingues l'un que l'autre. Toi parce que tu l'as suggéré, et moi parce que j'ai accepté.

—Arrête ton cinéma, Johnson, rétorquai-je. Tu es aussi fasciné que tout le monde par cette créature, mais tu ne veux pas l'admettre.

Chase ricana.

—Ouais, c'est ça. J'adore les contes de fées et les licornes.

—Pourtant, d'après Delilah, tu n'as rien contre les Fae…, dis-je en m'éloignant quand il tenta de me donner une tape amicale. Alors, tu as trouvé quelque chose dans mon bureau ?

Il secoua la tête.

—Non. Rien de plus. On ferait mieux d'y aller, femme. Dépêche-toi ou je te renverse par-dessus mon épaule et j'abandonne ta Lexus ici pour que les petits délinquants s'en occupent. L'heure tourne.

—Le temps n'a pas l'air d'être un problème quand tu joues au chat et à la souris avec ma sœur, plaisantai-je en me précipitant vers ma voiture.

Même s'il était le petit ami de Delilah, Chase aimait toujours autant flirter. Au moins, avec moi, ça ne faisait pas de mal. Il savait que ça ne le mènerait nulle part.

Notre maison était un bâtiment de style victorien de deux étages avec un sous-sol aménagé qui se trouvait à la limite du quartier de Belles-Faire. Nous l'avions achetée à notre arrivée sur Terre grâce aux économies de notre mère, Maria D'Artigo, une orpheline qui était tombée amoureuse de notre père à Madrid durant la Seconde Guerre mondiale.

Après la mort de ses parents adoptifs dans un accident de voiture, comme rien ne la retenait sur Terre, elle avait suivi notre père en Outremonde. Elle l'y avait épousé et, ensemble, ils s'étaient installés près de la Cour. Toutefois, elle n'avait jamais vraiment coupé les liens qui l'unissaient à son monde natal. Elle y avait même assuré notre futur : numéro de sécu, compte bancaire, faux acte de naissance. Cependant, lorsque les portails avaient été ouverts et que les Fae avaient révélé leur existence, nous les avions fait modifier. À présent, on pouvait y lire : née à Y'Elestrial, Outremonde. Le nom et la race de notre père y étaient aussi mentionnés.

Jusqu'à la fin de sa vie, notre mère avait été notre avocate et notre protectrice. Notre père nous aimait, lui aussi. Que demander de plus ? Malheureusement, notre sang mêlé nous joue parfois des tours…

Je m'appelle Camille D'Artigo. Je suis l'aînée de notre fratrie et j'ai prêté serment à la Mère Lune. Au fil du temps, on a utilisé divers qualificatifs pour me décrire : salope, séductrice, passionnée, dangereuse, tordue… Mais en réalité, je suis simplement une sorcière qui aime sa magie, sa famille et ses amants. Bon d'accord, je suis aussi accro à la mode. Et au maquillage. Et ma magie a tendance à se court-circuiter au moment où je m'y attends le moins. Toutefois, la vie est plus excitante quand on ne sait pas où va s'abattre la foudre.

Delilah, l'aînée de mes sœurs, est un chat-garou. Les nuits de pleine lune ou lorsqu'elle est stressée par les affaires familiales, elle se transforme en chat au pelage doré. Plus récemment, grâce à sa rencontre avec le seigneur de l'automne, ou du moins, c'est ce que nous en avons déduit, elle peut aussi prendre l'apparence d'une panthère noire quand il le décide. Il en a fait une fiancée de la mort. La nuit d'Halloween, elle devra récolter les âmes pour lui. Mais ça, c'est une autre histoire. Comme on ne peut rien y faire, on a tendance à éviter d'en parler.

La petite dernière, c'est Menolly. En Outremonde, elle était un espion aux talents d'acrobate jusqu'à ce qu'un groupe de vampires hors-la-loi la capture. Après l'avoir torturée, Dredge, le plus odieux des vampires qui ait jamais existé, l'a forcée à boire son sang. À son réveil, il l'a envoyée à la maison pour qu'elle se nourrisse de nous. Heureusement, j'ai réussi à appeler de l'aide avant qu'elle nous fasse du mal. Mais depuis lors, notre famille n'a plus été la même et Menolly apprend à accepter sa nature vampirique. Après tout, elle ne peut pas faire autrement, alors autant faire de son mieux. Récemment, cette phrase revient souvent.

En fait, mes sœurs et moi, nous travaillons pour l'OIA, la CIA outremondienne. Enfin, c'était le cas jusqu'à ce que la guerre civile éclate à Y'Elestrial. Pour éviter une condamnation à mort, nous avons décidé de ne pas y retourner. Techniquement, nous pouvons rentrer à la maison, mais ça ne serait pas très judicieux. En particulier parce que derrière tout ce bazar se cache une menace beaucoup plus importante.

L'Ombre Ailée, seigneur démoniaque des Royaumes Souterrains, est à la recherche des sceaux spirituels, des artefacts qui peuvent ouvrir les portails qui séparent les trois royaumes. S'il y parvient, Outremonde et la Terre seront fichus, envahis par ses armées. En revanche, si nous parvenons à les trouver avant lui, nous arriverons à maintenir le mince équilibre que les sorcières du destin protègent.

Pour l'instant, le score est de 2 à 2. Et l'Ombre Ailée est énervé, ce qui le rend plus dangereux encore et ne nous aide pas dans notre mission.

Lorsque je sortis de ma voiture, je jetai un coup d'œil au jardin. Iris y avait travaillé ces dernières semaines. J'avais été tellement préoccupée que je ne m'en étais pas aperçue. À présent, je remarquais les jonquilles fleuries sous les chênes et les érables. De petites touches jaunes dans une mer verte davantage composée de mousse que d'herbe.

Les rosiers étaient en bouton. J'imaginais déjà l'éclosion de centaines de fleurs rouges au parfum odorant. Tout autour de la maison, un arc-en-ciel d'iris et de glaïeuls s'apprêtait à fleurir. Des jacinthes se mêlaient aux primevères, campanules et autres tulipes.

Je m'arrêtai devant un parterre où je faisais pousser des herbes. Quand je m'y étais attelée l'année dernière, je n'avais aucune idée du temps que nous allions passer ici, alors j'avais semé un peu plus de graines au cas où. À présent, je me félicitais de cette initiative. La belladone et les orties, le thym et le romarin, la menthe, les soucis et la lavande, tous se disputaient le petit carré de terre rocailleuse.

En m'agenouillant, je les entendis murmurer. Je ne pouvais pas les comprendre sans communier avec la terre, mais je savais qu'elles étaient actives et conscientes de ce qui les entourait. Aucune de mes sœurs ne savaient parler aux plantes. Pour ma part, il s'agissait d'un don que m'avait offert la Mère Lune. L'été, j'avais souvent eu de longues conversations avec des ronces sauvages. Bien sûr, en Outremonde, les végétaux étaient plus bavards que sur Terre.

Quand je pris une grande inspiration, une riche odeur de terreau et de cèdre humide emplit mes poumons. Alors, je me relevai et rejoignis Chase près de sa voiture. Je l'aidai à ouvrir son coffre pour faire sortir Feddrah-Dahns. Je fus rassurée de constater que la licorne n'avait laissé que quelques poils blancs sur la moquette.

Chase se contenta de secouer la tête et de nous suivre vers le perron.

—Doucement, ne montez pas trop vite! dis-je à Feddrah-Dahns alors que j'entendais ses sabots claquer rapidement contre les marches en bois.

Pour être franche, je m'inquiétais plus pour l'escalier que pour la santé de la licorne. Ses sabots légers comme des plumes pouvaient facilement s'enfoncer dans les parties les moins solides des marches.

En ouvrant la porte, je me précipitai vers Iris qui passait dans l'entrée pour rejoindre la cuisine. Elle portait un plateau rempli de restes de sandwichs, de chips et de deux canettes de soda vides. Sûrement l'œuvre de Delilah. Iris m'adressa un sourire pincé. Elle n'avait pas encore aperçu la licorne.

—Camille, il faut vraiment que tu parles à Delilah. Je lui ai répété cent fois de nettoyer après son passage, mais elle ne m'écoute pas! On penserait qu'avec sa nature de chat, elle serait propre. Eh bien pas du tout! Elle est en train de se transformer en larve. (Elle s'interrompit en regardant derrière moi.) Il y a une licorne devant la porte d'entrée.

—Euh oui… J'ai un invité, expliquai-je avec un sourire d'excuse.

—Où est-ce que… Comment… Oh mon dieu! Laissez-moi poser ce plateau!

Le rouge aux joues, Iris entra en trombe dans la cuisine pendant que je guidais Feddrah-Dahns dans le salon. Aussitôt, je reculai le rocking-chair pour lui faire de la place.

—Chase, est-ce que tu peux monter pour voir si Delilah est là? Menolly ne devrait pas tarder à se réveiller.

Je jetai un coup d'œil à l'horloge. Six heures cinq. Encore dix minutes à attendre.

Au moment où Chase empruntait l'escalier, Iris réapparut. Elle s'approcha lentement de la licorne avant de s'incliner profondément devant elle. Elle paraissait tellement chétive à côté de l'équidé que je me surpris à prier pour qu'il ne rue pas. Après tout, Iris mesurait à peine un mètre vingt. Il lui aurait été facile de l'écraser.

Toutefois, Feddrah-Dahns se contenta de la jauger du regard, puis plia ses pattes avant pour la saluer à son tour.

—Prêtresse, dit-il d'un ton chargé de sens.

Quelque temps auparavant nous avions appris qu'Iris était une prêtresse d'Undutar, déesse finlandaise de la brume et du brouillard. Elle puisait sa magie dans la neige et la glace et j'avais l'impression qu'elle ne nous avait donné qu'un aperçu de ses véritables pouvoirs.

Après avoir fait la révérence, Iris passa la main dans les poils de la crinière de Feddrah-Dahns. Il avait l'air d'apprécier. Lorsqu'elle lui murmura à l'oreille, il hennit. Puis, elle recula et me donna une tape sur le bras.

—Viens m'aider à la cuisine.

Curieuse, je la suivis. À peine arrivée dans l'autre pièce, elle se retourna vers moi, les yeux écarquillés.

—Est-ce que tu sais qui c'est?

Je haussai les épaules.

—Feddrah-Dahns, une licorne de la vallée du saule venteux. Il a débarqué devant ma boutique cet après-midi avec une bande de vermines outremondiennes aux trousses. Ils voulaient le descendre avec un flingue. Apparemment, il a aidé un lutin ou quelque chose dans le genre.

Iris secoua la tête d'un air incrédule.

—Camille, ce n'est pas n'importe quelle licorne! C'est le prince!

Je la dévisageai.

—Quoi?

—Feddrah-Dahns est l'héritier de la couronne des Dahns. Un prince est assis… debout dans ton salon.

—Par la Mère Lune! m'exclamai-je en me laissant tomber sur une chaise. (Je ne savais pas quoi en penser.) Comment tu le sais? Il n'a rien dit de la sorte! Tu en es sûre?

—Tu n'as pas remarqué le symbole gravé dans sa corne? fit Iris en s'accoudant au bar. Tu n'es pas sur Terre depuis assez longtemps pour avoir oublié tout ce que tu as appris, n'est-ce pas? Même moi qui suis une Fae terrienne, je l'ai tout de suite reconnu!

—Est-ce que tu veux bien aller voir ce que fait Chase? lui demandai-je avant de retourner rapidement dans le salon.

Dans la boutique, je n'avais pas eu le temps d'examiner la corne de Feddrah-Dahns. J'avais été trop occupée avec Lindsey et le gobelin.

Tandis que j'entrais lentement dans la pièce, la licorne leva la tête vers moi et ce que je n'avais pas remarqué plus tôt me sauta aux yeux. Ou peut-être avait-il fait en sorte que je ne le voie pas. Ce n'aurait pas été difficile pour lui. Une aura dorée entourait sa corne et, quand on regardait de plus près, on apercevait le signe distinctif de la royauté.

Je frissonnai. Les licornes étaient assez rares en Outremonde, alors rencontrer une tête couronnée l'était encore plus.

Dans notre ville natale, Y'Elestrial, la Cour et la Couronne nous avaient traitées, mes sœurs et moi, comme si nous n'avions jamais existé. Nous étions des parias, des marche-aux-vents, des métisses. Cependant, depuis que nous étions coincées sur Terre, que notre tête était mise à prix et que nous repoussions les attaques des démons, nous attirions le sang bleu. Reines des elfes et princes des licornes trouvaient leur chemin jusqu'à nous comme des chats abandonnés.

Reportant mon attention sur Feddrah-Dahns, je m'inclinai devant lui.

— Je suis terriblement désolée, votre altesse. Je ne vous avais pas reconnu jusqu'à présent. C'est une mince excuse, mais je ne peux vous en donner de meilleure. Que pouvons-nous faire pour vous ?

Feddrah-Dahns laissa échapper un long hennissement qui ressemblait à un soupir.

— La question est plutôt ce que moi je peux faire pour vous, jeune sorcière. L'ouverture des nouveaux portails sème une zizanie sans nom. Je vous ai dit que le gobelin et ses suivants m'avaient dérobé quelque chose. En réalité, il s'agissait d'un cadeau pour vous que mon assistant devait vous faire parvenir.

— Pour moi ? Que pourriez-vous vouloir me donner ? Nous ne nous sommes jamais rencontrés !

Tout à coup, j'eus l'impression que j'allais m'évanouir. Aussi, je m'assis sur un fauteuil. Les énergies de la Terre.

Lorsque d'importants présages zébraient le ciel ou qu'une sorcière se trouvait à un carrefour, la réalité l'envahissait par vague. Ces changements me laissaient pantelantes. En Outremonde, je les remarquais à peine car la magie faisait partie intégrante de l'environnement. Ici, en revanche, ils me prenaient toujours au dépourvu.

Les naseaux de Feddrah-Dahns se dilatèrent et de la vapeur en sortit.

— Ne devrions-nous pas attendre vos sœurs pour continuer ? Cela concerne l'Ombre Ailée.

Je me massai les tempes. Je sentais les débuts d'une douleur grandir derrière mes globes oculaires, qui menaçaient de se transformer en puissant mal de tête.

— Je crois que j'ai besoin d'une tasse de thé.

Il secoua sa crinière.

— Comme vous voudrez, ma dame.

— Delilah et Chase seront là dans une minute. Ils ont trouvé quelque chose d'intéressant sur l'ordinateur, annonça Iris en entrant dans la pièce. (Puis, en me regardant, elle ajouta :) J'ai mis la bouilloire sur le feu. J'ai pensé que tu en aurais besoin.

— Tu as eu raison.

Je jetai un coup d'œil à l'horloge. Six heures et quart. Soudain, un mouvement attira mon attention dans l'embrasure de la porte. Menolly s'y tenait, belle comme une poupée de cire. Pâle et fine, elle coiffait ses cheveux roux en de nombreuses tresses qui tombaient sur ses épaules. Sa peau était plus blanche que celle de n'importe quelle autre femme, mais à part ce détail, il aurait été difficile de deviner qu'elle était morte… jusqu'à ce que vous regardiez son visage. Son histoire se reflétait dans le regard hagard qu'elle posait sur le monde. Menolly avait trop souffert pour pouvoir retrouver un jour son innocence.

—Bonsoir, nous salua-t-elle d'une voix douce en portant son attention sur Feddrah-Dahns. Je vois que nous avons de la compagnie.

Au même moment, Delilah et Chase dévalèrent l'escalier. À côté de Menolly, Delilah avait l'air d'une géante. Du haut de son mètre quatre-vingt-cinq, blonde et athlétique, elle nous dépassait facilement.

—Chase m'a dit que… Oh mon dieu! Il ne m'a pas menti! s'exclama-t-elle avant de s'asseoir sur le repose-pieds devant la licorne. Vous êtes magnifique!

Feddrah-Dahns remua la queue.

—Merci, maîtresse féline. Maintenant que nous sommes tous réunis, pourrions-nous commencer?

Pour une licorne, l'impatience signifiait qu'il était au bord de la crise de nerfs.

—Bien sûr, répondis-je en faisant signe à Menolly de s'asseoir avec moi sur le canapé. Feddrah-Dahns est le prince héritier des licornes de Dahns. Je l'ai rencontré devant ma boutique tout à l'heure lorsque trois crapules outremondiennes ont essayé de le tuer à cause d'un lutin ou quelque chose dans le genre.

—Ah, fit Menolly en hochant la tête. Les lutins sont des voleurs invétérés. Ils sont presque aussi mauvais que les gobelins.

Feddrah-Dahns laissa échapper un grognement qui ressemblait à de l'indignation.

—Les lutins n'ont rien de commun avec les gobelins! Et ce ne sont pas tous des voleurs! Celui-ci en particulier travaille pour moi. C'est mon assistant. Il transportait un objet de grande valeur que je lui avais remis. Il a voyagé jusqu'ici à travers un portail récemment découvert. Nous ne nous étions pas rendu compte qu'il était suivi.

—Par le gobelin et ses sbires? m'enquis-je.

Une filature semblait plus logique qu'une rencontre fortuite. La licorne hennit.

— Oui. Ils ont attendu d'arriver sur Terre pour le voler. Ils ont essayé de tuer Gui, mais il a réussi à s'échapper. Quand il m'a contacté à l'aide d'un sort de murmures, j'ai accouru ici pour lui porter secours. Avec du recul, je n'aurais pas dû lui assigner cette mission, mais si je pouvais prédire le futur, nous ne serions pas en train d'avoir cette discussion.

— Gui ? Si je comprends bien, il s'agit du lutin ? demanda Delilah en se laissant aller contre l'épaule de Chase.

Elle paraissait sur le point de passer ses bras autour du cou de la licorne pour lui déposer un gros bisou baveux sur le museau. Delilah adorait les animaux à quatre pattes. Enfin, presque tous.

— Tout à fait. Il me sert depuis plus de deux cents ans. C'est un excellent assistant. Gui a réussi à récupérer l'objet avant mon arrivée. J'allais à sa rencontre lorsque le gobelin et son groupe ont déboulé, mais cette fois, j'étais sur leur chemin. Et vous aussi. Malheureusement, Gui semble s'être perdu. Il n'a pas essayé de me contacter depuis cet après-midi.

— Où se trouve le portail ? demandai-je en pinçant Delilah. Va chercher une carte pour qu'on puisse le repérer.

Elle alla chercher un atlas de Seattle dans la bibliothèque et l'ouvrit à l'endroit où nous avions marqué les principaux lieux et jonctions magiques.

Feddrah-Dahns s'ébroua.

— Le portail relie directement la vallée du saule venteux au petit parc près de votre boutique. Les arbres ne sont pas taillés, il a l'air abandonné. Il est vraiment très petit, avec du houx et un sorbier.

Delilah observa un instant la carte.

— Je l'ai ! Je vous parie qu'il s'agit de ce square !

Elle nous montra le petit point vert qui désignait un parc. Le parc de Wentworth. Il n'avait pas l'air de mesurer plus de deux pâtés de maisons. De petits pâtés, qui plus est.

—On ira vérifier tout à l'heure. Il faudrait y poser un agent pour surveiller le portail. Quelqu'un qui passera inaperçu.

En théorie, ça paraissait facile, mais en pratique, c'était un peu plus compliqué. Comme si on n'avait pas assez de soucis comme ça. Si le moindre HSP réussissait à franchir le portail, nous serions dans de sales draps. L'OIA avait promis aux gouvernements terriens qu'aucun humain n'irait sur le sol outremondien sans y être accompagné.

Delilah prit note.

—OK. Je suis sûre qu'on peut trouver un ou deux esprits de la nature prêts à nous aider.

—Bonne idée! Comme ça, personne ne prêtera attention à eux! dis-je en me retournant vers Feddrah-Dahns. Continuez, s'il vous plaît.

—Gui n'a jamais voyagé sur Terre. Je ne l'ai pas senti mourir donc il doit simplement être perdu. En revanche, je suis persuadé que le gobelin et le Fae sont toujours après lui. Vous devez à tout prix le trouver avant eux. Le cadeau qu'il transporte ne doit surtout pas tomber entre leurs mains!

Après m'avoir regardée, Delilah plongea les mains dans les poches de sa veste en jean.

—Je suis détective privé. Je ne devrais pas avoir trop de difficultés à le trouver. Après tout, les lutins ne sont pas monnaie courante dans une ville, alors un lutin outremondien devrait encore plus sortir du lot.

La faux noire tatouée sur son front scintilla et un courant d'air froid traversa la pièce. Je croisai les bras en sentant une forte présence autour de moi. Mon radar interne avait détecté quelque chose de gros et dangereux qui arriverait bientôt sur nous.

— Qu'avez-vous amené sur Terre avec vous, au juste ?
Et que savez-vous sur l'Ombre Ailée et notre combat
contre lui ?

Quand Feddrah-Dahns me dévisagea, je me sentis
sombrer dans la profondeur de ses yeux étincelants.

— J'ai eu une discussion très intéressante avec Pentangle,
la mère de la magie, récemment.

Au moins, nous savions comment il connaissait l'existence
de l'Ombre Ailée. Pentangle, une sorcière du destin, et la reine
Asteria travaillaient main dans la main en Outremonde pour
trouver un moyen de repousser les démons.

Je sentis un sentiment de malaise naître à l'intérieur de
moi, menaçant de m'envahir. Même si je n'avais pas envie de
connaître la réponse à ma prochaine question, je me devais
de la poser.

— Le gobelin et ses sbires ne travaillent pas seuls, pas
vrai ? Vous avez bien dit que la filature avait commencé en
Outremonde ?

— Vous avez raison, répondit Feddrah-Dahns en claquant du sabot sur la moquette. Ils sont sous la coupe d'un
espion de l'Ombre Ailée. Apparemment, le démon a aussi
des yeux et des oreilles en Outremonde. Avec la reine Asteria
et Pentangle, nous sommes arrivés à la conclusion que vous
deviez vous servir de cette arme. Je l'avais déjà confiée à Gui
quand Pentangle s'est aperçu que l'on nous espionnait. Le
gobelin et les autres font partie d'un réseau d'espions qui
relie Outremonde et la Terre. Un de leurs chefs réside ici,
à Seattle. D'après nos sources, il s'agirait d'un général de
l'armée de l'Ombre Ailée.

— Merde ! jura Menolly en se levant. (Elle s'éleva jusqu'au
plafond pour se poster près du lustre.) Je me demande si ça
a un rapport avec le troisième sceau spirituel et le Rāksasa
dont nous a parlé Rozurial.

Rozurial était un incube qui nous avait aidés à vaincre le sire de Menolly. Il était très beau, mais je n'étais pas assez stupide pour me faire prendre dans ses filets.

—Bien sûr! m'exclamai-je en me relevant d'un bond. Le démon persan! (Je me retournai vers Feddrah-Dahns.) C'est bien ça?

—Effectivement, acquiesça-t-il d'un air grave. Il est extrêmement dangereux et a tendance à garder ses ennemis vivants pour leur voler toutes leurs possessions. Nos recherches montrent que divers mercenaires ont essayé de l'éliminer sans succès. Nous savons qu'il a des assistants, mais ils disparaissent tous au bout d'un an ou deux.

—Ainsi, l'Ombre Ailée a déjà pris ses marques en Outremonde et sur Terre, dis-je en fronçant les sourcils. C'est troublant. S'ils veulent à tout prix récupérer le présent que vous nous destinez... Il ne s'agit pas du troisième sceau spirituel, au moins?

Feddrah-Dahns secoua sa crinière avec un hennissement.

—Non, mais ce que je vous offre viendra s'associer à votre magie. Ils ne veulent pas que ça se produise. Tandis que les Fae se battent entre eux et ignorent tout de la menace qui rôde, l'alliance des cryptozoïdes a convenu de vous aider dans ce conflit qui dépasse tous les autres. Pentangle et la reine Asteria ont approuvé cette décision.

Je soupirai. Parfois, alors que nous pensions être seuls à nous battre, un rayon d'espoir apparaissait. Je levai la tête vers la licorne, le cœur débordant de gratitude.

—Nous avons besoin de toute l'aide que vous pourrez nous offrir.

Il se baissa pour frotter son museau contre mon visage.

—Séchez vos larmes, Camille. Nous ferons notre possible pour être à vos côtés. Nous ne pouvons pas vous prêter d'armée, mais nous pouvons vous offrir quelques instruments.

—Alors, que transportait Gui ?

Quand Feddrah-Dahns secoua la tête, sa crinière scintilla sous la lumière artificielle.

—Dans ma famille, nous gardons précieusement un objet depuis des millénaires. Mon père m'a autorisé à vous le céder uniquement parce que la menace est trop grande et l'ennemi trop dangereux. C'est ma faute si Gui est en danger. Je le pensais capable de s'en charger.

Sa voix mourut et il battit des cils, comme gêné par un courant d'air invisible.

Visiblement, il s'agissait d'un objet très puissant. Le prince héritier n'aurait jamais mis les pieds sur Terre sans une bonne raison. J'attendis qu'il reprenne la parole.

Au bout de longues minutes, il laissa échapper un soupir.

—Nous vous offrons quelque chose qu'aucun humain, ni Fae n'a été autorisé à voir ou à toucher. Je veux parler de la corne de la licorne noire.

CHAPITRE 5

Delilah, Iris et Menolly se mirent à parler en même temps tandis que je demeurai silencieuse. J'allai me poster devant les fenêtres en arc de cercle qui donnaient sur le devant de la maison, le regard perdu à l'extérieur. Chase me rejoignit.

—Ça va? murmura-t-il.

Je hochai la tête.

—Oui. Je me demande seulement si j'aurai la force nécessaire pour surmonter tout ça.

Il jeta un coup d'œil en arrière vers les autres occupants de la pièce.

—De quoi est-ce que tu parles?

Lasse, je m'appuyai contre le rebord de la fenêtre.

—La présence d'un démon espion à Seattle avec un Fae à sa botte est un coup dur. Rozurial avait raison sur toute la ligne. Les démons s'infiltrent un peu partout et cherchent d'autres moyens de nous envahir. Et il ne faut pas oublier les Rāksasas qui sont extrêmement dangereux! Ils viennent de Perse et possèdent de puissants pouvoirs magiques.

—Pires que Luc le Terrible?

Je soutins son regard.

—Bien pires, crois-moi. Les Rāksasas sont vicieux, très intelligents, mais surtout charmeurs.

—Mauvaise nouvelle, alors. Ils savent tout ça? me demanda-t-il en désignant les autres.

—Oui, oui. Nous savons tous à quel point les démons sont dangereux. Sauf qu'à présent, on nous offre… Non, on m'offre à moi la corne de la licorne noire ? Seul un maître des sortilèges peut s'en servir, comme un mage, un magicien ou… une sorcière. Je devrais en prendre le contrôle. Ce n'est pas comme conduire une voiture. Ce genre d'objets a une âme. Mes sœurs ne pourront pas la toucher. Et je serai la seule à pouvoir assurer sa protection. Elle ne doit jamais tomber entre de mauvaises mains.

Encore une responsabilité que je n'étais pas prête à assumer. Cependant, je n'avais pas le choix.

—Quelle est cette créature ? Quand j'ai appris votre existence, je me suis douté que les licornes étaient réelles, elles aussi, mais…

—Beaucoup d'Outremondiens pensent que cette corne est une légende. Ils affirment même que la licorne noire est un mythe perpétué par la famille Dahns pour alimenter le mystère qui plane autour d'elle puisqu'on dit que la bête noire est à l'origine de leur lignée. Toutefois, mon père croyait en eux. Mes professeurs aussi. Et visiblement, fis-je en me tournant vers Feddrah-Dahns, la légende est basée sur la réalité.

—La bête noire ? Est-ce que c'est un démon ?

Je lui adressai un sourire indulgent.

—Non, ce n'est pas un démon.

Tandis que j'observais le crépuscule grandissant, je pouvais sentir le printemps approcher et ce, même dans la brume qui dévorait l'avant de la maison. Elle était chargée en magie. Sur Terre, les changements climatiques faisaient voyager les forces élémentaires des océans jusqu'au sommet des montagnes. Parfois, notre monde me manquait tellement que la douleur en devenait physique. Pourtant, à des moments comme maintenant, les royaumes paraissaient tellement entremêlés que j'avais l'impression qu'en fermant les yeux, je me retrouverais propulsée à Y'Elestrial.

Près de moi, Chase attendait patiemment. Je le dévisageai. Il avait les yeux mi-clos, comme s'il pouvait sentir la magie ambiante. Au bout d'un certain temps, je soupirai et repris :

— La bête noire, ou la licorne noire, est une des créatures les plus puissantes ayant jamais foulé le sol outremondien. C'est un géant qui dépasse toutes les autres licornes. Sa corne est un cristal à l'intérieur duquel se mélangent des fils or et argent. Cette partie de son corps est réputée pour pouvoir contrôler la magie élémentaire la plus forte. Sa magie n'est pas démoniaque. Toutefois, elle est reliée à Darkynwyrd.

— Darkynwyrd ?

— Une forêt sauvage, remplie de mousse, de toiles d'araignées, de tourbières et de sables mouvants. La licorne noire a quitté la vallée il y a des milliers d'années pour se réfugier à Darkynwyrd où elle vit avec ses descendants, cachée dans la brume.

Souriant légèrement, Chase me fit un clin d'œil.

— Ça ressemble à un conte de fées. Comment est-ce que Feddrah-Dahns a pu se procurer cette corne ? Est-ce qu'une licorne ne meurt pas en perdant la sienne ?

Le sujet semblait vraiment l'intéresser, pour une fois. D'habitude, j'avais l'impression qu'il posait des questions par obligation et que la réponse ne lui importait pas.

— Pas toujours. Même si la plupart des licornes s'affaiblissent et meurent. Ou alors elles deviennent folles et tellement dangereuses que les seigneurs élémentaires sont obligés d'engager des assassins pour les tuer.

Les sourcils froncés, je tentai de me rappeler le reste de l'histoire.

—La licorne noire est une exception. Tous les mille ans, sa corne tombe et une autre pousse à sa place. Selon la légende, il en existerait encore trois, mais personne ne sait qui les a en sa possession. Leur valeur… S'il s'agissait d'un artefact terrien, disons que leur valeur s'élèverait à quelques millions de dollars.

Chase siffla.

—Je vois. À part le fait qu'elle pourrait vous rapporter la rançon d'un roi, en quoi est-ce qu'elle peut vous être utile ?

—Je ne sais pas trop, mais visiblement, je ne vais pas tarder à en apprendre plus. (La sonnette retentit.) Je vais ouvrir.

Un coup d'œil à travers le judas suffit à m'enflammer. Flam. Oups. Je ne l'avais pas vu depuis plus de trois semaines. Lorsque j'ouvris la porte, une odeur de musc et de cuir me parvint. Je sentis mes jambes trembler.

—Camille, dit-il d'une voix rauque.

Il m'attrapa avant que je m'effondre. Embarrassée d'être tombée à ses pieds, je me dégageai de son étreinte et fis un pas en arrière, le cœur battant à tout rompre.

Du haut de son mètre quatre-vingt-quinze, Flam était musclé tout en finesse. Aujourd'hui, il n'avait pas tressé ses cheveux, si bien qu'ils tombaient autour de lui comme une crinière qui reflétait la pâleur de sa peau. Sous sa forme de dragon, il ressemblait à une apparition blanche, presque opalescente. Sous sa forme humaine, il était tout simplement à couper le souffle.

Mon regard se promena le long de son corps, des pieds jusqu'à la tête. Son trench-coat blanc qui lui arrivait aux chevilles était ouvert et laissait entrevoir un jean moulant de la même couleur dont la vue me fit frissonner. Il portait également une ceinture en argent et une chemise bleue qui mettait son torse en valeur. Son visage, lui, semblait sans âge. Seul l'éclat de ses yeux, pâles glaciers des royaumes du nord, et une légère ombre de barbe le trahissaient.

— Qu'est-ce que tu fais ici?

Son parfum me montait à la tête. Il émanait de lui tant de phéromones que je pouvais les goûter sur ma langue. Et j'en voulais plus.

— Je suis venu te chercher, répondit-il.

Oh merde! Je devais une semaine en ma compagnie à Flam. Ce marché nous avait sortis d'une situation difficile, mais depuis, il avait été la cause de bien des migraines. Partagée entre l'envie de le suivre et celle de retourner dans le salon où une licorne me promettait monts et merveilles, je trépignais sur place.

— Est-ce qu'on ne pourrait pas remettre ça à plus tard? Dans une semaine ou deux?

S'il refusait, je le suivrais. Je lui avais donné ma parole. Les dragons, les seigneurs élémentaires ou les sorcières du destin étaient intransigeants. Si je revenais sur ma promesse, Flam aurait le droit de m'emmener de force. Ou de me tuer. Personnellement, je doutais qu'il fasse de moi son quatre-heures. En revanche, il pourrait très bien s'en prendre à Trillian et le carboniser.

Tandis qu'il se frayait un chemin dans la maison, Flam m'adressa un sourire amusé. Il me fit reculer jusqu'à ce que je me cogne contre la porte du placard derrière moi et plaça une main de chaque côté de mon visage. Ainsi penché, il me murmura à l'oreille:

— Tu as prêté serment et je ferai en sorte que tu t'y tiennes. As-tu peur de moi, ma petite sorcière?

— Peur de toi? Réfléchis! Tu es un dragon. Bien sûr que je… suis nerveuse… même si tu es très bien comme ça!

Pas la peine de nier, il s'en apercevrait tout de suite.

—Parfait. Tu as raison d'être nerveuse, murmura-t-il. (Une vague d'énergie crépita à travers son corps et tenta de me submerger. Quand je me raidis, il éclata de rire.) Je vois bien que tu l'es. N'essaie pas de cacher ta peur, Camille. Même si je tiens beaucoup plus à toi qu'aux autres de ta race, tu ne dois jamais oublier qui je suis. Ce que je suis.

Si j'avais été nerveuse, maintenant je me sentais totalement terrifiée. Flam était le premier dragon auquel j'avais accordé ma confiance. Et la perspective d'être une semaine à son service promettait beaucoup de galipettes dans l'herbe. Toutefois, je commençais à me rendre compte qu'un dragon restait un dragon. Il n'avait rien à voir avec les Fae, les humains ou les créatures surnaturelles. Non, il s'agissait d'une bête ancestrale qui pouvait me faire frire en quelques secondes et m'avaler en une seule bouchée s'il se mettait en colère. En fait, il répondait à des règles complètement différentes de celles qui s'appliquaient à moi.

—Je… C'est seulement que…, commençai-je en bafouillant. (Je m'interrompis pour me reprendre.) Écoute, nous sommes en pleine conversation à propos de l'Ombre Ailée. Nous devons terminer de parler avec Feddrah-Dahns, une licorne qui nous offre son aide.

Croisant les bras, Flam recula et ricana.

—Ah, tu as de la chance! En fait, je suis là pour te parler d'un tout autre sujet que la semaine que tu me dois. Mais ne t'inquiète pas, fit-il d'une voix langoureuse, tu n'auras plus à attendre très longtemps.

Quoi? Il n'était pas là pour ça? Je lui assenai une tape sur le bras. Très doucement.

—Tu m'as laissé croire que tu venais pour notre marché? Je me suis ridiculisée!

—Je ne t'apprécie pas pour ta conversation… Et ça n'a pas l'air de te déplaire, remarqua-t-il. Quoi qu'il en soit, ce n'est pas à l'ordre du jour. Présente-moi à ton amie la licorne.

Alors que je me retournais, Flam m'attrapa doucement par le poignet. S'il le désirait, il pouvait me briser les os aussi facilement que des cure-dents. Pourtant, sa retenue était invisible. Son pouvoir sur moi n'avait rien à voir avec sa force.

— Je sais que tu as envie de moi, Camille. Je peux te faire fondre.

Ordre du jour ou non, j'avais envie de l'emmener dans ma chambre pour qu'il me prenne encore et encore jusqu'à ce qu'il ne reste que des braises de notre passion.

Il m'attira à lui pour effleurer mes lèvres avec les siennes. Douces et souples, elles exerçaient tout de même une pression qui demandait davantage. Je sentais mon corps chanter à son contact, dur et ferme contre moi. Mes seins me faisaient mal tant je désirais qu'il les touche.

Tout à coup, il se redressa et me libéra de son étreinte.

— Comme je le disais tout à l'heure, chaque chose en son temps.

Sa voix était revenue à la normale, toutefois, son regard trahissait le désir qu'il essayait de dissimuler derrière sa froideur apparente.

Secouée et excitée, je le guidai au salon. Delilah lui fit signe de la main avant de la baisser en me dévisageant. Menolly, elle, cligna des yeux, ce qu'elle ne faisait jamais à moins de vouloir prouver quelque chose. Visiblement, elle avait perçu la tension. Chase était le seul à n'avoir rien senti.

— Salut, le dragon ! Comment ça va ?

Il ne faisait pas tout à fait confiance à Flam, mais depuis qu'il sortait avec Delilah, il était plus à l'aise en présence des Cryptos et des créatures surnaturelles.

Flam lui adressa un mouvement de la tête avant de porter directement son attention sur la licorne.

—Camille, présente-moi à ton nouvel ami.

Espérant que les licornes et les dragons s'entendaient bien – impossible de me rappeler tous les désaccords des Cryptos –, je m'éclaircis la voix.

—Feddrah-Dahns, je vous présente Flam. Flam, voici sa majesté Feddrah-Dahns, prince héritier de la horde des licornes de Dahns.

Alors que je me demandais s'il pourrait reconnaître la nature de Flam sans que je lui dise, Feddrah-Dahns répondit à ma question.

—Qui était un dragon argenté ? Votre père ou votre mère ?

—C'est un dragon blanc…, commençai-je avant d'être interrompue par Flam.

—Vous êtes très perspicace, votre majesté, dit-il en se courbant légèrement. Peu sont ceux qui reconnaissent mon héritage. Ma mère était un dragon argenté et mon père, un dragon blanc.

Voilà qui expliquait beaucoup de choses. Nous pensions que Flam était un dragon blanc à cent pour cent. S'il possédait du sang de dragon argenté dans les veines, l'étendue de ses pouvoirs magiques n'était pas étonnante. Ça donnait également le champ libre à des tas d'autres possibilités, toutes plus effrayantes les unes que les autres. Les dragons argentés étaient beaucoup plus puissants que les dragons blancs. Ils étaient liés au monde de la nuit, ce qui incluait les dieux de la mort.

Menolly redescendit jusqu'au sol.

—Tu es à moitié argenté ? demanda-t-elle. C'est pour ça que tu as pu contacter le seigneur de l'automne !

—Bonne réponse, jeune vampire, répondit-il en clignant des yeux. Malheureusement pour toi, je n'ai même plus de lot de consolation à te donner aujourd'hui.

Quand il sourit, Menolly rigola. C'est ce que j'aimais chez lui : il n'était pas malveillant. Du moins, nous concernant. Toutes ses blagues étaient saupoudrées de fantaisie. Toutefois, ses réprimandes ne devaient pas être prises à la légère. Danger. Tempête de force 5 à l'horizon. À vos risques et périls.

Flam se retourna vers Feddrah-Dahns.

— Camille m'a dit que vous leur offriez votre aide contre le seigneur des démons.

Il s'agissait d'une affirmation. Pas d'une question.

— C'est juste, répondit Feddrah-Dahns d'un air nerveux. Nous sommes nombreux au sein de l'alliance cryptozoïde à craindre une guerre avec les démons. Nous ne doutons pas de la véracité de la menace qui pèse sur nous. Les elfes nous tiennent au courant des avancées et nous relayons les informations à travers les vallées et les forêts.

Ce qui soulevait la question du nombre de Cryptos qui pensaient la même chose. Pouvions-nous nous en faire des alliés ?

— Quel genre d'aide proposez-vous ? demanda Flam en dévisageant la licorne.

J'avais la désagréable impression que si Feddrah-Dahns refusait de répondre, la maison se transformerait en champ de bataille sur lequel nous finirions tous carbonisés. Heureusement, il ne se fit pas prier.

— La corne de la licorne noire. Elle nous a été dérobée alors que nous nous rendions sur Terre. Mon émissaire l'a retrouvée, mais maintenant, c'est lui qui a disparu. Deux des trois voleurs sont à sa poursuite.

Flam m'adressa un regard avant de se tourner de nouveau vers la licorne.

— Vous voulez dire que vous comptez confier la corne de la bête noire à Camille ?

—Nous n'avons pas d'autre choix, répondit-il en hochant la tête. Ces demoiselles n'arriveront pas à combattre les démons sans aide. Leurs alliés ne suffiront pas contre une armée dirigée par l'Ombre Ailée. Elles auront besoin d'un soutien extérieur si elles veulent gagner.

—Très juste, fit Flam en s'asseyant, les jambes croisées et en tapotant l'accoudoir du fauteuil. Par simple curiosité, à qui avez-vous confié la corne?

—Mon serviteur personnel. Un lutin, répondit Feddrah-Dahns, étonné.

Flam ricana.

—Je vois. Vous avez placé un artefact légendaire entre les mains d'un lutin. Merveilleux.

Oh non. Ça avait tout l'air d'une insulte… Je reculai, remarquant qu'Iris et Delilah m'imitaient. Même Chase eut le réflexe de battre en retraite dans la cuisine, soi-disant pour chercher du café. Quant à Menolly, elle se contenta de flotter jusqu'au plafond. La situation n'avait pas l'air de lui déplaire. L'idée me vint alors que ma sœur serait bien à sa place dans cette lutte des titans. Une chose était sûre, elle adorait les bonnes bagarres.

Alors qu'il secouait sa crinière, Feddrah-Dahns renifla bruyamment et de la vapeur s'échappa de ses naseaux.

—Vous êtes trop présomptueux, dragon. Contrairement à ce que vous pensez, Gui est un précieux messager. Ses agresseurs n'ont réussi à l'avoir qu'à cause de la magie.

—De la magie? Pourtant, la plupart des sorts n'ont aucun effet sur les lutins! Du moins, en ce qui concerne la magie Fae. (Visiblement, Flam avait bien appris ses leçons sur les lutins. Au bout d'un moment, il ajouta:) Quel genre de magie peut être utilisé contre eux?

—C'est exactement la question que je me pose, répondit Feddrah-Dahns. Quel genre? Normalement, les lutins sont les messagers les plus efficaces car aucun sort de Fae outre-mondien ou terrien ne peut les affecter. Ça signifie que ce n'est pas le fait d'un Fae. Il ne peut pas s'agir de magie humaine non plus. Aucun humain n'a le pouvoir d'arrêter un lutin. En revanche, il existe des sorts plus obscurs et des magiciens…

Il laissa sa phrase en suspens.

— Je me demande si ce genre de magie a été détecté récemment. Pentangle ou Grand-mère Coyote pourraient peut-être nous éclairer, intervint Menolly en se tournant vers moi. Nous devrions leur poser la question.

— Je ne veux pas demander de l'aide aux sorcières du destin au moindre problème. Rappelle-toi ce qui s'est passé la dernière fois que nous avons fait appel à un seigneur élémentaire, fis-je en désignant le front de Delilah. À côté de ça, trouver un doigt de démon était du gâteau.

Delilah soupira bruyamment.

— Ne m'en parle pas, répondit-elle alors qu'elle passait la main sur son tatouage.

Le croissant noir scintilla, se réveillant à son contact.

— En parlant de magie, intervint Flam, je suis venu chercher Camille pour la ramener chez moi. J'ai besoin de ses services.

Il me fit signe de venir s'asseoir sur ses genoux. Tout à coup, je sentis mon déjeuner remonter à la surface. J'aurais bien eu besoin d'un médicament quelconque. Ou d'un bon verre. Un double même. J'appelai silencieusement à l'aide Menolly et Delilah, mais elles se contentèrent de hausser les épaules.

En revanche, Chase, qui était revenu de la cuisine à temps pour observer notre échange, semblait sur le point de dire quelque chose lorsque Delilah lui fit signe de se taire. Il obéit sur-le-champ.

Alors, ravalant mon anxiété, je m'installai sur les genoux de Flam. Tout sourires, il passa un bras autour de ma taille.

En sentant ses doigts sur ma peau, je ne pus m'empêcher de frissonner. Et avant de m'en rendre compte, je rejetai la tête en arrière, emportée par un orgasme. Merde ! Il était en feu ! Et moi aussi. Rougissant, je repris contenance et tâchai de faire comme si de rien n'était.

— Qu'est-ce que tu attends de moi ?

— Tiens-tu vraiment à ce que je réponde à cette question devant ta famille et tes amis ? fit Flam en ricanant si fort que de la vapeur s'échappa de ses narines.

Je le dévisageai. D'accord, je lui avais tendu la perche.

— Je veux dire… Pourquoi veux-tu que je vienne sur tes terres ? Maintenant. Aujourd'hui.

— Je n'arrive pas à y croire ! Camille rougit ! s'exclama Delilah avec un sourire qui ressemblait à celui du chat de Chester.

Menolly laissa échapper un rire rauque.

— Je vois ça, chaton. J'aimerais bien être une mouche pour voir ce qui se passera là-bas…

— Il ne parle pas de ma promesse, protestai-je.

— Elle a raison, acquiesça Flam. Il se passe quelque chose sur mes terres. J'aimerais avoir ton opinion. Je ne veux pas agir avant de savoir exactement à quoi je m'expose.

— Qu'est-ce qui se passe encore ? demanda Chase d'un air las. Nous en avons déjà plein les bras !

Quand Flam bougea, je fis mine de me relever, mais il me retint par la taille et, de nouveau, la chaleur qui émanait de ses mains me brûla.

— Il semblerait que j'aie une visiteuse. J'aimerais que tu découvres ce qu'elle me veut. Je crois que tu l'as rencontrée il y a quelque temps.

Je jetai un coup d'œil à Menolly qui haussa les épaules.

— Qui est-ce ? Et pourquoi ne pas lui demander toi-même ce qu'elle désire ?

.

Il éclata d'un rire menaçant.

—Je ne l'aime pas. Je la trouve… rebutante. Et puis, Titania a eu des démêlés avec elle, il y a quelques siècles. Elles ne sont pas en bons termes. Pourtant, elle a planté son camp près de mon tumulus, alors elle veut forcément quelque chose. En toute franchise, je pense qu'elle cherche Titania, mais l'ancienne reine Fae se fait rare, ces derniers temps.

Je fronçai les sourcils. De qui voulait-il donc parler ? Toutefois, je savais que je ne devais pas le presser. Il distillerait les informations au fur et à mesure.

—Ce matin, continua-t-il, une nuée de corbeaux est apparue dans le ciel. Celui qui les guidait était beaucoup plus gros que les autres. Ils se sont posés près du tumulus de Titania et ont farfouillé un peu partout. Je les ai rôtis pour le petit déjeuner. Sauf un que j'ai renvoyé à sa maîtresse pour la prévenir.

Des corbeaux… Voilà qui me rappelait quelque chose !

—Je sais de qui tu parles, dis-je en me levant et en me retournant pour lui faire face. Morgane ! C'est Morgane qui est sur tes terres !

—Je savais que tu devinerais.

Tout à coup, Feddrah-Dahns hennit et ses sabots claquèrent contre le sol. Son regard n'avait rien d'amical.

—Ne lui parlez surtout pas de la corne ! Elle l'a cherchée par monts et par vaux. Il y a cinq mois, elle est venue nous demander de l'aide, mais nous l'avons éconduite.

Je me retournai lentement vers la licorne.

—Pourquoi est-ce que Morgane voudrait la corne ?

À part pour la source de pouvoir qu'elle représentait, bien sûr. Feddrah-Dahns paraissait nerveux.

—Je ne sais pas. J'ai le mauvais pressentiment que ça a à voir avec la Cour de l'ombre.

CHAPITRE 6

—La Cour de l'ombre? m'exclamai-je en secouant la tête. Mais les Cours suprêmes Fae ont été abandonnées lors de la Grande Séparation! Ce ne sont plus que des souvenirs, à présent.

Delilah s'assit sur le canapé, les jambes croisées.

—Ça n'a pas de sens.

—Non, aucun, acquiesçai-je en me tournant vers Flam. Aeval, la reine de l'ombre, a disparu il y a des milliers d'années. Personne ne sait où elle est allée, ni si elle est toujours vivante. Quant à Titania, on ne peut pas dire qu'elle soit au top de sa forme.

Avant la Grande Séparation, Titania était la reine de la Cour de lumière et Aeval celle de la Cour de l'ombre. Cette dernière avait été une femme terrifiante, aussi belle et cruelle que Titania était belle et gracieuse. Leur autre point commun était leur impartialité.

Flam se renfrogna.

—Peu importe ce que projette de faire Morgane, je ne veux pas d'elle sur mes terres, c'est tout! J'ai pensé que tu aimerais parler avec elle avant que je la transforme en barbecue.

Il se redressa d'un coup et manqua de se cogner la tête contre le lustre. Agacé, il le repoussa d'un geste de la main.

—Comme je le disais, Titania se cache, continua-t-il. Après vous avoir laissé emmener son amant, elle s'est renfermée sur elle-même, constamment enivrée, et a disparu. Je crois qu'elle me rend responsable du départ de Tom. Donc, si j'étais vous, je ne compterais pas sur son aide.

— Je vais nous faire un peu de thé, dit Iris en se dirigeant vers la cuisine. Ça nous fera le plus grand bien.

— Je vais t'aider, proposa Chase. Je suis aussi utile qu'un livre vierge en ce qui concerne les reines Fae et leurs problèmes politiques.

Menolly redescendit lentement jusqu'au sol.

— Morgane a toujours eu soif de pouvoir. Je me demande si…

— Quoi ? lui demandai-je. Tu penses qu'elle essaie de faire renaître le royaume du passé pour le contrôler elle-même ? Ce n'est pas impossible. Mais dans ce cas-là, pourquoi chercherait-elle Merlin ? S'il sait qu'elle convoite la Cour de l'ombre, il fera tout de suite capoter ses projets. Morgane a été sa meilleure élève. Cependant, elle suivra davantage les pas de Dark Vador que les siens.

Delilah attrapa une coupelle de chips et se mit à les manger bruyamment.

— Si les reines Fae et diverses aspirantes essaient de récupérer le trône, c'est que quelque chose les pousse à le faire, non ? Est-ce qu'elles veulent plus de pouvoir pour combattre les démons ? Pour rallier les Fae terriens à notre cause, peut-être ? Après tout, Morgane était présente à la réunion de la communauté surnaturelle. À ce propos, la prochaine aura lieu dans trois semaines. On fera un point sur nos avancées.

— Dans tous les cas, nous ne pouvons pas fermer les yeux, fit Feddrah-Dahns. Si Morgane s'emparait de la corne de la licorne noire, elle serait aussi forte qu'un démon et aussi imprévisible. Malgré son métissage, elle n'a jamais respecté les humains.

Je jetai un coup d'œil au calendrier. L'équinoxe de printemps était dans quelques jours. Pouvait-il y avoir un lien avec l'apparition de Morgane ? Trop de questions restaient en suspens.

— Bon, quelles sont nos priorités ? Dans l'ordre ? demanda Menolly alors qu'Iris revenait avec un plateau presque aussi grand qu'elle.

Un de ces jours, il faudrait investir dans un petit chariot. Comme s'il avait lu dans mes pensées, Flam lui prit le plateau des mains pour le poser sur la table basse. Elle le remercia d'un sourire tout aussi étincelant que ses cheveux blonds dans la faible lumière.

— Eh bien, la première chose que nous devons faire reste incontestablement de trouver le troisième sceau spirituel avant le Rākṣasa. La deuxième, c'est de localiser Gui et la corne, puis de tuer l'espion de l'Ombre Ailée, fis-je en acceptant la tasse de thé brûlant que l'on me tendait. (Je me laissai aller contre le canapé tandis que l'odeur m'emplissait les narines et apaisait ma migraine.) Morgane et ses projets arrivent en troisième place. Mais avant toute chose, nous devrions nous assurer qu'elle n'est pas de mèche avec l'Ombre Ailée. On ne sait jamais.

— Morgane ? Alliée de l'Ombre Ailée ? retentit une voix dans l'entrée.

Après avoir refermé la porte, Trillian, mon amant svartan, pénétra dans le salon. Sa peau noire d'obsidienne contrastait avec ses longs cheveux argentés qui tombaient dans le creux de ses reins. Raffiné et élégant, il avait des yeux bleus envoûtants qui rappelaient la couleur des œufs de rouge-gorge.

Oh non ! Flam et Trillian se chamaillaient sans cesse. Les risques d'un combat de testostérone venaient juste de monter en flèche.

J'étais sur le point de m'éloigner du dragon lorsque Flam m'attrapa par la taille pour me faire tomber sur ses genoux.

Le nez dans mes cheveux, il regardait directement Trillian avec un air de défi.

— Nous n'avons vraiment pas besoin de ça maintenant ! m'exclamai-je en me libérant de son étreinte.

Trillian bouillonnait.

— Il me semblait bien avoir senti de la sueur de dragon. Qu'est-ce que tu fais ici ?

Je posai une main sur son épaule.

— Range tes griffes.

— J'ai besoin de te parler. (Ah ça, pour être en colère…) Seul à seule. Tout de suite.

Haussant les épaules, je lui désignai le petit salon d'un geste de la main.

— OK, allons là-bas.

Je n'avais rien contre le seul à seule, surtout si ça pouvait nous éviter un bain de sang. Trillian me dépassa, ignorant Flam au passage, tandis que je lançais un sourire pincé à Delilah et Menolly.

— Pendant que je mets Trillian au courant des derniers événements, pourquoi est-ce que vous n'essayez pas de chercher Gui ? S'il n'a pas contacté Feddrah-Dahns avec un sort de murmures, c'est peut-être parce qu'il craint que le gobelin s'en serve comme d'un radar. Ah, et Menolly ? Est-ce que tu peux écouter ce qui se dit au bar, ce soir ? Peut-être que tu récolteras des renseignements sur le démon.

— Et toi ? Qu'est-ce que tu comptes faire ? me demanda Delilah d'un air mutin.

— Je ne sais pas… essayer de désamorcer une bombe avant qu'elle explose peut-être ? rétorquai-je en me tournant vers Flam. Une remarque à faire ? Est-ce que ça t'amuse de me compliquer la vie ?

Il n'était pas du genre à se taire gentiment. Les bras croisés, il se planta au milieu de la pièce.

—J'aime te voir à l'action avec tes amants. Rappelle-toi avec Morio…

Pour la deuxième fois de la soirée, il réussit à me faire rougir. Flam avait assisté à la première fois où Morio et moi avions couché ensemble. Ou plutôt fait des galipettes dans l'herbe. Ensorcelés, nous ne nous étions pas aperçus que le dragon avait une place de choix pour le spectacle du siècle. Mais même si nous l'avions su, le sort était tellement puissant que ça ne nous aurait pas arrêtés. Je me retournai vivement vers le petit salon.

—Camille, m'appela-t-il.

Je m'arrêtai net. Son ton ressemblait à un ordre.

—Oui ? demandai-je d'une toute petite voix.

Il sourit.

—Bien, j'ai réussi à attirer ton attention. N'oublie pas de dire au Svartan que même si tu lui appartiens, je reste un dragon. Il aurait tort de l'oublier.

Malgré son clin d'œil, je sentais que sa menace était sérieuse et que cet avertissement pourrait sauver la vie de Trillian.

Lorsque je pénétrai dans le petit salon, Trillian me fit signe d'approcher en tendant la main vers moi. Puis, il me serra un moment dans ses bras, le nez enfoui dans ma nuque. Je sentis ma peau commencer à picoter, comme chaque fois que je me trouvais en sa présence. Flam était peut-être envoûtant, mais Trillian, lui, m'apportait familiarité et sécurité.

—Il est finalement venu te chercher ?

Quand il se recula, son visage était de marbre. Pourtant, le ton de sa voix trahissait son inquiétude.

—Il n'est pas venu réclamer son dû. Pas encore. Mais ça ne saurait tarder, et tu sais très bien que je ne peux pas refuser. Nous avons conclu un marché. Je ne reviens jamais sur mes promesses.

—C'est ridicule, rétorqua-t-il. Le renard, passe encore. Pour tout te dire, j'ai fini par m'habituer à lui. Il n'est pas si mal que ça, en fin de compte. Par contre, l'idée de te savoir avec ce dragon me révulse.

Il semblait sur le point d'exploser. Comme nous venions à peine de nous rétablir – Trillian avait été blessé par une flèche et moi par des griffes de vampire –, nous étions encore tous deux assez faibles. S'il se battait contre Flam, il n'y survivrait sans doute pas.

—Écoute, tu sais bien que tu passes avant tous mes autres amants. Ça ne changera pas. Mais Flam est un dragon. Il pourrait te dépecer vivant si l'envie lui en prenait. En plus, il est notre allié. On ne peut pas se permettre de l'énerver. Et puis…

Je laissai ma phrase en suspens. Pouvais-je lui dire que j'avais envie d'y aller ? Que même si j'aimais Morio et Trillian, je ne pouvais pas m'empêcher d'imaginer les plaisirs qu'un dragon pouvait avoir à offrir ? J'avais passé bien des nuits à déshabiller ce géant de glace dans mon esprit. Depuis que je m'étais liée à la lune, elle coulait comme un feu argenté dans mes veines, pleine et sensuelle. Ses servantes ne se satisfaisaient pas d'une vie à demi-mesure.

Trillian se mit à tourner autour de moi comme un rapace guettant sa proie.

—Avoue-le, tu as envie de lui ! Je sens ton désir ! C'est vraiment ce que tu veux ?

Il me prit de nouveau dans ses bras et enfouit son visage dans mes cheveux. Le contact de ses lèvres contre ma peau m'enivrait comme un vin parfumé et entêtant.

Sous l'effet de la surprise, mes lèvres se mirent à trembler. Comment pouvais-je lui répondre ? Trillian me connaissait par cœur. Nous n'étions plus des enfants. Nous n'étions pas humains, du moins, pas entièrement, ni mariés. Dans notre monde, la monogamie n'existait pas. Trillian supporterait la vérité, mais pas que je lui mente.

—Je…

—Réponds-moi, fit-il en caressant doucement mes seins à travers mon bustier.

Son contact m'enflammait. Je sentais mes tétons se durcir et ma respiration s'accélérer. On avait tellement joué avec moi aujourd'hui que j'avais envie de crier. Il se colla un peu plus contre moi.

—Je l'ai vu dans tes yeux lorsqu'il t'a attrapée. Tu as envie de lui, pas vrai?

—Oui, répondis-je à la fois craintive et soulagée. (Je ne pouvais pas lui faire croire plus longtemps que ma dette était la seule chose qui me liait à Flam.) Oui, j'ai envie de lui. Il me fait peur, mais…

—Ma merveilleuse déesse, murmura-t-il en déposant une nuée de baisers dans ma nuque. Tu adores jouer avec le feu. Tu aimes que tes amants sentent le danger.

Je frissonnai. Il avait raison. J'aimais les hommes dangereux et sombres. Ou dangereux et blancs comme la neige. Doux, légers, attentionnés… Je n'avais rien contre tout ça. Seulement, je répondais à la Mère Lune. Je m'adonnais à la Chasse. En clair, ma passion était peinte de couleurs étincelantes, pas de pastels.

—Je n'aime pas l'idée qu'il te touche, continua-t-il, mais puisque tu as donné ta parole et que je n'ai pas eu assez de bon sens pour arrêter ce marché à temps, nous n'avons pas le choix. Je n'ai pas non plus envie de finir rôti. Alors quand le moment viendra, je ne ferai rien pour t'empêcher de t'acquitter de ta dette. Mais n'oublie jamais ceci…

Sur ces paroles, il me donna un baiser long et fougueux. Je sombrai dans le même abysse sombre qui semblait s'ouvrir sous mes pieds chaque fois que Trillian me touchait. Quand je sentis sa langue chatouiller mes lèvres, je les entrouvris sans attendre et il resserra davantage son étreinte. Je me laissai emporter par ce baiser et savourai le miasme d'énergie qui s'éveillait autour de nous. Il glissa une jambe entre mes cuisses pour se rapprocher davantage.

Puis, soudain, il recula, haletant.

— Je n'ai jamais été aussi proche d'une femme que je le suis de toi. Parfois, j'ai l'impression de pouvoir toucher ton âme. En nous unissant l'un à l'autre, nous avons forgé des chaînes plus sombres encore que l'anneau de Lishani.

Je sentis le besoin de le rassurer. Et moi aussi, par la même occasion.

— Flam ne me fera aucun mal et il ne te remplacera jamais dans mon cœur. Tu sais qu'il t'appartient depuis cette première nuit à Collequia. Dès l'instant où je t'ai vu, j'ai su que nous étions destinés l'un à l'autre.

— Camille, murmura-t-il en fronçant les sourcils, ne sois pas sentimentale. Ça ne te ressemble pas. Et puis, aucun mot ne pourrait décrire la passion qui nous unit. (Il éclata de rire, comme pour libérer son corps de la tension ambiante, avant de se laisser tomber sur le canapé et de me faire signe de le rejoindre.) Alors dis-moi… Que te veut ce serpent ?

— Tu es vraiment incorrigible, le réprimandai-je en me lovant contre lui. Tu ne peux pas sérieusement penser que quelqu'un ou quoi que ce soit puisse parvenir à briser le lien que nous avons forgé. J'ai essayé. Toi aussi. Si ça ne s'est pas produit, alors ça n'arrivera jamais. J'en suis venue à accepter le fait que nous sommes unis pour l'éternité, peu importe les amants, les amis ou la famille qui traversent nos vies. Les seuls liens qui sont plus forts que celui-ci sont ceux qui me rattachent à la Mère Lune et à mes sœurs.

Les yeux dans les yeux, Trillian me caressa doucement le visage.

— Et je ne te demanderai jamais de briser l'un ou l'autre. Tu le sais bien.

Oui. À ce moment même, j'en étais persuadée. Malgré leurs pratiques douteuses, les Svartan avaient un grand sens de l'honneur et de l'éthique. Leur style de vie n'était simplement pas adapté au reste du monde. La tête posée contre son épaule, je lui racontai tout ce qui s'était passé depuis l'arrivée de Feddrah-Dahns jusqu'à la conversation sur Morgane.

Quand j'eus terminé mon récit, l'expression de Trillian avait changé. L'inquiétude causée par Flam avait été oubliée en faveur de celle que lui inspirait ma nouvelle position.

— Il ne faut pas faire confiance à Morgane. Je te mets en garde. Ne la sous-estime pas ! Elle est assez connue à Svartalfheim. Elle s'est alliée avec le roi Vodox, mais… je ne sais pas trop ce qui s'est passé. Du jour au lendemain, il l'a chassée de la cité. Quoi qu'il en soit, elle voyage librement à travers Outremonde. Si la licorne te dit qu'elle est à la recherche de la corne de la bête noire, tu dois la croire sur parole.

Je me redressai, posant mes coudes sur mes genoux. Pourquoi devait-elle apparaître maintenant ? En janvier, sa présence m'avait déjà inquiétée, mais comme nous combattions Dredge, j'avais réussi à ne plus y penser. À présent, je me demandais si je n'avais pas fait une erreur.

— Qu'est-ce qui ne va pas, mon amour ? demanda Trillian en se levant. (Il s'étira avant de me tendre la main pour m'aider à me mettre debout.) Je ne t'ai pas mise en colère, j'espère ?

Je secouai la tête. Même si le machisme m'insupportait de la part de la plupart des hommes, celui de Trillian ne me gênait plus. M'énerver ? Moi ? Bien sûr ! M'agacer ? Souvent ! Mais me mettre en colère ? Jamais.

—Non, j'ai l'habitude de tes crises, maintenant.

J'interrompis sa repartie d'un geste de la main.

—Pas la peine de nier. Tu sais très bien que tu piques tout le temps des crises. J'ai appris à accepter ce petit défaut. C'est juste que… les choses se compliquent. De plus en plus de gladiateurs entrent dans l'arène et j'ai terriblement peur de passer à côté d'un élément vital à cause du trop grand nombre de facteurs.

Il émit un grognement désapprobateur.

—C'est une peur justifiée. Reste sur tes gardes, c'est tout ce que tu peux y faire. Alors c'est pour ça que tu vas chez Flam, ce soir? Pour parler à Morgane?

—Oui, il m'a demandé de lui parler avant qu'elle le pousse à bout et qu'il finisse par la faire frire. Je crois qu'il est sérieux, fis-je en haussant les épaules. Je ferais mieux de…

Delilah ouvrit la porte à la volée.

—On a un problème et on va avoir besoin de l'aide de tout le monde! s'écria-t-elle.

—Qu'est-ce qui se passe? m'exclamai-je en accourant vers elle. Quelqu'un est blessé?

—Plusieurs personnes, répondit-elle. Deux trolls se promènent dans un parc et les policiers n'arrivent pas à les contrôler. Ils ont besoin de nous. Ça vaut aussi pour toi, joli cœur, dit-elle à l'attention de Trillian. Et pour couronner le tout, ce ne sont pas de simples trolls des bois.

Je laissai échapper un grognement. Pas des trolls! Nous n'avions vraiment pas besoin de ça! Ils n'étaient pas invulnérables à proprement parler, mais drôlement difficiles à tuer. Et encore plus à ensorceler. Ce qui expliquait qu'il y en avait si peu dans les geôles d'Outremonde.

—Des trolls des montagnes? m'enquis-je. (C'était la perspective la moins effrayante. Ou la seconde. Les trolls des montagnes étaient pires que ceux des bois. Les trolls des cavernes, eux, étaient pires que ceux des montagnes. Mais les pires de tous…

— Non, répondit Delilah en nous ramenant au salon. Des trolls de Dubba.

Dans la pièce, tout le monde était en effervescence. Iris tenait Maggie, notre bébé gargouille, dans les bras, l'éloignant de l'agitation alors que tout le monde se préparait à la bataille.

— Des trolls de Dubba, murmurai-je en fermant les yeux. Merveilleux. Des trolls à deux têtes, deux fois plus forts que ceux des bois avec deux fois moins de cervelle. Et pour couronner le tout, ils étaient sans cesse à la recherche de chair fraîche. De n'importe quelle origine, du moment qu'elle était vivante quand ils l'attrapaient.

— Des trolls de Dubba, répéta à son tour Menolly d'un air enthousiaste. Allez les filles, la chasse est ouverte !

Je secouai la tête en ricanant.

— Contente de te voir si heureuse. Pour ma part, j'aurais préféré quelque chose de plus facile… comme Luc le Terrible.

Menolly rit alors à gorge déployée comme elle ne l'avait pas fait depuis des années. Je la dévisageai. Elle avait enfin réappris à sourire. Tandis que nous nous dirigions vers la porte, elle se baissa pour me murmurer à l'oreille :

— Au moins, ça sera plus amusant que de regarder tes amants se chamailler toute la soirée !

Même si je refusais de l'admettre, elle n'avait pas tout à fait tort.

CHAPITRE 7

Ce qu'il faut retenir sur les trolls de Dubba, c'est qu'ils sont gros et stupides et que leur peau en cuir ensorcelé ne craint ni balles ni lames si elles ne sont pas magiques ou en argent. Quant aux épées, si elles ne sont pas en dents de scie, elles n'ont aucune chance de percer cette chair coriace et nauséabonde. Par contre, une bonne vieille massue ne ratera jamais son coup, en particulier sur la tête ! Oh, et ils sont sensibles à la magie du feu. Ce qui tombait bien puisque, étant liée à la Mère Lune et utilisant la foudre pour me défendre, quelque part, c'était mon rayon.

Nous avions demandé à Feddrah-Dahns de rester à la maison avec Iris et Maggie pendant que nous partions tous ensemble. Après tout, la première tentative pour le faire entrer et sortir de la voiture de Chase n'avait pas été concluante. Chase prit son 4 x 4, Delilah, le sien. Pour une fois, Flam monta avec elle sans rechigner. Quant à Trillian et moi, nous nous joignîmes à Menolly.

En chemin, nous discutâmes de la manière de nous débarrasser des trolls en faisant le moins de dommages collatéraux.

— Si seulement j'avais une bombe à Roz ! m'exclamai-je.

Rozurial, un incube, nous avait aidés à pister, puis à tuer le sire de ma sœur, Menolly. Cet homme, ou plutôt, ce démon mineur, était un arsenal sur pattes. Il possédait tout et n'importe quoi, du mini-Uzi aux chaînes en argent, en passant par les bombes à l'ail pour déstabiliser les vampires.

Il cachait le tout sous son long manteau qu'il adorait ouvrir brusquement comme un exhibitionniste. En fait, il était tout simplement une menace pour tout être vivant. Ou mort.

— Une bombe? Je préférerais plutôt que Roz soit avec nous! rétorqua Menolly. Mais, pour l'instant, il est occupé par les affaires de la reine Asteria. Je lui ai parlé à travers le miroir des murmures, l'autre soir. Il m'a dit qu'il était en mission et qu'il ne pourrait pas rentrer sur Terre avant une semaine ou deux.

— Les trolls sont dans quel parc? demandai-je en observant la nuit à travers la vitre.

Nous étions jeudi soir. À presque 20 heures, les voitures se faisaient de plus en plus rares dans les rues. Bien sûr, Seattle bougeait la nuit, mais seulement dans les boîtes et les bars, pas dans la rue. Rien à voir avec New York, Dieu merci.

— Ils sont près du parc de Salish Ranch, entre l'arboretum et le cimetière.

Séparé du cimetière de Wedgewood par une rue, ce parc était situé à la limite de Belles-Faire et de Seattle à proprement parler. Menolly quitta brusquement Aurora Boulevard pour Borneo Boulevard qui nous y mènerait directement.

— Génial, il ne manquait plus que ça! Les cimetières ne sont pas mes lieux de promenade préférés, remarquai-je. Je me demande s'ils s'amusent à y effrayer les passants. Qui sait? Peut-être qu'ils ont des amies goules dans le coin?

Trillian ricana.

— Quelle vilaine fille…, fit-il en faisant courir ses doigts le long de ma nuque.

Je réprimai un frisson.

— Ne commence rien que tu ne pourras finir.

— Oh, ne t'en fais pas, on le finira… plus tard.

— Un peu de tenue ! plaisanta Menolly.

Son sourire dévoilait ses canines allongées. Notre petit jeu avait-il réveillé ses instincts ?

— Bref. J'aimerais bien savoir où est Morio. Il devait passer ce soir, mais il n'est pas venu alors qu'il n'est jamais en retard. J'espère que tout va bien.

Ma magie était beaucoup plus efficace quand je l'avais à mon côté. Seule, je pouvais faire un carnage… ou pondre un œuf de dodo. Avec Morio, j'avais beaucoup appris.

Il m'enseignait la magie de la mort qu'il tenait lui-même de son grand-père et, apparemment, j'étais assez douée. Peut-être parce que c'était de la magie terrienne ou, tout simplement, parce que j'avais un penchant pour tout ce qui était mortel. Dans tous les cas, ça se révélait bien utile, surtout quand nous combinions nos forces. Toutefois, il m'arrivait de me demander si mes petites excursions dans le côté obscur du plan astral auraient une influence sur moi sur le long terme. Mais, avec ce qui nous attendait, je n'avais pas le temps d'y réfléchir sérieusement. Si la magie ne me tuait pas, je pouvais compter sur l'Ombre Ailée ou ses sbires. Si j'avais à choisir, je prendrais la première solution sans hésiter.

— Il est sûrement coincé dans les embouteillages. Iris lui dira où nous sommes quand il arrivera, fit Trillian d'un air exaspéré. Au moins, toi, tu peux compter sur la magie. De mon côté, à part les charmer, je ne pourrais pas faire grand-chose. Hors de question que je les embrasse pour les ensorceler.

— Tu oublies que tu te bats bien mieux que moi à mains nues.

Il ricana.

— C'est ça. Comme si mes poings ou mon épée pouvaient leur faire ne serait-ce qu'une égratignure. Malheureusement, je ne donne pas dans les armes lourdes.

— C'est pas faux, répondis-je en observant la rue qui séparait le cimetière du parc.

L'attraction principale de ce parc de vingt hectares était un gigantesque arboretum. De grandes serres contenaient des milliers de fleurs rares, de cactées et de fougères fragiles, toutes gardées à température idéale pour leur épanouissement. Morio et moi nous y étions promenés plusieurs fois en pleine nuit.

Mon téléphone sonna. Je décrochai pour découvrir Delilah au bout du fil.

— Camille ? Shamas vient d'appeler Chase. Les trolls sont bien dans le cimetière.

— On y est presque. Donne-nous cinq minutes, répondis-je avant de raccrocher. Les trolls sont dans le cimetière. Shamas y est déjà. Au moins, on a un mage avec nous.

— Oui, si quelqu'un peut faire tomber un troll en arrière, c'est bien Shamas, fit Menolly. J'aimerais bien savoir comment il est devenu si puissant. Il n'a jamais été très studieux quand il était petit. Pourtant, maintenant, il pourrait faire carrière comme incendiaire à distance.

Lorsque le parc apparut devant nous, je remerciai les dieux que les trolls n'aient pas encore découvert l'arboretum. Je les imaginais déjà piétinant les plates-bandes. Le carnage m'aurait fendu le cœur.

— Il faut les arrêter avant qu'ils s'approchent des serres, avant qu'ils traversent la route pour se rendre dans le parc.

Menolly se gara.

— On va y aller à pied.

Une fois hors de la voiture, nous nous mîmes à courir. Comme la nuit était fraîche, je me félicitai d'avoir pensé à mettre une capeline. Devant moi, Menolly portait un jean moulant, un pull à col roulé et des bottes à talons aiguilles, mais même si elle avait eu les fesses à l'air, elle n'aurait pas senti le froid. Quant à Trillian, il avait revêtu un pantalon noir, un pull gris argent et un long manteau qui servait autant à lui tenir chaud qu'à cacher ses armes, dont une épée dans son fourreau, des policiers que nous pourrions croiser.

Après avoir gravi la montée qui menait au portail, j'aperçus enfin l'intérieur du cimetière. Éclairés par une version moderne d'un ancien lampadaire, de minces chemins de terre sinuaient à travers les pierres tombales. Quelques galets les parsemaient, assez boueux pour ne pas se révéler glissants et dangereux.

Techniquement, le cimetière fermait à la tombée de la nuit. Toutefois, les trolls avaient enfoncé le portail de fer. Les barres de métal étaient pliées sur le côté et les chambranles, devenus inutiles, gisaient à terre. Nous nous frayâmes un chemin à travers les débris. Le contact du fer ne faisait que picoter Menolly. En revanche, comme Trillian et moi étions toujours en vie, nous risquions des brûlures graves, surtout Trillian qui était cent pour cent Svartan.

Flam, Delilah et Chase apparurent enfin dans notre champ de vision. Ils discutaient avec notre cousin Shamas et des policiers HSP qui paraissaient inquiets. Chase se disputait avec l'un d'eux.

—Leur tirer dessus ne sert à rien ! l'entendis-je crier. Les balles ricocheraient sur eux. Où sont les Tasers que je vous avais demandé d'apporter ? Avec eux, au moins, vous auriez une chance de les toucher !

À notre approche, Shamas se retourna. Il semblait content de nous voir.

—Salut, cousines !

Shamas s'était étonnamment bien habitué à la culture humaine. Avec ses cheveux noirs et ses yeux violets, il ressemblait à mon père et moi. Il ne dépassait pas le mètre soixante-quinze. Bâti idéalement pour les activités physiques, je m'étonnais toujours qu'il choisisse de se servir de son cerveau avant tout.

— Prêts à défier les trolls ?

— Des trolls de Dubba, en plus, marmonnai-je.

Chase discutait avec un policier blond. Soupirant, il posa la main sur son épaule.

— Deitrich, tant que tu ne sauras pas obéir aux ordres, tu resteras dans les bureaux. C'est la troisième fois cette semaine que tu passes outre les ordres d'un officier supérieur. Je te mets sur la touche. Appelle du renfort et dégage. Je veux te voir dans mon bureau à la première heure demain matin ! Si tu ne viens pas, je te vire du FH-CSI et tu recommenceras à aligner des prunes dans la rue.

— Oui, monsieur, marmonna-t-il avec un regard empli de haine.

Chase le regarda s'éloigner avant de se tourner vers l'autre homme.

— Tu as un problème avec moi, Lindt ?

— Non, monsieur ! s'exclama Lindt en secouant la tête. J'étais sur le point de prendre les Tasers quand Deitrich m'a ordonné d'arrêter. Il a plus de pouvoir que moi.

— Et j'en ai plus que lui. Peu importe. Magne-toi et va les chercher. Reviens le plus vite possible. (Une fois l'homme en uniforme parti, il laissa libre court à ses pensées.) Et merde ! Je vous parie que Devins est derrière tout ça ! Ça fait des semaines que je l'ai sur le dos à cause des affaires concernant les Cryptos. Il se met les mécontents dans la poche.

— Je sais, murmura Delilah.

Quand il était en service, ma sœur s'efforçait de rester professionnelle. Je jetai un coup d'œil autour de moi à la recherche des trolls.

— Là-bas, me dit Shamas en indiquant le nord-est. Près de la fontaine.

Effectivement, ils y étaient bien. Deux trolls de Dubba, quatre têtes, aucune attente. Je frissonnai. Ils mesuraient au moins trois mètres ! Comme je l'avais dit à Chase, ils étaient les pires de leur espèce et, malheureusement pour nous, ils adoraient la nourriture à emporter : viande fraîche, zéro cuisson.

—Merde, grognai-je. À leurs yeux, on est une bande d'amuse-gueules. Sauf peut-être Flam.

Celui-ci secoua la tête.

—Pas question de me transformer ici. J'ai fait en sorte de cacher ma véritable nature depuis des années. Je n'ai pas l'intention de tout gâcher. Je vais devoir vous aider à l'ancienne.

—Dommage. Tes flammes auraient été bien utiles contre eux, remarqua Delilah.

—Bon, c'est quoi le plan ? On ne peut pas foncer sans réfléchir, dis-je en observant les alentours et en calculant nos chances.

Si nous foncions dans le tas sans stratégie, nous ressortirions sûrement vivants, mais il y aurait des blessés.

Chase plissa les yeux.

—Qu'est-ce que tu en penses ? Est-ce que les Tasers serviront à quelque chose ?

—Peut-être. Après tout, l'électricité se rapproche du feu. Je vais préparer un sort pour attirer des éclairs.

—D'habitude, je me bats avec un couteau, fit Delilah en fronçant les sourcils, mais si je m'en sers maintenant, je parie que je vais me faire mal aux mains. Je me suis beaucoup entraînée ces derniers temps. Si j'arrive à sauter sur le dos de l'un d'eux, je pourrai le frapper directement au crâne.

—Oui… Génial, répondis-je avec l'enthousiasme d'une nouille mouillée. Trillian ? Flam ? Qu'est-ce que vous avez ?

J'espérais encore faire changer Flam d'avis pour qu'il carbonise nos ennemis sur place.

— Le fait que je sois un dragon me donne une force extraordinaire quand je suis sous forme humaine. Je peux facilement me battre avec l'un d'eux, dit-il. (Quand je lui adressai un regard suppliant, il secoua la tête.) Je t'ai déjà dit non, femme ! Il est hors de question que je me transforme ici. Tu as une idée des dommages que je ferais aux tombes ? Un peu de respect pour les morts !

Contre toute attente, Trillian sourit avant de tousser pour garder bonne figure.

— Comme je te l'ai dit dans la voiture, mon épée ne me sera pas utile, sauf si je vise leurs yeux. J'essaierai.

— Super, on va vraiment faire le poids ! rétorquai-je. Pourquoi ne pas directement les escorter à l'arboretum ? Shamas, tu as mieux ?

— Je comptais essayer un sort de pluie de feu, mais vous devez me laisser y aller en premier, sinon vous risquez d'être pris dans la tempête.

Quand il nous regarda d'un air interrogateur, nous fîmes tous un pas en arrière, Chase le premier. Ah ça oui, il apprenait vite.

— Après toi, marmonnai-je en me demandant où Shamas avait bien pu dénicher un sort comme celui-ci.

Je savais qu'il n'avait pas étudié auprès d'un sorcier élémentaire et ce genre de sorts ne se trouvait pas au coin de la rue.

Avec un air impatient, Shamas avança en murmurant une incantation. En voyant ses cheveux nattés comme ceux de mon père, une vague de nostalgie me submergea. Tout aurait été plus amusant en Outremonde.

— Je suis prêt, annonça-t-il.

J'avais l'impression qu'il y prenait plaisir. Au même moment, les trolls cessèrent de saccager les arbres près d'eux et le dévisagèrent, comme stupéfaits. Nul doute que chez nous, personne n'était assez stupide pour les défier.

Les mains levées, Shamas ne semblait pas à sa place avec son uniforme de l'OIA.

— *Shellen, Morastes, Sparlatium…*, dit-il d'une voix qui portait.

L'air crépita autour de lui, puis, tout à coup, des étincelles et des flammes jaillirent de ses doigts, dirigées vers les trolls qui se rendirent compte qu'ils étaient attaqués.

Celui de gauche, le plus gros, grogna et essaya de combattre la nuée de feu, tandis que celui de droite se contentait de la regarder approcher d'un air bête. Cependant, à l'instant où une flèche incandescente le toucha, il sembla se réveiller et commença à avancer, suivi de son ami.

— Merde! Ils arrivent! s'écria Shamas en revenant vers nous au pas de course.

Sur ses talons, les quatre têtes de trolls proféraient des insanités en calouk. Si je n'avais pas eu peur de me faire piétiner, j'aurais bien répondu par une insulte ou deux de mon cru. Alors, je me contentai de me retourner et de courir vers la droite aux côtés de Delilah et de Trillian. Flam, Chase et Menolly, eux, s'enfuirent vers la gauche.

— Et maintenant? cria Chase de derrière la pierre tombale qui le dissimulait.

Il me faisait penser aux souris que chassait Delilah. La différence, c'était qu'elle ne faisait que jouer avec elles, ça faisait longtemps qu'elle avait arrêté de les manger. En revanche, les trolls, eux, ne se permettraient pas un tel luxe.

Je décidai de ne pas répondre à Chase et de laisser Flam et Menolly s'occuper de lui. Une fois sortie de la trajectoire des trolls, je levai les mains au ciel.

— Mère Lune, donne-moi ton pouvoir, donne-moi la force de tes éclairs!

Mes doigts se mirent à picoter tandis qu'un grondement résonnait depuis les nuages dans tout le cimetière. La Mère Lune m'avait entendue. Je pouvais sentir son énergie me protéger, couler à l'intérieur de mes veines, m'encercler dans un cône de pouvoir, comme une tornade d'ondes invisibles qui m'ébranlèrent à tel point que je manquai de briser le lien en tombant en arrière. Je me repris rapidement et renforçai ma position. Le moindre mouvement brusque pouvait faire échouer le sort ou l'altérer.

C'est alors que je l'entendis rire. La voix de la Mère Lune descendait vers moi comme une chute de cristal, apaisant mes peurs comme la brume adoucissait la fraîcheur de la nuit. Puis, le ciel se déchira et un éclair d'énergie vint toucher le bout de mes doigts, me traversant de milliers de chocs électriques. Le pouvoir était prisonnier de mon corps, attendant que je le modèle en une balle de volley géante. Quand mes dents se mirent à trembler, je sus que je devais l'expulser avant que mon esprit surchauffe et que je tombe dans le coma.

— Prenez ça, les gars ! criai-je en étendant les bras vers le troll le plus proche, autrement dit, le plus petit et le plus stupide.

Clignant des yeux, il s'apprêtait à se gratter la tête lorsque l'éclair s'échappa de mes mains en une boule étincelante qui le frappa dans un grand bruit. Son étonnement se transforma alors en colère lorsqu'il comprit qu'il était foutu.

J'attendis anxieusement au cas où mon sort ricocherait sur lui, mais l'énergie le prit au piège dans une toile étincelante. En quelques secondes, il fut projeté en arrière et fit trembler le sol en tombant. En voyant son camarade à terre, le second troll avança vers moi.

Au même moment, des sirènes retentirent et les freins d'une voiture de police crissèrent. Devins en sortit.

—Johnson ! Qu'est-ce qui se passe ici ?

Même si je compatissais avec Chase – son chef était un gros con –, j'avais mes propres problèmes à résoudre et la fuite m'apparut comme la meilleure solution. Partir très loin d'ici. Le copain du troll mort était beaucoup trop proche à mon goût.

Au moment où il dépassa le corps de son compagnon, Delilah et Trillian s'en approchèrent.

—Il n'est pas mort ! cria-t-elle.

Aussitôt, Trillian abattit son épée sur une tête, puis sur l'autre. Il visait les yeux, le seul endroit où il était vulnérable.

—Maintenant si, rétorqua-t-il en évitant de justesse du jus d'œil.

—C'est très bien, tout ça, mais j'ai le second sur les talons, je te signale ! criai-je avant de bifurquer pour essayer de semer le troll.

Peine perdue : il m'imita. Dans ma fuite, je regardai une fois de trop en arrière et me pris le pied dans une pierre tombale basse et plate. La douleur envahit mes orteils tandis que je m'étalais sur le marbre froid.

—Putain de merde !

J'essayai de m'asseoir, mais, le souffle coupé, j'arrivais à peine à réfléchir.

—Je le tiens !

Comme la voix n'appartenait pas à Chase, je relevai la tête. Oh non ! Devins avançait vers moi avec son arme au poing.

—Ne faites pas ça ! lui criai-je.

—Les balles n'ont aucun effet sur eux, monsieur ! fit Chase en accourant. Leur peau est trop épaisse…

—Rien que des conneries ! Je vais montrer à ce monstre ce qu'on fait à ceux qui saccagent nos cimetières !

Quand il sauta par-dessus une tombe, le troll qui me suivait s'arrêta et se retourna, avant de prendre l'inspecteur de police pour cible.

— Non ! Bougez de là ! criai-je en me relevant.

Plus rapide que toutes les personnes que je connaissais, Menolly accourait, pratiquement en volant, dans notre direction. Pourtant, elle ne fut pas assez rapide. Le troll atteignit Devins avant que l'un de nous puisse l'aider. D'un coup de bâton, il l'envoya voler dans une tombe ouverte. Un bruit affreux retentit lorsque l'officier toucha la terre avant de glisser jusqu'au fond.

Alors, Chase se précipita vers lui tandis que Menolly gardait le cap et sauta sur le dos du troll. De là-haut, elle réussit à passer ses bras autour d'un cou de la créature et serra. Fort. Très fort. Quand la tête retomba, sans vie, elle le relâcha, tombant à terre où le troll tenta de l'atteindre avec ses poings.

Flam choisit ce moment pour intervenir. Il maniait le bâton qu'il avait récupéré sur le troll mort d'une poigne d'expert. Il le souleva d'une main alors qu'il était presque aussi grand que lui et s'en servit pour frapper le troll au menton.

Il cria de sa tête qui fonctionnait toujours. Menolly en profita pour monter de nouveau sur son dos et planta ses canines dans son crâne. Alors que son râle résonnait, Flam l'attaqua de nouveau, visant son ventre.

Regarder le troll se plier, c'était comme regarder un ballon géant se dégonfler. Quand Menolly sauta à terre, nous observâmes la créature tomber en avant en grognant. L'épée au poing, Trillian s'élança vers elle et lui transperça les yeux. Je m'approchai en boitant de Delilah qui m'offrit son bras.

— Dieu merci, il est mort, murmurai-je en observant les yeux sans vie du troll de Dubba. Ils sont morts tous les deux. Quelqu'un est blessé ?

Mon pied me faisait encore mal, mais un simple massage suffirait à le remettre d'aplomb. Tout le monde secoua la tête tandis que Chase s'agenouillait près de la tombe ouverte.

— Éclaire-moi, demanda-t-il à Shamas en s'aventurant à l'intérieur.

Notre cousin dirigea sa lampe de poche vers le trou.

— Nous savons que les trolls ont tué deux sans-abris qui dormaient dans le parc, dit-il doucement.

Chase chercha le pouls de Devins avant de relever la tête vers nous et de la secouer.

— Leur troisième victime. Devins est mort. Il s'est brisé la nuque.

Je me laissai aller contre Delilah. Trois victimes de Cryptos. Génial! Les Anges de la Liberté allaient s'en donner à cœur joie…

CHAPITRE 8

À notre retour à la maison, comme je ne me sentais pas d'aller chez Flam, il accepta que je m'y rende le lendemain pour parler à Morgane, avant de s'éloigner à pied. Feddrah-Dahns, lui, décida de rester pour la nuit, même s'il préféra dormir à l'extérieur. Nous ne pouvions pas nous mettre à la recherche de Gui. Après tout, nous ne savions même pas par où commencer.

Morio n'était toujours pas là. Aussi, je laissai trois messages différents sur le répondeur de son portable. Quand je rejoignis Trillian sous la douche, je continuais à me faire du souci.

— Qu'est-ce qui ne va pas, ma belle ? me demanda-t-il en me savonnant le ventre.

Je rejetai la tête en arrière pour ne pas mouiller mes cheveux. Trillian aimait me laver. C'était un plaisir partagé. La douche était un luxe qui me manquait quand nous nous rendions en Outremonde.

— Je m'inquiète pour Morio, répondis-je. Il appelle toujours d'habitude.

— Ce petit con est ponctuel, c'est vrai, marmonna-t-il en se penchant pour prendre un de mes mamelons entre ses lèvres.

Quand il se mit à le sucer, je me laissai aller contre le mur carrelé en gémissant. Malgré la fatigue, je ne pouvais m'empêcher d'apprécier ses caresses. J'avais besoin de déstresser.

—Comment tu épelles « détends-moi » ? demandai-je en tenant son visage entre les mains.

—Je crois que la bonne réponse est « b-a-i-s-e-m-o-i », répondit-il avant de se relever, déjà prêt pour moi.

Quelque chose me disait qu'il allait marquer son territoire autant de fois qu'il le pourrait avant de me laisser partir avec Flam.

—Parfois, je me dis que j'aurais dû devenir courtisane, murmurai-je avec difficulté. (Le lien qui nous unissait avait l'effet d'un aphrodisiaque perpétuel. Plus le temps passait, plus il grandissait.) Delilah et Menolly… arrivent à contrôler leurs pulsions, mais les miennes ne se fatiguent jamais. J'ai besoin de toi, Trillian. J'ai besoin que tu me touches, que tu me remplisses, que tu continues à me posséder jusqu'à la fin des temps.

Alors qu'il laissait courir sa langue le long de mon cou, je le repoussai gentiment et me mis à genoux devant lui. Enveloppée par la cascade chaude de la douche, je déposai mes lèvres sur sa cuisse avant de m'aventurer plus haut, où les muscles tressaillaient à mon contact. Impatiente de le sentir en moi, je le pris dans ma bouche, le laissant me guider lentement. Quand je le caressai doucement avec ma langue de la base jusqu'à l'extrémité, je le sentis trembler contre moi.

—Tu es trop passionnée pour être une vulgaire courtisane, remarqua-t-il en posant les mains sur mes épaules pour se stabiliser, le dos pressé contre le mur. Elles font tout ça parce que c'est leur métier, alors que toi, tu le fais par amour… par amour pour le sexe, amour pour la passion, amour pour…

Il laissa sa phrase en suspens, mais j'entendis clairement le mot « nous » qu'il n'avait pas prononcé. Je continuai à l'embrasser et à le titiller avant de le reprendre de nouveau tout entier en moi. Grognant, il s'avança un peu plus tandis que je l'entourais de ma langue et suçais avidement les quelques gouttes qui se formaient. Elles avaient un goût salé, chaud, un goût de désir.

Au bout d'un instant, Trillian me repoussa, le souffle court.

—Arrête… j'arrive à ma limite, m'ordonna-t-il.

J'obéis sur-le-champ et le laissai me relever pour me presser contre le mur. Là, je posai une jambe sur le rebord de la baignoire, tandis qu'il se penchait pour m'embrasser. Alors, il me pénétra doucement, avec une aisance familière. Je haletai lorsque je sentis ses doigts caresser mon clitoris, le malaxant avec ardeur.

—Oh mon Dieu, plus fort! J'ai besoin de toi. Plus fort, Trillian! C'est ça!

C'était la seule façon de me défaire de la tension sexuelle d'avec Flam et du stress causé par les événements de la soirée. Ainsi, je pouvais sortir de mon esprit et échapper à mes pensées.

Nous trouvâmes notre rythme. Il m'attrapa par les cheveux pour rejeter ma tête en arrière et coller ses lèvres contre mon cou. Marquage de territoire.

—Tu me voulais, tu m'as, fit-il d'une voix rauque. Ne me quitte plus jamais, Camille. Sinon, je mettrai le monde sens dessus dessous pour te retrouver. Peu m'importe le nombre d'hommes que tu mets dans ton lit. Ne me quitte plus jamais… ni pour le renard, ni pour le dragon, ni pour les dieux eux-mêmes.

Je m'accrochai à ses épaules tandis qu'il s'enfonçait plus fort et plus profondément en moi si bien que j'eus peur de tomber. Mais quand ses doigts me caressèrent de nouveau, j'oubliai jusqu'à l'endroit où nous nous trouvions, l'eau et tout le reste. Je me sentis m'élever, tourbillonner, atteignant le point culminant où une déferlante de sensations se déversa en moi. Puis, je tombai dans ses bras, épuisée, soulagée, savourant la délivrance que seul le sexe pouvait apporter.

Quand je me réveillai le lendemain matin, le soleil n'était pas encore levé et un carillon résonnait dans mon bureau. Le miroir des murmures ! Je me dégageai de sous le bras de Trillian qu'il avait passé sur moi avant de l'embrasser tendrement sur la joue. Tandis qu'il marmonnait dans son sommeil et se retournait, j'enfilai ma robe de chambre en soie et me dirigeai prestement vers la porte du fond du couloir.

Incrusté dans un cadre d'argent sculpté, le miroir des murmures était notre visiophone interdimensionnel. À l'origine, il avait été conçu pour nous relier à l'OIA. À présent, grâce à une petite manipulation elfique, nous pouvions contacter la Cour de la reine Asteria.

Je m'assis à la coiffeuse sur laquelle il était posé et retirai le voile en velours qui le recouvrait. À l'intérieur, un tourbillon de brumes multicolores étincelait.

— Maria, dis-je pour l'activer.

Il répondait désormais à un mot de passe au lieu de nos voix. Nous avions choisi le prénom de notre mère.

La brume se dissipa pour laisser apparaître Trenyth, conseiller et assistant de la reine. Il paraissait presque aussi fatigué que moi. Surpris, il cligna des yeux. Quand je baissai la tête, je me rendis compte que ma robe de chambre s'était ouverte et qu'il me voyait en négligé.

Avec un grand sourire, je remis mes seins en place. Il était 4 heures du matin. J'étais trop fatiguée pour lui refuser un instant de voyeurisme.

— N'ayez pas l'air si choqué. Ce n'est rien que vous n'ayez déjà vu. Vous savez quelle heure il est ici ? Je n'ai dormi que trois heures. Nous avons passé la moitié de la nuit à combattre des trolls de Dubba, je suis crevée. Qu'est-ce que vous voulez ?

— Je suis désolé de vous avoir réveillée, mais c'est une urgence.

Au ton de sa voix, je redevins aussitôt sérieuse.

— Qu'est-ce qui se passe ?

Comme la plupart des elfes, Trenyth affichait toujours une expression impassible. Il ne laissait rien paraître sauf quand il le décidait.

— Est-ce que Trillian est avec vous ?

— Oui, fis-je en hochant la tête. Pourquoi ?

— Allez le chercher. Je dois lui parler. Tout de suite, si vous le voulez bien.

Sans autre explication, il s'adossa contre son fauteuil pour patienter. Ma curiosité laissa place à de l'inquiétude. Repoussant le banc sur lequel j'étais assise, je courus vers la chambre. Que voulait la reine Asteria à Trillian ? Jusqu'à récemment, il était un agent double pour sa Cour et pour Tanaquar, mais, après avoir été blessé par une flèche empoisonnée, il avait été forcé de se cacher sur Terre. Le plus préoccupant était que sa couverture d'espion avait été découverte, ce qui faisait de lui une cible facile en Outremonde.

— Trillian, réveille-toi ! appelai-je en le secouant par les épaules jusqu'à ce qu'il ouvre les yeux. Trenyth est au miroir des murmures. Il veut te parler.

En quelques secondes, Trillian avait sauté hors du lit. Debout, entièrement nu et beau comme un dieu, il regardait autour de lui. Je lui tendis sa veste de costume. En réalité, comme elle lui arrivait aux chevilles, elle ressemblait plus à un manteau. Je le lui avais acheté pour les fêtes de fin d'année.

— Tiens, c'est ce que tu cherchais ?

— Merci, répondit-il en l'enfilant et en serrant la ceinture.

Puis, il se dirigea vers le fond du couloir à vive allure et s'assit devant le miroir des murmures. Trenyth se redressa.

—Trillian, j'ai… (Il s'arrêta en me voyant.) Camille, c'est une affaire de sécurité publique. Vous devez quitter la pièce.

Sourcils froncés, je reculai. Je n'avais pas envie de partir, mais je savais que je devais obéir aux ordres. Même si mes sœurs et moi n'avions pas été les meilleurs agents du monde, nous avions essayé. Tandis que je refermais la porte derrière moi et m'éloignais, je pouvais entendre leurs voix en sourdine.

—Qu'est-ce qui se passe ? demanda Menolly au sommet de l'escalier à côté de Delilah. Nous étions en train de regarder *Jerry Springer* quand nous avons entendu le miroir des murmures sonner.

—Vous avez bien entendu. Trillian discute avec Trenyth. On m'a demandé de quitter la pièce avant que je sache de quoi il retournait. (Chiffonnée d'avoir été mise à la porte, je me retournai vers celle-ci.) J'ai de bonnes oreilles, mais je n'arrive pas à capter ce qu'ils disent.

Menolly me fit un clin d'œil.

—Pousse-toi de là.

Me dépassant, elle colla l'oreille contre le bois. Elle écouta avec un doigt sur les lèvres pour nous intimer le silence.

Au bout d'un moment, elle se releva. Son teint semblait encore plus livide que d'habitude.

—Dans ta chambre, murmura-t-elle.

Une fois toutes les trois installées sur mon lit, Delilah plaça le dessus-de-lit en satin sur ses épaules et je la rejoignis sous la couverture. Menolly soupira.

—Tu vas devoir te préparer. Trillian a été rappelé en Outremonde. Je n'ai pas réussi à entendre grand-chose à part qu'il y a eu un changement dans le conflit et que la reine Asteria a besoin de lui.

Les sourcils froncés, elle jouait avec Belle, l'ours en peluche qui trônait sur mon lit. C'était un cadeau de Morio. J'aimais sa compagnie.

— Quoi? Mais sa tête a sûrement été mise à prix! Qu'est-ce qu'ils ont dans le crâne? Et pourquoi est-ce qu'ils sont si longs? (Sautant du lit, je retirai ma robe de chambre et mon négligé avant d'enfiler une jupe. Mes mains tremblaient tandis que j'attachais mon soutien-gorge et le recouvrais avec un petit haut à col en V.) Trillian se remet à peine de sa blessure. Ils ne peuvent pas le renvoyer en mission. Pas tout de suite. C'est trop tôt.

— Tu écoutes aux portes maintenant? demanda soudain Trillian. Qu'as-tu entendu?

Menolly secoua la tête.

— Pas suffisamment, répondit-elle. Seulement qu'ils veulent que tu retournes en Outremonde.

— Qu'est-ce qui se passe? fis-je en me précipitant vers lui. (Je posai la main près de son cœur, à l'endroit où la flèche empoisonnée avait failli le tuer.) Ils ne pensent tout de même pas à te redonner ton poste de messager? Trop de monde te connaît. Lethesanar a dû envoyer tous ses éclaireurs à ta recherche.

Secouant la tête, il prit ma main dans la sienne pour en embrasser chaque doigt avant de reculer.

— Non, Camille, ils ne m'ont pas demandé de rentrer pour espionner. Il s'agit d'une autre mission que je ne peux pas refuser. Souviens-toi, je suis lié aux elfes jusqu'à la fin de la guerre. Je ne peux pas revenir sur ma promesse.

— Mais alors, si ce n'est pas pour jouer au messager, pourquoi est-ce que Trenyth t'a contacté? demanda Delilah en s'asseyant sur les genoux d'un bond.

Elle avait relevé ses longs cheveux blonds en queue-de-cheval et son pyjama bleu avec des chats lui faisait ressembler à Bulle des *Supernanas*.

— C'était la façon la plus pratique, fit-il en attrapant les habits parfaitement pliés dans le placard près de la fenêtre. Maintenant, si vous voulez bien nous laisser, les filles, dit-il à l'attention de Menolly et Delilah, il faut que je m'habille. Camille, je vais devoir laisser mes habits terriens ici. Je n'ai pas le temps de les ramener chez moi. Tu veux bien aller me chercher mes habits et mon nécessaire de voyage ?

Tandis que, sans un mot, je sortais sa tunique, son pantalon et sa cape de l'armoire, mes sœurs s'éclipsèrent discrètement en fermant la porte derrière elles. J'observai Trillian enfiler ses vêtements outremondiens. Ce faisant, un air de magie sembla l'envelopper. Il s'était si bien adapté à la vie sur Terre que, parfois, j'oubliais la richesse de son sang Fae. Les Svartan s'étaient différenciés des elfes il y a très, très longtemps et les deux races se détestaient. Toutefois, la guerre civile d'Y'Elestrial les avait forcés à s'allier.

—Je ne veux pas que tu partes, dis-je finalement après avoir hésité entre lui souhaiter bon voyage comme la femme d'un marin qui prend la mer et être honnête. Je ne veux pas que tu meures. Nous avons besoin de toi ici, pour combattre les démons. (Au bout d'un moment, j'ajoutai :) J'ai besoin de toi.

Trillian prit une grande inspiration.

—Je sais. Je sais que tu as besoin de moi. Je sais que les démons sont une menace bien plus sérieuse que la guerre civile en Outremonde. Mais fais-moi confiance, s'il te plaît. Je n'irais pas si ce n'était pas d'une importance capitale et ça l'est. Camille, dit-il en plaçant les mains sur mes épaules, les yeux rivés aux miens. N'essaie pas de m'arrêter. Pas cette fois. Tu le regretterais si tu connaissais mes raisons. Et je ne peux pas t'en parler pour le moment. Tout ce que je peux te dire, c'est que tu dois me laisser partir.

Ses mots sous-entendaient quelque chose : une mise en garde, une promesse… et tout à la fois. Je le dévisageai, à la recherche du moindre indice, mais tout ce que je pouvais voir dans ses yeux, c'était moi.

— D'accord, m'entendis-je répondre. Je n'essaierai pas de te retenir. Et je ne te demanderai rien. Mais tu dois me promettre de revenir vivant, OK?

Il enfouit son visage dans mon cou, embrassant ma peau avec ses lèvres chaudes et mielleuses.

— Je reviendrai, je te le promets, murmura-t-il d'une voix assourdie par mes cheveux. Mais écoute-moi bien. (Quand il releva la tête, son arrogance avait disparu pour laisser la place à une souffrance nue et à l'amour.) Si par hasard, quelque chose m'arrivait, dis au lézard que c'est à son tour de te protéger. Je sais que Morio mourrait pour toi, mais Flam est bien plus fort que lui... plus fort que moi. Tu comprends?

Comme je n'avais pas envie de penser à cette possibilité, je secouai la tête.

— Ne parle pas comme ça! Ne plaisante même pas avec ça! Tu vas revenir, tu m'entends? Sinon, peu importe où tu seras, je viendrai te chercher.

— Non. Ta place est ici. Tu dois garder les portails et combattre les démons. Nous sommes en guerre, Camille. Tu es la fille d'un garde royal. Tu ne peux pas abandonner ta mission. (Il m'embrassa sur le front.) Ne t'inquiète pas pour moi. Je suis capable de me protéger tout seul. Je reviendrai.

Sur ces mots, il posa ses lèvres contre les miennes et le monde s'arrêta tandis qu'une vague de feu et de glace nous envahissait.

Au bout d'un moment, il recula et enfila sa cape.

— Je vais traverser le portail de Grand-mère Coyote. Trenyth m'attendra de l'autre côté. Prends bien soin de tes sœurs. Et d'Iris et Maggie. Mais surtout, fais attention à toi. J'ai besoin de toi, Camille. Autant que tu as besoin de moi.

Sans me laisser le temps de répondre, il s'éclipsa de la chambre. Quand je me dépêchai de le suivre, il n'était plus qu'une ombre dans l'escalier et avant que je m'en rende compte, il avait franchi la porte d'entrée, dans les premières lumières de l'aube.

Les yeux levés vers le ciel, je croisai les bras pour me protéger de la froideur matinale. Les premiers signes du jour apparaissaient à l'horizon comme des doigts de lumière pâle qui s'insinuaient dans le voile fuyant de la nuit. Pas encore le soleil. Seulement la promesse de sa venue. Pour une fois, le ciel était clair. Les étoiles continuaient à briller dans l'obscurité. En revanche, la lune s'était déjà couchée. Elle entrait dans sa phase la plus sombre. Pourtant, je pouvais toujours sentir son attraction.

Dans la quiétude matinale, le chant des oiseaux résonnait. Je me tournai vers le chêne où Feddrah-Dahns s'était installé pour dormir. Le sommeil lui allait comme un gant. Tandis que je l'observais, Menolly et Delilah me rejoignirent. Menolly regarda le ciel pour estimer le temps qu'il lui restait.

—Mon monde n'est jamais plus lumineux que ça, remarqua-t-elle. Du moins, sans ampoule, ni lanterne.

Je soupirai.

—J'aimerais pouvoir changer ça pour toi. J'aimerais pouvoir changer beaucoup de choses. Trillian est rentré en Outremonde. Il n'a pas voulu me dire pourquoi, à part que c'était très important. Autrement dit, s'il avait refusé, Tanaquar aurait eu sa tête.

—J'aurais préféré qu'il reste ici, dit Delilah. Les choses changent tellement vite !

—D'après toi, qu'est-ce qui va se passer maintenant que le chef de Chase est mort ? demandai-je.

Elle haussa les épaules.

—Aucune idée. J'espère qu'il ne va pas être viré.

Menolly s'assit sur la première marche et s'appuya sur ses coudes.

—Tu vas voir Flam, aujourd'hui? me demanda-t-elle.

Je hochai la tête.

—Oui, un peu plus tard. Il faut que je discute avec Morgane. Mais avant, on ferait mieux de vérifier nos renseignements sur le démon. (Frustrée, je tombai à genoux sur l'herbe humide de rosée, arrachant des mauvaises herbes qui avaient eu l'audace de se mélanger aux iris.) Il y a trop… trop de choses à faire, trop de pièces de puzzle disséminées. On ne voit plus le dessin original. D'après vous, où se cache le troisième sceau?

—Il pourrait se trouver n'importe où, si on prend en compte l'endroit où on a trouvé les deux premiers, fit Delilah en me rejoignant, toujours en pyjama. (Nous continuâmes à désherber ensemble. La terre se transformait en boue sous nos doigts. Son odeur, mêlée à celle plus légère de l'engrais, s'élevait dans l'air, promettant une nouvelle pousse.) Si seulement nous avions quelques indices…

Menolly s'éclaircit la voix.

—En fait, j'ai appris quelque chose hier soir, au boulot, mais je ne sais pas si ça nous sera très utile.

Elle s'approcha pour nous observer retirer les pissenlits et les trèfles. Les vampires n'avaient pas la main verte et, de toute façon, elle n'avait jamais aimé jardiner comme Delilah et moi.

—Quoi? demandai-je en me tournant vers elle. Tout est bon à prendre, tu sais?

Inutile d'ajouter que toute distraction était la bienvenue tant qu'elle m'empêchait de penser à Trillian. Elle avait compris.

—Il me reste encore environ une heure avant d'aller me coucher, fit-elle en regardant le ciel. Bon, je vous dis tout.

Elle s'assit près de nous en tailleur, puis arracha un brin d'herbe pour jouer avec.

— Pendant que je m'occupais du bar hier soir, Luke faisait le service dans la salle parce que Chrysandra est en vacances. Quand il est revenu avec la commande d'une table, il m'a dit que la cliente avait posé des questions sur moi. J'ai demandé à Luke ce qu'elle me voulait. Apparemment, elle l'a interrogé sur mon adresse et l'heure à laquelle je finissais.

— Ça ne me dit rien qui vaille, fis-je en tirant un peu plus fort sur une herbe récalcitrante qui lâcha finalement prise. (Je la déposai sur la pile que j'avais formée.) Qu'est-ce qu'il lui a répondu ?

— Il n'a rien dit, bien sûr, mais, de mon côté, j'ai essayé d'en savoir plus. Genehsys était là. Vous savez, la chanteuse de country qui vient se produire au *Voyageur* de temps en temps ? Eh bien, c'est une Fae capable de lire dans les êtres magiques. Je lui ai demandé de m'aider à cerner notre fouineuse.

— Qu'est-ce qu'elle a découvert ? demanda Delilah en soulevant une brindille couverte de coccinelles. (Elle la porta jusqu'à un rosier et la secoua pour que les insectes en tombent.) Il y a des pucerons. Les coccinelles vont nous en débarrasser.

— Allez les coccinelles, allez ! encouragea Menolly d'un ton monocorde. Quoi qu'il en soit, Genehsys pense qu'il s'agit d'un djinn.

— Un djinn ? Oh merde ! s'exclama Delilah en se retournant vivement. Nous n'avons vraiment pas besoin de nous mettre un djinn à dos !

Je fronçai les sourcils.

— Est-ce que les djinns et les Rāksasas sont liés ?

— Je ne sais pas, répondit Menolly avec un haussement d'épaules. Il faudrait qu'on se renseigne. Quand elle est partie, j'ai demandé à Luke de tenir le bar pour pouvoir la suivre. Elle a disparu derrière une porte à côté d'un magasin de tapis persans. Il y a des appartements au-dessus. On parie qu'elle y habite ?

— Un magasin de tapis persans ? Certains Rāksasas sont persans, remarquai-je. Si elle travaille vraiment pour le démon, il connaît sûrement notre existence puisqu'il semble habiter à Seattle depuis longtemps. Sinon… qui est-elle et que nous veut-elle ?

Soudain, un hennissement nous interrompit. Feddrah-Dahns s'était réveillé. À présent, il se tenait si près de moi que je pouvais sentir son souffle contre mon épaule.

— Vous vous levez tôt, dit-il. Prêtes pour partir à la recherche de Gui ?

Delilah secoua la tête.

— Pas tout à fait. Menolly, tu as trouvé quelque chose sur les lutins ?

Avec un grand sourire, celle-ci sortit un bout de papier de sa poche.

— C'est là que ça devient intéressant. Je pensais vous le laisser sur la table pour le petit déjeuner. Des elfes critiquaient un lutin qui ne semble pas à sa place dans le coin. Apparemment, il s'est incrusté dans leur jardin pour dormir. J'ai pris leur adresse en leur promettant d'aller y jeter un œil. Ils sont d'accord, du moment qu'on les en débarrasse.

Les lutins s'entendaient encore moins avec les elfes qu'avec les Sidhe. Personne ne savait vraiment pourquoi, mais le schisme datait d'avant la Grande Séparation.

Je m'essuyai les mains dans l'herbe, puis me relevai.

— On devrait s'y mettre, alors. Il faut faire des recherches sur le lutin et sur le djinn. Menolly, tu ne pourras pas nous aider. Ne tarde pas trop à descendre dans ton antre.

— Pas si vite, nous interrompit une voix depuis le porche. (Iris s'y tenait avec Maggie, l'air endormi, dans les bras.) Qu'est-ce que vous fabriquez dehors à cette heure-ci ?

Tandis que Delilah montait l'escalier pour lui expliquer la situation, je lui pris Maggie des bras et la posai par terre. La gargouille ne sortirait pas de l'enfance avant très longtemps. Je la regardai essayer de se tenir en équilibre grâce à sa queue. Elle ne volait pas encore car ses ailes étaient trop petites et faibles. Toutefois, elle arrivait à marcher sans tomber la tête la première.

Elle trotta jusqu'à un coin de verdure que nous lui avions réservé et se retourna vers moi, l'air de dire : « Tu comptes vraiment regarder ? »

Je lui adressai un grand sourire.

— Désolée, Maggie. Je me tourne.

— Mouf, me répondit-elle tandis qu'elle s'installait pour faire ses besoins.

Comme promis, je me tournai pour lui laisser son intimité. Maggie faisait partie intégrante de notre famille, à présent. Nous l'avions sauvée des griffes d'un démon, d'une harpie pour être précise, et, depuis, elle avait pris la place d'un animal de compagnie aussi bien que d'une petite sœur. Menolly passait beaucoup de temps avec elle, à l'aider à marcher et à ramper, plus patiente qu'avec n'importe qui d'autre à part peut-être Delilah, son chaton.

Maggie émit un nouveau « mouf » pour me signifier qu'elle avait terminé. Je vérifiai que rien ne s'était collé sous sa queue puis, elle tendit les bras vers moi et je la pris de nouveau dans mes bras, contre ma hanche tandis qu'elle posait la tête contre mon épaule.

Pendant que je caressais son doux pelage et que je l'embrassais délicatement sur la tête, Iris descendit l'escalier en observant notre désherbage.

— C'est un bon début. Je continuerai cet après-midi. Pour l'instant, venez prendre votre petit déjeuner et racontez-moi tout.

Avant de la suivre à l'intérieur avec mes sœurs et Feddrah-Dahns, je jetai un dernier coup d'œil à nos terres. Les bois menaient au territoire de Grand-mère Coyote où son portail nous attendait. Des pensées pour Trillian m'envahirent. Pourquoi l'avait-on rappelé en Outremonde ? Était-il sain et sauf ? Mon cœur manqua un battement. Mieux valait qu'il le soit.

En parlant d'hommes… Où diable était Morio ? Il n'avait toujours pas appelé.

Alors que je me retournais pour entrer dans la maison, un corbeau passa au-dessus de moi en croassant. Surprise, je jetai un œil par-dessus mon épaule pour le voir se poser dans un chêne. L'oiseau me rendit mon regard, l'œil brillant. À cet instant, je fus intimement persuadée qu'il s'agissait d'un message de Morgane.

— Trop, c'est trop, remarquai-je pour moi-même sans plus prêter attention à l'animal et en entrant dans la maison.

Je ne savais plus où donner de la tête. Tout serait peut-être plus clair après un bon petit déjeuner…

CHAPITRE 9

Pendant que Menolly surveillait l'heure – il lui restait trente bonnes minutes avant d'aller se coucher –, Iris nous prépara à manger.

Soudain, la sonnerie du téléphone retentit. Comme il s'agissait peut-être de Morio, je me précipitai pour attraper le combiné, mais ce fut la voix de Chase qui me répondit.

—Salut Camille! Tu peux me mettre sur haut-parleur?

—Bien sûr, fis-je en espérant qu'il n'apportait pas davantage de mauvaises nouvelles.

Après la débâcle des trolls et la mort de Devins, j'ignorais comment les choses allaient se dérouler.

—C'est Chase, murmurai-je avant de faire signe à Delilah, Menolly et Iris pour qu'elles se rapprochent.

Quant à Feddrah-Dahns, il buvait de l'eau de source dans le salon, accompagnée d'avoine odorante qu'Iris avait dénichée.

—J'ai des nouvelles pour vous. Elles sont bonnes, mais ça veut aussi dire que je ne vais pas pouvoir vous aider pendant un certain temps.

—Ils ne t'ont pas viré parce que les trolls ont dégommé ton chef, au moins? demanda Menolly.

Quand Delilah lui donna une tape, Menolly se contenta de lui adresser un sourire machiavélique. Chase renifla.

—Je te reconnais bien là. Non, je n'ai pas été viré, bien que ça ne m'aurait pas étonné plus que ça. Après tout, le

FH-CSI est mon bébé. Je suis supposé m'occuper de ce genre de chose avant qu'il y ait le moindre blessé. Beaucoup de gens n'aimaient pas Devins. Je ne crois pas qu'il soit vraiment regretté. Il s'est fait pas mal d'ennemis en son temps.

— Tu as l'air d'avoir réglé le problème, marmonna Iris en retournant à ses fourneaux.

— Oh chut, rétorqua Delilah. Dis-nous tout, mon cœur.

— Eh bien, pour tout vous dire, on m'a offert le poste de Devins. Et je conserve le commandement du FH-CSI. Il y a tellement de choses à régler que je vais être débordé pendant des semaines. (Il laissa échapper un soupir.) Ce qui signifie que je ne serai pas d'une grande aide pour vous, les filles. Des journées de dix-huit heures ne suffiront pas à mettre de l'ordre dans le bazar qu'a foutu Devins.

— Félicitations! s'exclama Delilah en frappant dans ses mains, avant de froncer les sourcils. Attends, ça veut dire que tu ne pourras pas nous aider à chercher le démon…

— Oui, je sais, l'interrompit Chase en s'éclaircissant la voix. (Il sembla remettre des papiers en place.) Je ferai de mon mieux, mais, pour cette fois, comptez sur moi uniquement pour vous fournir des renseignements. Je ne peux pas me permettre de tout foutre en l'air. Ça nous pénaliserait tous. Si je veux que le FH-CSI continue à fonctionner, il faut que je sois à la hauteur de cette promotion, sans parler de ma carrière. Après tout, si je fais du bon travail, j'arriverai peut-être à obtenir plus de fonds.

— Et à propos des trolls? L'incident n'a pas pu passer inaperçu…, remarqua Delilah.

— Avec notre chance, fis-je, c'est à la une des journaux.

Malheureusement, je n'étais pas loin de la vérité. Chase rit légèrement.

— Quelle nouvelle voulez-vous en premier? La ridicule, la sublime ou l'effrayante?

Mince, la dernière ne me disait rien de bon. Vraiment rien de bon.

— Commence doucement, répondis-je.

— OK, la ridicule alors. Malheureusement pour toi, Camille, elle te concerne.

— Pourquoi est-ce que je suis toujours le dindon de la farce ?

S'il commençait par la nouvelle ridicule et qu'elle me concernait, ce n'était pas très bon pour mon *ego*. Chase prit une grande inspiration pour calmer son rire.

— Bon, tu es prête ?

— Si on veut…

— Apparemment, un tabloïd local a réussi à prendre la bataille en photo. Je suppose qu'ils ont intercepté les conversations radio de la police. J'ai vu l'édition matinale. Les images sont assez nettes. Camille, tu es sur l'une d'elles. Tu étais en train de jeter un sort. Il y a une bonne vue sur tes seins et tu es entourée par un halo de lumière. On te croirait tout droit sortie du dernier *Harry Potter*.

Ça n'avait pas l'air si terrible que ça…

— Je ne vois pas pourquoi tu en fais tout un plat. Au moins, la photo est bien prise.

— Attends, tu n'as pas encore entendu les gros titres.

Oh non !

— Accouche.

— En dessous de la photo, ils ont écrit : « Extraterrestre séduisant un troll grâce à un sortilège de luxure ardente. »

Il s'arrêta pour entendre ma réaction qui ne se fit pas attendre.

— Répète-moi ça ? m'exclamai-je tandis que Menolly et Delilah ricanaient. Ils sont allés raconter que je voulais une partie de jambes en l'air avec un troll ? Oh mon Dieu, je ne vais plus pouvoir regarder mes clients en face, sans parler des autres Fae de Seattle !

—Voyons voir… apparemment, tu serais de mèche avec les petits hommes verts. Ils disent que tu attires les victimes qu'ils enlèvent, que tu les séduis et que tu les… sondes… avant de les emmener au vaisseau mère, finit-il en éclatant de rire.

—Ça me ressemble plus, rétorqua Menolly en riant.

Je serrai les dents.

—Tu n'es pas sérieux? (Fermant les yeux, je sentis mon mal de tête de la veille réapparaître, en plus fort.) Non contents de m'insulter en confondant Fae et extraterrestre, ils pensent vraiment que les gens vont croire une histoire pareille?

—Oh, les gens croient beaucoup de choses qui ne sont pas bonnes pour eux… que le gouvernement est honnête, par exemple, ou que le réchauffement climatique est dû aux fées qui versent de la poudre magique dans le café des scientifiques, ou encore que le monde a été créé en sept jours, fit-il en soupirant. Crois-moi, même les gens qui savent que c'est un tissu de mensonges s'en foutent complètement. Ils raffolent du moindre scandale.

—Mais je suis à moitié Fae, marmonnai-je. Nous sommes réels, alors que les extraterrestres… Enfin, je ne sais pas, mais ils ne sont pas là pour répondre à nos questions, en tout cas, pas vrai? (M'interrompant, je réfléchis aux diverses manières de réduire les bureaux de ce torchon en miettes.) Tu crois que la ville m'en voudrait si je demandais à Flam de s'asseoir sur leur immeuble?

Iris ricana.

—Voilà qui leur donnerait une leçon, acquiesça-t-elle en déposant un dernier pancake sur le plat avant de nous l'apporter. Le petit déjeuner est prêt dans dix minutes. Mettez la table, les filles.

Aussitôt, Delilah sauta de son siège pour ouvrir le placard et en sortir la porcelaine décorée de roses que nous avions achetée à notre arrivée.

— Je ne vais pas tarder à aller me coucher, nous interrompit Menolly. On peut se dépêcher ? Tu as aussi parlé de nouvelles sublime et effrayante…

— Un instant. Je vous mets en attente, dit Chase alors qu'une autre voix retentissait dans le haut-parleur.

Puis, la ligne fut coupée.

— Je suis contente pour lui, fit Iris. Les promotions, c'est important pour les humains.

— Pour l'OIA aussi. C'est pour ça qu'on nous a envoyées sur Terre, répondit Delilah en apportant le sirop d'érable, le beurre et le miel sur la table.

Pendant qu'Iris finissait de faire cuire les saucisses et le bacon, je nous servis du thé et du jus d'orange. Bien sûr, Menolly ne mangeait pas et Maggie avait déjà été nourrie. À présent, elle dormait, roulée en boule dans son parc, murmurant des «mouf» de temps à autre. Menolly la couvrit avec une couverture. La maison était pleine de courants d'air. Même si elle était installée près du fourneau, nous faisions attention à ce qu'elle n'attrape pas froid.

Lorsque Chase reprit la ligne, nous venions de nous installer à table.

— OK, je me dépêche pour la suite, continua-t-il. Alors que personne ne s'y attendait, la Fondation des religions unies a reconnu l'Ordre de Bastet comme une église officielle. Apparemment, les Fae terriens essaient de plus en plus de faire accepter leurs mouvements religieux. Bien sûr, les conservateurs veulent leur mettre des bâtons dans les roues, mais le gouvernement a déjà donné son accord. La FRU appelle à la tolérance et à l'acceptation de toutes les religions.

— Enfin un peu de bon sens, répondis-je. Au moins, l'Ordre de Bastet aura la loi de son côté si des fanatiques essaient de l'attaquer. Il nous reste donc la mauvaise nouvelle ?

Chase soupira bruyamment.

—Ce n'est pas bon du tout, les filles. Un groupe des Anges de la Liberté sévit à Portland. Ils ont saccagé la pâtisserie d'une elfe qu'ils ont violée et battue à tel point que les docteurs ne savent pas si elle s'en remettra. J'ai contacté l'ambassadeur des elfes. Il parle de créer des patrouilles de surveillance. Comme nous sommes la meilleure équipe du FH-CSI du pays, la police de Portland nous demande notre aide. En fait, toutes les équipes américaines sont copiées sur la nôtre.

L'air sombre, Delilah laissa tomber sa fourchette. Les yeux rouges, Menolly se releva en serrant les poings.

—Fils de putes! On les a arrêtés au moins?

—Pas encore, c'est pour ça que la police de Portland a besoin de notre aide. Elle veut le faire avant que les elfes envoient leurs hommes. (Il avait du mal à parler. Cette histoire l'avait touché directement. Après tout, il travaillait avec deux femmes elfes: Sharah et Jacinth.) Vous savez aussi bien que moi que si les elfes les attrapent en premier, il n'en restera même pas assez pour servir de chiffon à poussière.

—Au moins, ils sont venus frapper à la bonne porte, remarquai-je.

Lorsque Chase avait créé le premier FH-CSI, les policiers des autres états s'étaient dépêchés de faire de même. Toutefois, l'équipe de Seattle était la seule à recevoir de l'aide des Outremondiens. Les autres états devaient envoyer leurs preuves au laboratoire de Seattle pour les faire analyser ou leurs cas de traumatismes à l'équipe médicale que nous avions aidée à former à notre arrivée.

—Je vais envoyer votre cousin Shamas à Portland avec Mercurial. On verra s'ils peuvent faire quelque chose.

Mercurial était mi-Fae, mi-elfe. Il avait rejoint l'équipe un mois auparavant, après avoir été envoyé par la reine Asteria avec deux autres médecins. La souveraine était devenue une alliée de poids. Parfois, je me demandais ce qu'elle allait vouloir de nous en retour.

Les yeux rivés sur mon assiette, je m'efforçai de ne pas imaginer la scène.

—Personne ne l'a entendue crier? Ou aperçu les coupables?

—Personne n'a fait de déclaration. Nous savons seulement qu'il s'agissait d'un groupe des Anges de la Liberté parce qu'ils ont laissé leur carte de visite. La victime est restée consciente suffisamment longtemps pour dire aux policiers qu'il y avait au moins cinq agresseurs, peut-être plus. Il y a peut-être des témoins, mais ils ont trop peur pour se manifester. J'ai demandé à votre cousin de se servir de votre charme de Fae pour donner un coup de pouce à leur mémoire. J'ai aussi accepté d'extrader les coupables lorsqu'on les aura capturés. Les elfes décideront de leur peine. (Chase tourna des pages et ouvrit une canette de soda.) Bon, je dois y aller. Le boulot s'accumule.

Lorsqu'il raccrocha, Delilah laissa s'échapper un soupir qui ressemblait à un miaulement. Ses yeux couleur émeraude étaient remplis de larmes et elle se mordait les lèvres. Aussitôt, je me glissai hors de ma chaise pour la prendre dans mes bras et la calmer afin qu'elle ne se transforme pas. D'habitude, c'étaient les disputes familiales qui lui faisaient cet effet, mais je la sentais vulnérable. Le croissant noir tatoué sur son front étincelait.

—C'est affreux, c'est vrai, horrible, même. J'aimerais tuer ces monstres de mes propres mains, mais nous avons des choses à faire. Il faut espérer que Shamas et Mercurial trouvent les connards qui lui ont fait du mal. Si c'est le cas, il y a une chance pour qu'ils n'arrivent pas à Elqavene vivants. Et même s'ils survivent, ils seront extradés en terre elfique.

—Je ferais mieux de descendre, annonça Menolly en bâillant avant de se diriger vers le passage secret qui menait à ses appartements. Je vais vous dire ce que je pense. Si quelqu'un essaie de faire la même chose dans les parages, je le retrouverai et je le mettrai en pièces. Je ne demanderai même pas son avis à Chase.

Tandis que je lui envoyais un baiser, Delilah se contenta de hocher la tête, toujours aussi pâle. Puis, Menolly disparut dans le passage de la bibliothèque et referma la porte derrière elle en silence.

— Nous devons nous concentrer sur ce que nous pouvons faire pour l'instant, dis-je à Delilah en l'embrassant sur la joue. Pourquoi ne pas faire une liste ?

Voilà une chose que j'avais apprise à la mort de ma mère, lorsque j'avais dû m'occuper de ma famille : distraire les esprits avec des problèmes concrets pour les empêcher de trop réfléchir.

— Bonne idée, répondit-elle. (Elle attrapa sa fourchette pour continuer à manger son pancake.) On peut le faire en mangeant. (Soupirant, elle refoula ses larmes.) Ces pancakes sont fantastiques, Iris. Qu'est-ce que tu as mis dedans ? Ils n'ont pas le même goût que d'habitude.

Depuis qu'elle avait emménagé ici, Iris préparait presque tous les repas. Après tout, elle était bien plus douée que nous et elle aimait ça.

— Un peu de vanille et de cannelle. Camille, tu as besoin de moi à la boutique aujourd'hui ?

Je hochai la tête.

— Je crois bien que oui. Nous avons un lutin à trouver, un troisième sceau spirituel à localiser et un Rākṣasa à pister.

Depuis que nous ne recevions plus de salaire de l'OIA, je ne pouvais plus me permettre de fermer la boutique quand je le voulais. Nos emplois de couverture s'étaient révélés une réelle nécessité. Alors, Iris était devenue mon assistante.

Elle grimaça.

—J'espérais pouvoir faire un grand ménage de printemps aujourd'hui. Et si tu engageais quelqu'un à mi-temps? Je suis sûre qu'Henry accepterait de travailler au salaire minimum si tu lui donnais quelques livres. Il aime les vieux livres, de toute façon.

—Tu parles d'Henry Jeffries? (Jusqu'à présent, je n'avais jamais pensé à engager quelqu'un de l'extérieur, mais ça paraissait logique.) Je croyais que tu l'évitais.

Henry souffrait d'un sérieux cas d'amour à sens unique.

—Depuis que je sors avec Bruce, Henry a arrêté de me faire des avances. C'est un gentleman.

Ses yeux bleus étincelèrent, contrastant avec sa peau de pêche et ses cheveux blonds. Bien qu'elle soit plus âgée que mes sœurs et moi, Iris semblait avoir une vingtaine d'années et séduisait les hommes avec son air de fille d'à côté. Ils ne s'arrêtaient jamais à sa petite taille. Quelques mois plus tôt, elle avait fait la rencontre de Bruce O'Shea, un leprechaun originaire d'Irlande, avec une voix à faire fondre n'importe quelle femme. Chaque fois qu'Iris l'invitait à la maison, nous lui demandions de chanter pour nous.

—Mais est-ce qu'Henry y gagne? demanda Delilah. Ce ne sera pas dur pour lui d'être près de toi? Après tout, il a le béguin pour toi alors que tu sors avec quelqu'un d'autre.

—Il s'en remettra. Il aime ses histoires de science-fiction par-dessus tout. Et je pense qu'il préférerait passer ses journées à la boutique plutôt que chez lui avec sa mère qui a un caractère de chien.

Devant notre air surpris, Iris haussa les épaules.

—Quoi? Ce n'est pas parce que je ne sors pas avec lui que je n'apprécie pas sa conversation. Oui, il vit avec sa mère. Elle a quatre-vingts ans et c'est une garce.

Delilah hoqueta de surprise avant de se couvrir la bouche d'une main.

—Iris, ce n'est pas très gentil. Elle est âgée…

—Et moi, je suis petite. Et alors ? Sa vieillesse ne lui donne pas le droit de traiter son fils comme un esclave. Il fait tout pour elle et elle ne le remercie jamais. Henry m'a avoué qu'il ne la met pas en maison de retraite parce qu'il n'a pas assez d'argent. Elle refuse de vendre sa maison. Elle me rappelle grand-mère Buski.

J'échangeai un regard avec Delilah. Nous avions entendu beaucoup d'histoires sur la vie d'Iris en Finlande, mais ce nom-là était inédit.

—Qui ? demandai-je.

—Grand-mère Buski. Quand j'étais enfant, je vivais dans les territoires du Nord. C'était bien avant que j'emménage en Finlande et que je travaille pour les Kuusi. Ma meilleure amie m'avait emmenée voir sa grand-mère. Les esprits Buski n'étaient pas des Talon-Haltija comme moi. Ils étaient à moitié brownies, à moitié autre chose… sûrement kobolds ou urcadines. Je ne m'en souviens plus très bien. Quoi qu'il en soit, c'était une famille fantastique. Greta m'avait donc emmenée voir sa grand-mère qui, pour son âge, était un esprit de grande beauté.

Iris s'interrompit pour prendre une gorgée de jus de fruit, avant de continuer.

—Elle portait une robe écarlate et bleu cobalt qui faisait ressortir ses formes. Mais grand-mère Buski était aussi une vieille femme méchante. Elle était brownie à cent pour cent et était entrée dans la famille Buski en se mariant. Quand on vous dit « brownie », vous pensez tout de suite à « plein d'entrain », « serviable », « ennuyeux », peut-être, mais jamais cruel, pas vrai ?

Bouche bée, Delilah et moi nous contentâmes de hocher la tête. Chaque fois qu'Iris nous racontait son bon vieux temps, nous buvions ses paroles. Elle savait raconter les histoires comme personne.

—Eh bien, imaginez mon étonnement lorsque Greta m'a présentée à elle et que cette vieille sorcière m'a pincé les joues si fort que j'en ai pleuré! Ensuite, elle s'est penchée vers moi. Son haleine sentait le suif et la graisse. Alors, elle m'a traitée de mangeuse de poussière. En ce temps-là, c'était la pire des insultes pour les esprits des territoires du Nord. Elle a même eu le culot de douter de la fidélité de ma mère.

—Qu'est-ce que tu as fait? demanda Delilah, les yeux écarquillés.

Je réprimai un sourire. La présence d'Iris ressemblait à celle d'une mère.

—Je l'ai repoussée et lui ai collé une baffe, bien sûr! Puis, je lui ai dit que j'espérais qu'un loup la dévorerait, mais que, de toute façon, il la recracherait aussitôt car elle était trop vieille, trop dure et trop filandreuse, finit Iris en riant et en levant les yeux au ciel.

Delilah l'imita.

—Tu n'as pas eu d'ennuis?

—Ne m'en parle pas, répondit-elle en hochant la tête. Quand je suis rentrée chez moi, mes parents avaient déjà été mis au courant. Après ça, j'ai dû travailler pendant trois semaines dans l'étable et ma mère m'a obligée à donner ma poule préférée à grand-mère Buski en guise d'excuse. Je ne l'ai jamais dit à personne, mais en chemin, j'ai relâché Kirka dans la nature et j'ai volé une autre poule dans une ferme voisine pour qu'elle prenne sa place. Je ne pouvais pas supporter l'idée de donner une poule si gentille à cette vieille pimbêche.

Une fois son récit terminé, Iris tendit sa tasse que je remplis de nouveau de thé. L'effluve de menthe poivrée qui s'élevait de la théière apaisait mon esprit.

—La mère d'Henry est la copie conforme de grand-mère Buski, conclut Iris, sauf qu'elle ressemble à la mère de Whistler et parle comme Grincheux. C'est pour ça que le pauvre homme ne s'est jamais marié. Il m'a dit qu'il avait une fiancée, autrefois, mais Mme Jeffries l'a fait fuir. Et bien sûr, elle a une santé de fer. Les docteurs la voient centenaire.

— Pas étonnant qu'Henry passe autant de temps à la boutique, dis-je.

Maintenant, je comprenais un peu mieux son comportement.

— J'ai une autre raison pour ne pas sortir avec lui. En plus d'avoir une mère diabolique, il est beaucoup trop vieux pour moi. J'ai envie de fonder une famille et il a déjà soixante-quatre ans. En réalité, je suis plus vieille que lui, mais je vais aussi vivre plus longtemps. Je ne veux pas que mes enfants aient un père humain, et encore moins de son âge. Ils n'auraient pas la chance de le connaître réellement avant sa mort.

Laissant échapper un rot, Delilah porta sa main à ses lèvres. Elle trembla. Je devinai qu'elle pensait à Chase. Un jour, elle devrait faire face au même dilemme. Le même auquel avait fait face notre père en épousant notre mère. Je décidai d'éviter de sombrer dans une conversation sérieuse en me tournant vers Iris.

— Tu crois vraiment qu'Henry aimerait travailler au *Croissant Indigo* ?

Elle hocha la tête.

— Je suis certaine qu'il serait content de se rendre utile. C'est un homme brillant. La retraite ne lui va pas.

— Appelle-le aujourd'hui, s'il ne passe pas à la boutique. Propose-lui de travailler vingt heures par semaine, salaire minimum, plus cinq livres gratuits par semaine. De notre côté, on doit s'occuper, dans l'ordre, du lutin, des démons et de Feddrah-Dahns. Il est où, au fait ?

Je jetai un coup d'œil par la fenêtre, espérant apercevoir la licorne, en vain. Iris me fit signe de ne pas bouger, puis se dirigea vers le couloir. Nous l'entendîmes ouvrir la porte d'entrée avant de la refermer.

—Il va bien, annonça-t-elle en revenant. Il fait la sieste sur la pelouse devant la maison.

—Nous devons à tout prix trouver cette corne, fis-je. C'est notre priorité. Si les démons – ou un vampire, ou un Crypto – s'en emparent, nous sommes foutus. Alors nous ferions mieux de commencer par la chasse au lutin.

Delilah hocha la tête avec la bouche pleine de pancake et de miel.

—Après, on ira chez le marchand de tapis chercher le djinn qui posait des questions sur Menolly, continuai-je en prenant des notes. En même temps, il faut qu'on découvre l'emplacement du troisième sceau spirituel. Ce qui me fait penser que je dois rappeler Morio.

Aussitôt, j'attrapai le téléphone et composai son numéro. Il y eut sept sonneries avant que le répondeur se mette en marche. Je lui laissai un message, puis essayai de le joindre sur son portable. Il ne répondit pas non plus. La peur me tiraillait les entrailles.

—Je suis inquiète, les filles. Morio aurait déjà dû me contacter hier soir. Il devait dormir ici, mais il n'est pas venu. En plus de ça, je n'arrive toujours pas à le joindre. (À l'instant où je reposais le combiné, il se mit à sonner. En voyant le numéro s'afficher, je me précipitai pour répondre.) Morio ! Qu'est-ce que tu fabriques ?

Sa voix douce et suave résonna au bout du fil.

—Je vais bien. Désolé de ne pas t'avoir contactée plus tôt. Mon portable ne captait pas, là où je me trouvais.

—Qu'est-ce qui se passe ? Pourquoi n'es-tu pas venu hier soir ?

—J'ai crevé sur la route et j'avais oublié de remettre un pneu de rechange dans mon coffre quand je l'ai nettoyé.

Ça m'a pris un certain temps, mais j'ai fait du stop jusqu'à une station-service où j'ai pu appeler un garagiste. À la fin, j'étais tellement fatigué que je n'arrivais même plus à réfléchir. (Au ton de sa voix, je devinai que quelque chose le préoccupait.) En plus, une fois à la maison, j'ai dû faire quelques recherches. J'ai essayé d'appeler, mais ton répondeur n'a pas fonctionné.

Dans notre maison, les appareils électriques ne marchaient pas toujours très bien. En un an, nous avions déjà détruit deux fours à micro-ondes et trois téléphones. Ça avait sûrement un rapport avec nos pouvoirs imprévisibles... ou avec la vieillesse de la maison et l'état de son installation électrique.

— Des recherches ? Qu'est-ce qui se passe ? (Il semblait me cacher quelque chose d'important, comme un nuage noir qui s'apprête à lancer des éclairs.) Qu'est-ce qui s'est passé ?

— Quand je suis allé chez Grand-mère Coyote, elle m'a parlé d'un homme étrange qu'elle avait aperçu dans sa boule de cristal. Un homme capable de voir le futur, en particulier la fin du monde, le jour où les démons débarqueraient sur Terre et nous extermineraient. Elle m'a expliqué où le trouver, alors je lui ai rendu visite sous ma forme de renard. Il refuse de parler aux hommes, mais pas aux animaux.

Génial, un docteur Doolittle avec des visions.

— Que t'a-t-il dit ?

— Il fait le même rêve depuis environ un an : un rideau de feu guidé par un terrible démon, qui balaie la Terre. Des millions de personnes sont tuées, davantage encore sont réduites en esclavage ou utilisées comme nourriture ou comme reproducteurs dans un élevage. Il a également vu échouer une tentative de contre-attaque avec l'arme nucléaire.

J'eus soudain la gorge sèche.

—Qu'est-ce que tu lui as dit?

—Rien. J'étais sous ma forme de renard. Mais il y a autre chose. Il m'a parlé d'une pierre précieuse qu'il aurait vraiment vue. Pas dans ses visions. Il dit qu'il s'agit d'une améthyste dans laquelle tourbillonnent des lueurs féeriques, incrustée dans un pendentif en argent, rapporta Morio. À mon avis, c'est le troisième sceau.

—C'est pas vrai! m'exclamai-je. Comme quoi, il suffit parfois de poser les bonnes questions pour que l'univers réponde. Nous devons lui parler! Tu dis qu'il ne veut pas s'entretenir avec des humains? C'est un Fae terrien?

—Je ne crois pas. Je suis presque sûr qu'il est à cent pour cent humain. Pourtant, il hait et craint sa propre espèce. Après avoir mentionné le sceau, il est parti dans son propre monde, comme semblent le faire beaucoup de personnes fragiles. (Morio s'éclaircit la voix.) Nous ne pourrons pas aller le voir avant demain.

—Pourquoi? Où est-il?

—Il est enfermé dans un hôpital psychiatrique. Je l'ai rencontré alors que je traversais le terrain en prenant un raccourci. Je m'étais transformé pour ne pas attirer l'attention. Le personnel ne m'a pas remarqué. Lui, si. Et il a aussi compris que je n'étais pas un renard ordinaire.

Je réfléchis un instant à ces informations. Si cet homme avait reconnu Morio comme une créature magique, il devait posséder un don de deuxième vue. Après tout, un grand nombre d'humains avaient été placés en institution psychiatrique à cause de leurs pouvoirs magiques ou psychiques. Certains avaient même été tués, alors que bien souvent, les voix existaient vraiment dans leur tête. Elles n'étaient pas le fruit de leur imagination ou de leur *ego* brisé.

—Comment s'appelle-t-il? Je vais essayer de lui parler. Si j'échoue, Delilah ira sous forme de chat.

J'attrapai le carnet de notes qui était posé sur le comptoir ainsi que le stylo qui l'accompagnait.

— Benjamin Welter. L'institution s'appelle *La Retraite des Aspens*. Son nom fait penser à une résidence de vacances, mais, en fait, elle accueille les enfants à problème des familles les plus aisées. C'est près du Normandy Park. Tu ferais mieux de préparer une bonne histoire à leur raconter. Le personnel est payé pour être discret. Rien ne doit entrer ou sortir des murs.

Je poussai un long soupir.

— Nous avons déjà beaucoup de problèmes sur les bras. Où es-tu ?

— Chez moi, pourquoi ?

Désignant le morceau de papier qui traînait sur la table, je m'adressai à Delilah :

— C'est quoi l'adresse des elfes qui ont trouvé Gui caché dans leur jardin ?

— Du gui ? demanda Morio, perplexe. Des elfes ont un problème de gui ?

— Non, répondis-je. Ils ont un problème de lutin. On va s'en occuper. (Delilah me tendit le papier.) La voilà. 10226 East Parkland Drive. On s'y retrouve dans une demi-heure, OK ? Nous devons retrouver une corne de licorne avant que les démons reniflent sa trace.

Sans lui laisser le temps de répondre, je raccrochai et terminai mon jus d'orange d'un trait.

— Allons-y. Iris, n'oublie pas de parler avec Henry, s'il te plaît, et prends Maggie avec toi. Elle sera plus en sécurité qu'avec Menolly. Si Trillian revient, dis-lui où nous sommes. Et si Flam pose la question, dis-lui que je passerai plus tard pour voir Morgane, dis-je en nouant ma capeline autour de mes épaules.

— Tu es prête ? me demanda Delilah en enfilant sa veste.

— Oui. Le problème, c'est qu'on n'arrivera jamais à faire entrer Feddrah-Dahns dans ma voiture. On va devoir lui demander de rester ici.

Tandis que nous nous dirigions vers le salon, je pensai au chaos qui s'était insinué dans nos vies. La corne de licorne, le troisième sceau spirituel, Flam, la guerre civile à Y'Elestrial, un Rāksasa et un djinn, des lutins, des trolls, des elfes… si nous ne résolvions pas bientôt nos problèmes, nous risquions de ne plus pouvoir nous en libérer.

CHAPITRE 10

Chasser un lutin était loin d'être un jeu d'enfant. Mes tuteurs m'avaient appris à les ensorceler, mais ça ne marchait que la moitié du temps.

En Outremonde, comme les lutins passaient pour de la vermine, un certain nombre de villes les avait bannis de leurs murs. Lethesanar n'était pas allée aussi loin. Toutefois, dès qu'ils pénétraient à l'intérieur d'Y'Elestrial, on pouvait en faire ce qu'on voulait.

Pourquoi ? Tout simplement parce que la plupart des lutins ne vivaient que pour embêter les autres. Ils adoraient semer la zizanie et jouer des tours ; ils n'avaient pas volé leur réputation. Les lutins volaient, les lutins poussaient, pinçaient et semaient leur poussière pour provoquer le chaos. Rien qu'une bande de trouble-fête. Aussi, j'avais été surprise d'apprendre que Feddrah-Dahns avait confié un artefact si précieux à l'un d'eux. Comme quoi, il y avait une première fois à tout. Gui allait peut-être à l'encontre de sa nature.

Nous arrivâmes au 10226 East Parkland Drive à 9 heures tapantes. Nous avions pris deux voitures au cas où nous devrions nous séparer. Le ciel s'était dégagé, si bien qu'un rayon de soleil avait réussi à passer au travers des nuages. Partout, les arbres en bourgeons étincelaient à cause des gouttes de pluie accrochées à leurs branches.

La maison était un petit cottage genre Nouvelle-Angleterre qui ne semblait pas à sa place dans Seattle. Les rhododendrons avaient la taille des arbres et il y avait plus de mousse que d'herbe, donnant un air sauvage au jardin. Ici et là, quelques fougères s'élevaient à hauteur de bassin, et des herbes folles parsemaient le chemin de gravier. Un autre, de terre cette fois, menait sur le côté du jardin jusqu'à une barrière abîmée par le temps. Derrière la maison, on pouvait apercevoir deux érables dont la cime dépassait du toit, de chaque côté.

Je me tournai vers Delilah.

—Allons voir s'il y a quelqu'un.

Après avoir monté les marches deux à deux, je frappai doucement à la porte. Les elfes possédaient une ouïe extra-ordinaire. Pas la peine de taper trop fort.

Quelques instants plus tard, une elfe fine et élancée vint nous ouvrir. En nous voyant, son regard s'illumina.

—Merci, mon Dieu ! Vous venez pour les lutins ? (Elle avança pour nous montrer le jardin d'un geste de la main.) Regardez ce qu'ils ont fait ! Malgré tous nos efforts pour les en empêcher, ils sont en train de créer une jungle !

Aussitôt, Delilah et moi nous retournâmes. De là où je me trouvais, en regardant attentivement, je pouvais distinguer des résidus de poussière de lutin sur les feuilles et le sol. Les elfes ne mentaient pas quand ils se disaient infestés.

Je reportai mon attention sur l'hôtesse de maison.

—Je m'appelle Camille D'Artigo et voici ma sœur, Delilah. Vous avez signalé à Menolly la présence d'un étrange lutin sur votre terrain ?

Le rouge aux joues, elle hocha la tête.

—Je suis désolée, je ne me suis même pas présentée. Je suis si contente de vous voir ! Je m'appelle Tish et oui, il y a une nouvelle créature qui nous cause du souci. Les autres étaient déjà un problème, mais depuis son arrivée, hier, c'est la guerre ouverte. Je ne peux pas mettre un pied dans le jardin sans être attaquée. Mon mari est cloué au lit à cause d'une migraine. Il a essayé de les déloger, mais ils se sont ligués contre lui.

Même si la magie des lutins n'était pas très efficace sur les Fae, une bonne dose de poussière dans les yeux pouvait causer un mal de tête insupportable. Et avec l'animosité qui semblait caractériser ceux-là, j'étais persuadée qu'ils n'y étaient pas allés de main morte.

— Et si vous nous conduisiez dans le jardin de derrière ?

Tandis qu'elle nous menait sur le côté de la maison, elle nous parla un peu de sa vie.

— Je suis arrivée sur Terre il y a deux ans. Mon mari m'a rejointe l'année dernière. Nous étudions la société humaine pour l'Académie d'histoire anthropologique d'Elqavene. Je suis une guérisseuse. Mon mari est historien. Lorsque l'Académie nous a proposé de venir sur Terre pour faire des recherches sur le terrain, nous avons accepté un contrat de trois ans. Je suis arrivée en premier car j'avais besoin d'un peu plus de temps pour étudier les différentes techniques de guérison terriennes.

Elle fit la grimace.

— Quelque chose ne va pas ? demandai-je.

Tish hocha la tête.

— Malgré la technologie qu'ils ont développée, les choses vont mal. Beaucoup plus de gens meurent de faim qu'en Outremonde. Chez nous, les maladies font davantage de victimes qu'ici… du moins, dans les pays développés. Il y a un énorme potentiel, mais il est englouti sous un tas de morales et d'obligations de marché. C'est tragique, vraiment. (Elle s'interrompit pour ouvrir le portail.) Par là. Faites attention, il semble y avoir beaucoup de poussière aujourd'hui.

Une fois de l'autre côté de la barrière, je compris rapidement ce qu'elle voulait dire. Tout était recouvert d'une couche de poussière de lutin, depuis les petites laitues qui sortaient à peine du sol jusqu'à la vasque et au banc en pierre dans le coin, avec une gargouille sculptée en guise d'armoirie dans son dos.

Par réflexe, je toussai et me bouchai le nez. Delilah renifla deux fois avant d'éternuer. Fort.

— Oh, merde! s'exclama-t-elle alors qu'un scintillement multicolore l'entourait.

Sans me laisser le temps de réagir, elle se transforma. En quelques secondes, je me retrouvai face à un chat au pelage long et doré qui m'observait avec de grands yeux apeurés.

Génial. Comme si j'avais besoin de ça. Hoquetant de surprise, Tish plaqua une main contre sa bouche.

— Je suis terriblement désolée!

— Oh, ça arrive souvent quand elle est stressée. La poussière de lutin a dû faciliter sa transformation, expliquai-je en me baissant pour attraper Delilah.

Cependant, elle était dans une forme olympique. Avant que j'aie pu la toucher, elle avait déjà détalé.

— Viens ici tout de suite, Delilah!

Je lui courus après à travers le jardin, sautant derrière elle lorsqu'elle grimpa dans un lilas et se faufila où je ne pouvais l'atteindre. Je me pris alors les pieds dans une racine et tombai la tête la première dans la mousse humide.

— C'est pas vrai!

En m'asseyant, je me rendis compte qu'il y avait un accroc à ma jupe. Si je ne faisais pas attention, elle se déchirerait sérieusement. De plus, j'étais couverte de poussière de lutin des pieds à la tête. La poudre étincelante luisait sur mes vêtements et mon visage. Je priai surtout pour être immunisée contre les effets secondaires qu'elle pouvait engendrer.

Aussitôt, Tish accourut vers moi pour m'aider à me relever.

— Je suis désolée. Est-ce que ça va?

Je m'inspectai soigneusement. Pas de fracture, ni de genou ou de nez ensanglantés. La poussière m'était un peu montée à la tête, mais à part ça, tout allait bien.

— Je crois. Est-ce que vous pouvez essayer de faire sortir ma sœur de cet arbre ? Je vais chercher Gui.

Tandis que Tish appelait notre chaton, je m'aventurai au travers des plantes laissées à elles-mêmes. Les lutins étaient difficiles à trouver quand ils le décidaient et j'avais la distincte impression que c'était le cas de Gui. Le gang de lutins établi dans ce jardin attendait sûrement qu'il sorte pour pouvoir lui sauter dessus et le mettre dehors. Peut-être que si je l'appelais par son nom…

— Gui ! J'ai un message de Feddrah-Dahns pour toi, sifflai-je en espérant attirer son attention.

Enfin, à ma troisième tentative, j'entendis un bruissement dans les buissons de myrtille et un lutin en sortit. Il n'était pas plus grand qu'une poupée Barbie. Pâle, presque transparent, il clignotait parfois comme un néon. Il vola jusqu'à mon visage. Lentement, je tendis la main vers lui pour qu'il se pose sur ma paume. Il s'exécuta aussitôt tout en jouant nerveusement avec son sac.

— Qu'est-ce que tu veux ? me demanda-t-il en Melosealfôr.

— Je suis venue te chercher. Feddrah-Dahns est chez moi. Il est inquiet à ton sujet. Et au sujet de la corne, finis-je dans un murmure.

Les elfes savaient parler le Melosealfôr et il n'était pas question de mettre Tish au courant de ce que transportait Gui. Ou plutôt, de ce que j'espérais qu'il transporte.

Ses ailes me chatouillèrent la main lorsqu'il s'assit en tailleur. Son expression se fit des plus sérieuses.

— J'ai ce que vous cherchez, ma dame. Mon seigneur me l'a confié et j'ai réussi à le retrouver. Mais le gobelin a été plus rapide que moi. J'ai dû voler le plus vite possible pour le semer et je me suis perdu. Comme j'avais peur qu'il me repère, je n'ai pas osé me servir du sort des murmures.

J'ignorais où un lutin pouvait cacher une corne plus grande qu'un cure-dent. Toutefois, avant que je lui pose la question, Tish approcha avec Delilah dans les bras.

— J'ai attrapé votre sœur, annonça-t-elle.

Elle cligna des yeux en apercevant Gui qui, lui, eut un mouvement de recul, mais demeura silencieux.

— Je vois que vous l'avez trouvé. Est-ce que vous pouvez faire quelque chose pour les autres ? Ils m'énervent tellement que je songe sérieusement à déménager. Je suis sûre qu'ils en seraient ravis !

— Est-ce que j'ai une tête à exterminer la vermine ? marmonnai-je dans ma barbe.

Cependant, Tish et son mari nous avaient bien aidés. J'avais une dette envers eux.

— Attendez, fis-je en me penchant vers Gui. Écoute, je dois aider cette elfe. Est-ce que tu veux bien rester avec ma sœur si elle se retransforme ?

Clignant des yeux, il observa Delilah qui le regardait d'un air intéressé.

— Je n'aime pas les chats. Ils mangent les lutins.

— Tu n'as pas tort, fis-je en fronçant les sourcils. (Delilah tenait à peine en place, tandis qu'elle suivait les moindres gestes de Gui sur la paume de ma main. Je me penchai pour le déposer sur une branche solide du rhododendron.) Attends-moi ici.

Quand je lui tendis les bras, Delilah monta sur moi, ses griffes s'enfonçant dans mes épaules à travers la capeline. Je la caressai pour la calmer. Son ronronnement se mêla alors à ses feulements et à ses reniflements. Au bout de quelques instants, je sentis l'énergie se modifier autour d'elle et la déposai aussitôt par terre. Dans un nuage de vapeur et de brume, trop rapidement pour être détecté à l'œil nu, elle reprit forme humaine et son collier bleu se retransforma en vêtements. En la voyant accroupie par terre, je lui tendis la main pour l'aider à se relever.

— Bon retour parmi nous. Ça a l'air toujours aussi douloureux.

— Mais ça ne l'est pas, répondit-elle en toussant.

Elle recracha quelque chose qui ressemblait étrangement à une boule de poils. Je grimaçai. Aucunes manières. Être à moitié chat signifiait aussi jongler avec les boules de poils, les puces et la litière.

— Ça va ? demandai-je tandis qu'elle finissait.

— Oui, je ne m'y attendais pas, c'est tout. Qu'est-ce qui se passe ? (Elle regarda autour d'elle avant de frapper dans ses mains en apercevant Gui.) C'est lui ? Tu l'as trouvé ?

Je hochai la tête.

— J'aimerais que tu l'emmènes à l'avant de la maison et que tu lui tiennes compagnie pendant que je m'occupe du problème de lutins, ici. J'ai promis à Tish d'essayer.

— Hé ! Je ne suis pas un problème ! s'indigna Gui, alors que Delilah l'attrapait.

Je pouvais encore l'entendre clamer son innocence lorsque Tish les raccompagna à la barrière. Soudain, au moment où elle l'ouvrait, elle eut un hoquet de surprise et fit un pas en arrière pour laisser passer Morio. Il la dépassa sans lui prêter attention.

— Tu es en retard, remarquai-je. Nous avons une invasion de lutins et j'ai promis à la gentille dame elfe que j'essaierai d'y faire quelque chose. Mais je ne sais pas quoi. Je ne connais aucun sort pour éloigner la vermine.

— Je n'arrivais pas à trouver mon sac, ce matin. J'ai cru que je l'avais perdu, répondit Morio en désignant le sac noir qu'il portait sur son épaule. (Il ne sortait jamais sans, car il contenait un crâne, son familier. Quand il se transformait en renard, s'il ne l'avait pas près de lui, il ne pouvait plus reprendre forme humaine. Pour sa forme démoniaque par contre, ce n'était pas très important.) Des lutins ?

Je hochai la tête.

—Regarde les restes de poudre qu'ils ont laissés dans le jardin !

Les yeux noirs de Morio brillaient. Lorsqu'il revêtait sa forme naturelle de démon, ils prenaient une teinte topaze. Finement musclé, Morio était bien bâti sans pour autant être grand et trapu, et ses cheveux noirs, attachés en une longue tresse, scintillaient au soleil. Oui, il était plutôt pas mal. Au lit aussi. Il savait très bien se servir de ses mains. Même Trillian ne lui arrivait pas à la cheville dans ce domaine-là. Heureusement, mes deux amants se complétaient parfaitement. J'étais une sorcière très satisfaite.

—Je peux peut-être faire quelque chose, dit-il enfin.

Tout à coup, une flèche minuscule vint se ficher dans la chair de mon cou. Comme par réflexe, je chassai l'objet d'un geste de la main et récupérai l'arme. Un léger rire provenant de l'érable voisin trahit la position de mon assaillant. Lorsque je me tournai, je me retrouvai alors face à une rangée de cinq lutins, alignés sur une branche comme des oiseaux.

—Arrêtez ça ! m'exclamai-je quand je sentis une nouvelle flèche toucher ma joue.

En tournant la tête sur le côté, je m'aperçus qu'un autre groupe de ces vermines nous observait depuis la haie, armé de lances et de fléchettes. Au moins, ils n'avaient pas l'air d'être installés confortablement. Les feuilles vernies semblaient s'enfoncer dans leur dos.

Morio se retourna vivement, les mains tendues vers eux.

—Feu du renard !

Un épais nuage de lumière verte s'échappa de ses paumes en direction de la haie. Au début, les lutins se contentèrent de rire à gorge déployée. Puis, l'un d'eux fit une remarque à son voisin. Je n'entendais pas ce qu'ils se disaient, mais, soudain, ils paniquèrent et tentèrent de quitter la branche avant que le nuage vaporeux les engouffre.

Je jetai un coup d'œil au sommet de l'arbre où les branches dansaient dans le vent. Je fis alors appel aux courants d'air, recueillant leur énergie dans mon plexus solaire où je les laissai tourbillonner. Mon plan était simple : viser et tirer.

Malheureusement, j'avalai plus de vent que je le désirais. Le surplus d'air balaya les lutins, mais me fit également tomber à la renverse. Je fus propulsée en arrière jusqu'à ce que le tronc d'un érable arrête ma course. Le choc me pétrifia… pendant au moins trente secondes.

La seconde surprise fut que je n'avais pas atterri à l'endroit. J'essayai de calmer ma respiration afin de me remettre droite. Cependant, je n'en eus pas le temps et tombai, la tête la première dans la poussière de lutin qui avait tout recouvert.

Merde, pensai-je en respirant la forte odeur de terre humide mélangée à celle des lutins. Je n'avais pas l'intention de les blesser. Je voulais juste les secouer. Et, par-dessus tout, je n'avais pas l'intention de me blesser, moi-même. Je n'étais pas maso.

Quand je recrachai un morceau d'herbe qui s'était logé entre mes dents, Morio m'aida à me relever avec un sourire moqueur.

— Tu vas bien ? me demanda-t-il.

Pour la deuxième fois en une heure, je vérifiai que je n'avais pas subi de dommages. Aucune fracture, ni d'écorchure au genou ou de saignement de nez.

— Je suis trempée, pleine de boue et j'ai froid, mais, à part ça, tout baigne, répondis-je en cherchant la bande de lutins du regard. Où sont-ils passés ?

— Je crois que tu leur as fait peur. Certains sont tombés de l'autre côté de la barrière, d'autres ont disparu. Va savoir où ils sont allés. De toute façon, même si on les cherchait, on ne les trouverait jamais. Les lutins sont des emmerdeurs, mais ils ne sont pas stupides.

— Mouais, marmonnai-je. (Malgré mon envie de me plaindre, je ravalai mes répliques mordantes. Je pris une grande inspiration et levai la tête vers Morio. Même s'il paraissait fatigué, il était toujours aussi charmant.) Embrasse-moi.

Aussitôt, Morio passa un bras autour de ma taille pour me rapprocher de lui. Puis, ses lèvres se pressèrent contre les miennes comme s'il savourait un bon vin ou un vieux fromage : doucement, avec délicatesse, prenant son temps pour déguster tous les aspects de la saveur inconnue.

Je me serrai un peu plus contre lui. Il était le numéro 2, mon amant, mon partenaire magique, et aussi mon ami. En silence, il enfouit son visage dans mon cou pour y déposer une traînée de baisers, descendant sur ma poitrine nue où il fut arrêté par le bord de mon bustier qui cachait à peine mes tétons et remontait mes seins pour créer un décolleté à la limite de la décence.

— Trillian a été rappelé en Outremonde, murmurai-je tandis que sa langue explorait mon cou. Je m'inquiète pour lui.

Au lieu de me rassurer avec un simple « Tout ira bien », Morio recula vivement.

— Il ne peut pas y retourner ! Sa tête a été mise à prix !

— Je sais, répondis-je, le regard rivé sur la haie derrière lui. C'est pour ça que j'ai peur. Quelque chose est en train de se tramer. Je le sens. Et Trillian est coincé au milieu. Des fois, je me demande s'il me dit vraiment toute la vérité, s'il ne joue pas un rôle plus important qu'il me le laisse croire.

En observant les buissons mal taillés, je ne pus empêcher mes pensées de vagabonder vers Père et l'endroit où il se trouvait à présent. Il avait déserté la garde royale lorsque Lethesanar leur avait ordonné d'attaquer les leurs. Mon père n'était ni un lâche, ni un traître. Il était loyal à la Cour et à la Couronne. Cependant, quand la Couronne avait abusé de son pouvoir, il s'était retiré, plaçant ainsi sa loyauté où elle était censée demeurer : le trône et non pas la folle qui s'y asseyait.

Morio soupira bruyamment.

— Je ne sais pas si ça a un rapport, mais il y a quelque temps, un homme est venu chez moi. Il cherchait Trillian. Je ne sais pas pourquoi. Il pensait peut-être que nous vivions ensemble. Ce n'était pas un humain. Un genre de Fae, je dirais. Il a insisté pour parler à Trillian. Comme je ne le connaissais pas et qu'il refusait de me donner son nom, j'ai joué à l'imbécile. Le lendemain, j'en ai parlé à Trillian. Quand je lui ai décrit le visiteur, on aurait dit qu'il avait vu un fantôme. Il a refusé de m'en dire plus.

J'y réfléchis un instant.

— Fae terrien ou outremondien ?

— Je ne sais pas. Si j'en juge par ses vêtements, il venait probablement d'Outremonde.

— Dans ce cas-là, c'est peut-être un espion engagé pour le retrouver et le tuer. Ou un soldat de Tanaquar chargé de lui faire un rapport. Le fait est que Trenyth l'a appelé au beau milieu de la nuit pour lui demander de rentrer en Outremonde. (Je frissonnai. Les nuages avaient de nouveau dissimulé le soleil.) Viens, ramenons Gui à la maison. Les dernières vingt-quatre heures ont été chargées en événements.

— Et ce n'est pas près de s'arrêter, remarqua Morio en passant un bras autour de mes épaules, tandis que nous nous dirigions vers le portail. Les escouades de Degath ont été notre souci principal durant ces derniers mois, mais il y a bien davantage de démons qui supportent l'Ombre Ailée.

Les escouades de Degath, ou éclaireurs de l'enfer, étaient les premières lignes de l'Ombre Ailée.

— C'est vrai.

Morio soupira.

— J'ai peur qu'il soit en train de mijoter quelque chose. Menolly devrait faire attention, au bar. Le portail est connu de tous et les démons sont moins frileux, ces derniers temps.

— Sans oublier les nouveaux portails, remarquai-je, dont nous ne savons rien et qui sont des cibles faciles pour nos ennemis.

Dans le jardin de devant, Tish s'était assise sur les marches, sous le porche, pour discuter avec Delilah. Quant à Gui, il s'était installé de l'autre côté de ma sœur et faisait comme si l'elfe n'existait pas.

— Ne parle pas de ça devant Tish ou Gui. Pas avant d'être à la maison, fis-je. Feddrah-Dahns sait ce que préparent les démons, c'est pour ça qu'il m'a envoyé ce… cadeau. Toutefois, il faut faire attention à ce que l'on dit en public.

Avec un grand sourire totalement artificiel, je me retournai vers Tish.

— Nous avons fait de notre mieux. Je pense que nous les avons fait fuir, mais, avec les lutins, on ne peut jamais être sûr. Nous emmenons Gui avec nous.

À ces mots, Delilah se leva et épousseta son jean.

— On peut y aller ?

Je hochai la tête.

— Absolument. Gui, tu préfères monter en voiture avec Delilah ou avec moi ?

Le lutin jeta un regard noir à Delilah avant de m'observer des pieds à la tête en reniflant.

— Je viens avec toi. Je ne raffole pas vraiment de la compagnie des chats.

Delilah feula, puis rigola en le voyant sursauter.

—N'en fais pas tout un plat! Je ne me suis jamais transformée au volant. Je le jure, croix de bois, croix de fer.

Gui manqua de s'étouffer avec sa propre salive.

—Ce n'est pas en feulant que tu gagneras ma confiance, tu sais. D'accord, je monterai avec toi, mais tu dois me promettre de ne rien tenter. Je suis sérieux. Au moindre faux pas, sa majesté te transpercera de sa corne! Je suis un membre essentiel à la Cour!

Réprimant un ricanement, Delilah attrapa Gui et le déposa sur le siège passager de sa voiture.

—Je n'en doute pas, monseigneur Gui. Pas un instant.

Morio me suivit dans sa Subaru. Sur le chemin du retour, je ne pouvais m'empêcher de me demander comment les choses allaient évoluer. Les Cryptos semblaient être partout, à présent. Bien sûr, ils étaient beaucoup moins nombreux que les humains, mais ils paraissaient plus voyants, plus bruyants. En clair, ils ne passaient pas inaperçus. Visiblement, les Anges de la Liberté avaient commencé leur propre guerre. Maintenant, il ne restait plus à l'Ombre Ailée qu'à faire entrer son armée en scène.

CHAPITRE 11

À la maison, Feddrah-Dahns broutait l'herbe dans la partie du jardin vers laquelle Iris l'avait dirigé. Ça éviterait à l'esprit de maison de la corvée de débroussaillage. La licorne nous apprit qu'Iris était partie à la boutique avec Maggie. Il n'y avait donc que Delilah, Morio, Gui et moi. Et la licorne bien sûr. À l'instant où il aperçut le lutin, le regard de Feddrah-Dahns s'illumina. Gui s'envola aussitôt pour se poser sur son épaule.

Je me tournai vers eux.

—Allons à l'intérieur. Ce que nous avons à discuter doit rester secret.

Fermant les yeux, je vérifiai que les barrières magiques qui protégeaient la maison étaient encore actives. Tout allait bien. Grâce à Morio. Il avait amélioré mon travail, renforçant ma magie lorsqu'elle était faible et la canalisant lorsqu'elle était instable.

Une fois dans le salon, je fis les présentations entre Morio et Feddrah-Dahns. Ce dernier l'inspecta de haut en bas, les narines dilatées.

—Enfant de démon avec un cœur pur, déclara finalement la licorne. Tu aimerais les plaines de la vallée du saule venteux. Elle est immense et sauvage, et abrite de nombreux spécimens de ton espèce, renard.

—Des *Yokai* ? Dans votre monde ? s'exclama Morio, perplexe.

— Tu ne crois pas sérieusement que ta race soit limitée à la Terre ? demanda Feddrah-Dahns. Après tout, tu marches entre les mondes. Ainsi, n'est-il pas possible que la Terre ne soit pas ton unique domaine ?

Tandis qu'il s'installait plus confortablement dans son fauteuil, Morio eut l'air pensif.

— Je n'y avais jamais vraiment réfléchi. Mes parents n'aiment pas parler de leur passé. Ma mère a appris à se taire lorsque des guerriers ont tué ma grand-mère à la chasse. Mon grand-père a été blessé en voulant sauver sa fille, mais ils ont réussi à s'échapper. Il l'a emmenée vivre chez sa sœur.

Je le dévisageai. Il ne m'avait jamais parlé de ça.

— Ta mère doit avoir peur des humains, alors.

Il secoua la tête.

— Non, elle en veut seulement aux hommes qui s'en sont pris à eux. Ce n'est pas le cas de mon grand-père qui déteste les HSP. Mon père aussi, mais il a ses raisons. Ma mère et lui se ressemblent beaucoup.

— Qu'est-ce qui s'est passé ? m'enquis-je, curieuse.

Morio parlait très rarement de sa famille ou de son enfance, alors chaque fois qu'il faisait l'effort de s'ouvrir à moi, je l'écoutais du mieux que je le pouvais.

— Mon père a vu toute sa famille être exécutée par un seigneur lors du shogounat des Ashikaga. Deux siècles se sont écoulés. Il est devenu adulte, a épousé ma mère et, pourtant, la peur subsiste. Mes parents m'ont appris à garder le secret de mes origines… sauf si Grand-mère Coyote me demande de révéler qui je suis. Ils ne mettent pas tous les humains dans le même sac, mais…

Voilà un héritage bien lourd à porter ! Je lui pris la main.

— Pourquoi Grand-mère Coyote ? Quel est ton lien avec elle ? Tu ne me l'as jamais expliqué.

Il jeta un coup d'œil à la licorne et au lutin avant de reporter son attention sur moi.

—Grand-mère Coyote a sauvé Yoshiro, mon père. Il était caché dans les bois lorsqu'il a assisté au massacre de sa famille. Par le plus grand des hasards, Grand-mère Coyote passait dans le coin. Elle l'a emmené avec elle au travers de son portail japonais et l'a élevé comme son propre fils.

—Ton père a grandi auprès de Grand-mère Coyote?

Cette pensée me fit frissonner. Bouche bée, Delilah le dévisageait, la main figée au-dessus du paquet de chips.

—Grands dieux! s'exclama-t-elle. Ton père a eu une sorcière du destin pour mère adoptive? Ça m'étonne qu'il ait atteint l'âge adulte vivant!

Morio lui adressa un grand sourire.

—C'est vrai que ça l'a endurci! Au bout de quelques années, Grand-mère Coyote a décidé de retourner en Amérique du Nord et a confié mon père à Kimiko, sa marraine. C'est un esprit de la nature japonais. Elle règne sur les esprits des fleurs. Elle a appris à mon père comment se servir de ses pouvoirs. Aujourd'hui encore, ma famille lui offre des tributs. Mon père doit sa vie à Grand-mère Coyote. Sans son intervention, il serait sûrement mort. Alors, nous nous efforçons d'accéder à ses requêtes. Toujours.

Quand il m'adressa un léger sourire, je compris un peu mieux mon démon d'amant et son sens de la loyauté.

Je pensais alors à nos propres grands-parents qui s'étaient à peine intéressés à nous à cause de notre métissage. Nous ne les voyions pratiquement jamais. La dernière fois que nous avions entendu parler d'eux, c'était pour apprendre qu'ils étaient morts dans un accident stupide, une noyade ou quelque chose comme ça. Père n'était pas en très bons termes avec eux, étant donné qu'ils avaient rejeté l'amour de sa vie.

— Alors Grand-mère Coyote est vraiment une grand-mère pour toi ! Même si je ne l'imagine pas en train de te préparer des biscuits…

Morio ricana.

— Pas vraiment, non. Et crois-moi, je ne l'ai jamais appelée « mamie ».

Après m'être assurée que Feddrah-Dahns était confortablement installé, je m'assis sur le repose-pieds, devant Morio. Il passa ses bras autour de mes épaules, puis m'embrassa légèrement quand je me retournai vers lui. Malgré la brièveté de la caresse, je sentis tout mon corps s'enflammer.

La passion que je partageais avec Trillian ressemblait à un baril de poudre qui explosait au moindre contact. Avec Morio, j'avais l'impression que de la lave en fusion s'écoulait lentement dans mes veines. Ses yeux noirs étaient parsemés de touches topaze, couleur prédominante lorsqu'il était sous sa forme démoniaque. Comme chaque fois que nos énergies se mélangeaient, je me sentis aspirée dans un abysse de magie et, autour de nous, l'air se mit à tourbillonner.

Delilah s'éclaircit la voix.

— Quand vous aurez décidé de vous joindre à nous, peut-être que nous pourrons commencer ?

— Désolée, j'étais juste…, commençai-je en souriant.

— Pas grave, me répondit-elle sur le même ton. Je sais très bien à quoi tu pensais. J'aimerais seulement continuer cette conversation.

Je me redressai.

— D'accord. Commençons par le commencement. Gui, est-ce que tout va bien ? Est-ce que les voleurs t'ont blessé ?

Le lutin secoua la tête.

— Non. Comme je l'ai déjà dit dans la voiture, je vais bien, mademoiselle.

Pour un lutin, il connaissait les bonnes manières. La majorité d'entre eux étaient extravagants, malpolis et vulgaires.

— Est-ce que tu as toujours la corne? demandai-je en tentant de ne pas paraître trop intéressée.

Cependant, je ne pouvais pas le nier: je mourais d'envie de la voir. Gui hocha la tête.

— Oui. Votre majesté, dois-je vous la présenter tout de suite? s'enquit-il à genoux sur l'épaule de Feddrah-Dahns.

— Oui, mon ami. Donne-la à Camille. Malgré ses doutes, elle possède la force nécessaire pour la contrôler, fit la licorne en me regardant dans les yeux.

On aurait dit qu'il essayait de sonder mon cœur, à la recherche de mes hésitations et de mes peurs.

Gui siffla, imitant le son d'une flûte en argent, et sauta à terre. Puis il inspecta son sac. Je l'observai, curieuse de voir d'où il allait faire sortir la corne. C'est alors que j'aperçus un vortex se former à l'intérieur du sac. Il enfonça la main à l'intérieur du tourbillon de couleurs. Quand il la ressortit, elle tenait une boîte en velours.

— Très ingénieux, remarquai-je. Tu l'as cachée dans un portail interdimensionnel.

— J'aurais dû le faire à l'instant où mon seigneur me l'avait confiée, dit le lutin, rougissant. (Comme sa peau était vert menthe, cette touche de rouge lui donna l'air d'un sapin de Noël.) J'ai commis une terrible erreur. J'espère seulement pouvoir regagner la confiance de mon seigneur.

Je clignai des yeux. Son discours n'était pas pompeux, toutefois, sa façon de parler paraissait un peu vieillotte.

— Gui, tu es déjà venu sur Terre?

Il secoua la tête.

— Non, j'ai appris à parler votre langue lorsqu'un mortel a traversé accidentellement un portail. Quand il est arrivé dans la vallée du saule venteux, il y a plus d'un siècle, sa majesté lui

151

a offert sa protection. Il s'agissait d'un poète. Il est resté à nos côtés jusqu'à ce que nous soyons capables de le renvoyer chez lui. Depuis, j'ai conversé avec quelques Fae qui voyagent entre les deux mondes.

Je clignai des yeux. Un siècle auparavant, un homme avait débarqué en Outremonde et avait pris place à la table du prince héritier des licornes de Dahns.

— Le pauvre homme, ça a dû être un choc !

— En fait, intervint Feddrah-Dahns, il n'était ni choqué ni terrifié. Pour tout vous dire, il était si enchanté que nous avons dû le convaincre de rentrer chez lui. Personnellement, j'aurais accepté qu'il reste parmi nous, mais Arachnase la Tisseuse a insisté pour que nous le ramenions sur Terre. Apparemment, William Butler avait un rôle important à jouer. Il ne pouvait pas demeurer en Outremonde au risque de causer un déséquilibre.

— Tenez, dit Gui en me tendant la boîte en velours. Soyez prudente en l'ouvrant. La corne est puissante. Elle peut facilement vous blesser, si vous ne vous préparez pas à recevoir son flot d'énergie.

J'observai la boîte. Dans mes mains se trouvait l'un des artefacts les plus rares d'Outremonde. Les chasseurs de trésors l'avaient cherché pendant des années. Certains étaient morts au cours de leur quête légendaire. Des milliers de mages auraient tout donné pour être à ma place. En fait, s'ils savaient que je l'avais en ma possession, la majorité n'hésiteraient pas à m'éliminer pour la récupérer.

Après avoir pris une grande inspiration, je déposai la boîte sur mes genoux et l'ouvris avec précaution. La première chose que je vis fut un tissu étincelant fait de fils d'or. Il représentait à lui seul une coquette somme d'argent, aussi bien ici qu'en Outremonde. Hoquetant de surprise, Delilah se pencha pour le regarder de plus près. Quant à Morio, il écarquilla les yeux et posa une main au creux de mes reins pour me soutenir.

Tandis que j'entrepris de déplier l'enveloppe, mes doigts se mirent à me picoter. Puis, la sensation envahit ma main, avant de s'étendre à tout mon corps, me faisant trembler si fort que j'avais l'impression que mes dents allaient tomber. Frissonnant, j'observai la corne qui reposait sur mes genoux. Elle mesurait environ quarante centimètres et était entièrement constituée de cristal, dur comme le diamant, veinée de fils or, noirs et argent, comme des aiguilles rutilantes prises dans une boule de quartz. Elle semblait émettre une musique grave. Hésitante, je tendis doucement la main vers elle, de peur qu'elle m'attaque et me carbonise.

—Prenez-la, m'invita Feddrah-Dahns. Elle vous appelle.

Les yeux fermés, je m'efforçai d'écouter. Effectivement, le vent portait un murmure indistinct jusqu'à mes oreilles. Je ne comprenais pas ce qu'il me disait. Les mots m'étaient étrangers, mais leur invitation résonna dans mon cœur, dans mon âme, dans le tatouage du vif-argent de la Mère Lune dont j'avais été marquée lors du rituel de passage. La corne me désirait autant que je la désirais.

Alors que je glissais les doigts autour du cristal froid, la nuit de mon initiation me revint soudain en mémoire avec une intensité déconcertante. Je me retrouvai de nouveau dans la grotte où j'avais prêté serment et offert mon âme à la Mère Lune pour l'éternité.

La pleine lune était haute et dorée, remplie de promesses magiques. Durant des années, je m'étais entraînée sérieusement avec pour seul but cette nuit durant laquelle mes mentors décideraient si j'étais apte à prêter serment.

—Elle ne progressera pas davantage, dit Lyrical. Faites-la quitter la ville. Elle restera une sorcière mineure.

Lyrical avait toujours été mon repoussoir, ma Némésis. Les exercices qu'elle me demandait de faire étaient toujours un peu trop compliqués et ses demandes un peu trop impossibles. Rien de ce que je faisais ne la satisfaisait jamais. Je ne comptais plus le nombre de fois où je m'étais endormie en pleurant à cause de ses remarques désobligeantes.

Nigel secoua la tête.

— Je pense que Camille peut nous étonner. (Il s'agissait de mon professeur principal et de mon mentor. Il avait été aussi sévère que Lyrical, mais beaucoup moins méchant.) Cela prendra du temps, mais elle ira plus loin que vous ou moi, vous verrez. Elle se battra plus fort et vaincra des adversaires bien plus puissants que nous pouvons l'imaginer.

Passant son bras autour de mes épaules, il me regarda dans les yeux.

— Camille, écoute-moi bien. Tu es une meneuse qui a un talon d'Achille. Tu ne seras jamais parfaite, mais ton courage compensera tes lacunes magiques. N'aie pas peur de t'abandonner à la Mère Lune lorsqu'elle t'appellera. Accepte l'aide qu'elle t'offrira, même si elle prend des formes incongrues. Je vote en ta faveur pour que tu puisses prêter serment.

Je demeurai silencieuse. Leçon numéro un : « Un étudiant ne peut prendre la parole que s'il y est invité. » Il en avait toujours été ainsi et ça ne changerait jamais.

Cette nuit, la Coterie de la Mère Lune m'autoriserait peut-être à prêter serment. Dans le cas contraire, il me renverrait dans le déshonneur. Il n'y avait pas de juste milieu. Les étudiants réussissaient, ou non.

En général, ceux qui échouaient quittaient Y'Elestrial et prenaient la route jusqu'à ce qu'ils tombent sur un village qui avait besoin de magie mineure en complément de guérisseurs et de gardiens.

La plupart du temps, les rejetés vivaient une vie paisible et ne se faisaient pas remarquer. Ils n'avaient plus le droit de franchir les portes d'un temple de la Mère Lune. Toutefois, certains continuaient à chanter en son honneur lorsqu'elle était pleine.

Mees-Mees, le troisième membre de la Coterie, se leva de sa chaise.

—Une voix pour, une voix contre. Ce genre de situation n'est pas courant. Généralement, les capacités d'un candidat sont claires. C'est pour cela que je pense que seule la Mère Lune peut décider de votre sort.

Mees-Mees n'avait pas le droit de voter. Elle avait un simple rôle de médiatrice, obligée de garder son opinion dans les limbes.

Nigel émit un léger sifflement.

—C'est sûrement mieux ainsi. La grande prêtresse sera plus à même de juger le cœur et l'âme de Camille que nous, Lyrical. Elle saura ce que désire la Mère Lune.

Grimaçant, Lyrical se retourna.

—Vous ne vous en prendrez qu'à vous si la bâtarde prête serment! Elle n'est qu'à moitié fée! Je suis même étonnée qu'elle soit arrivée aussi loin…

Je dus me faire violence pour rester silencieuse. Si je choisissais de défendre ma famille et mon honneur, je perdrais toutes mes chances de réussir.

—La présenter à Derisa est la meilleure solution, intervint Mees-Mees. La jeune fille ne pourra pas contester son jugement. Et son père ne pourra pas nous accuser de diffamation.

Génial. Comme si je ne pouvais pas entendre la moindre de leurs paroles. Toutefois, je n'étais pas assez stupide pour leur dire ce que je pensais: «Eh les gars! Je suis juste à côté de vous!» Parfois, je ne réfléchissais pas avant de parler. Pas aujourd'hui.

Mees-Mees me pointa du doigt.

—Viens avec moi.

Sans plus d'explication, elle se retourna pour me mener en direction du temple. Je la suivis aussi vite que possible, mais nous ne pénétrâmes pas à l'intérieur. Au lieu de ça, elle me fit contourner les murs de marbre étincelants pour atteindre l'autre côté, où se trouvait une petite maison discrète, à l'orée de la forêt.

—Attends ici, me dit Mees-Mees avec un geste de la main.

Puis, elle entra dans la maison, me laissant seule. Je relevai la tête vers la lune.

—Ne m'abandonne pas, murmurai-je à l'attention de la sphère lumineuse. Par pitié, ne me rejette pas.

Toute ma vie tournait autour de deux choses : devenir une sorcière de la lune et m'occuper de mes sœurs, suite à la mort de notre mère. Tout allait bien dans ma famille, mais je ne pouvais pas en dire autant pour la magie. Même si je réussissais à entrer au service de la Mère Lune, je doutais fort d'accéder au rang de prêtresse un jour.

Au bout d'un moment, Mees-Mees réapparut, suivie de Teribeka. Il s'agissait d'une des plus anciennes prêtresses de la Mère Lune et une des plus fortes, aussi. Pourtant, elle n'avait jamais été nommée grande prêtresse. Personne ne savait vraiment pourquoi.

—Ainsi, tu es destinée à te rendre au bosquet ? dit Teribeka en faisant signe à Mees-Mees de s'éloigner.

Je déglutis difficilement. Et merde ! Si seulement Lyrical avait cédé et donné raison à Nigel, en ce moment même, je serais en train de prêter serment et de me préparer à ma première chasse.

—Oui, répondis-je, anxieuse.

Les événements de la soirée commençaient à me peser. À ma grande surprise, Teribeka me sourit.

—Dans ce cas, nous ferions mieux de nous dépêcher, jeune fille. La grande prêtresse n'aime pas attendre.

En fait, la grande prêtresse de la Mère Lune n'avait d'autre occupation que de servir sa dame. Sa loyauté n'appartenait qu'à la lune. Elle avait remis sa vie et sa mort entre ses mains. Elle était en contact direct avec la déesse.

Tandis que Teribeka me préparait pour le voyage, les étoiles brillaient intensément au-dessus de nous, traçant des nuées de lumière étincelante dans le ciel. Je m'humectai les lèvres. Les yeux rivés sur la lune, je pouvais sentir le poids du métal de la ceinture que l'on me nouait autour de la taille. Puis, elle me lia les poignets avec des chaînes en argent et les attacha derrière mon dos.

Elle observa le ciel.

—Je ressens son attraction, moi aussi, me confia-t-elle.

Ces simples mots me rassurèrent. Aussi, je lui adressai un léger sourire tandis que nous nous éloignions de la maison vers la forêt. Au milieu des arbres, l'air nocturne était rempli des chants des oiseaux et du pas silencieux des chats sauvages occupés à chasser.

Quand nous approchâmes du bosquet, Teribeka se mit en retrait.

—Je ne peux pas aller plus loin, mon enfant. C'est ton propre voyage. Tu dois te rendre auprès de Derisa toute seule.

Elle s'interrompit, puis posa une main sur mon bras.

—Réfléchis bien avant de prendre cette route. Si la grande prêtresse Derisa accepte de te faire prêter serment ce soir, ta vie ne t'appartiendra plus. Ton cœur et ton âme seront à jamais liés à la déesse.

Écoutant les sons provenant de la forêt, j'observai la lune au-dessus de nous. Ma respiration semblait suivre le rythme des sous-bois.

— Je n'ai pas le choix, répondis-je. La Mère Lune m'a appelée à ma naissance. Il n'y a pas d'autre chemin pour moi. (Je fis claquer les chaînes à mes poignets.) Le lien qui m'unit à elle est bien plus fort que ça.

Teribeka hocha la tête.

— Dans ce cas, réfléchis bien avant de parler. La mort est moins terrifiante que le courroux des dieux. La grande prêtresse détient la lumière de la lune entre ses mains et toutes deux soignent la stupidité par une mort rapide, mais douloureuse. La lune ne se contente pas de veiller sur la nuit. Elle est aussi l'âme de la forêt. Elle est l'étincelle de la magie lumineuse, la chasseresse sombre qui mène la meute. Au moindre faux pas, elle te dévorera.

Je me forçai à avancer. Les branches et les feuilles en décomposition se collaient à mes mollets comme pour me crier : « Arrête, n'y va pas ! » Je les repoussai. Quand j'atteignis la rangée d'arbres qui dissimulaient l'entrée du bosquet, je reconnus des chênes et des saules, la force et l'intuition.

Me frayant un chemin à travers les fourrés, je m'arrêtai un instant pour poser mon front contre un tronc. Les anciennes sentinelles du bosquet étaient si vieilles et si larges qu'elles contenaient en leur sein les corps des prêtresses des temps passés. L'ivoire de leurs os était visible dans certains renfoncements du bois. Par instinct, je m'inclinai devant chaque tombeau, témoignant ainsi mon respect à la lignée des serviteurs de la Mère Lune.

Au-delà des sentinelles se tenait un treillage arqué recouvert de roses sauvages. De la glycine en tombait, bourgeonnante de fleurs. Même si elle était teintée d'une pointe de pourriture, l'odeur qui en émanait me montait à la tête.

À chaque pas, le poids de mes chaînes semblait s'accroître. Allais-je en garder une cicatrice qui me marquerait à vie ?

Une brûlure du feu glacé de l'argent ? Ou était-ce simplement pour me rappeler que j'approchais du bosquet ?

Au moment où je pénétrais dans le domaine de la Mère Lune, le vent se transforma en murmure.

Taillé dans un chêne ancien, sculpté par des mains retombées en poussière depuis longtemps, le trône de la grande prêtresse était incrusté d'émeraudes, de péridots, de grenats et de pierres de lune. Des bras polis retenaient Derisa dans leur étreinte, courbés comme des pattes de dragon, et des écailles de métal irisé recouvraient le siège contre lequel sa tête reposait. Assise en travers du trône, une jambe sur un accoudoir, la grande prêtresse demeura silencieuse jusqu'à mon approche.

Puis, elle se leva. Son ombre s'étira dans la lumière de la lune. Avec sa tunique en soie noire et prune, son pantalon et ses bottes, elle était habillée pour la chasse. Un feu couleur lavande l'enveloppait, son aura crépitant de magie. Elle était magnifiquement obscure avec ses longs cheveux noirs qui lui arrivaient aux chevilles et sa peau de cire, si blanche qu'elle reflétait la lumière de la lune. Tandis qu'elle me détaillait, des flammes de glace brillaient dans ses yeux qui semblaient me transpercer jusqu'aux os.

Soudain, je sentis mes genoux plier sous mon poids et je me retrouvai à ses pieds, le front posé devant le trône.

Derisa descendit jusqu'à moi, puis me donna un léger coup de botte dans le flanc.

—Lyrical nous recommande de te rejeter, Nigel aimerait que tu prêtes serment. Et toi, qu'en penses-tu ? Si la Mère Lune te l'ordonne, seras-tu prête à abandonner ta famille, ta vie et même ton âme ?

Sa voix était portée par un courant d'air qui s'engouffrait dans mon cœur pour me remplir de ses paroles. Terrifiée, je relevai la tête. Pourtant, je trouvai le courage de croiser son regard.

— La Mère Lune m'a appelée quand j'étais enfant, murmurai-je. C'est la seule voie que je désire emprunter. J'ai besoin d'elle. Je ne peux pas faire la sourde oreille à son appel.

Derisa hésita avant de s'agenouiller près de moi. Elle plaça sa main sous mon menton pour me faire relever la tête et me forcer à la regarder dans les yeux. Aussitôt, mes frissons s'arrêtèrent. Elle était la seule capable de décider de mon sort, main dans la main avec la Mère Lune. Ma peur me quitta comme la mue d'un serpent après sa transformation. Je pris une grande inspiration.

Après de longues minutes, elle reprit enfin la parole. Sa voix se fit plus douce.

— Lyrical pense que tu manques de talent. C'est vrai, mais on pourrait argumenter qu'il s'agit davantage d'un manque de prévisibilité de tes pouvoirs. Nigel dit aussi la vérité. Camille Sepharial te Maria, la Mère Lune lit dans ton cœur et ton âme et ils sont purs. Sang mêlé ou non, tu es honnête et courageuse. Viens, mon enfant. Fais-moi face.

Je me relevai.

Derisa s'approcha.

— La Mère Lune a donné sa réponse. Elle t'accepte à son service. Laisse-moi te poser une dernière fois la question. Quand tu auras répondu, tu ne pourras plus faire marche arrière : es-tu prête à te donner à elle, à te plier à son jugement ?

Hochant la tête, j'inhalai une bouffée de citron et de lilas qui provenait sûrement de son parfum.

— Oh oui, répondis-je, le souffle coupé. Je lui offre ma vie. Et ma mort.

— Alors, j'accepte ton serment. Écoute-moi bien, jeune fille, et réponds-moi.

Elle me fit signe de me lever. Quand je m'exécutai, le vent se mit à tourbillonner autour de nous, faisant tinter les chaînes en argent qui retenaient mes poignets.

—Camille Sepharial te Maria, acceptes-tu de ton plein gré de devenir une servante de la Mère Lune en tant que sorcière ? Acceptes-tu de te consacrer à elle, de la placer au-dessus de tout ce qui t'est cher, y compris ta vie et ton souffle ?

Mon cœur s'emballa. On y était. J'allais être liée à la Mère Lune et toute ma vie serait tracée. Aucun souci ne m'atteindrait plus jamais tant que la chasseresse de la lune demeurerait dans mon cœur et mon âme.

—Oui, oh oui, je l'accepte !

—Camille Sepharial te Maria, acceptes-tu le joug de la sorcière, sachant que tu ne porteras peut-être jamais la robe de prêtresse, que tu ne seras plus libre de servir une autre déesse, que ton esprit sera lié à elle pour toujours et n'appartiendra jamais à un autre dieu qu'à la Mère Lune tant que tu évolueras dans ce monde à l'intérieur de ce corps ?

Je pouvais à peine respirer. La voix de Derisa semblait me parvenir de très loin, assourdie par le *staccato* fou de mon cœur. J'eus soudain l'impression de sortir de mon corps.

—J'en fais le serment.

Puis, les questions se firent plus rapides, à tel point que je pouvais à peine y réfléchir.

Camille Sepharial te Maria, vivras-tu au nom de la Mère Lune…

Je le jure…

Guériras-tu au nom de la Mère Lune…

Je le jure…

Tueras-tu au nom de la Mère Lune…

Je le jure…

Mourras-tu au nom de la Mère Lune…

—J'en fais le serment.

Alors que la température du vent devenait de plus en plus froide, Derisa porta une main à mes épaules pour en repousser le tissu de ma toge qui s'ouvrit, exposant ma poitrine.

Regroupant mes cheveux sur mon épaule droite, elle posa sa paume contre mon dos, au niveau de mon omoplate gauche.

Alors, un éclair déchira le ciel rempli d'étoiles avant de frapper Derisa et de s'insinuer dans son bras jusqu'au bout de ses doigts. À son contact, je sentis le royaume glacé de Hel m'envahir. Sous le choc, je serrai les dents, réprimant un hurlement, tandis que je tremblais de douleur. L'énergie était vive, vorace comme des dents de glace rongeant ma chair en un schéma précis. Après son passage, le vide créé était remplacé par de l'argent liquide qui tourbillonnait pour former le tatouage d'un labyrinthe.

Malgré ma difficulté à respirer, je tins bon jusqu'à la fin du marquage. Puis, Derisa me prit dans ses bras et m'embrassa, caressant ma langue avec la sienne en un gage passionnel de bienvenue. Les chaînes qui liaient mes poignets tombèrent. La ceinture se détacha. Un mouvement suffit à la grande prêtresse pour me retirer ma toge, me laissant ainsi nue et tremblante sous la lumière de la lune.

Hoquetant de surprise, j'ouvris les bras en grand pour sentir davantage les rayons froids de ma déesse s'insinuer dans mes veines, s'écouler à l'intérieur de mon corps comme du miel. Un rire éclata à travers le bosquet. La lune essayait de me séduire. Son pouvoir me montait à la tête. Derisa m'attira de nouveau à elle pour m'embrasser et fit doucement courir ses doigts sur mes formes généreuses.

—Bienvenue, nouvelle sœur de la Lune, murmura-t-elle.

Le souffle coupé, je me rendis compte de ce que cela signifiait. J'étais désormais liée à ma déesse pour l'éternité. Sa volonté était la mienne.

—Je lui appartiens…, dis-je d'un air émerveillé.

Derisa m'adressa un sourire sauvage. Ses yeux reflétaient sa joie. Je ne répondis rien. Après tout, que pouvais-je ajouter ? Mon monde avait changé à jamais. Alors, je rejetai la tête en arrière pour observer le ciel, lovée dans les bras de la grande prêtresse.

Tout à coup, un murmure retentit à l'intérieur de mon esprit. La Mère Lune me parlait!

Puis, la voix douce se transforma en un tonnerre tumultueux, une cacophonie de poésie et de chant, si bien que je me sentis prête à sombrer dans le chaos. Elle m'appelait. Dans les bois, pour courir à son côté. Dans les bois, pour rejoindre la Chasse, pour me mêler à la meute sauvage à travers le ciel. Je les distinguais à présent: chiens et lièvres, ours et panthères, guerriers et chasseurs morts depuis bien longtemps, et les sorcières qui avaient prêté serment à la Mère Lune des siècles auparavant. À leur tête se trouvait la déesse elle-même, silhouette de flammes argentées avec un arc sur l'épaule, hurlant dans le velours de la nuit.

—Viens jouer avec nous… Viens courir avec nous…, m'incitaient les voix.

Avec un cri de désespoir, je tournai la tête vers Derisa qui ressentait également l'appel. Quand elle me prit la main, je la laissai faire, plaçant ma confiance en elle et en la Mère Lune. À l'instant où nos doigts se touchèrent, nous nous retrouvâmes en l'air, au cœur de la Chasse. Au cœur d'une voie qui ne s'ouvrait dans le ciel qu'une fois par mois lorsque la lune était pleine. Nous atteignîmes alors le plan astral, corps et âme, sous l'œil protecteur de notre déesse géante et brillante qui nous observait depuis les cieux.

Plus rien n'avait d'importante en dehors de la Chasse, le devoir de chercher et d'attraper les créatures nocturnes. Tandis que la raison se détachait de mon âme, la lumière argentée de la magie lunaire emplit mon cœur et je fis mes adieux à tous mes soucis et mes peurs pour me donner à la Mère Lune pour l'éternité.

Chapitre 12

—C amille? Camille?
La voix de Delilah me sortit de mes pensées. Encore ailleurs, je secouai la tête. La corne de la licorne était de nouveau rangée dans sa boîte, sur mes genoux. Chaton me secouait par les épaules.

—Ça va?

Clignant des yeux, je tentai de rassembler mes idées.

—Je crois que oui. Apparemment, j'ai fait un petit voyage dans le temps. J'ai été absente pendant combien de temps?

Morio jeta un coup d'œil à sa montre.

—Six minutes. Au départ, nous pensions que tu communiais avec l'énergie de la corne, mais quand tu as laissé échapper un cri aigu et que tu l'as remise dans sa boîte, nous avons préféré vérifier que tout allait bien.

Un cri aigu? Magnifique! Au sommet de ma mysticité, j'étais d'habitude belle et intimidante à la fois. Je le savais très bien, alors pourquoi nier la vérité? Cependant, cette fois, ça n'avait pas été le cas.

—Visiblement, mon esprit a décidé qu'il avait besoin de vacances.

Prenant une grande inspiration, je savourai la sensation d'avoir les poumons pleins d'oxygène. La respiration avait un effet merveilleux sur le cerveau.

—Je crois que je me trouvais dans un état bien plus profond que la transe. Peut-être que je me trompe, mais je pense que j'ai pénétré hors du temps. Je me suis dédoublée pour retourner à la nuit où j'ai prêté serment, expliquai-je en toussant. Je jurerais avoir revécu tous les événements… en six minutes ? Je n'en aurais jamais eu le temps.

—La corne ne vous a pas blessée ? s'enquit Feddrah-Dahns.

—Me blesser ? Non, pas du tout ! m'exclamai-je en touchant le cristal avec précaution. Je ne m'attendais simplement pas à une telle décharge d'énergie. Le choc m'a renvoyée… à un moment de ma vie où un grand pouvoir a également marqué son emprise sur moi.

Marqué son emprise à coups de dents pour ne plus jamais me relâcher.

Tandis que je reposais la corne, je compris alors qu'elle était peut-être sensible aux émotions. Je percevais de faibles pensées et sentiments s'échapper du cristal et j'étais persuadée qu'elle ne provenait pas des occupants de la pièce.

Plaçant un doigt sur mes lèvres pour réduire tout le monde au silence, je m'enfonçai profondément dans mon aura, à l'aide de l'énergie de la terre, des branches, des racines et des brindilles qui se trouvaient à l'extérieur. Même si je n'étais pas une sorcière terrienne, je n'avais aucun problème à communier avec la forêt et les plantes. Elles me permettaient d'augmenter ma concentration.

Quand je fus prête, j'encerclai de nouveau la corne de mes doigts et la sortis de sa boîte.

Cette fois, je ne fus pas déséquilibrée lorsque sa force me traversa. Baignant à l'intérieur de cette mer d'énergie, je me forçai à porter mon attention sur la corne dans mes mains, la chaise sur laquelle j'étais assise, Feddrah-Dahns, Gui, Delilah et Morio qui me regardaient tous d'un air inquiet.

C'est alors que j'entendis un appel dans le lointain, si faible que je n'arrivais pas à le localiser. Je fermai les yeux et me laissai aller pour l'atteindre.

Je clignai des yeux. J'étais assise dans un champ rempli de pommiers, de chèvrefeuilles et d'herbes si hautes qu'elles me chatouillaient les genoux. Lorsque je pris une grande inspiration, un goût de prune et de jasmin se posa sur ma langue. La corne reposait sur mes jambes et des pétales tombaient doucement sur mes épaules.

—Qu'est-ce que… ? m'exclamai-je en me relevant.

Où pouvais-je bien me trouver ? Je me rappelais parfaitement de la nuit de mon initiation, mais ce lieu… c'était la première fois que je le voyais. Je n'avais jamais marché dans ce champ. Aucun moyen de savoir si je me trouvais sur Terre ou en Outremonde, même si j'avais le sentiment d'avoir été propulsée dans mon monde natal, car les bois paraissaient plus amicaux.

Soudain, une voix me parvint, si faible que je faillis la manquer, et quelque chose me chatouilla la main, près de la corne. Quand je baissai la tête, j'aperçus un tout petit homme qui se tenait là, touchant le côté du cristal. Du haut de ses quinze centimètres, avec sa peau mate et ses vêtements verts, il me faisait penser à un esprit de chêne. Toutefois, il était plus petit que tous les esprits d'arbre que j'avais rencontrés au fil des années.

—Qui… Que… Vous ne pouvez pas être…

Ne sachant que dire, je m'interrompis. Il me regarda longuement, ses yeux dissimulés par une fine rangée de cils.

—Je suis le gardien de la corne.

Le gardien de la corne ? Je pensais qu'elle ressentait les émotions. Je n'avais pas tout à fait tort.

—Comment vous appelez-vous ?

—Vous gagnerez le droit de connaître mon nom ou pas, en fonction de ce qui va se passer. Si vous gagnez le droit de connaître mon nom, vous gagnerez aussi l'accès aux pouvoirs de la corne.

Son sourire révéla des dents extrêmement aiguisées. Je reculai vivement.

—Êtes-vous un djinn ?

Il haussa les épaules. Son expression ne trahissait rien.

—Non. Maintenant, répondez à ma question : est-ce que je vous dis la vérité ?

Génial, un blagueur. Toutefois, quand je le dévisageai, je me rendis compte qu'il ne possédait pas un brin d'humour.

—Je n'en ai aucune idée, répondis-je enfin.

Je n'arrivais pas à décrypter son énergie, ni son aura. Il n'avait pas l'odeur d'un démon, mais il était clair qu'il ne passait pas son temps à courir dans les champs en chantant.

—Puisque vous ne savez pas si je mens, pourquoi est-ce que vous m'interrogez ? Pas très futé, si vous voulez mon avis.

S'adossant contre la corne, il croisa les bras et se mit à siffler un air que je ne connaissais pas.

Je fronçai les sourcils. Son attitude me vexait davantage que ses propos. Après tout, il avait raison. Lui demander s'il était un djinn ne servait à rien. Si ça avait été le cas, il ne me l'aurait pas révélé. Les djinns n'étaient pas démoniaques, mais ils étaient dangereux. Ils adoraient semer le chaos. Et même s'il n'en était pas un, rien ne l'empêchait de me mentir.

—Où sommes-nous ? En Outremonde ? demandai-je en regardant autour de moi.

L'esprit se servit de mes doigts comme tremplin pour sauter à l'intérieur de la boîte. Là, il s'assit, les jambes croisées avant de s'appuyer sur ses mains.

—Non, pas vraiment. Mais nous ne sommes pas tout à fait sur Terre non plus.

—Le plan astral ?

—Non.

Il commençait à m'agacer sérieusement.

— Écoute, mon pote, je n'ai pas de temps à perdre en devinettes. Je ne regarde pas *Jeopardy* et je n'aime pas le *Trivial Pursuit*. Alors arrête ton cinéma et dis-moi ce que je dois savoir !

— Tu n'as pas beaucoup de patience, pas vrai ?

Il sauta de la boîte pour se réceptionner par terre. Quelques secondes plus tard, une fumée verte se forma autour de lui. Quand le nuage se dissipa, il avait grandi de deux mètres en hauteur et arborait un grand sourire. Il me tendit alors la main. Je l'attrapai d'un geste hésitant, l'autorisant à me relever. Toutefois, je resserrai ma prise sur la corne. Pas question de la lui donner. Peut-être qu'il n'était pas un djinn, peut-être qu'il était vraiment le gardien de la corne, mais, dans tous les cas, je n'étais pas assez stupide pour lui céder l'artefact. Si ce simple geste le libérait, la situation me donnerait la migraine.

— La patience, c'est pour les gens qui ne sont pas poursuivis par une horde de démons.

À l'instant où je fus debout, je lâchai sa main. Le champ paraissait bien trop clair. Même en protégeant mes yeux de la lumière brillante, je n'arrivais pas à voir très loin. L'odeur de l'herbe fraîchement coupée me parvenait, portée par une légère brise, et la caresse du soleil contre ma peau me donnait envie de me rallonger pour faire la sieste. Je ne pus réprimer un bâillement.

— Je commence à ressentir les effets de la poussière de lutin, dis-je. Tu n'en es pas un, au moins ?

— Non, répondit-il en haussant de nouveau les épaules. Ne t'inquiète pas du temps qui passe. Il n'a pas d'incidence sur nous. Tes plans n'en seront pas chamboulés. Bon, attends-moi là.

En un clin d'œil, je le vis disparaître de l'autre côté du champ. Je me relevai aussitôt, la corne dans les mains, me demandant ce qui pouvait bien se passer. Tout à coup, je vis un éclair foncer vers moi, comme un missile dopé aux stéroïdes. Un missile capable de me brûler les fesses jusqu'à en faire du charbon.

Sans réfléchir, je levai la corne et tentai de trouver un moyen de me protéger, car dans la demi-seconde qui me restait, je n'aurais jamais le temps d'éviter la décharge d'un million de volts qui déferlait dans ma direction.

— Dispersion ! criai-je.

En guise de réponse, une barrière tremblotante s'éleva entre la mort électrique ambulante et moi. Il y eut un grand bruit, puis le choc me propulsa deux cents mètres en arrière où je me réceptionnai sur les fesses. La barrière avait fait son travail. L'éclair avait perdu son énergie et se déversait à présent, inoffensif, dans le sol.

Tandis que j'observais, allongée, les vers de terre qui gigotaient sur le sol, perturbés par la soudaine intrusion dans leur domaine, je ne pus m'empêcher de penser que j'avais peut-être fait une légère erreur en acceptant l'offre de Feddrah-Dahns.

L'esprit réapparut aussitôt à côté de moi.

— Tu ne t'es pas trop mal débrouillée. Tiens, laisse-moi t'aider à te relever.

Sans prêter attention à sa main, je me remis sur pied par mes propres moyens. Une vague nauséeuse m'envahit.

— Je peux savoir ce que tu essayais de faire ? Tu aurais pu me tuer ! m'exclamai-je en lui adressant un regard noir.

Je vérifiai rapidement que je n'avais rien de cassé ou foulé.

— Je devais te tester. Il existe très peu de personnes capables d'utiliser les pouvoirs de la corne. Je suis là pour repousser ceux avec qui elle n'entre pas en communion.

Le calme de sa voix ne faisait qu'amplifier mon outrage.

— Et que se serait-il passé si j'avais fait partie de la majorité des gens qui n'arrivent pas à contrôler la corne ? Tu peux me le dire ?

Le choc commençait à se dissiper. Ce n'était pas une bonne chose pour cet apprenti Benjamin Franklin. Il ferait mieux de s'expliquer, et vite.

Il haussa les épaules.

—Tu serais morte.

Je me figeai. Mes lèvres refusèrent de bouger. Enfin, quand une libellule s'approcha un peu trop près de ma bouche bée, je finis par la refermer. Après avoir repris mes esprits, je posai un doigt accusateur contre son torse.

—Morte ? Tu m'aurais vraiment laissé mourir ? (Il hocha encore la tête comme si je lui avais demandé s'il aimait la salade de pommes de terre.) Que serait-il arrivé à mon corps, puisque d'après toi, nous sommes en dehors du temps ?

—Arrêt cardiaque, répondit-il avec un sourire stupide.

Oh putain ! Pourquoi m'inquiéter de Flam lorsque ce mécréant pouvait faire de moi une sorcière grillée ? Que les créatures magiques aillent au diable ! Je le surpris en lui donnant un grand coup sur le torse pour le pousser en arrière.

—Pour qui est-ce que tu te prends ? C'est ça que tu appelles un test ? Va te faire foutre ! « Hé ! Laissons-lui une chance, infime bien sûr ! Si elle n'arrive pas à contrôler la corne, on n'aura qu'à la faire griller ! » Tu sais quoi, mon vieux ? Tu ne m'auras pas comme ça.

Serrant les poings, je me rapprochai de lui, prête à lui en mettre une.

—C'est quoi, ton nom, au fait ? Puisque j'ai passé le test, tu peux bien me le dire, ainsi que la classe de créature à laquelle tu appartiens. Sinon, je t'arrache les yeux.

Il toussa avant de rajuster sa veste.

—Du calme. Tu n'es pas blessée, à ce que je sache. Dans le cas contraire, tu ne pourrais pas t'énerver comme ça. (Quand je grognai en guise de réponse, il fit un bond en arrière et leva les mains pour s'en servir de bouclier.) D'accord, d'accord! Je suis un jindasel.

Je clignai des yeux. Voilà qui était nouveau.

— Un quoi?

— Un jindasel. Nous ne sommes pas très connus. Tu avais raison, en un sens. Nous ressemblons aux djinns, mais contrairement à eux, nous sommes créés à partir de l'esprit d'un autre être vivant, qui possède généralement de grands pouvoirs, pour être gardiens. Normalement, l'objet que nous devons protéger a un jour fait partie du corps de notre créateur. Cela peut être un bras, une main qu'il a préservée, ou encore, comme c'est le cas ici, la corne d'une licorne noire. (Il reprit son souffle pendant que j'assimilais ces nouvelles informations.) Je m'appelle Eriskel.

Ne sachant pas quoi dire, je m'éclaircis la voix.

— Un jindasel nommé Eriskel. Comme c'est... poétique. (Il m'apparut soudain que s'il avait été créé à partir de l'esprit de la bête noire...) Donc tu es directement issu de l'esprit de la licorne noire? Est-ce que tu partages ses pensées?

— Pas vraiment, répondit Eriskel, l'air intrigué. Personne ne m'a jamais questionné sur mon existence auparavant. C'est peut-être plus facile de me voir comme une incarnation mineure de la licorne noire, sauf qu'elle m'a doté d'une conscience propre. Je vis pour la servir et lui obéir, mais elle m'autorise une certaine indépendance.

Une pensée me passa par la tête. *La patte de singe... la chose*[1]... étaient-elles gardées par des créatures comme celle-ci? Il s'agissait d'histoires d'horreur fictionnelles, ou

---

1. En référence à la nouvelle *The Monkey's Paw* de W.W. Jacobs *La Patte de singe*. Dans cette nouvelle un talisman maléfique, une patte de singe, exauce les vœux de manière macabre.

172

du moins, c'était ce que je pensais. À présent, je ne pouvais m'empêcher de douter. Est-ce que ces récits s'inspiraient de l'existence des jindasels ? Et qu'en était-il de la licorne noire ? Était-elle amie ou ennemie ?

—Est-ce que tu prends toujours cette forme ?

—Seulement quand tu auras besoin de moi, répondit Eriskel en secouant la tête. Maintenant que tu connais mon nom, tu peux m'appeler en dehors de la corne. En revanche, si tu abuses de ton pouvoir, je te tuerai. De même, si tu décides de céder la corne à quelqu'un d'autre, je devrai le tester avant de l'accepter. Tu dois être consciente que l'artefact a ses limites. Son pouvoir n'est pas infini. Il doit être rechargé sous un ciel sans lune, tous les mois. Si tu l'utilises trop, la corne t'abandonnera à ton sort.

—Dans ce cas-là, tu aurais détruit le gobelin et le croque-mitaine qui l'ont volé, pas vrai ?

Ça aurait été un choc pour eux. Leur vol n'aurait servi à rien s'ils avaient essayé de s'en accaparer les pouvoirs.

—Oui, à condition que leurs pouvoirs ne soient pas plus forts que les miens. Je ne suis pas invincible. Je serais en mauvaise posture face à un démon supérieur, ou même certains plus faibles.

J'observai le cristal frais qui reposait dans ma main.

—Comment puis-je m'en servir contre les démons ?

Eriskel me sourit d'un air énigmatique.

—Tu peux faire beaucoup de choses… mais c'est à toi de les découvrir. Je ne peux pas te donner les réponses. Je ne les connais pas toutes et, de toute façon, j'ai juré d'en proté-ger certaines. Seules les personnes qui le méritent vraiment trouvent le moyen d'utiliser la corne. Ou celles qui l'arrachent par la torture.

Quand nos regards se rencontrèrent, je compris qu'il s'agissait de le torturer, lui. Eriskel était vulnérable face aux forces obscures que nous affrontions. Si les démons réussissaient à s'emparer de la corne, ils le détruiraient sûrement en essayant de prendre le contrôle. Ce qui signifiait que je devais faire en sorte de la garder en sécurité. Encore une vie à porter sur mes épaules.

Je soulevai la boîte.

— Dois-je la conserver là-dedans ?

Il secoua la tête.

— Seulement lorsque tu la recharges sous un ciel sans lune. Sous le velours, tu trouveras un fourreau spécial pour l'attacher à ta taille. Et il y a une dernière chose que tu dois savoir.

Il s'interrompit, tendant la main vers moi comme s'il essayait d'attraper quelque chose. Soudain, une cape noire en velours apparut. Elle semblait étinceler sous l'éclat qui enveloppait la clairière.

— En revêtant cette cape, tu seras protégée. Toutefois, ne compte pas sur elle pour te sauver la vie. Tu ne dois compter que sur toi-même. Ne l'oublie jamais.

Je fus surprise de m'apercevoir que le tissu de la cape était plus léger que la soie d'araignée. Pourtant, quand je la plaçai sur mes épaules et la fixai avec ma broche dorée en forme d'étoile, je me sentis réchauffée, presque à l'abri. Elle m'arrivait aux genoux et possédait quatre poches intérieures, dont l'une d'elles s'adaptait parfaitement à la corne. Des ouvertures pour les bras et les mains la rendaient plus pratique que la plupart des capes. Je relevai le tissu pour caresser ma joue. Lorsqu'il rentra en contact avec ma peau, des frissons d'énergie me parcoururent la colonne vertébrale. Le velours provenait sûrement d'une créature très ancienne et puissante. J'avais presque peur de poser la question.

— De la fourrure de panthère ? murmurai-je finalement.

Delilah me tuerait si je revenais avec une peau de chat sur le dos. Le jindasel secoua la tête.

—Non, c'est bien plus rare. Seules huit licornes noires ont existé en ce monde.

—Huit ? Je pensais qu'il n'y en avait eu qu'une !

—Seulement dans la légende. En réalité, il y en a eu huit, toutes descendantes de la même lignée. Leurs os ont été conservés dans un lieu sacré qui n'est connu que de la reine et du roi actuels.

Quand je compris où il voulait en venir, je n'avais plus vraiment envie de connaître la vérité. L'idée était simplement incroyable.

—Euh… Alors ce velours est…

—La fourrure de la dernière licorne noire ayant existé. Les os sont blanchis avant d'être enterrés, mais la peau, elle, est principalement utilisée pour confectionner des capes offertes à ceux qui contrôlent le pouvoir d'une des cornes. Huit cornes. Huit capes.

Ébahie, je me contentai de caresser la fourrure du bout des doigts. Si je comprenais bien, les licornes noires ne perdaient pas leur corne comme je le pensais. Et je portais une fortune sur mon dos. Je devrais être prudente et ne jamais dire à quiconque de quoi était faite ma cape si je voulais rester en vie.

—Je ferai de mon mieux pour la garder en lieu sûr, murmurai-je en pensant à voix haute.

—Si tu la perds ou que des êtres démoniaques s'en emparent, la cape s'enflammera. En revanche, la corne est un artefact magique. À la mort d'une licorne noire, une partie de son esprit prend forme en la personne du jindasel avant de migrer vers un nouveau corps.

—Ouah ! Comme le phœnix, tu veux dire ? La licorne renaît de ses cendres, chaque fois ?

Hochant la tête, il croisa les bras.

—À présent, comprends-tu pourquoi tu ne dois pas perdre la corne ? C'est un artefact sacré que l'on remet entre tes mains. Cependant, tu dois faire face à des démons dont les pouvoirs dépassent les miens. Les ennemis sont plus nombreux que vous. Si vous échouez, l'Ombre Ailée envahira la Terre avant de s'attaquer à Outremonde. C'est pour cela que les licornes de Dahns ont demandé à la bête noire de vous aider. Voici sa réponse.

Feddrah-Dahns ne possédait donc pas vraiment la corne. Il avait sûrement embelli l'histoire pour ne pas mentionner le rôle de la licorne noire. Je ne comprenais pas le besoin d'un tel comportement, mais il avait sûrement ses raisons. Surprise et honorée par la foi que l'on plaçait en nous, en moi, je laissai échapper un soupir. Notre fardeau semblait augmenter et s'alourdir de jour en jour.

Je relevai la tête vers Eriskel.

—Nous ferons de notre mieux.

—J'en suis persuadé, fit-il. (D'un geste étonnamment tendre, il me caressa la joue.) Ton chemin n'est pas entièrement recouvert par les ténèbres, mais ils sont très puissants. Tâche de ne pas t'y égarer.

Puis, tout devint noir et je me retrouvai à flotter dans une mare de lumière étincelante.

—Camille ? Camille ! Réveille-toi !

De nouveau, la voix de Delilah traversa le brouillard qui entourait ma tête. Clignant des yeux, je tentai de faire surface malgré la quantité de gaze qui semblait s'être accumulée dans mon esprit. Au bout d'un moment, je réussis à ouvrir les yeux. Embrumée, j'observai les visages inquiets autour de moi.

—Où étais-tu ? demanda Morio. Ton corps était avec nous, mais ton esprit, lui, semblait avoir pris le train express de 5 heures. Encore une fois. (Il était agenouillé près de moi, la main posée sur mon poignet tandis que je tenais la corne.) Et d'où vient cette cape?

Je baissai la tête. La cape, bien réelle, couvrait mes épaules. Ce n'avait pas été un rêve, ni une vision.

—C'est… une longue histoire, répondis-je. Je me suis entretenue avec le gardien de la corne. J'ai obtenu le droit de m'en servir.

Lorsque je me levai, Feddrah-Dahns s'approcha de moi, ses sabots claquant légèrement contre le parquet. Il s'abaissa pour toucher la broche.

—C'est donc vrai. Le porteur de la corne revêt la cape des licornes noires!

Le vêtement sembla bouger de son propre accord sur mes épaules.

—Vous auriez pu m'avertir que je risquais ma vie.

—Quoi? De quoi est-ce que tu parles? demanda Delilah en touchant la fourrure du bout des doigts.

Des étincelles naquirent à leur passage. Morio s'y essaya également et frissonna.

—Bon sang, cette cape est remplie d'électricité! s'exclama-t-il.

Je leur fis signe de reculer.

—J'ai besoin de boire de l'eau ou du jus ou quelque chose. Je suis assoiffée.

Un léger goût d'éclair persistait au fond de ma gorge comme pour me rappeler que j'avais failli finir en CFC: Camille fraîchement carbonisée.

—Je vais te chercher ça, proposa Delilah en se précipitant dans la cuisine.

—Vous n'auriez pas de l'hydromel, par hasard? s'enquit Gui d'une voix forte avant de la suivre.

Je me retournai lentement vers Feddrah-Dahns.

—Vous étiez au courant, n'est-ce pas ? Vous saviez que je devrais faire face au jindasel !

Il cligna des yeux.

—Oui, effectivement. Je savais également que vous réussiriez. Les dires de la reine Asteria ont suffi à m'en convaincre. Elle ne nous a jamais trompés et je voue une confiance aveugle à ses prophètes.

Ses prophètes ?

—Alors, c'est elle qui vous a demandé d'agir ainsi ?

—Disons que nous sommes parvenus à un accord. Mais c'est la licorne noire qui a pris la décision finale.

Je fis la moue.

—Pourquoi moi ? Pourquoi ne pas avoir choisi un mage plus puissant ? Pourquoi pas la reine en personne ?

Feddrah-Dahns hennit.

—Parce que votre plus grande alliée est votre imprévisibilité. Vous et vos sœurs êtes à moitié Fae et à moitié humaines. Les elfes, eux, suivent des chemins pré-établis. Ils n'en changent que si le besoin s'en fait sentir. En revanche, vous êtes sauvages et imprévisibles. Une très bonne qualité pour déstabiliser les adversaires. De plus, vous possédez des racines dans les deux mondes, ce qui vous donne une bonne raison pour les protéger tous les deux. Vos défauts sont aussi vos atouts les plus forts. N'essayez surtout pas de tout prévoir à l'avance. Il y a trop de variables. Suivez les mouvements de l'univers, Camille. Soyez attentives aux marées du changement.

—En d'autres termes, nous devons nous laisser porter par le courant, murmurai-je.

—Exactement, et prier pour ne pas vous écraser contre les rochers.

Soudain, un coup sur la porte nous interrompit. Tout en réfléchissant au conseil qu'on venait de me donner, j'allai ouvrir. De l'autre côté, appuyé contre le mur, se trouvait Flam. Il avait quelque chose de différent, mais je n'arrivais pas à savoir quoi. Il semblait bien plus sérieux et concentré que d'habitude. Son odeur me parvint : désir, cupidité, passion, tout se mélangea et me frappa avec la force d'une immense massue.

— Tu es en retard, me dit-il. Viens. Prends tes affaires, tu dors chez moi. (Sur ces paroles, il se dirigea vers le salon. Puis, par-dessus son épaule, il me lança :) Tu as quinze minutes. Après, que tu le veuilles ou non, je t'emmène avec moi.

CHAPITRE 13

— De quel droit est-ce que tu débarques ici pour me donner des ordres ? De toute façon, j'allais venir chez toi dans pas longtemps, alors ne monte pas sur tes grands chevaux, le dragon !

Sans réfléchir, j'attrapai Flam par le bras pour qu'il se retourne vers moi tandis que nous nous rendions au salon. Les dernières vingt-quatre heures m'avaient mis les nerfs à vif. J'étais légèrement sur la défensive.

Il observa brièvement ma main avant de relever la tête pour me regarder dans les yeux. Il était loin de paraître amusé. Quelque chose me disait que j'étais à deux doigts de me faire réprimander pour avoir été si présomptueuse.

Lâche doucement le dragon et recule… Respire fort, lève les mains, arbore une expression innocente… Et avec un peu de chance, il ne te dévorera pas.

Ou peut-être bien que si et ça ne te déplairait pas, murmura une voix au fond de mon esprit.

Puis, l'indignation me submergea et je me sentis tiraillée entre la colère et l'apitoiement.

— Écoute, en l'espace de vingt-quatre heures, j'ai combattu un croquemitaine, un gobelin et un Fae. J'ai aidé à tuer des trolls de Dubba, fais fuir une bande de lutins et en ai sauvé un autre. (Je comptai chacun de mes arguments sur mes doigts, ravalant ma peur tandis qu'il attendait que je continue ma tirade.) Quoi d'autre ? Ah oui, j'ai aussi échappé de justesse à un éclair qui voulait me carboniser. Il était si puissant qu'il aurait pu brûler une ville entière, mais non! C'était contre moi qu'il était dirigé! Si je n'avais pas réussi à l'éviter, non seulement je n'aurais pas pu devenir l'heureuse propriétaire d'une superbe corne de licorne noire, mais, en plus, j'aurais été transformée en tas de poussière sur le plan astral, alors que mon corps, lui, aurait eu une crise cardiaque!

—C'est tout? osa me demander Flam avec un sourire moqueur.

Plus agacée à présent qu'effrayée – après tout, les humeurs de Flam semblaient aussi changeantes que les miennes –, je posai les mains sur mes hanches.

—Non, maintenant que tu me le dis, si tu veux souffler sur la maison pour la démolir, fais-toi plaisir. Il est hors de question que je me dépêche. J'ai faim. Je suis stressée. Et je rêverais de me transformer en chat, comme Delilah, pour pouvoir aller me rouler en boule dans un coin et dormir un peu.

Morio et Feddrah-Dahns me regardaient comme si j'avais perdu la tête. Peut-être que j'avais exagéré. Décharger sa colère sur quelqu'un était une chose. Toutefois, s'acharner comme ça n'était pas dans mes habitudes. Après tout, Flam n'avait rien à voir avec les événements de la journée.

Il me regarda de haut en bas.

—Je connais le remède parfait pour combattre le stress. On essaiera tout à l'heure. (Sur ces paroles, il me dépassa pour s'asseoir sur un fauteuil. Puis il s'appuya sur l'accoudoir et s'adressa à Feddrah-Dahns.) Alors, vous avez retrouvé votre lutin?

Hennissant, la licorne secoua sa crinière.

—Oui, grâce à dame Camille et sa sœur, répondit-il.

—Quoi? Qu'est-ce que j'ai fait? demanda Delilah à son retour de la cuisine.

Elle portait un plateau rempli de canettes de soda et de sandwichs. Gui la suivait en jetant des coups d'œil suspicieux à l'encontre du verre de cola qu'elle lui avait servi. En fait, il s'agissait d'un dé à coudre, autrement dit, l'équivalent d'une bassine pour lui.

—Je ne suis pas sûr d'apprécier, remarqua-t-il. Je n'ai jamais goûté la nourriture terrienne. Êtes-vous sûre de ne pas vouloir m'empoisonner? Ce breuvage pétille!

—C'est du carbonate, pas de la magie, l'interrompis-je. Franchement, chaton, pourquoi est-ce que tu ne lui as pas servi un verre de vin ou de bière?

—Je n'y ai pas pensé, répondit Delilah avant de remarquer la présence de Flam. Salut! Je ne t'ai pas entendu arriver. Tu veux manger quelque chose?

Il secoua la tête en se massant les tempes.

—Non, merci. Chaque fois que je viens ici, au moins deux d'entre vous se disputent. J'aimerais bien savoir ce que vous faites une fois que vos invités prennent congé. Vous sortez le ring?

Je me retournai vers lui en même temps que Delilah.

—Hé! Fais attention à ce que tu dis! fit-elle avant d'éclater de rire.

Quant à moi, mon regard se posa sur les sandwichs et mon ventre gargouilla.

—Elles sont en stéréo, gémit-il. Camille, s'il te plaît, va chercher tes affaires! J'ai vraiment besoin de toi pour parler à cette femme sur mes terres. Elle me rend dingue. Si tu ne vas pas lui demander ce qu'elle veut, je me ferai un plaisir de la carboniser, puis de m'asseoir dessus pour l'écraser comme un insecte. Elle sait ce que je suis. Elle n'arrête pas de me rebattre les oreilles. Elle veut savoir où se trouve Titania.

Feddrah-Dahns frissonna.

—Ne la laissez pas vous entourlouper. Si vous parlez de Morgane, elle peut se révéler extrêmement dangereuse.

Dans notre vallée, nous ne lui faisons pas confiance. C'est pour cela que nous l'avons chassée.

— Trillian m'a dit que le roi Vodox l'a aussi exilée de Svartalfheim, dis-je en me tournant vers Morio qui avait l'air abasourdi.

Il se laissa aller en arrière contre son fauteuil, plaça ses mains derrière la tête et attendit. Alors, je m'approchai de Flam pour poser la main sur son épaule.

— Laisse-moi manger quelque chose. Puis, je dois à tout prix passer un coup de fil. Et après, je viendrai avec toi. Pendant ce temps-là, Delilah, pourquoi est-ce que tu n'irais pas chez le marchand de tapis avec Morio cet après-midi ? Vous y découvrirez peut-être des indices.

— Ça me va, répondit Delilah, la bouche pleine.

Alors qu'elle me tendait un sandwich, Flam m'attrapa par le bras et me força à m'asseoir sur ses genoux.

— Je remarque que tu aimes beaucoup m'avoir sur tes genoux.

Il sourit.

— C'est en accord avec mes pensées. Dépêche-toi de manger. Delilah, sois gentille et va chercher un pyjama pour ta sœur. Comme tu es prise par quelque chose d'important, j'ai décidé de choisir les jours et les nuits que tu me dois au fur et à mesure. Ce soir sera le premier. Je te dirai quand ça fera une semaine.

Je le dévisageai. C'était tellement inattendu que j'étais au bord de la crise de nerfs. Pourquoi tout le monde s'évertuait-il toujours à changer ce qui avait été prévu ?

— C'est toi qui me diras quand la semaine se sera écoulée ? Je ne crois pas, non… Trillian ne sera jamais d'accord !

Je m'interrompis lorsque Delilah me fourra un sandwich au jambon dans les mains. Je me mis à mordre dedans machinalement.

—Trillian n'a pas son mot à dire là-dedans, rétorqua Flam. (Ses yeux pâles devinrent glaciaux.) Je n'aime pas ton petit copain, mais je ne le déteste pas non plus. Toutefois, il ne se mêlera pas de notre accord, compris ? C'est un contrat que j'ai passé avec toi, pas avec lui. Trillian ferait mieux de se le rentrer dans la tête avant que je perde patience. (Après avoir pris une grande inspiration, il ajouta :) Contrairement à ce que tu sembles penser, je suis tout à fait capable de tuer et de manger quiconque se mettra en travers de ma route.

Une lame de glace me traversa le cœur. Sous cet aspect suave et persuasif se cachait un dragon, et non un homme. Les dragons suivaient leurs propres règles et leur propre rythme. Je l'oubliais constamment. Si je ne faisais pas plus attention, cette erreur pourrait bien m'être fatale. Ou tuer Trillian.

—Hic !

Le son d'un bruyant hoquet rompit soudain la tension. Quand je me retournai, j'aperçus Gui se poser sur un guéridon. Le hoquet avait agi comme une épine dans un ballon de baudruche et l'avait envoyé voler à travers la pièce.

—Gui ! s'exclama Feddrah-Dahns en se déplaçant tant bien que mal parmi les meubles pour l'atteindre.

Delilah fut plus rapide. Elle s'agenouilla près du lutin.

—Gui ? Ça va ? Tu es blessé ?

Il se remit sur pied en chancelant.

—Mince alors, ça secoue ! fit Gui. Quel genre de poison y avait-il dans le breuvage que vous m'avez servi ?

Me défaisant de l'étreinte de Flam, je m'approchai pour les aider.

—Je crois bien que les lutins et le soda ne font pas bon ménage. Comment va ton ventre ? Tu te sens gonflé ? Tu as des gaz ?

Delilah m'adressa un regard écœuré.

—Pourquoi est-ce que tu lui demandes ça ?

—S'il a des gaz, il risque encore de voler comme un bouchon de champagne, fis-je en ricanant. Toutes mes félicitations, Delilah. Tu es la première à avoir compris comment envoyer un lutin sur orbite ! On ferait mieux de le mettre en sécurité, là où il ne pourra pas se briser la nuque. (Je jetai un coup d'œil alentour.) Le problème, c'est qu'on ne possède pas de cellule capitonnée de la taille d'un lutin. Le bicarbonate est un outil puissant. Je suis surprise que les HSP n'aient pas trouvé un moyen de s'en servir comme arme.

À la vérité, je n'aimais pas le soda. Même si j'aimais les bonbons, je trouvais le goût de ce breuvage trop écœurant. Le sucre ne me dérangeait pas dans mon café, mais niveau boisson froide, je préférais le vin et l'eau.

Gui adressa un regard noir à Delilah.

—Faites confiance au chat pour m'offrir quelque chose qui me rende malade, dit-il en se frottant le ventre. Je ne me sens pas très bien. Je suis ballonné.

Effectivement, je pouvais entendre des gargouillis. Je jetai un coup d'œil autour de moi.

—Je sais ! Delilah, place des coussins contre les barreaux du parc de Maggie et installes-y Gui jusqu'à ce que le hoquet cesse.

Delilah s'exécuta, traînant le lutin qui se plaignait à chaque pas. En attendant, je me tournai vers Flam.

—Je passe un coup de fil et on y va, murmurai-je.

Sa patience avait des limites. Je voulais partir avant qu'elle disparaisse en nuage de fumée.

—D'accord, répondit-il, surpris.

Je me dirigeai rapidement dans la cuisine où Delilah construisait une cellule capitonnée pour Gui.

—Et merde ! Ce sont les pires vingt-quatre heures que l'on a eues depuis un bon bout de temps ! m'exclamai-je en sortant mon carnet d'adresses.

Puis, je composai le numéro de *La Retraite des Aspens*.

—Qui appelles-tu? me demanda ma sœur.

—La clinique psychiatrique. Tu sais, celle dont Morio nous a parlé. Il y a un homme qui connaît l'existence du troisième sceau spirituel. Le problème, c'est qu'il s'agit d'un pensionnaire et il ne… Attends, lui dis-je lorsqu'une voix résonna à l'autre bout de la ligne.

—*Retraite des Aspens*, bonjour. Que puis-je pour vous?

—Un membre de ma famille est client chez vous. J'aimerais venir le voir. À qui dois-je m'adresser pour convenir d'une visite?

—Un instant, dit-elle avant de me mettre en attente.

Delilah plissa les yeux.

—Donne-moi son nom. Je ferai une recherche sur le portable de Chase avant d'aller chez le marchand de tapis avec Morio.

Quand elle me tendit un bloc-notes, j'écrivis le nom de Ben dessus ainsi que celui de *La Retraite des Aspens*. Au moment où je lui tendais le bloc, la voix d'une nouvelle réceptionniste retentit dans le combiné.

—Mademoiselle Marshall, j'écoute. Comment puis-je vous aider?

—J'aimerais prendre rendez-vous pour venir voir mon… cousin. C'est un patient des *Aspens*.

Me faire passer pour une cousine était une bonne idée. Il me suffisait de remballer mon glamour et d'acheter une petite robe à fleurs. Au pire, je pourrais toujours user de mon charme sur la réceptionniste.

—Son nom, s'il vous plaît?

—Ben. Benjamin Welter. (Je m'interrompis un instant, avant d'ajouter:) Je sais qu'il n'est pas très réceptif. J'aimerais simplement venir m'asseoir près de lui quelques instants.

Il y eut une brève pause de l'autre côté de la ligne.

—Je vois ici que la dernière visite remonte à sept semaines. Votre tante et votre oncle ne sont pas revenus de leur croisière autour du monde?

Je sentis une pointe de désapprobation dans sa voix. Mademoiselle Marshall se souciait sûrement davantage de ses patients que leurs propres familles. Je choisis de jouer sur cet aspect.

—Je ne sais pas. Je reviens de l'étranger où j'ai fait mes études. Je ne suis pas rentrée depuis deux ans. Jusqu'à récemment, je ne savais même pas que mon cousin avait des problèmes de cet ordre. Je m'appelle Camille, au fait.

—Quand aviez-vous l'intention de passer, mademoiselle Welter?

Je ne la corrigeai pas. Qu'elle pense que je faisais partie de la famille du père ne changeait rien pour moi.

—Est-ce que demain est trop tôt? Vers 15 heures?

J'entendis des clés s'entrechoquer avant qu'elle reprenne la parole.

—Je vous ai ajoutée à la liste des visiteurs. Merci, Camille. Nous encourageons les familles à venir le plus souvent possible. Même dans le cas de Benjamin où le patient n'est pas réceptif, l'effet ne peut être que bénéfique. L'amour des proches est important.

En raccrochant, je sentis ma conscience me rappeler à l'ordre. Enfin, ce n'était pas comme si Benjamin aimait la compagnie des humains. Que je sois une cousine ou une étrangère ne changerait rien pour lui. Et peut-être que je trouverai un moyen de l'aider. Je reculai la chaise et me levai. Delilah tourna la tête vers moi. Elle avait réussi à sécuriser le parc pour Gui, qui avait l'air bien mal au milieu des coussins. Gémissant, il se frotta le ventre.

—Je dois y aller, annonçai-je. Flam est sur le point d'exploser. Je ferais mieux d'aller voir ce que veut Morgane une bonne fois pour toutes. (Je pris une grande inspiration.) Tout devrait bien se passer, mais au cas où…

— Tu veux que je vienne avec toi ? me demanda-t-elle immédiatement. Tu peux annuler le contrat. On trouvera un autre moyen de le payer.

Quand elle me prit dans ses bras, le croissant noir tatoué sur son front se réveilla. Je l'observai. Lorsqu'elle avait fait le choix de demander de l'aide au seigneur de l'automne, un fardeau immense avait été placé sur ses épaules. Pourtant, elle n'en avait pas fait tout un plat. Même si elle faisait à présent partie des fiancées de la mort, elle le prenait avec autant de philosophie que possible.

En fait, le seigneur de l'automne ne lui avait pas laissé le choix. Flam, oui. Le contrat consistait à passer une semaine avec lui, s'il contactait le seigneur de l'automne. Qu'était une semaine de plaisir comparée à une éternité liée à un seigneur élémentaire ? Non, je n'avais pas le droit de me plaindre devant Delilah.

Je m'éclaircis la voix.

— Tout ira bien. Pour tout t'avouer, j'ai hâte d'y être.

C'était la vérité. En grande partie. Bien sûr, j'avais peur. Après tout, Flam semait la pagaille dans ma vie. Mais, ces derniers mois, ça avait été le cas de beaucoup de gens, alors autant que celui-ci soit agréable à regarder.

— Je serai à la maison demain, lui dis-je. Nous parlerons de Morgane et de ce que Morio et toi aurez découvert.

Avec un sourire peu convaincant, elle me prit de nouveau dans ses bras. La tête coincée sous la sienne, je fermai les yeux. J'avais l'impression d'être dans l'étreinte de ma mère où je me sentais aimée et en sécurité. Au bout d'un moment, Delilah me libéra à contrecœur et je reculai.

— Amuse-toi bien, me souhaita-t-elle en me faisant un clin d'œil. Flam t'aime beaucoup. Il ne te fera pas de mal. De toute façon, s'il t'en fait, il aura affaire à nous !

Riant à cette pensée, je retournai vers le salon. Morio était en train de donner un sac à Flam.

— Je vois que tu as encore laissé traîner tes pattes chez moi, le taquinai-je en lui tirant la langue.

— J'adore laisser traîner mes pattes chez toi, répondit-il avant de hausser les sourcils.

Il déposa un long baiser sur mes lèvres. Très différent de ceux de Trillian. Il ne me demandait rien. Il se contentait de m'ensorceler. Trillian me faisait reculer dans mes retranchements avant de me conquérir. Morio, lui, s'arrangeait pour que ses conquêtes lui donnent les clés de leur royaume sans le moindre regret. Trillian était un mâle dominant. Morio restait à l'écart des matchs de testostérone et attendait son heure calmement.

Comme je faisais mine de rester dans ses bras, il me pinça les fesses avec un air taquin.

— Tu ferais mieux d'y aller, me murmura-t-il à l'oreille. Je serai dehors ce soir. Je vérifierai que tout se passe bien. (Sans un mot de plus, il recula.) Elle est tout à toi, Flam. Prends soin d'elle.

Flam soupira.

— J'en ai toujours eu l'intention, dit-il en se tournant vers la porte.

Je me dirigeai vers Feddrah-Dahns.

— Restez donc un jour ou deux. Je suis certaine que vous voulez en savoir plus sur ce que mijote Morgane.

— Ne la laissez surtout pas s'emparer de la corne, dit-il. Elle ne doit pas tomber entre de mauvaises mains.

Comme si Morgane pouvait éviter un éclair survolté d'énergie mieux que moi… Toutefois, je choisis de ne rien dire.

— Bien sûr, me contentai-je de répondre.

Puis, sans attendre davantage, nous partîmes.

—Tu veux qu'on prenne ma voiture? demandai-je.

Flam me fit signe de se rapprocher de lui et passa un bras autour de mes épaules.

—Il est temps que tu saches comment je voyage.

Mystérieux, mais suffisant pour me préparer à quelque chose d'extraordinaire. Lorsque je sentis une vague d'énergie nous submerger, je me figeai. Nous nous trouvions au centre d'un tourbillon. La magie du dragon. Je l'avais déjà sentie sur Flam auparavant, mais c'était la première fois qu'elle me traversait de part en part.

Soudain, le ciel s'ouvrit et les étoiles étincelèrent au-dessus de nous, tandis que le monde changeait. Une température bien plus froide que les tombes me transperça, comme si quelqu'un m'avait enfoncé une dague de glace entre les omoplates. Il s'agissait de magie ancienne. Vieille et rusée, elle nous faisait tourbillonner à la manière de feuilles mortes emportées par le vent. Soudain, le tonnerre résonna et de la brume se forma autour de nous. J'entendais le son persistant des vagues qui se jetaient sur le sable.

Oh merde! Je savais où nous étions.

Nous nagions, mais différemment de tous les poissons, toutes les baleines ou tortues que j'avais rencontrés. Flam nous avait fait traverser les voiles. À présent nous nous déplacions dans les courants glaciaux de la mer ionique.

Le plan astral, les ondes et le royaume des esprits étaient tous vagues et nébuleux par rapport à la vie physique. Une entité astrale, par exemple, pouvait prendre une forme corporelle, mais un humain ne ressentait que de la froideur en sa présence. Les deux royaumes ne se mélangeaient jamais.

Sur le plan astral, d'autres dimensions se mêlaient aux différentes forces. Ensemble, elles formaient les terres ioniques. L'énergie qui les réunissait les tenait également à l'écart les unes des autres car elles étaient en constante évolution. Cette même énergie permettait de voyager entre les différentes terres. Elle se déplaçait sous forme de canaux comme l'eau dans les rues de Venise.

La mer ionique était un immense océan bouillonnant dont les courants empêchaient les différents royaumes de se rencontrer. Les collisions n'étaient jamais une bonne idée. En fait, la collision des terres ioniques pourrait conduire à une réaction en chaîne qui résulterait en la disparition de la vie telle que nous la connaissons aujourd'hui.

Pour résumer, la mer ionique était en quelque sorte une zone de démarcation. Très peu de créatures, en particulier faites de chair et de sang, voyageaient dans les canaux qui transportaient ses vagues volatiles.

Seules les créatures des royaumes du Nord, dont la force vitale provenait de la glace, la neige, le vent et la vapeur, savaient comment les traverser. Selon la légende, des serpents de glace voyageaient dans cette mer. Visiblement, les dragons aussi.

J'ignorais si cette faculté lui venait de son côté blanc ou argenté et le moment n'était pas bien choisi pour le lui demander. Je n'avais pas l'intention de distraire Flam. Après tout, il utilisait peut-être toutes ses forces pour nous protéger des vagues et nous empêcher de tomber en poussière. Mieux valait garder le silence jusqu'à ce que nous soyons en sécurité sur la terre ferme.

Sur mon épaule, le bras de Flam ressemblait étrangement à une aile. De plus, je m'aperçus que nous étions à l'intérieur d'une sorte de champ de protection. Sphérique, il nous entourait comme une bulle invisible.

Je ne sus dire combien de temps nous voyageâmes ainsi. Là où nous nous trouvions, nos repères n'étaient pas les mêmes. Une seconde faisait peut-être l'effet d'une année et une année, celui d'une semaine. Au bout d'un moment, je commençai à fatiguer. Aussi, je posai la tête contre l'épaule de Flam et me laissai bercer par le rythme des vagues.

— Camille ? Réveille-toi, nous sommes arrivés.

Au début, je ne reconnus pas la voix de celui qui me parlait. Il ne s'agissait pas de Trillian. Ni de Morio. J'étais au moins sûre de ça. Me demandant pourquoi j'étais si courbatue – d'habitude je dormais plutôt bien –, je me forçai à ouvrir les yeux. L'éclat du soleil de fin d'après-midi m'aveugla, mais ses rayons n'étaient pas chauds. Tandis que je me relevais, je me couvris les yeux. Où diable étais-je ?

Comme le sol paraissait moelleux, je baissai la tête pour l'observer. J'étais assise sur un matelas gonflable bleu recouvert d'un drap blanc. *Hein ?* Puis, tout me revint en mémoire.

— Flam ? Flam ? Où es-tu ?

Quand je tournai la tête vers la gauche, une vague nauséeuse me submergea. Je retombai sur le matelas avec un gémissement. Le monde tournait autour de moi comme si j'étais attachée à une énorme roue de la fortune.

— Je suis juste là.

Sa voix douce provenait de derrière moi. Je rejetai la tête en arrière pour m'apercevoir qu'il était assis et me contemplait.

— Tout va bien. Tu te sentiras beaucoup mieux dans dix minutes. Redresse-toi et bois ça, ça te fera du bien, me dit-il en me tendant une tasse dont le contenu faisait des bulles.

Lorsqu'un nuage de vapeur s'en échappa, l'odeur qui me parvint ressemblait à celle des champs printaniers et des fleurs sauvages.

— Qu'est-ce qui s'est passé ? Qu'est-ce que c'est ? Pourquoi suis-je allongée sur un matelas gonflable dans… (Lentement, très lentement même, j'observai les alentours. Forêt. Sous-bois. À mon avis, nous n'étions pas loin de chez Flam.) au milieu des bois ?

Après avoir posé la tasse, il s'installa derrière moi, pour m'aider à m'asseoir, le dos appuyé contre son torse. Malgré mes vertiges, la situation avait du bon. Je me laissai aller un peu plus contre les épaules finement musclées. Son corps me servait de bouée de sauvetage. Ah ça oui, la situation avait vraiment du bon.

Flam attrapa le thé avec sa main gauche tandis que son bras droit me ceinturait fermement pour me maintenir en place. Quand il porta la tasse à mes lèvres, je l'attrapai pour le guider.

— Bois d'abord. Tu poseras tes questions ensuite.

Je goûtai l'infusion. Il y avait du miel, j'en étais certaine. Du citron. Du cynorhodon, de la menthe poivrée et quelque chose que je n'arrivais pas à identifier.

— C'est bon, murmurai-je en lui prenant la tasse des mains pour boire toute seule.

Même si je ne m'en étais pas aperçue tout de suite, je me rendais compte à présent que j'étais glacée jusqu'aux os, comme si j'avais dormi dans une grotte de glace pendant très, très longtemps.

Au fur et à mesure que je buvais, l'énergie s'infiltra de nouveau dans mes muscles et mes vertiges se dissipèrent. Quelques minutes plus tard, je vidai la tasse et la lui rendis. Flam la mit sur le côté, mais ne brisa pas notre étreinte. Au contraire, il me serra davantage contre lui, caressant mon oreille du bout du nez.

— Dis-moi tout, maintenant que je n'ai plus l'impression de tanguer.

— Quand les humains et les Fae traversent la mer ionique, même s'ils sont protégés par une barrière, ils ne peuvent pas combattre le flux d'énergie. Il absorbe la chaleur et la force du corps, puis les lui rend. Si nous étions restés plus longtemps à l'intérieur, tu te serais réveillée, revigorée. Et le phénomène aurait recommencé. Comme nous avions seulement une courte distance à parcourir, la mer n'a pas eu le temps de te réchauffer.

Il me déposa un léger baiser sur l'oreille, puis dans le cou. Lorsque, cette fois, je frissonnai, ça n'avait rien à voir avec le froid. Flam était la plus ancienne créature qu'il m'avait été donné de rencontrer. Et pourtant, il me désirait. Cette pensée me rendait toute chose et je ne pouvais pas faire passer ce sentiment pour un caprice. Trop d'événements étranges s'étaient déroulés durant l'année qui venait de s'écouler.

Peut-être était-ce à cause du thé ou de notre voyage à travers la mer ionique, mais je sentis quelque chose s'éveiller en moi, une étincelle de désir qui s'enflamma rapidement depuis mes seins jusqu'à mon ventre comme les vrilles d'une fougère. Je retins ma respiration. Il s'en rendit compte.

— Tu as envie de moi. Autant que je te désire. La première fois que je t'ai vue, j'ai su que je devais te posséder. Non. J'ai su que je te posséderai. (Sa voix s'était faite plus grave.) Mon désir pour toi me rend fou. La saison des amours a commencé. Tu es la compagne que j'ai choisie.

L'heure était venue. Dans mon cœur, je le savais déjà. Nous ne pouvions pas retourner en arrière. Maintenant que le compte à rebours était terminé, je sentis ma peur s'envoler. Flam et moi avions pris rendez-vous, la première fois que j'avais croisé son regard de cristal liquide tandis qu'il se tenait devant moi, royal, majestueux, les ailes déployées, prêt à fondre sur moi à la moindre erreur.

Sans m'écarter de lui, je me retournai pour l'embrasser.

— J'ai envie de toi, m'entendis-je murmurer. Emmène-moi dans ton monde. Montre-moi ce qu'aimer un dragon signifie.

CHAPITRE 14

Après m'avoir prise dans ses bras, Flam se leva comme s'il tenait un chaton. Je me pelotonnai un peu plus contre lui en me demandant ce qui allait se passer à présent. J'avais connu beaucoup d'hommes, mais aucun n'avait été si différent des autres. Morio était un démon renard et j'avais mis un certain temps à m'habituer à ses transformations durant l'acte sexuel. Toutefois, il était beaucoup plus humain que Flam, même quand il n'en avait pas l'aspect. Il l'était aussi plus que Trillian.

Même si mon amant ne reprendrait pas sa forme de dragon pendant l'amour, du moins, je l'espérais, j'avais un peu peur. Mieux valait ne pas y penser. Mieux valait ne pas emprunter ce chemin.

—Camille, murmura-t-il en me déposant un baiser sur le front tandis qu'il avançait vers son antre.

Je n'étais jamais entrée chez lui jusqu'à présent. Envahie par la curiosité, j'aurais été capable de sauter par terre pour fouiner un peu partout et découvrir quel type de maison il possédait. Mais cette envie était moins forte que le sentiment que me prodiguaient les bras qui me serraient, les mains qui soutenaient mes jambes et mon dos, le parfum musqué de son désir qui s'échappait de sa peau pour se mélanger à l'odeur de la mousse printanière et des sous-bois humides.

Lorsque nous arrivâmes près du tumulus noirci par le feu du dragon, une porte s'ouvrit et il dut baisser la tête pour la franchir. Du haut de son mètre quatre-vingt-quinze, Flam était trop grand pour passer autrement. À l'instant où nous franchîmes le seuil, un crépitement d'énergie me traversa. Sursautant, j'observai les alentours d'un air inquiet. Une rangée de petits éclairs bleus encadrait la porte.

— Qu'est-ce que… ?

— Juste un portail, répondit Flam en me posant par terre. C'est pratique pour garder les intrus à l'extérieur… et les invités à l'intérieur.

Le regard qu'il m'adressa valait tous les mots du monde. Était-ce un avertissement ? Depuis notre arrivée, mes sens s'étaient mis en alerte. La magie qui régnait ici était très ancienne, son commencement perdu dans les brumes du temps. Elle tissait autour de nous une cape d'étoiles et d'ombre.

Je me retournai pour examiner la porte. Les arbres et la clairière étaient toujours visibles mais la faible lumière du soleil printanier restait à l'extérieur. Elle ne traversait pas le seuil. Tandis que je m'en approchais, Flam s'éclaircit la voix et, tout à coup, la porte se referma d'elle-même.

— N'essaie pas de sortir sans mon aide. Tu n'es pas assez puissante pour faire tomber mes barrières. Tu pourrais te faire mal.

— Tu veux dire que je suis prisonnière ? demandai-je en levant la tête vers lui.

De nouveau, je me rendis compte que je le connaissais peu par rapport à tout le temps que nous avions passé ensemble. En silence, il se posta derrière moi pour passer ses bras autour de ma taille et déposa une nuée de baisers sur mes épaules. Ses lèvres étaient vraiment douces !

— Ça m'en a tout l'air, répondit-il.

Mais lui, de quoi avait-il l'air ? Voilà la vraie question. Quand il se colla un peu plus contre moi, la pensée m'effleura que j'avais peut-être eu les yeux plus gros que le ventre. Je me rendis compte que Flam pouvait faire absolument tout ce qu'il désirait de moi. Personne dans les environs n'était assez puissant pour franchir les barrières qu'il avait érigées.

Lorsque mes yeux s'habituèrent à la pénombre – on y voyait comme avec une lampe de chevet, un soir d'automne – je me rendis compte qu'il s'agissait d'une grotte beaucoup plus spacieuse qu'elle le paraissait de l'extérieur. Des prismes accrochés au plafond au centre de la salle permettaient de refléter la lumière.

Nous nous tenions dans un salon à taille humaine meublé avec un canapé et des fauteuils en cuir, une vieille table en noyer massif et une bibliothèque. À la place du mur du fond, à l'endroit où le parquet se terminait, il y avait un gouffre. Je pouvais y apercevoir un escalier qui menait aux profondeurs de la grotte emplie de brume.

Là, Flam avait suffisamment de place pour se transformer et se déplacer. Un bruit sourd révélait la présence d'un cours d'eau souterrain qui s'écoulait au cœur du ravin rocailleux. Si je ne me trompais pas, il y avait également une cascade.

Je reculai du bord du précipice pour chercher une cuisine ou une chambre du regard. Je n'aperçus que deux portes, de chaque côté du salon.

—Alors, voici ta maison, dis-je pour briser le silence plus qu'autre chose.

Que peut-on dire d'autre lorsqu'un dragon nous a attirés dans son antre et ne compte pas nous en faire sortir avant d'en avoir fini avec nous?

—Je vais te faire visiter, répondit Flam avec un rire grave qui résonna dans toute la pièce. Mais d'abord…

Lorsque ses yeux étincelèrent, de la poussière de diamant envahit son regard comme de la neige dans une boule à neige.

— D'abord, répétai-je en frissonnant.

Un courant d'air remonta du fond de la grotte, faisant baisser la température.

— D'abord…

Il fit un pas en avant sans me quitter des yeux. Je reculai. J'avais du mal à respirer.

— Viens, Camille, m'invita-t-il en me tendant la main.

Alors, je repoussai ma peur. L'envie de lui obéir était plus forte que tous mes doutes réunis. Lentement, j'approchai. Lorsque je fus devant lui, il baissa la tête pour me regarder dans les yeux.

— Tout à moi, murmura-t-il.

Puis, sans un mot, il me conduisit jusqu'à la porte de droite qui s'ouvrit à notre approche.

La pièce qui se cachait derrière me rappela la chambre des rois d'autrefois avec un cadre de lit en marbre et un matelas, recouvert de draps argentés et bleus, si haut qu'il fallait un petit escabeau pour y monter. Contre un mur reposaient une armoire et une commode en noyer et un rocking-chair se trouvait près d'une alcôve dissimulée par un paravent japonais.

Les murs étaient couverts de tapisseries, de scènes de dragons volant dans le ciel, attaquant des villages, tissées à l'aide de fils d'or et d'argent.

Posé dans un coin, un bouclier attira mon attention. Étincelant, il était incrusté de lapis-lazuli dont le motif me faisait penser à des armoiries. Pourtant, l'aura qui s'en dégageait indiquait qu'il avait servi durant des batailles. Il paraissait plus vieux que Flam, plus vieux même que la reine Asteria.

En son centre, un dragon regardait par-dessus son épaule. Neuf étoiles filantes s'échappaient de sa gueule ouverte pour atteindre le ciel. Au-dessus du dragon, en argent et en relief, se trouvaient deux lames identiques. En dessous, neuf flocons de neige argentés tombaient du ciel. De chaque côté, une ligne d'argent épaisse entourait le bouclier et se rejoignait en un dessin entremêlé.

Je m'en approchai doucement sans le toucher. Les années semblaient en émaner : dix millénaires, voire plus. Depuis dix mille ans, ce bouclier avait monté la garde. Tout cela me traversait l'esprit tandis que j'observais l'objet.

Se penchant au-dessus de mes épaules, Flam posa la tête sur la mienne.

— Ce sont les armoiries de ma famille.

Déglutissant difficilement, je me rendis compte qu'il me laissait m'immiscer dans sa vie. Ce qui, de la part d'un dragon, représentait un honneur rarissime.

— Il a vu des batailles, je me trompe ? demandai-je d'une voix faible et hésitante.

Je ne voulais pas paraître insistante, ni trop curieuse.

— Oui, répondit-il lentement. Mon père l'a porté, et son père avant lui. Un jour, je m'en servirai peut-être pour me battre à mon tour. Je suis le neuvième fils du neuvième fils d'un neuvième fils. Je porte l'histoire de ma famille dans mon sang et mes souvenirs. Dans mes os, ma moelle et ma peau.

Je n'étais pas certaine de comprendre. Les nombres pouvaient se révéler magiques, mais je ne savais pas ce que ça représentait pour les dragons. Quoi qu'il en soit, le ton de sa voix suffisait pour en comprendre l'importance : Flam n'était pas n'importe qui.

— Dans quelle bataille ton père a-t-il combattu ? Et pourquoi un dragon aurait-il besoin d'un bouclier ?

— Mon père a pris part à plusieurs batailles, répondit-il en se penchant pour caresser le lapis-lazuli du bout des doigts. Mais aucune n'était aussi désastreuse que celles menées par mon grand-père. Quant à la nécessité d'un bouclier... Dans le passé, ma famille s'est parfois battue aux côtés des humains. En fonction de l'emplacement, nous ne pouvons pas toujours nous transformer, alors il nous faut une protection. Le cuir qui recouvre le métal sous la pierre a été pris sur le corps de notre plus vieil ascendant. Le lapis provient des murs de la première dreyerie construite par mes ancêtres.

—Dreyerie?

—Un antre...

Immobile, je continuai à observer le bouclier. Il existait tant de choses que je ne connaîtrais jamais à propos de Flam! Il me survivrait, ainsi qu'à mes sœurs et aux générations suivantes. Je n'étais qu'un infime détail de sa longue vie.

—Quelle guerre ton grand-père a-t-il connue?

Il ferma les yeux, avant de reprendre la parole, comme s'il récitait un poème:

—Mon grand-père a combattu aux côtés du seigneur de la glace et des hommes du Nord contre les géants de feu, menés par Loki et son enfant loup. Le gel a repoussé les géants dans leurs profondeurs, hors des royaumes du Nord. Puis, les chamans nordiques ont recouvert le monde d'une pellicule de glace pour les maintenir à distance. Quand l'âge de glace arriva à sa fin, les géants avaient déjà oublié la guerre et semaient le chaos ailleurs.

—C'était avant la Grande Séparation? demandai-je, même si je connaissais déjà la réponse.

—Bien avant. À cette époque-là, nous connaissions à peine les Fae et n'avions pratiquement pas affaire à eux. Les royaumes du Nord sont des territoires difficiles à vivre. Seule la reine des neiges et sa Cour y sont venues chercher refuge.

L'idée me traversa alors que Flam était peut-être sur le point de prendre part à une guerre aussi dévastatrice que celle de son grand-père. Si l'Ombre Ailée débarquait sur

Terre, les combats seraient terribles. Flam dut s'apercevoir que quelque chose n'allait pas car il me força à me tourner vers lui.

—Assez parlé de guerre et de mort. Embrasse-moi, Camille, murmura-t-il.

Frissonnant, je me mis sur la pointe des pieds pour passer mes bras autour de son cou. Aussitôt, il m'attrapa par la taille et me souleva à sa hauteur. Je nouai mes jambes autour de lui.

Tandis que je le regardais dans les yeux, les vagues du temps remontèrent en arrière. Ses traits étaient figés à jamais et sa peau était aussi douce que la mienne. En revanche, ses yeux… C'étaient les yeux d'un dieu, d'un être presque immortel, d'un dragon. Je me penchai en avant, le bas-ventre bouillonnant. Je n'avais jamais autant désiré quelqu'un ou quelque chose.

Lorsqu'il saisit ma lèvre inférieure entre ses dents parfaites et la tritura, un feu glacé crépita entre nos deux corps. Il passa sa langue sur mes lèvres pour en demander l'entrée. Je m'exécutai à moitié, lui laissant à peine la place de se frayer un chemin. Ses bras me serraient contre lui si fort que je ne pouvais plus distinguer son corps du mien.

Tremblant de plus en plus, je ne pus que fermer les yeux en attendant la tempête, une vague de passion tellement intense que je ne connaissais pas son existence. Perdue dans son baiser, je fus emportée par une lame de fond, avalée par la glace de son aura. Sans détacher ses lèvres des miennes, il me fit me retourner en une danse si ancienne que la lune elle-même avait été témoin de sa naissance.

Comme dans un rêve, des images brisées se rassemblèrent tandis que je me laissais emporter par notre union. Ses lèvres glissèrent sur mon cou, mon visage, puis mes seins. Mon bustier vola de l'autre côté de la pièce. Peut-être l'avait-il défait, peut-être l'avait-il simplement retiré par magie. Dans tous les cas, ma poitrine était libérée. Il en profita pour caresser doucement mes tétons avant de prendre mes seins dans ses mains, pressant assez fort pour allumer un brasier entre mes cuisses. Puis, je me tins de nouveau debout tandis qu'il retirait sa chemise. Sa peau laiteuse scintillait dans la semi-obscurité de la chambre.

Je posai mes lèvres contre son torse, embrassant son cœur avant de descendre vers son ventre jusqu'à la barrière de son jean.

La tête rejetée en arrière, il hoqueta de surprise. Ses yeux de dragon brillaient comme un kaléidoscope. Il me releva alors doucement et défit ma jupe d'une main. Je tentai de faire de même avec son pantalon. Une fois qu'il fut déboutonné, je pris une grande inspiration.

— Enlève-le-moi, murmura-t-il.

Ses mots étaient des ordres. Je fis lentement glisser le jean blanc le long de ses hanches avant de me retrouver face à son désir qui paraissait incroyablement doux et soyeux, et…

— Dieu, tu as la plus grosse…

Je me mordis la langue pour éviter de gâcher l'ambiance. Toutefois, il se contenta de rire et de me renverser sur le lit. Sa voix se fit rauque et sauvage tandis qu'il se plaçait à quatre pattes près de moi. De sa main droite, il vint me caresser les seins. Son sourire me coupa le souffle. Je le vis alors sous sa véritable forme, montant un dragon argenté. Leurs râles déchiraient le ciel comme des éclairs. Surprise, j'essayai de me détacher, mais il fut plus rapide.

— Où comptes-tu aller, petite sorcière ? murmura-t-il.

En un instant, il se mit à califourchon sur moi pour m'empêcher de bouger.

— Je… Je…

Incapable de parler, j'observai le spectacle d'ailes et de fumée par-dessus son épaule.

—Chuuut, ne dis rien! dit-il en posant un doigt sur mes lèvres. Pas un mot. Pas un geste. Laisse-moi t'explorer.

Paralysée, je ne pouvais pas bouger. Pourtant, la moindre parcelle de mon corps semblait attendre son prochain mouvement. Se penchant en avant, il laissa sa langue glisser sur un téton, le triturant du bout des lèvres et parfois des dents. Puis, je sentis un doigt descendre légèrement vers mon ventre, dont chaque caresse déclenchait de petites explosions. D'un geste rapide, il m'écarta les jambes et insinua ses doigts entre mes cuisses.

Même si j'essayai de ne pas penser à ce qu'il était en train de faire, je ne pouvais pas en détourner mon attention. Soudain, le fantôme d'une autre caresse me fit sursauter. Surprise, je tournai la tête dans sa direction. Une mèche de ses cheveux libres qui tombaient jusqu'à ses chevilles s'était élevée comme un serpent et titillait mon épaule. Sur ma gauche, une autre vrille de mèche argentée s'enroula autour d'un de mes tétons. Lorsque d'autres se faufilèrent jusqu'à mes poignets et mes chevilles pour ouvrir mes bras et mes jambes en grand, il glissa ses doigts à l'intérieur de moi, jouant avec des nerfs dont j'ignorais l'existence.

—Tu aimes ça? murmura-t-il. Tu aimes que je te touche? Réponds-moi.

—Oui, balbutiai-je, incapable de prononcer un mot de plus.

J'avais l'impression d'avoir retenu ma respiration pendant des heures. J'étais au bord du gouffre, mais Flam refusait de m'y laisser tomber. Il se retirait toujours avant que j'atteigne l'extase. Frustrée et extrêmement excitée, je tentai de refermer mes cuisses, de garder en moi les vagues qu'il avait fait jaillir de mon corps.

—Tu essaies de me rejeter ? demanda Flam en se penchant au-dessus de moi, les mains sur mes genoux. (Ses cheveux me retenaient toujours prisonnière. Il était dur, prêt, et son odeur musquée témoignait de son désir pour moi.) Il est trop tard pour faire demi-tour, Camille.

—Non, non… Je ne veux pas que tu arrêtes… J'ai juste… S'il te plaît…

Je frissonnai, priant pour qu'il ne s'arrête pas.

—Quoi ? Dis-le. (Il se pencha pour m'embrasser.) Tu n'as qu'à demander et je te donnerai tout ce que tu veux.

Un gémissement s'échappa de ma gorge. J'avais besoin de le sentir en moi, de sentir son corps contre le mien. Mon désir devenait de plus en plus fort, si bien que j'aurais pu m'y perdre.

—Prends-moi, s'il te plaît. J'ai besoin de toi. Baise-moi.

—Non.

—Quoi ? (Je le dévisageai. Après tout ça, il allait se contenter de jouer avec moi ? Je savais que les dragons pouvaient être cruels, mais il ne pouvait pas me laisser souffrir comme ça !) Tu n'as pas envie de moi ?

Les larmes aux yeux, je tirai contre mes chaînes de cheveux argentés.

—Bien sûr que j'ai envie de toi, Camille. Tu ne dois jamais en douter. Et j'obtiens toujours ce que je veux. (Alors, il me sourit avec tant de douceur que j'en fus effrayée. C'était un sourire de tueur, de roi, de chevalier noir qui enlevait les princesses sous les yeux de leurs promis.) Mais je ne te baiserai pas. Je laisse cette tâche à Trillian. En revanche, je veux bien te faire l'amour.

Quand je frissonnai, des larmes menacèrent de s'échapper de mes yeux. Je le voulais tellement que j'avais envie de hurler. Je laissai échapper un cri étouffé.

—Tu n'as toujours pas compris ? (Il s'insinua doucement en moi et je gémis en sentant sa peau rencontrer la mienne.)

Je pensais que tu avais deviné. Je suis amoureux de toi, Camille. Et je t'ai choisie pour être ma compagne.

Sur ces mots, il s'enfonça profondément en moi. Je me sentis m'élever de mon corps alors qu'il m'emmenait avec lui sur le plan astral. Tandis que nos corps trouvaient leur rythme, nos esprits fusionnèrent, dansant, tourbillonnant, étincelant à chaque coup de rein, à chaque râle.

Et avec un dernier cri guttural, je compris enfin ce que chevaucher un dragon signifiait.

CHAPITRE 15

Tout était calme dans la pièce. Flam se reposait près de moi. Les yeux rivés au plafond, je ne savais que dire.

—À quoi penses-tu, mon amour?

Flam traça du doigt le côté de ma joue avant de remonter vers mon nez. Il avait le regard brillant, lumineux, et ses paroles possédaient une intimité que je n'avais jamais ressentie. Il ne s'agissait pas seulement d'un rapprochement sexuel. C'était son cœur qui parlait.

Je m'éclaircis la voix. À quoi pensais-je? Bonne question. Maintenant que mon désir avait été satisfait, je commençais à me rappeler qu'il m'avait dit quelque chose… quelque chose qui… Oh putain! «Je suis amoureux de toi, Camille. Et je t'ai choisie pour compagne.» Qu'étais-je supposée faire de ça? Si je faisais comme si de rien n'était, peut-être qu'il oublierait, lui aussi? C'était peut-être un moment d'égarement au sommet de la passion? Après tout, tous les hommes ne tombaient-ils pas temporairement amoureux de la femme qu'ils baisaient? Avec Flam, le sexe m'avait transportée dans un lieu indescriptible, quelque part où je ne m'étais jamais aventurée. Pour preuve, je me souvenais à peine des paroles que nous avions échangées et encore moins de nos actions.

Me redressant, je m'appuyai sur mes mains. Mes vêtements étaient éparpillés dans la pièce, avec le jean et la chemise de Flam. Je baissai la tête pour observer mon corps: une rare lueur rosée émanait de ma peau blanche. Doucement, presque timidement, je me tournai vers lui. Les bras croisés derrière la tête, Flam sifflait un air que je ne connaissais pas. Son corps était si élancé et musclé qu'il aurait pu passer pour une sculpture. Soudain, une pensée me traversa l'esprit. Je ne pus réprimer un gloussement.

—Quoi? demanda-t-il en me regardant à travers ses cils.

—J'étais juste en train de me dire que tu n'as rien à envier à David.

Je me rendis alors compte que je ne devais jamais révéler à Trillian à quel point Flam était bien foutu, au risque de provoquer un duel de testostérone. On avait beau dire que la taille n'est pas le plus important, Flam, lui, possédait aussi l'expérience. Trillian en serait fou de jalousie! Pour ma part, je ne me plaignais pas. Loin de là.

Flam laissa échapper un éclat de rire.

—Je prends ça comme un compliment.

Se tournant vers moi, il passa ses doigts sur ma cuisse. Je sentis mon corps répondre à sa caresse. J'avais encore envie de lui. Comme s'il avait lu dans mes pensées, il me prit la main et je le laissai la guider jusqu'à son pénis. Le souffle court, je fis glisser un doigt sur sa longueur avant de fermer les yeux, savourant la peau soyeuse qui s'éveillait à mon contact. En quelques secondes, il fut de nouveau prêt. Avec un grognement rauque, il m'attrapa par la taille pour me positionner au-dessus de lui. Tandis qu'il embrassait de nouveau ma passion, je m'empalai lentement sur sa hampe érigée.

Nous nous rencontrions en rythme, à la même vitesse, à la même allure. Il porta une main à ma poitrine et la caressa pendant que ses cheveux venaient s'enrouler autour de mes poignets et mes reins pour m'aider à rester droite et me soutenir.

Cette fois encore, je m'abandonnai à la passion, emportée par une tempête sans fin.

—On ferait mieux de s'habiller. Tu as rendez-vous avec la dame aux corbeaux, dit Flam en roulant hors du lit.

Il paraissait tellement détendu que je m'attendais presque à le voir sortir une cigarette. Un miroir doré me renvoyait mon reflet. En parlant de détente… je sentais le sexe à des kilomètres.

Tandis que je me baissais pour ramasser ma jupe et mes sous-vêtements, Flam me donna une tape sur les fesses. Par réflexe, je me retournai vivement, la main levée. Il ne me vint même pas à l'esprit qu'il pouvait s'agir d'une très mauvaise idée. Cependant, Flam fut plus rapide que moi. Sans me laisser le temps de toucher sa joue, il m'attrapa par le poignet et me serra contre lui.

—Camille…

Il me mettait en garde. Le ton de sa voix était clair. Avec Morio ou Trillian, je n'aurais pas hésité à aller à la confrontation. Mais aucun des deux ne me donnerait jamais une fessée… à part si je le leur demandais. Ils savaient à quoi s'attendre.

Je regardai Flam dans les yeux. Temps de battre en retraite. Les recommandations pour les gorilles marchaient également pour les dragons. «Où peut aller un gorille de trois cents kilos? Où il veut. Que faire si un dragon de deux tonnes vous donne la fessée? Le remercier.»

Toutefois, avec mon sale caractère, je ne pouvais pas le laisser passer.

—Pourquoi est-ce que tu m'as tapé les fesses? Ça n'avait rien à voir avec une caresse! Ça t'excite? Eh bien, pas moi! Enfin… pas d'habitude.

Tendue, j'attendis sa réaction, mais il se contenta de rire.

—Simple rappel à l'ordre. À partir d'aujourd'hui, tu es ma compagne. Tu dois te comporter en tant que telle. Ne l'oublie pas. Maintenant, habille-toi. Je vais te préparer quelque chose à manger. Il y a une baignoire derrière le paravent, ajouta-t-il en enfilant une robe de chambre que je l'avais vu porter sur ses terres.

Merde. J'ouvris la bouche avant de la refermer aussitôt. Mieux valait laisser tomber. J'attendrais d'être à la maison pour lui rappeler qu'une tape sur le cul n'était pas une façon de traiter sa compagne, à moins d'aimer jouer à la soubrette. En y réfléchissant, c'était sûrement son genre. Oui, une fois hors de ce portail, je pourrais dire tout ce que je voulais. En attendant… il pouvait décider de me séquestrer si je n'allais pas dans son sens.

Il s'éclaircit la voix et murmura :

— Tresse.

Aussitôt, ses cheveux se séparèrent en trois et se mirent à se tresser tout seuls, le coiffant comme j'avais l'habitude de le voir.

— Tes cheveux peuvent vraiment tout faire, pas vrai ? fis-je sans réfléchir.

Il haussa les épaules d'un air blasé.

— C'est plus rapide. Quand nous aurons plus de temps, je te laisserai les brosser.

Pour une raison qui me dépassait, je me sentis soudain timide.

— Ça me plairait beaucoup.

— Mes cheveux sont une partie très importante de mon corps. Je n'autorise jamais personne à les toucher et eux non plus, à quelques exceptions près, expliqua-t-il tandis qu'un sourire naissait sur ses lèvres.

Pendant qu'il parlait, ses mèches avaient terminé de se tresser et se tenaient droites, tissées de près. Quittant la pièce, Flam ferma la porte derrière lui.

En le regardant s'éloigner, il me vint à l'esprit que même si la réalité avait de loin surpassé le fantasme de « Ma vie

212

avec un dragon », je n'avais jamais réfléchi à ce que serait notre relation en dehors de la chambre à coucher. Quelque peu déconcertée, je ramassai mes vêtements et les posai sur le lit.

Je jetai un œil de l'autre côté du paravent. Il y avait bien une baignoire en marbre, mais aucun signe d'eau courante. Des toilettes avaient été construites par-dessus un trou sans odeur dans le sol. Le siège en chêne était parfaitement propre et orné de gravures. Une bassine et son pichet assorti trônaient sur une coiffeuse. L'eau qui remplissait le pichet sentait la rose et des serviettes propres et confortables étaient posées à côté, avec un pain de savon.

Au moins, il savait recevoir. Je pouvais lui accorder ça. Comme je ne savais pas comment remplir la baignoire, je m'emparai d'un gant et du savon.

Lorsque je sortis de l'alcôve, je trouvai le sac contenant mes autres vêtements sur le lit. J'en sortis une longue robe en velours, décolletée et noire comme le ciel nocturne. Puis j'enfilai une culotte propre et un soutien-gorge Victoria's Secret avec le meilleur maintien que j'avais pu trouver avant de revêtir la robe. Après avoir mis mes bottines, je m'aventurai hors de la chambre.

Dans le salon, Flam m'attendait. En me voyant, son regard s'illumina.

— Camille, fit-il en me prenant dans ses bras et en déposant un baiser délicat sur mes lèvres. Tu es à couper le souffle, murmura-t-il. Pas étonnant que je n'arrête pas de penser à toi.

J'avalai la bile qui m'était remontée dans la gorge. Les obsessions pouvaient se révéler effrayantes, comme entêtantes. Le charme de Flam agissait sur moi comme un puissant sortilège. J'avais l'impression de me tenir au bord d'un précipice, d'une toile tissée par trois hommes que j'aimais tous de façon différente et qui avaient tous leur place dans ma vie. Cependant, ils devaient s'organiser entre eux. Pas question de les voir se frapper le torse comme dans un remake de *Tarzan*.

Il me prit la main pour la porter à ses lèvres et déposa un baiser sur chacun de mes doigts.

— Le dîner est servi, dit-il en tendant le bras vers l'autre pièce.

Quand je commençai à me sentir plus à l'aise, ma boule au ventre disparut. Après tout, serait-ce si terrible de devenir la compagne d'un dragon ? Hou là, demi-tour ! Compagne de jeu, c'était sans risque, mais compagne tout court impliquait trop de choses. J'étais la fille d'un soldat, pas une dame habituée à la vie de château. La main posée sur son coude, je ne me sentis soudain pas à ma place. Il plaça son autre main sur la mienne et, ainsi, m'escorta dans la pièce opposée.

La cuisine se révéla aussi vaste que la chambre. Un four à bois, si astiqué qu'il étincelait, rendait la pièce chaleureuse. Une glacière à l'ancienne trônait dans un coin.

J'observai longuement l'objet.

— Tu as l'électricité ?

— Est-ce que j'en ai l'air ? demanda-t-il en secouant la tête, sourire aux lèvres. Réfléchis, ma petite. Je suis un dragon blanc et argenté. Je crache peut-être du feu, mais j'utilise la magie de la glace, du vent et de la neige.

Je devais arrêter de parler sans réfléchir. En plus, avec la couleur de mes cheveux, je ne pouvais même pas faire semblant d'être blonde. En regardant autour de moi, j'aperçus une table contre un mur. Sculptée dans un bloc de marbre, avec chaises assorties, elle était destinée à deux personnes. Je m'en approchai.

— Porcelaine de Chine, sets de table, cristal Waterford… tu ne te prives de rien ! (J'attrapai un verre et en soulignai le rebord du bout des doigts. Il émit un son fort et clair.) Enfin, je suppose que tu as eu le temps de rassembler tout ça. Quel âge as-tu, Flam ? Depuis combien de temps vis-tu sur cette terre ?

—J'espère que tu aimes le steak, dit Flam sans répondre à mes questions. Je passais devant une ferme, hier, quand j'ai vu cette génisse bien dodue…

Clignant des yeux, je reposai le verre d'un geste rapide.

—Oui, j'aime le steak. Tu manges avec moi ou est-ce que tu as déjà dévoré ta part en chemin ?

À mon avis, une pièce de viande me paraissait bien maigre pour pouvoir satisfaire un appétit de dragon, même si on y ajoutait des pommes de terre rôties et d'autres accompagnements. Peut-être qu'avec du cheese-cake en plus…

Il ricana.

—J'essaie de t'offrir un dîner élégant. Tu ne m'aides pas vraiment. (Face à mon air impatient, il soupira longuement.) Tu es exaspérante. Je crois que c'est pour ça que je t'aime. Pour répondre à ta question, oui, hier, j'ai mangé une grande partie de la génisse, après avoir découpé des steaks et des côtes pour le barbecue.

—Le barbecue ? Tu aimes ça ?

Il tira une chaise pour m'offrir un siège. Je ne faisais pas exprès d'avoir mauvais caractère. Pour être franche, j'aurais déjà voulu être à l'extérieur pour discuter avec Morgane. Je commençais à être claustrophobe. Je ne raffolais pas de la vie sous terre.

—Bien sûr. J'adore les plats fumés au noyer.

Il nous servit notre dîner : un bon gros steak avec des pommes de terre sautées. Quelque chose me disait qu'il ne mangeait pas beaucoup de légumes. Tant pis pour les carottes et les petits pois. Au moins, il avait le bon goût de ne pas me servir de la viande sur pattes.

Durant tout le repas, je l'écoutai parler. J'avais l'impression d'évoluer dans un rêve surréaliste, un remake d'une sitcom américaine. Sauf que je ne passais pas l'aspirateur avec un collier de perles et que Flam pouvait ériger des barrières avec de l'eau.

— Saint George ne va pas très bien en ce moment, fit Flam. Estelle a dû lui donner un sédatif par deux fois, cette semaine. Je me demande ce qui peut bien rendre un humain comme ça. D'après elle, dans son cas, c'est de naissance. Il a toujours chassé des moulins… et des dragons. (Il s'essuya délicatement la bouche avec une serviette.) Un peu de vin ?

— Oui, merci. (Tandis qu'il me servait, j'observai l'étiquette de la bouteille. Elle était vieille et rare. Elle coûtait sûrement des milliers de dollars. Pourtant, il versait la boisson dans nos verres comme de l'eau. M'éclaircissant la voix, je tâchai de me concentrer sur la conversation.) Pour quelqu'un dans sa condition, Georgio a de la chance. Ce qui me rappelle que j'ai un rendez-vous avec Ben Welter à 15 heures demain. Je ne dois pas être en retard.

— Je ferai en sorte que tu sois de retour à temps, répondit-il. Tu dois rentrer au lever du jour pour parler à Delilah, je suppose ?

Une légère ombre passa sur ses traits. Je hochai la tête.

— Oui. Flam… Je peux te demander quelque chose ?

— Bien sûr. Je ne te garantis pas de répondre, mais rien ne t'interdit de poser ta question.

Je laissai glisser mon couteau sur la viande. Elle était tellement tendre qu'il y entra comme dans du beurre. Je pris une grande inspiration.

— Que feras-tu si l'Ombre Ailée envahit la Terre ?

Il haussa les épaules.

— Je retournerai sûrement dans les royaumes du Nord pendant quelque temps. Pourquoi ? Tu as peur que je

216

t'abandonne? Ne t'inquiète pas. Je t'emmènerai avec moi. Tes sœurs aussi, bien sûr. Je prendrai également Iris, le petit ami de Delilah et même le renard, si c'est ce que tu désires. Quant à Trillian, je pourrais songer à le sauver… s'il se tient correctement.

Je l'interrompis en secouant la tête.

— Tu sais très bien que c'est impossible. Mes sœurs et moi sommes le dernier rempart entre les démons et la Terre. Nous avons prêté serment et nous irons jusqu'au bout. J'espérais que tu resterais près de nous pour nous aider à combattre.

Clignant des yeux, il me dévisagea en silence.

— Nous en discuterons plus tard, répondit-il finalement, si la situation le demande. Pour l'instant, finis de manger, mon amour. Après, je veux que tu ailles parler à cette enquiquineuse d'enchanteresse. J'ai des choses à faire ce soir. Dès que tu auras découvert ce dont tu as besoin, reviens directement ici. Attends-moi à l'extérieur si je ne suis pas encore rentré. Quoi que tu fasses, ne t'engage pas dans le tumulus sans moi.

J'avalai lentement mon dernier morceau de viande avant de m'essuyer les lèvres. J'avais du mal à cerner mes sentiments. Flam était un amant extraordinaire et je le considérais comme un ami. En revanche, ses «mon amour» commençaient à m'effrayer un peu. Lors de notre première rencontre, il avait menacé de m'enlever, arguant que personne ne pourrait l'en empêcher. Était-ce un avant-goût de la réalité à venir?

Depuis notre arrivée sur Terre, j'avais remarqué que mes sœurs et moi avions tendance à oublier que les Fae et les Cryptos n'avaient pas les mêmes règles du jeu que les humains. La vie d'ici semblait avoir érodé notre bon sens. En Outremonde, tout le monde agissait en fonction de la nature divergente de ses voisins. Ici, cette évidence avait disparu. Cette erreur pouvait se révéler dangereuse et potentiellement mortelle.

Après tout, Flam se contentait d'être fidèle à sa vraie nature. Aucune personne saine d'esprit ne le contredirait en sachant qui il était. Pour lui, il était évident que lorsqu'il disait «saute», les gens s'exécutaient. Sans poser de question. Un dragon obtenait toujours ce qu'il désirait. Et il n'y avait pas plus dragon que Flam.

— D'accord, répondis-je en reculant ma chaise. Tu peux me dire où se trouve Morgane?

— Une fois dehors, suis le sentier sur cinq cents mètres, puis, au niveau du cèdre géant, tourne à gauche. Tu la trouveras sans problème, crois-moi.

Avant de partir, je rangeai la corne de la licorne noire dans la poche prévue à cet effet, à l'intérieur de ma nouvelle cape, au cas où j'en aurais besoin. Même si je ne savais pas du tout comment m'en servir. Pour le moment. Comme elle m'avait protégée des éclairs d'Eriskel, elle connaissait sûrement d'autres tours pour faire face à Morgane.

Tandis que je m'apprêtais à franchir la porte, Flam me prit la main pour y déposer un baiser.

— Camille, une dernière recommandation : n'imagine même pas rentrer chez toi ce soir. S'il y a une urgence, je te raccompagnerai. Sinon, ce n'est pas la peine d'y penser. Compris?

Lorsque mon regard croisa le sien, je me rendis enfin compte de ce que notre contrat impliquait : je lui avais offert une semaine de ma vie. Il s'agissait de la première nuit et je lui devais obéissance.

— Compris, répondis-je en me demandant dans quel pétrin je m'étais encore fourrée.

La forêt autour du tumulus de Flam était remplie de protections et de barrières magiques. Pins, érables, cèdres, bouleaux s'élevaient vers le ciel comme des sentinelles. De jeunes pousses commençaient à apparaître. Sur les conifères, les petites aiguilles vertes s'assombriraient durant l'été. Les bourgeons renfermant les nouvelles feuilles parsemaient les branches nues des érables, prêts à s'ouvrir dans une explosion verdoyante.

Tandis que je me mettais en route, le crépuscule faisait glisser ses doigts pleins d'encre dans le ciel. Je frissonnai. Vivre en ville, même sur un terrain comme le nôtre, rendait également moins vigilant. Ici, la nature sauvage n'appréciait pas les intrus. Je croisai les bras, en guise de réconfort davantage que pour me protéger de la fraîcheur du soir. Après tout, la cape me tenait parfaitement au chaud.

Soudain, un bruit sur ma gauche me fit sursauter. Je tournai la tête pour me retrouver face à face avec un énorme élan. Quand je le dépassai, il baissa la tête et je me rendis compte qu'il n'avait qu'un seul bois. C'était la saison où ils tombaient. Je lui fis signe à mon tour. Nous nous étions reconnus. Il avait compris que je n'étais pas entièrement humaine et je savais qu'il surveillait la forêt.

Avec l'obscurité grandissante, les arbres se mirent à briller. De légères auras les enveloppaient. La plupart étaient vertes, ce qui indiquait une pousse saine. De-ci de-là, j'aperçus des auras rouges qui annonçaient la mort d'un arbre. Très rarement, il y avait aussi une couronne d'or. Elle indiquait qu'un esprit y avait élu domicile. Ces arbres ressentaient autant le monde que moi.

Petit à petit, les étoiles apparurent dans la nuit. J'avais l'impression d'entendre une musique : des coups de tambour rythmés, un luth ou une cithare et une flûte. *Qu'est-ce que… ?* Le chemin tournait à l'endroit où les fougères et les cassis avaient poussé en abondance. De l'autre côté se trouvait un cèdre géant. Il s'agissait sûrement de l'arbre dont m'avait parlé Flam. Je pris à gauche comme il me l'avait dit, empruntant un sentier encore plus petit. Alors, je la sentis. Morgane n'était pas loin. L'odeur de feux de joie, le croassement des corbeaux et la concentration de magie de la lune ne trompaient pas. Pressant le pas, je continuai ma route.

Le chemin déboucha sur une clairière ombragée, entourée d'un cercle de chênes et de sorbiers remplis de corbeaux et de corneilles. Un buisson de houx poussait au centre et le sol était parsemé de taches de mousses spongieuses.

Au milieu de la clairière, j'aperçus Morgane. Elle était assise avec Arturo et Mordred autour d'un feu. D'un côté, deux larges tentes avaient été montées, ainsi que ce qui ressemblait à une yourte, sauf que la toile était en vinyle au lieu de la peau de bête traditionnelle.

Quand je m'approchai doucement du feu, Morgane se leva. Même si elle était plus petite que Menolly, je la trouvais à couper le souffle, mais elle m'apparaissait moins impressionnante qu'à notre première rencontre.

Morgane portait une longue robe noire similaire à la mienne avec un pendentif en forme de croissant de lune au cou et un diadème en argent qui reflétait la lumière du feu. Arturo, qui avait les cheveux grisonnants et un fort air outremondien, se leva rapidement pour me saluer. Mordred, lui, resta assis. Il se contenta de m'observer en arborant un sourire arrogant.

Comme je ne savais pas quoi dire, je fis une légère révérence à Morgane. Heureusement, la sorcière prit les devants.

—C'est le dragon qui t'envoie? Je crois qu'il ne m'aime pas beaucoup.

Sa voix avait des inflexions mélodieuses. Elle aussi était à moitié Fae, mais le pouvoir qui coulait dans ses veines était bien plus ancien et bien plus sombre que le mien. Sa magie se régénérait lors des nuits sans lune, tandis que la mienne atteignait son zénith quand elle était pleine.

Arturo me fit signe de venir m'asseoir entre eux, mais je choisis de m'installer au bout du tronc d'arbre. Ce serait plus facile pour m'échapper au cas où. Après m'avoir regardée de haut en bas, Mordred s'empara d'un gobelet sur une table improvisée et le remplit de ce qui mijotait sur le feu. Lorsqu'il me le tendit, je l'acceptai par courtoisie, mais je n'avais aucune intention de boire quoi que ce soit venant de sa part.

—Nous voulons simplement savoir ce que vous faites ici, répondis-je. Ce sont ses terres. Il est… curieux.

Je fis semblant de prendre une gorgée de la mixture avant de poser le gobelet par terre à mes pieds.

—Nous? Tu es la maîtresse de cette créature, pas vrai? Je savais bien que j'avais senti son odeur sur toi. Sois prudente, mon enfant. Est-ce que tu as une idée de ce que tu fais en fricotant avec un dragon? demanda Morgane en s'approchant de moi.

Je m'éloignai par réflexe. Même si je ne ressentais aucune présence démoniaque, ni aucune intention machiavélique, elle me donnait la chair de poule. Peut-être était-ce à cause de son pouvoir ou peut-être souffrais-je encore de fanatisme à son égard. Dans tous les cas, j'étais terriblement nerveuse.

Je m'éclaircis la voix.

—Les personnes avec qui je fricote ne regardent que moi. Alors, dites-moi, que faites-vous ici?

Elle s'arrêta et échangea un regard avec Arturo. Il haussa les épaules. Mordred, lui, marmonna dans sa barbe, mais elle n'en tint pas compte.

—Je n'ai aucune raison de vous le cacher. Tes sœurs et toi ne pourriez pas m'en empêcher, même si vous le désiriez. Et je doute fort que vous essaierez. Nous sommes à la recherche d'une grotte.

—Pour trouver Merlin?

—Chut! Un peu de respect pour tes aînés! Tes professeurs ne t'ont-ils rien appris en Outremonde?

Son ordre soudain me rabattit le caquet. Pourtant, je me demandais ce qui pouvait bien se passer. Lors de notre dernière rencontre, elle cherchait un moyen de ramener son mentor à la vie. Ses projets avaient-ils changé?

Elle renifla.

—Il existe une grotte dans les environs qui contient un allié bien plus puissant que ce vieil empâté. Je dois à tout prix la trouver.

—Mais pourquoi? Quel genre d'allié pensez-vous découvrir ici, si ce n'est pas Merlin?

Qui diable cherchait-elle? Alors, la conversation que j'avais eue avec mes sœurs me revint en mémoire, grignotant le bord de ma conscience. Et si Morgane cherchait un moyen de contacter les démons? Et si l'allié dont elle parlait se révélait être l'Ombre Ailée? Ou un membre de son armée?

Elle se tapota le nez.

—J'en ai suffisamment dit. Tu auras une réponse à tes questions bien assez tôt. Il fut un temps où les Fae de ce monde possédaient le pouvoir suprême. Nous protégions la Terre des invasions et des étrangers. Ces jours reviendront. Je t'en donne ma parole.

Qu'est-ce qu'il ne fallait pas entendre! D'aussi loin que je m'en souvenais, les Fae n'avaient jamais cessé de se battre. Du moins, en Outremonde. Je doutais qu'il en soit différemment sur Terre.

—Tous aussi têtus les uns que les autres! m'écriai-je en me redressant, renversant le gobelet au passage. Laissez tomber, Morgane! Quel est votre but? Qui cherchez-vous et pourquoi? Nous savons que vous mijotez quelque chose. Comptez-vous grossir les rangs de l'Ombre Ailée?

Elle se leva lentement, de manière délibérée. Je sentis mon cœur remonter dans ma gorge. Ne jamais énerver une sorcière qui pouvait vous hacher menue. Je glissai la main à l'intérieur de ma cape pour toucher la corne que j'y avais placée.

— Sale petite idiote! L'Ombre Ailée? Je déteste les démons! Je refuse de rester les bras croisés à vous regarder, tes sœurs et toi, laisser les démons s'emparer de ce monde parce que vous êtes des bonnes à rien! Tu veux savoir ce que je mijote? Très bien! J'ai l'intention de restaurer la Cour de l'ombre et la Cour de lumière. Alors, les reines Fae s'uniront pour arrêter l'Ombre Ailée. Tu peux me rejoindre ou te battre contre moi. Que choisis-tu?

Ma mâchoire manqua de toucher le sol. Feddrah-Dahns avait raison sur toute la ligne.

— Mais… vous comptez vous autoproclamer reine de l'ombre?

Cette idée était terrifiante. Avec elle à la tête des Fae terriens, la civilisation reviendrait rapidement aux arcs et aux flèches.

Elle me dévisagea un instant avant d'éclater de rire.

— Tu es si fervente et si facile à tromper! Je sais que tu as tenu compagnie au prince de Dahns… même si je peine à imaginer à quoi ont pu ressembler vos conversations. Pour répondre à ta question: non, je ne suis pas après la couronne de l'ombre. Je régnerai sur la Cour de lumière! Je l'élèverai à un rang que Titania n'aurait jamais imaginé, même dans ses rêves les plus fous. Au début, j'étais venue ici pour lui demander son aide, mais, d'après les rumeurs, elle n'est plus qu'une loque enivrée qui a perdu son pouvoir et son bon sens. Alors, je me débrouillerai toute seule.

Je jetai un coup d'œil à Arturo et Mordred. Aucun ne sembla apprécier mon regard. Pourtant leurs expressions ne trahissaient aucune surprise face aux paroles de Morgane.

M'approchant doucement du buisson de houx, je caressai une feuille piquante du bout des doigts.

—Si vous comptez vous emparer de la Cour de lumière, qui régnera sur la Cour de l'ombre?

Morgane m'adressa un sourire sauvage qui me rappelait bien trop les dents d'acier de Grand-mère Coyote.

—Qui? La dernière reine en titre, bien sûr! Selon les rumeurs, Aeval serait prisonnière d'une grotte près d'ici, figée dans le temps. Comme les Cours Fae terriennes doivent être équilibrées, pourquoi ne pas lui proposer de revenir à ce qu'elle fait le mieux?

Avant la Grande Séparation, Aeval avait été une reine Fae aussi implacable et terrifiante que les dictateurs modernes. À côté d'elle, Lethesanar ressemblait à une écolière capricieuse. Je frissonnai.

—Vous voulez rendre son trône à la Mère de l'ombre? Vous êtes folle? Elle…

Morgane éclata de nouveau d'un rire franc. Quand le feu sembla grandir et crépiter davantage, Mordred émit un grognement.

—Elle possède toutes les qualités pour être à la tête de la Cour de l'ombre, répondit la sorcière. L'équilibre doit demeurer, Camille. Tu ne peux pas avoir la luminosité sans l'obscurité, la clarté sans les ombres.

Elle me tourna autour, les yeux brillants.

—Regarde ta propre reine. Son règne a suppuré car il n'y a aucune reine de lumière pour équilibrer ses actions. Maintenant que la balance a trop penché, sa sœur veut s'emparer de son trône. Si Tanaquar remporte la victoire, si elle détruit sa sœur, sois sûre que l'histoire se répétera dans le millénaire à venir, à moins que les dirigeants trouvent un moyen d'unifier leurs pouvoirs. Enlève un côté et l'univers s'en trouve chamboulé. En général, c'est à ce moment-là que les sorcières du destin entrent en scène pour arranger les choses et nous font tous passer, nous les Fae, pour des enfants capricieux.

— Mais comment peuvent-elles régner en harmonie ? Elles sont totalement opposées. C'est pour cela que les Cours Fae ont été dissoutes lors de la Grande Séparation. (Je secouai la tête.) Il ne peut pas y avoir deux pouvoirs dans un même royaume.

— C'est ce que tu crois, mais tu es simplement ignorante. Tu ne sais rien de cette époque, ni de la guerre qui s'y est déroulée, rétorqua Morgane. Réfléchis. La nature tout entière a besoin d'un équilibre. Hiver, été, printemps, automne. Même dans les territoires les plus extrêmes : la chaleur du désert, la froideur des pôles. La Terre est en péril car l'équilibre a été rompu. Les humains l'ont déréglé et les Fae ne s'en soucient plus. Pendant ce temps-là, les démons frappent à notre porte. Sans le retour des grandes Cours, ce monde n'a aucune chance de survie. Seules les reines de lumière et de l'ombre sont capables de maintenir l'équilibre.

Je clignai des yeux. Et si elle avait raison ? La seule solution pour sauver ce monde était-elle de restaurer les anciennes Cours ? La théorie n'était pas dénuée de bon sens, pourtant, elle m'effrayait.

Soudain, elle fut près de moi. M'attrapant par le poignet, elle me força à m'agenouiller près d'elle où elle gratta la terre pour me la jeter au visage. L'odeur amère du sous-bois humide m'emplit les poumons.

— Respire fort. Voici le monde qui a donné naissance à ta mère. Le monde qui donnait naissance à des Fae avant la Grande Séparation. La Mère Lune nous protège. La Mère Terre nous offre la vie. Ce monde est en danger, de l'intérieur comme de l'extérieur. Nous savons que l'Ombre Ailée a menacé de mettre ce monde à feu et à sang.

— Mais que pouvez-vous y faire ? Quel espoir la restauration des Cours peut-elle nous offrir ?

Reposant la terre sur le sol, elle m'attrapa par les épaules.

— Tu sais très bien que vous ne pourrez pas vaincre les démons tout seuls. Vous avez besoin d'alliés. Pour faire face à cette apocalypse, la reine des elfes et un dragon ne seront pas suffisants.

Je sentis mon estomac se nouer. Elle avait raison. Nous avions besoin d'alliés. Non, nous avions besoin d'une armée. Je me détachai d'elle avant de me relever.

Comme si elle avait lu dans mes pensées, elle ajouta :

— Aeval et moi élèverons des armées. Nous unifierons les Fae de ce monde. Malgré nos querelles, nous nous allierons pour combattre l'Ombre Ailée. Puis, nous pourrons enfin reprendre la place qui nous revient de droit sur cette terre. Les humains désirent ardemment notre baiser et notre magie. Tu as toi-même expérimenté l'accueil qu'ils nous réservent. C'est parce que leur propre héritage magique leur manque. La Grande Séparation les a grandement desservis. Elle a non seulement détruit l'équilibre entre les mondes, mais elle a aussi dépouillé la race humaine de sa nature magique.

Sa voix se fit lointaine. Je retins ma respiration lorsqu'une expression machiavélique apparut sur son visage. Le genre d'expression qui signifiait « je vais te frapper là où ça fait mal ».

— Mais, pour ça… j'ai besoin de quelque chose qui est en ta possession. Donne-la-moi. Donne-moi la corne.

Surprise, je reculai vivement. Au même moment, Mordred se précipita vers moi. Je le tins à distance. Malgré le sang Fae qui coulait dans ses veines, je doutais qu'il ait déjà vécu parmi ses frères outremondiens. Ma lignée était encore vivante alors que la sienne faisait déjà partie de l'histoire.

— N'y pensez même pas, rétorquai-je en m'échappant avec agilité. (Je glissai la main dans ma poche pour attraper la corne.) N'essayez surtout pas. La corne est un cadeau que l'on m'a fait. Je suis la seule à pouvoir l'utiliser. Et si je décide de le faire, je vous mettrai en pièces.

C'était du bluff, bien sûr, mais je le pensais. Au moins, ça sonnait bien.

Tandis que je battais en retraite vers le sentier, je me demandai si je serais capable de retourner au tumulus avant qu'ils m'attrapent. Après tout, ils étaient trois, même si Arturo ne semblait pas aussi pressé de me mettre la main dessus que Morgane et son neveu.

J'hésitais entre courir à toutes jambes et les affronter lorsqu'un éclair aveuglant me fit sursauter. Flam ?

— Laissez-la tranquille. Vous êtes sur mon territoire, sans mon autorisation.

Je me retournai vivement. Là, grande et majestueuse, auréolée d'un halo d'énergie bien plus puissant qu'auparavant, se tenait Titania. Et elle n'avait pas l'air contente.

CHAPITRE 16

— Titania!

La voix de Morgane résonna dans toute la clairière. L'élément de surprise était clairement un avantage pour la reine des Fae. Tandis que je me précipitais vers elle, Titania adressa à Morgane un regard d'avertissement.

— Comme je suis contente de vous voir! m'exclamai-je.

Avec un peu de chance, elle passerait outre le fait que je lui avais enlevé son amant… Après tout, ce n'était pas comme si je l'avais gardé pour moi. Je relevai la tête vers la grande et belle femme qui me souriait d'un air narquois. Bon signe? Mauvais signe? Aucune idée. Je priais pour que ce soit de bon augure.

Titania fit un pas dans ma direction, et me murmura :

— Ton petit ami à écailles m'a demandé de garder un œil sur toi.

Mon petit ami à écailles? Je fis alors la chose qui me parut la plus sensée : ne pas ouvrir la bouche. Pendant ce temps-là, Morgane observait Titania de haut en bas.

— La dernière fois que j'ai entendu parler de toi, tu étais tellement ivre que l'on aurait pu te retrouver noyée dans le caniveau! Qu'est-ce qui s'est passé? Tu n'avais plus de vin?

OK… Cette histoire ne me concernait pas. Je reculai lentement. Même si Titania n'était plus que l'ombre d'elle-même, elle était encore capable de se servir de moi comme serpillière avant de m'étendre à sécher. Alors si Morgane la provoquait un peu trop…

Titania se redressa de toute sa hauteur. À cet instant, elle ne sentait pas l'alcool et ses pouvoirs crépitaient autour d'elle comme un nimbus d'étincelles. Visiblement, sa cure de désintoxication magique avait fait des miracles. Sa robe, légère et transparente, semblait flotter sur ses épaules et ses longs cheveux blonds étincelaient dans la lumière du feu.

—Arriviste ! Je sais ce que tu essaies de faire ! Même dans tes rêves les plus fous, tu ne pourrais pas me remplacer. Si les Cours des Fae sont restaurées, la couronne me reviendra à moi, pas à toi ! Si je le voulais, je pourrais t'écraser d'une seule main, comme un insecte.

Elle avança, touchant à peine l'herbe, comme si elle flottait. Morgane retint sa respiration. Je la vis reculer d'un air apeuré. Eh oui, elle était peut-être une puissante sorcière et à moitié Fae, mais à côté de Titania, elle était un bébé, autant sur le plan de l'âge que sur celui des pouvoirs.

—Toi… Tu es restée cachée pendant si longtemps et, maintenant, tu crois pouvoir réclamer le trône que tu as quitté volontairement il y a tant d'années ? Merlin m'avait bien prévenue que tu étais inconstante !

—Inconstante ? Nous le sommes tous, morveuse ! (Titania redressa les épaules et pointa le doigt en direction de Morgane.) Toi, moi, elle… (Elle se retourna pour me désigner d'un geste de la tête.) Tous ceux qui ont du sang Fae dans les veines tournent parfois le dos aux gens qu'ils aiment. C'est dans notre sang, dans notre nature. Ne sais-tu pas que Merlin était mon amant bien avant ta naissance ? C'était un vieux fou qui s'occupait trop de sa réputation au lieu de se soucier de ce qu'il pouvait offrir au monde. Si tu lui demandes son aide pour restaurer les Cours de l'ombre et de lumière, tu comprendras ce que signifie être trahi.

Morgane ouvrit la bouche avant de la refermer lentement. Puis, elle se laissa tomber sur un tronc d'arbre et serra ses mains l'une contre l'autre.

—Je sais. C'est pour ça que j'ai arrêté mes recherches. Mais nous devons faire quelque chose. Je ne veux pas que ce monde et tout ce que je chéris tombe entre les mains des démons. Cette fille ne fera jamais le poids contre un seigneur démoniaque! dit-elle en me montrant du doigt.

Je commençais à me sentir invisible comme une mouche posée sur un mur. Quand je fis mine de parler, Mordred, qui s'était placé près de moi, secoua la tête pour m'en dissuader.

—Ne t'en mêle pas. C'est dangereux, m'avertit-il d'un air sombre.

Pour la première fois, je me demandai ce qu'il pensait de tout ça. Toutefois, je ne lui posai pas la question. Je ne voulais pas rater une miette de la conversation entre Titania et Morgane.

Justement, Titania sourit à Morgane d'une manière qui me rappela un chien qui retrousse les babines.

—Ne la juge pas trop vite. Ses sœurs non plus. Et surtout souviens-toi de ceci : elles sont sous ma protection et celle du dragon qui vit sur mes terres.

Je clignai des yeux. Apparemment, Flam et Titania n'étaient pas d'accord quant aux limites de leurs propriétés. Je me demandai brièvement s'il avait déjà couché avec elle, mais décidai de ne pas y penser. Du moins, pas pour l'instant.

—Morgane, nous avons beaucoup de choses à nous dire, fit-elle avant de se tourner vers moi. Camille, retourne auprès de Flam. Ne t'éloigne pas du sentier : cette forêt est remplie de créatures et de pièges dangereux. Nous te contacterons rapidement. Tu as encore ton mot à dire dans tout ça.

—Mais la corne, elle…, commença Morgane en se relevant brusquement.

—Ça suffit! cria Titania d'une voix qui fit frissonner la clairière et grincer des dents l'autre sorcière. Ne t'en préoccupe pas pour l'instant.

Je choisis ce moment pour quitter la scène. En ce qui me concernait, la représentation était terminée. Je saluai l'ex-reine en titre et l'enchanteresse. Puis, dès que je fus hors de la clairière, je me mis à courir le long du sentier, désireuse de mettre de la distance entre elles et moi. Que comptaient-elles faire ? Titania paraissait bien plus forte que la dernière fois où je l'avais vue. À cette époque, j'aurais juré qu'elle ne pourrait jamais se relever. J'avais tort.

Tout à coup, un bruit me fit sursauter. Je jetai un œil par-dessus mon épaule pour vérifier que Mordred ne m'avait pas suivie, mais il n'y avait personne… Personne, sauf un magnifique renard roux qui s'avança pour me bloquer le passage. Je tombai à genoux.

—Morio! Je suis si contente de te voir!

Je reconnus alors l'éclat familier de ses yeux. En un instant, il avait repris forme humaine et récupéré son sac derrière un buisson.

—Camille, j'étais tellement inquiet! J'ai tout vu. J'ai parcouru les bois toute la journée. Flam et Titania ont mis des pièges partout. Heureusement, je suis doué pour les repérer, dit-il en m'aidant à me relever avant de passer un bras autour de ma taille et de m'embrasser. J'ai cru que j'allais devoir m'interposer entre toi et cette s… sorcière.

—Cette salope, tu peux le dire. Plus je la côtoie et moins je l'aime, dis-je en fronçant les sourcils. Grand-mère Coyote avait raison. Elle a soif de pouvoir.

—Peut-être, mais elle a au moins raison sur un point : nous aurons besoin de toute l'aide que nous pourrons trouver pour combattre l'Ombre Ailée. (Il me mena sur le côté du sentier.) Ce coin est sûr, j'ai vérifié.

Une fois assis sur l'herbe, Morio m'ouvrit les bras et je me laissai aller contre lui. C'était agréable de me retrouver de nouveau sur un terrain familier. Morio et Trillian me rassuraient. Je les connaissais bien. Nous avions instauré une certaine forme de routine entre nous. En revanche, tout ce qui s'en éloignait me paraissait dangereux. Comme Flam, par exemple.

— J'ai peur, avouai-je. J'aimerais que l'on soit déjà demain pour pouvoir rentrer à la maison.

— Tu n'as plus à attendre très longtemps. Sois patiente, murmura-t-il.

Je me penchai en avant, les coudes posés sur les genoux.

— Alors qu'avez-vous découvert chez le marchand de tapis ?

— Que ça sentait le démon à plein nez ! J'y suis entré seul, au cas où il reconnaîtrait Delilah. Le propriétaire était absent, alors j'ai parlé avec son assistante, Jassamin. À mon avis, c'est elle qui posait des questions sur Menolly.

— À quoi est-ce qu'elle ressemble ? Elle a l'air d'un djinn, comme on le pensait ?

Les djinns étaient des créatures difficiles à repérer, mais il y avait des méthodes pour le faire. Et Morio avait plus d'un tour dans son sac.

— Elle est belle, sensuelle… Aucun doute, c'est un djinn.

Il m'adressa un grand sourire tandis que je lui assenais une tape sur le bras.

— Belle et sensuelle, hein ?

Un léger resserrement de gorge me mit en garde que je frôlais la jalousie. Je n'avais aucune idée d'où me venait ce sentiment. Je n'avais jamais interdit à mes amants de coucher avec d'autres femmes. Mais depuis notre arrivée sur Terre, je sentais les choses changer.

Il ricana.

—Je savais que ça attirerait ton attention. Ne t'inquiète pas, je n'ai pas l'intention de m'acoquiner avec un djinn. D'une, je ne les aime pas et de deux, le fait qu'elle traîne avec un démon supérieur ne me dit rien qui vaille. Je crois qu'elle ne sait pas encore très bien utiliser ses pouvoirs. Les barrières qui protégeaient la boutique étaient très puissantes. En revanche, celles qu'elle avait élevées elle-même étaient faibles. J'aurais facilement pu les détruire.

—Un démon supérieur?

Mon sang ne fit qu'un tour. Il hocha la tête.

—Mais, techniquement, les djinns ne sont pas des démons! protestai-je. Ils n'ont même pas le statut de démons mineurs comme les incubes. Alors, d'après toi, d'où vient cette odeur de démon supérieur? Ça m'étonnerait que l'un d'eux se soit baladé dans ce magasin par hasard…

Morio secoua la tête.

—Je ne crois pas non plus. Franchement? Je crois qu'il s'agit du propriétaire. L'odeur dépassait la zone autorisée aux clients. Je me suis faufilé dans le bureau pendant que l'assistante cherchait une commande que j'avais prétendument passée. Ça empestait. J'ai encore l'odeur dans le nez, ça me rend dingue.

Je sentis ma respiration s'accélérer.

—Tu veux parier qu'on a trouvé la cachette du Rākṣasa?

—Oui, ça paraît logique, répondit Morio en hochant la tête. Quel qu'il soit, l'odeur ne trompe pas, il est grand, mauvais et dangereux. On n'est pas sortis de l'auberge.

—À quel sujet? l'interrompit Flam qui apparut soudain.

Il observa longuement Morio avant de se tourner lentement vers moi. Je me relevai vivement, me sentant coupable de parler avec mon amant.

—Nous parlions du démon, expliquai-je. Sûrement un Rākṣasa. Un vicieux, qui plus est.

Après s'être relevé plus calmement, Morio salua Flam d'un geste de la tête.

—Il y a aussi un djinn qui est probablement de mèche avec lui.

Clignant des yeux, Flam soupira. J'aperçus de la fumée s'échapper de ses narines. Pour le moins déconcertant.

—Il n'y a pas que ça, continuai-je. J'ai aussi découvert que Morgane veut restaurer les anciennes Cours Fae et qu'elle s'est élevée au rang de reine de lumière. Titania est avec elle, sobre et remontée comme une pendule.

—Magnifique, répliqua Flam à qui la nouvelle ne faisait visiblement ni chaud ni froid. Du moment qu'elles ne se battent pas sur mes terres, elles peuvent faire ce qu'elles veulent. Et toi, Morio, je suppose que tu es venu pour parler à Camille du démon ?

« Et rien d'autre. » Il ne les avait pas prononcés, mais ces mots flottaient dans l'air. Morio haussa les épaules sans relever.

—Oui, et pour vérifier que tout allait bien. Oui, tu es un dragon et tu pourrais nous rouler sur tes cuisses avant de nous allumer comme des cigares cubains, mais ça n'empêchera jamais la famille et les amis de Camille de s'assurer de son bien-être. On t'aime bien, ne te méprends pas. Seulement… ses sœurs sont inquiètes pour elle.

Flam sembla réfléchir un instant avant de retourner vers le sentier.

—Venez. Nous serons mieux à l'intérieur où personne ne pourra voir ou entendre ce que nous aurons à dire.

Quand Morio me regarda, surpris, je haussai les épaules. Qui pouvait savoir ce qui se passait dans la tête d'un dragon ? Aussi, j'emboîtai le pas de Flam, suivie de près par Morio et, ensemble, nous nous dirigeâmes vers le tumulus.

Après le froid de la nuit printanière, la chaleur de la grotte me réconforta. Regardant autour de lui, Morio se retint poliment de poser la moindre question. Toutefois, je me rendis compte qu'il observait attentivement la décoration de la pièce. Si je ne le connaissais pas, j'aurais pu croire qu'il préparait un mauvais coup.

Sans lui prêter la moindre attention, Flam se dirigea vers le bar sculpté à la main qui trônait dans le coin salon, où il servit trois petits verres de brandy. Il nous fit signe de nous asseoir.

— Venez. Discutons de vos problèmes de démons. Un Rākṣasa, vous dites? Je n'en ai jamais rencontré, contrairement à mes cousins asiatiques. Ils peuvent se révéler très dangereux et ils sont doués pour… (Il s'interrompit.) Morio, est-ce que tu pourrais m'accorder une faveur?

Morio le dévisagea.

— Qu'est-ce que tu veux?

— Pourrais-tu aller me chercher une bouteille de Perrier? Elle est dans la glacière, dit-il en désignant la cuisine d'un geste de la tête.

Étrange. Flam semblait être un hôte attentionné. Pourquoi demander à un invité de se déplacer lui-même? Je me levai.

— J'y vais.

— Camille, assieds-toi, m'ordonna aussitôt Flam.

Sa voix était calme, mais son regard, lui, me promettait des ennuis si je n'obéissais pas. Je me rassis.

— Aucun problème, répondit Morio, les sourcils froncés.

Il se leva avant de se diriger vers la cuisine. Dès qu'il fut parti, Flam marmonna quelque chose dans sa barbe en regardant dans sa direction. Je ne compris pas ce qu'il disait. Soudain, un cadre de flammèches bleutées apparut autour de la porte.

— Maintenant, on attend, dit-il en me regardant. (Lorsque je fis mine de demander des explications, il secoua la tête.) Je t'expliquerai après.

Morio revint alors dans la pièce, son attention concentrée sur la bouteille qu'il tenait dans les mains. Il traversa les flammes sans ciller. Du moins, le temps de faire trois pas. À ce moment-là, il se retourna et les observa longuement.

— Tu vérifies que je suis bien celui que je prétends être ? demanda-t-il en lançant la bouteille verte à Flam qui l'attrapa d'une main. Je ne peux pas t'en vouloir… Pas avec un Rāksasa dans les parages.

— Quel est le rapport ? m'enquis-je.

Je me sentais insultée par les actes de Flam, mais aussi, étrangement, protégée.

— Il est clair que Flam connaît bien la démonologie. Les Rāksasas sont des maîtres de l'illusion, répondit Morio. Il s'assurait simplement que l'un d'eux n'avait pas pris l'apparence d'une personne que tu connais et à laquelle tu fais confiance.

Je clignai des yeux.

— Je n'avais pas pensé à ça.

— Eh bien, tu aurais dû, rétorqua Flam. Tes sœurs et toi devez commencer à réfléchir comme vos ennemis. Ils sont rusés, trompeurs et sans pitié. Les démons ne vous feront pas de cadeaux. Souviens-t'en, Camille, ils sont impitoyables ! À côté d'eux, les dragons ressemblent à des enfants de chœur. Ils aiment la douleur, la torture. Ils se nourrissent de la mort comme un enfant tète le sein de sa mère.

Il se mit à faire des va-et-vient dans la pièce.

— Je n'aime pas te savoir impliquée là-dedans. Toute cette histoire a commencé lorsque les seigneurs élémentaires ont dispersé les sceaux spirituels. Maintenant, ils refusent de prendre leurs responsabilités et de réparer les dégâts. Personnellement, je ne fais affaire avec aucun d'eux, sauf les moissonneurs et la reine des neiges et de la glace. (Il s'interrompit.) Laissons-les se débrouiller !

—Tu crois vraiment que c'est possible ? Ou qu'ils nous écouteraient ? La majorité des seigneurs élémentaires se moquent totalement des humains…

Flam leva la main pour interrompre mes protestations.

—Je sais, je sais. Tu ne peux pas… Non, tu ne veux pas t'échapper. Et même si je n'approuve pas ce choix, j'admire ta conviction, avoua-t-il avant de se tourner vers Morio. Tu as dit avoir senti un démon. Est-ce que par hasard, il y avait aussi une odeur de jasmin et d'orange ? Ou peut-être de sucre vanillé ?

Morio fronça les sourcils. Puis, au bout d'un moment, il hocha la tête.

—Maintenant que tu le dis, oui, je m'en souviens. Elles emplissaient la boutique. C'était un drôle de mélange, comme s'il s'agissait d'un parfum au bord de la cristallisation. Beaucoup trop sucré. J'en avais le goût sur la langue, comme une odeur de putréfaction.

—Alors c'est bien un Rākṣasa, confirma Flam en ouvrant le tiroir de la table près de lui. (Il en sortit une pipe et la remplit de l'herbe tirée d'une pochette en cuir. Puis, il se laissa aller contre sa chaise et s'adressa à moi :) Camille, allume ma pipe, s'il te plaît.

Après avoir jeté un coup d'œil à Morio, je secouai la tête. Je ne faisais jamais ce genre de choses à la maison.

—Tu sais bien que la fumée nous dérange, Delilah et moi, lui rappelai-je tandis que je m'approchais pour m'agenouiller près de lui. Ne fume pas à l'intérieur tant que je serai là. J'insiste. S'il te plaît.

—Voilà un côté de ta personnalité que je n'avais jamais vu, remarqua Morio qui arborait une expression indéchiffrable, comme s'il appréciait l'image de la petite amie obéissante que je renvoyais.

—Ne te fais pas des idées, lui répondis-je avec un sourire moqueur.

Alors, Flam s'éclaircit la voix et posa sa pipe.

—Aucun problème.

—Pourquoi es-tu persuadé qu'il s'agit d'un Rākṣasa ? demanda Morio en s'installant plus confortablement avec son verre de brandy.

Flam haussa les épaules.

—Ces fragrances ou, plutôt, leur mélange est leur odeur corporelle naturelle. Ici, sur Terre, comme on peut facilement la confondre avec du parfum, personne n'y prête attention. Je le sais seulement parce que lorsque vous m'avez dit que vous alliez devoir en affronter un, j'ai tiré quelques ficelles pour rassembler le plus d'informations possibles à leur sujet.

Il avait parlé aussi calmement que s'il nous avait entretenus de la pluie et du beau temps. Pourtant, Morio et moi nous tournâmes vers lui comme un seul homme. Aussitôt, je me jetai sur lui et passai mes bras autour de son cou.

—Tu comptais nous aider depuis le début ! Tu me faisais marcher !

Après avoir déposé un baiser sur ses lèvres, je reculai et le regardai dans les yeux avec insistance. Une mèche de ses cheveux se libéra de sa tresse pour venir encercler ma taille tandis qu'il m'embrassait de nouveau.

—Tu aimerais que ce soit le cas, n'est-ce pas ? Et si j'étais seulement curieux ?

Malheureusement pour lui, son baiser l'avait trahi. Tout à coup, me rappelant la présence de Morio, je tentai de me dégager, mais celui-ci me fit signe d'arrêter.

—Ne t'inquiète pas pour moi, m'assura-t-il. Je vois… que vous avez réussi à vous entendre.

Lorsque Flam se tourna vers Morio, ses lèvres se retroussèrent en un léger sourire.

—N'oublie pas que j'ai assisté à tes premiers ébats avec Camille dans les bois, fit-il en soupirant. Je sais parfaitement que Trillian et toi aimez cette femme et vous, vous savez très bien que je ferai tout ce qui est en mon pouvoir pour vous l'enlever. Mais comme ça risque de prendre du temps, en attendant… je promets de bien me comporter.

J'eus de nouveau la sensation d'être la femme invisible. Descendant de ses genoux, je plaçai mes mains sur mes hanches.

—Excusez-moi, mais au cas où vous ne l'auriez pas remarqué, je suis aussi dans cette pièce et, croyez-le ou non, j'entends tout ce que vous dites. Je ne l'ai pas dit à Morgane et Titania parce qu'elles sont toutes les deux cinglées et auraient sûrement décidé de me hacher menue. Mais, comme je doute que l'un de vous ait les couilles de le faire, vous feriez mieux de m'écouter ! Vous allez arrêter de me prendre pour un objet et de faire comme si je n'étais pas là ! Vous… hé ! Pourquoi est-ce que vous rigolez ? Écoutez-moi !

Flam et Morio éclatèrent d'un rire qui résonna dans toute la pièce.

—Je suis sérieuse ! Je ne trouve pas ça drôle…

—Elle marque un point…, acquiesça Flam en continuant à parler à Morio malgré mes protestations.

Celui-ci haussa les épaules.

—Sûrement, mais c'est plus amusant de la regarder s'énerver. Je te préviens, elle peut devenir une vraie furie !

—J'en suis bien conscient. Heureusement, ses atouts compensent son mauvais caractère.

Sur ces paroles, Flam fit glisser ses doigts le long de ma cuisse. Son énergie passa au travers de ma robe en une série d'éclairs miniatures qui envoya des signaux d'alerte dans mon corps pour signifier qu'un intrus bienvenu se trouvait dans les parages.

—Arrêtez ça, vous deux !

Soudain, Flam redevint sérieux et me prit dans ses bras. Là, il se tourna vers Morio.

—Puisqu'elle refuse d'être la femme d'un seul homme, pourquoi est-ce que tu ne me montrerais pas ce qu'elle aime?

Hoquetant de surprise, je tentai de me dégager.

—Nous devons parler du Rāksasa! Tu dois nous dire ce que tu sais sur eux!

—Après, répondit Flam en m'enserrant davantage.

—Pour qui te…?

Je m'interrompis. Un dragon. Voilà pour qui il se prenait. Et il était dans son bon droit. Après tout, je lui avais promis de faire ce qu'il voudrait pendant une semaine. Je cessai de me débattre.

—Très bien. Si tu veux t'amuser avec nous deux, ça ne me pose aucun problème. Mais tu dois laisser le choix à Morio et promettre de ne pas le blesser.

Flam haussa les épaules.

—Je n'ai jamais eu l'intention de faire du mal au renard. C'est plutôt à ton amant svartan que j'aimerais donner une bonne leçon.

Morio lui jeta un coup d'œil avant de se tourner vers moi.

—D'accord, répondit-il doucement. Je vais me joindre à vous. Mais tu dois savoir une chose, dragon : je fais partie d'une triade qui inclut Trillian. Je dois mon allégeance à Camille en premier, puis à Trillian. Pas à toi.

Sur ce triste rappel, Flam m'emmena vers la chambre, suivi de Morio.

CHAPITRE 17

Lorsque j'entrai avec Flam dans la chambre, j'analysai de nouveau la situation. Elle risquait fort de causer des malentendus et l'un d'entre nous pourrait finir blessé. Ce qui ne serait pas une bonne chose. Du tout.

Je levai la tête vers Flam. Peut-être essayait-il de me faire plaisir, de faire des compromis pour entrer dans mon monde, pour être avec moi? *Mais bien sûr… Arrête de rêver!* Les dragons n'étaient pas prêteurs. Alors pourquoi avait-il fait une telle proposition à Morio? Il devait y avoir une motivation cachée derrière ce cœur de reptile qui me plaisait tant.

Pour être tout à fait franche, je me savais capable d'endurer beaucoup de choses… mais un dragon et un *Yokai* en même temps? Étais-je si douée que ça? Ou est-ce que je ne savais pas dire non? Tout à coup, je sentis mon estomac se nouer.

Après m'avoir posée sur le lit, Flam recula. Il me dévisagea avant de se tourner vers Morio qui était resté dans l'embrasure de la porte. Aucun de nous ne prononça un mot. Puis, Flam s'assit près de moi et commença à me déshabiller. Une fois ma robe envolée, il entreprit de déposer des baisers dans mon cou.

Finalement, Morio s'installa derrière moi, caressant mon bras tandis qu'il écartait mes cheveux pour presser ses lèvres contre mon dos. Leur contact me fit frissonner. Ce n'était peut-être pas une si mauvaise idée… Oh ça, ça allait être bon. Terrifiant, oui, mais très bon.

—Tu vois, Trillian ne te manquera pas du tout, fit Flam en plaçant sa joue contre la mienne, le souffle court.

Bingo! J'en étais sûre! Je me dégageai de leurs étreintes.

—Je sais ce que tu essaies de faire et tu peux arrêter tout de suite.

—Quoi?

—Je suis très contente d'être dans ton lit et passer la nuit avec vous deux ne me gênerait pas le moins du monde. En revanche… (Je me tournai vers mon amant *Yokai*.) Morio fait partie intégrante de ma relation avec Trillian. Ils se complètent et se sont mutuellement acceptés. Ce sont mes hommes. Mais toi, tu essaies de mettre Trillian de côté en invitant Morio à s'amuser avec nous.

Voilà ce qui m'avait gênée depuis le début. C'était une tactique de Flam pour s'immiscer entre Trillian et moi. Son expression confirma mon hypothèse. Je me raidis. Allait-il se mettre en colère, maintenant que je l'avais mis à nu? Se venger?

Morio se leva avec grâce pour s'interposer entre le dragon et moi. Flam lui adressa un regard noir.

—Écarte-toi tout de suite!

—Pas avant de m'être assuré que tu ne lui feras rien, rétorqua Morio sans bouger d'un pouce.

Pendant un instant, Flam sembla avoir envie de l'envoyer valser, mais après m'avoir dévisagée, il laissa échapper un soupir.

—Dans ce cas, Camille sera la seule à partager mon lit, ce soir, dit-il froidement. N'essaie pas de traverser mes terres la nuit. Je sais que tu es très doué pour te transformer, mais il y a des forces, là-dehors, auxquelles il ne vaut mieux pas avoir affaire. Tu peux dormir sur le sofa. Surtout, ne nous interromps pas.

Morio se tourna vers moi. Je hochai la tête.

—Ne t'inquiète pas. Tout va bien se passer.

Il s'approcha aussitôt de moi.

—Profite bien de ta nuit. Je suis certain que Flam est entièrement capable de te satisfaire et de te protéger à la fois.

Comme d'habitude, il gardait son calme. Dieu merci. À sa place, Trillian aurait déjà provoqué Flam en duel.

Lorsque Morio referma la porte derrière lui, je pris conscience, surprise, à quel point je l'aimais. Malgré nos nombreuses disputes, j'étais liée à Trillian et à notre relation passionnée pour l'éternité. Morio, en revanche, s'était frayé un chemin vers mon cœur de façon beaucoup plus calme et insidieuse. Dès que l'occasion se présenterait, je lui ferais part de mes sentiments, mais je le suspectais d'être déjà au courant.

Flam regarda la porte se refermer avant de reporter son attention sur moi.

—Camille, je veux que tu m'écoutes attentivement. Ne me réponds pas. Pas tout de suite. Je sais pertinemment que tu les aimes. Je sais que tu refuses de choisir entre les deux parce que chacun d'eux t'apporte quelque chose que l'autre n'a pas… Mais moi, Camille, je t'offre tout ça à la fois, à l'intérieur d'un seul homme.

—D'un seul dragon, rétorquai-je en frissonnant. S'il te plaît, reportons cette conversation à plus tard. Si tu me demandes de choisir maintenant, tu ne vas pas aimer ma réponse. Et moi non plus, parce que je ne veux pas te faire de mal.

Lorsque je plongeai mes yeux dans les siens, bleus comme la glace, j'y aperçus une pointe d'incertitude qui me déstabilisa.

—Flam, je ne ferai pas semblant de comprendre pourquoi tu m'as choisie pour compagne. Tu es un dragon… Je ne peux pas te donner d'enfants et je mourrai bien avant toi. Regarde tout ce que tu as vu et fait !

—Ton père aimait ta mère, répondit-il simplement.

Je déglutis difficilement. C'était la vérité. Pourtant, la situation paraissait tellement différente !

— Tout ce que je sais, c'est que tu es incroyable. Quand tu me touches, j'en oublie ce qui m'entoure. J'en oublie les démons et la guerre, dehors, expliquai-je en désignant la porte d'un geste de la main.

— Et c'est une mauvaise chose ? s'enquit-il, visiblement perdu.

— Non ! (Comment pouvais-je lui expliquer pour qu'il comprenne ? Ou peut-être était-ce le cas et il faisait exprès de me tourmenter.) Flam, je me sens en sécurité avec toi. Je n'avais jamais ressenti ça, alors que je ne me sens pas tout à fait en sécurité par rapport à toi. Ne me demande pas de choisir. Ne me demande pas de briser mes liens avec Trillian parce que je ne veux pas que tu sortes de ma vie. Mais si on en arrive là, je le ferai.

— Dans ce cas-là, laisse-moi simplement te faire oublier tes soucis pendant quelques heures…

Sur ces paroles, il se pencha pour déposer un baiser sur mes lèvres et toute trace de nos paroles fut effacée tandis que mon dragon me fit l'amour encore et encore.

À mon réveil au petit matin, Flam était assis sur une chaise dans un coin de la pièce. Il m'observait si intensément que je pensai un instant que quelque chose n'allait pas. Mais lorsque je lui posai la question, il se contenta de secouer la tête.

— Je te regardais dormir, c'est tout.

Après m'être extirpée des draps emmêlés, je m'étirai. Puis, Flam me tendit les bras et je me réfugiai sur ses genoux. Comme je pensais qu'il allait me proposer un nouveau round, je réfléchis à une excuse à lui donner. Il m'avait tellement épuisée la veille que j'avais l'impression que j'allais avoir des difficultés à marcher pendant des jours. Malgré mon goût pour le sexe, je ne me sentais pas prête à remettre ça tout de suite. Toutefois, au lieu de désigner le lit, il me montra mon sac d'un geste de la main.

—Rassemble tes affaires. Je vais préparer le petit déjeuner pendant que tu t'habilleras, dit-il en disparaissant aussitôt derrière la porte.

Quand j'apparus dans le salon, lavée et habillée, Flam avait fait cuire des œufs, des saucisses et des pommes de terre. Morio, lui, mettait la table. Il leva la tête vers moi. Je lui fis un léger sourire. Après avoir passé une nuit avec Flam, je pouvais à peine imaginer à quoi ressemblerait une semaine entière. À la fin, j'aurais sûrement oublié mon nom.

Une fois notre repas terminé, Morio s'aventura près du gouffre au fond de la grotte.

—Où mène ce passage ? demanda-t-il en observant le ravin.

Flam haussa les épaules.

—À plusieurs tunnels souterrains. Il y a une sortie que je peux emprunter en volant sous ma forme naturelle. Et si je décide d'altérer les vibrations du portail, je peux m'en servir pour pénétrer dans d'autres dimensions.

—Toutes les issues sont protégées, n'est-ce pas ?

L'image de démons envahissant l'antre de Flam me vint soudain à l'esprit. Il m'adressa un regard qui signifiait clairement que je m'étais levée du côté blond du lit ce matin.

—Ne t'inquiète pas pour ça. Et ne pense même pas à essayer de les renforcer. J'ai vu ce que ta magie était capable de faire ! ajouta-t-il avec un sourire moqueur.

—Hé ! Pour ta gouverne, je suis très douée pour la magie de la mort ! lançai-je en secouant la tête. Au fait, tu étais censé nous parler des renseignements que tu as récoltés sur les Rāksasas.

Flam hocha la tête.

—Cette nuit, pendant que tu dormais, j'ai mis sur papier tout ce que j'avais appris pour que tu puisses le montrer à tes sœurs. Laisse-moi aller chercher mes notes.

Lorsqu'il bondit hors de la pièce, Morio se rapprocha de moi pour me murmurer à l'oreille :

—Il se prend pour un lapin Energizer ?

Sa remarque me fit repenser à mon entrejambe douloureux. Je sentais même des muscles dont je ne connaissais pas l'existence jusque-là.

—C'est vrai qu'il dure encore, encore et encore. Ce n'est pas désagréable, mais…

Morio ricana.

—Tu as enfin trouvé quelqu'un qui puisse t'épuiser ? J'aurais peut-être dû rester hier soir. Comme ça, j'aurais assisté au miracle.

Je lui donnai une tape sur le bras.

—C'est toi qui dis ça ? Entre Trillian et toi, je me demande comment j'arrive encore à dormir !

Il me fit un clin d'œil avant de se pencher pour me déposer un baiser sur la joue. Puis il recula légèrement et planta son regard dans le mien.

—Tu ne vas pas nous quitter pour lui, pas vrai ? me demanda-t-il.

De nouveau, la réalité me rattrapa.

—Non, répondis-je. Crois-moi, je n'ai pas l'intention d'abandonner l'un de vous pour Flam. J'ai l'impression d'avoir fait un rêve étrange. Il est incroyable, mais sa vie semble… tellement éloignée de ma réalité !

—Peut-être que c'est ce qu'il peut t'apporter. Une retraite, un havre de paix, un endroit où te réfugier lorsque tu veux oublier qui tu es et ce que tu dois accomplir.

Sur ces mots, Morio regagna son siège et Flam entra de nouveau dans la pièce, des feuilles de papier à la main.

Tandis qu'il me les tendait, je repensai à ce que m'avait dit le *Yokai*. Le dragon pouvait-il m'offrir un endroit où me réfugier lorsque j'avais besoin de m'isoler? Pouvais-je me prendre pour Perséphone et passer une partie de mon temps chez Flam tout en continuant à combattre les démons et à sauver les mondes? Flam s'en contenterait-il?

— Merci, fis-je en parcourant les notes écrites soigneusement. Tu as un grand cœur, même si tu ne veux pas l'admettre. (Je déposai un baiser sur sa joue. Il avait l'air content de lui.) Je le pense vraiment. Contrat ou non, je serais quand même venue.

Alors, il m'attira à lui pour m'embrasser longuement et soigneusement. Quand il se dégagea, il soupira, mais il n'avait pas l'air déçu.

Je jetai un coup d'œil aux feuilles. Son écriture était précise. Il avait utilisé de l'encre bleue sur un bloc-notes blanc glacé. Je décidai d'attendre d'être rentrée à la maison pour les parcourir et pouvoir en parler directement avec Delilah et Menolly.

— On ferait mieux d'y aller, dis-je en me levant. Morio, tu es venu en voiture?

L'intéressé haussa un sourcil interrogateur.

— Non, en volant. Évidemment que je suis venu en voiture! Je l'ai garée devant la maison de Georgio. (Il se tourna vers Flam.) Avec ton autorisation?

Tandis que Flam enfilait son long manteau blanc, je ne pus m'empêcher de contempler de nouveau sa beauté. Cet homme était vraiment trop beau pour être vrai. Il passa un bras autour de mes épaules et attrapa mon sac de l'autre main.

— Je vous accompagne jusqu'à la maison. Je dois demander des nouvelles de Georgio à Estelle.

Au fur et à mesure que nous avancions dans les bois, je recommençais à pouvoir respirer normalement. Le tumulus était trop exigu. À l'air libre, le bras de Flam autour de mes épaules ne me dérangeait pas le moins du monde. Je plaçai ma tête sur son épaule.

— Je suis désolée de devoir étaler la semaine de notre contrat.

— Non, tu ne l'es pas, rétorqua-t-il, mais ce n'est pas grave. Au contraire, plus tu l'étaleras, plus tu seras liée à moi longtemps. Je ne te demanderai pas de revenir ce soir. Je sais que tu seras occupée avec tes problèmes de démons.

— Merci.

Malheureusement, les démons n'étaient qu'un des aspects du problème. Après tout, Titania avait retrouvé sa puissance terrifiante et Morgane n'avait pas grand-chose à lui envier. Que se passerait-il si Titania encourageait Morgane à prendre la tête de la Cour des ténèbres ? Et si Morgane essayait de tuer Titania ? Cela suffirait à faire bouger les Fae terriens et outremondiens, mais pas de la façon dont nous le voulions.

J'observai le sentier. Les débris des feuilles mortes de l'automne passé s'étaient mélangés à la terre et au sous-bois. Le chemin était mouillé, mais pas au point de s'y enfoncer. Tout en marchant sur les cailloux et les branches, je tentai de communier avec la nature pour savoir ce que mijotaient Titania et Morgane.

Pendant quelques instants, je n'entendis que les mouvements de va-et-vient habituels de la forêt, les bruits de ses habitants, le vent s'engouffrant dans les branches, et le soleil tentant de s'infiltrer au travers des nuages. Puis, lentement, mon attention se fit plus alerte. Devant un buisson, je sentis la présence d'un esprit de myrtille. Plus loin, plusieurs d'entre eux s'attelaient à sauver un sapin qui dépérissait.

Tout à coup, je sentis quelque chose, un vacillement, presque comme un vortex.

— Il y a des perturbations dans la force, Luke, marmonnai-je.

Flam fronça les sourcils.

—Qu'est-ce que ça veut dire?

—Tu plaisantes? fit Morio. Même moi, je peux le sentir. Un événement important se prépare.

Tandis que je tentais de distinguer les différentes énergies dans le maelström, je réussis à séparer deux présences. La première était une vague de feuilles et de branches, de pierres et de bois, de couleurs automnales et de senteurs estivales... La seconde, une cacophonie de brume et d'obscurité, d'étoiles, de cristal et de grottes profondes. Cependant, elles n'étaient pas en conflit.

—On dirait que... Oh mon Dieu! Par la Mère Lune, qu'est-ce qu'elles peuvent bien mijoter?

Je sortis tout à coup de ma transe, ouvrant les yeux avant qu'elles me repèrent. Dans ma précipitation, je manquai de me prendre les pieds dans une racine en marchant.

—Qui?

Le ton de Flam demandait une réponse immédiate tandis qu'il m'attrapait par le coude pour m'empêcher de tomber.

—Titania et Morgane. Elles travaillent main dans la main. Je ne sais pas ce qu'elles mijotent, mais dans tous les cas, je parie que ça ne sera pas de tout repos pour nous. La nuit dernière, elles étaient prêtes à se sauter à la gorge. J'aimerais bien savoir ce qui s'est passé entre-temps.

Je tentai de percer la nature de l'énergie. Peine perdue. Le secret était bien gardé. Morio s'approcha de moi et me prit la main. Malheureusement, même en associant nos pouvoirs, nous fûmes incapables d'en apprendre davantage sur le sort que les deux sorcières semblaient lancer.

—OK, ça commence à m'inquiéter, dis-je en observant la forêt derrière nous.

Cependant, rien ne sortait de l'ordinaire.

—Ne t'en fais pas pour ça, me rassura Flam alors que nous entrions dans la clairière où avait habité autrefois Tom Lane.

À présent, la maison abritait une âme fragile et brisée qui s'appelait Georgio Profeta. Ou saint George, comme il le pensait. Saint George essayait toujours de tuer le dragon. Autrement dit, Flam. Sa cotte de mailles en plastique et son épée en carton ne pouvaient pas lui faire grand-chose. Pourtant, à ses yeux, elles étaient les armes les plus fines, parfaites pour un chevalier royal.

La voiture de Morio était garée sur le côté. Tandis qu'il déverrouillait les portes, je dis au revoir à Flam.

—Appelle-moi si tu as besoin de moi, me dit-il en me caressant le visage. Pour n'importe quoi.

—Merci, murmurai-je. Merci de m'offrir un soupçon de ta vie, de ton amour.

Il secoua la tête.

—Ne me remercie pas pour ça tant que tu n'auras pas accepté mon invitation.

Avec un rire bref, je me tournai vers la voiture.

—Réfléchis un peu. Je ne peux pas te donner de petits dragons. Un jour, tu voudras des enfants. Après tout, tu es le neuvième fils d'un neuvième fils. Et tu sais très bien que…

—Oui, oui, je sais, m'interrompit-il. Tu aimes Trillian. Tu aimes Morio. Mais, Camille, je sais parfaitement que tu m'aimes, moi aussi. Va-t'en, pour l'instant, et accomplis ton devoir. Tu reviendras. Je t'attendrai.

Alors, il me fit un clin d'œil et un geste de la main tandis que nous reprenions le chemin de la ville. Le chemin de la réalité.

Chapitre 18

S ur le chemin du retour, je n'échangeai que quelques mots avec Morio. Nous n'avions pas grand-chose à nous dire et, de toute façon, je voulais attendre d'être avec Delilah et Menolly avant de faire des spéculations. Pas la peine de répéter deux fois les choses.

Quand nous nous garâmes devant la maison, une pensée me traversa l'esprit.

— Tu n'as pas fini de me raconter ce qui s'est passé chez le marchand de tapis.

— Oh, rien de très intéressant. J'ai essayé de chercher des indices, mais le djinn surveillait le moindre de mes gestes. Elle a compris que je n'étais pas vraiment intéressé par un tapis. Alors, comme je n'avais plus de raison valable de rester, je suis parti. Je te parie qu'ils ont des caméras de sécurité et que mon visage est déjà fiché dans le dossier « à surveiller », finit-il en m'ouvrant la portière.

Prenant une grande inspiration, je sortis de la voiture. Ça faisait du bien de rentrer chez soi. J'avais l'impression d'avoir passé les dernières dix-huit heures dans un rêve. J'attrapai mon sac avant de grimper l'escalier et d'ouvrir la porte en grand.

— Je suis rentrée ! criai-je.

Mes mots furent couverts par des exclamations. Iris et Delilah se tenaient dans le salon. Cette dernière pianotait à toute vitesse sur son téléphone.

—Camille! Dieux merci, tu es là! Ça fait une demi-heure que j'essaie de te joindre! Nous avons une urgence.

Fermant son portable à clapet, elle le glissa dans la poche de son jean. Il était troué, comme d'habitude, et elle portait un petit haut avec un persan dessus. Le chat, pas le démon.

—Qu'est-ce qui se passe? m'enquis-je en sortant mon téléphone. (Je laissai échapper un grognement de frustration.) Génial… Apparemment, mon petit séjour chez Flam a fait griller la batterie ou quelque chose dans le genre.

Morio vérifia le sien.

—Le mien aussi. Je prends note: ne pas entrer chez le dragon avec son portable. Ça marche aussi pour les ordinateurs et tout ce qui risque de griller.

—Nous n'avons pas le temps de penser à ça, intervint Iris tout en enfilant un pull. Nous avons un problème. Venez, on vous racontera tout en allant à la voiture.

Soudain, je me rappelai qu'elle était censée être à la librairie.

—Excuse-moi, mais qu'est-ce qui se passe au juste? Qui s'occupe du *Croissant Indigo* à ta place? Et où est Maggie? Où allons-nous?

Delilah me poussa vers la porte tandis qu'Iris faisait de même avec Morio.

—Nous n'avons pas une minute à perdre. Chase a besoin de nous. Tout de suite.

—Chase? Pourquoi? (Je dévalai l'escalier, suivie de près par mes compagnons.) Il est blessé?

—Non, mais il risque de l'être si on ne se dépêche pas, répondit Iris avant de désigner ma voiture. On prend la tienne.

—Montez, fis-je, les clés à la main. Et pour l'amour du ciel, répondez à mes questions!

Pendant que j'enclenchais ma ceinture de sécurité, ils montèrent à leur tour. Morio se plaça à l'arrière avec Iris, Delilah, à l'avant avec moi. Je démarrai.

—Où va-t-on et pourquoi ?

—Dans le centre-ville. Le square du Pionnier, m'informa Delilah en se mordant les lèvres. (Elle avait l'air si inquiète qu'elle semblait sur le point de fondre en larmes.) On doit y aller le plus vite possible.

—Maggie est avec Menolly. Elle sera en sécurité jusqu'à notre retour. Je sais que tu n'aimes pas la laisser là, mais vous avez besoin de mon aide, affirma Iris.

Elle triturait quelque chose dans sa poche.

—Chase est en train de se battre avec une bande de gobelins fraîchement débarqués d'un nouveau portail. Ils terrorisent la population à l'intérieur du square des Pionniers. Des gens ont déjà été blessés, dont une femme qui a aussi été volée et abusée. Ces salauds ne rigolent pas. (Delilah refoula un sanglot.) J'ai peur que Chase et ses hommes ne soient pas assez forts pour les tenir à distance. Après tout, les gobelins utilisent la magie. Pas les humains.

—Des gobelins… Quoi ? Des gobelins ? Vous auriez pu me le dire plus tôt ! (Quand j'appuyai sur l'accélérateur, la Lexus fonça dans les rues de Seattle.) Et merde ! Si seulement Flam était là !

—Souviens-toi qu'il peut savoir si tu penses à lui. Il l'a dit lui-même la dernière fois, me rappela Iris. Du moins, tant que votre contrat n'arrivera pas à son terme. Concentre-toi. Avec un peu de chance, il comprendra que tu as besoin de lui.

Je jetai un coup d'œil dans sa direction avant de reporter mon attention sur la route.

—Tu es un génie ! Attends. (Une fois garée sur le bas-côté, je sautai hors de la voiture.) Delilah, conduis pendant que j'essaie de le joindre. Sinon, on risque de se retrouver dans un fossé.

Nous échangeâmes alors de place : elle au volant et moi côté passager. Ainsi installée, je laissai mes pensées vagabonder vers le dragon et sa dreyerie.

Former une image dans mon esprit ne fut pas difficile. Je me retrouvai de nouveau dans son lit. Il était au-dessus de moi, nu et prêt à me satisfaire.

Hou là, doucement ! Je tentai de me concentrer sur son visage, de lui faire comprendre que nous avions besoin de son aide et que j'avais envie de le revoir, en dehors de ses terres. Il y eut un déclic qui signifiait sûrement que j'avais réussi. Ou pas. Je n'avais aucun moyen de vérifier. Dans tous les cas, je sortis de ma transe et me tournai vers Delilah.

—Voilà. On verra s'il répond.

—Alors, est-ce que tu t'es bien amusée chez lui ? demanda Iris d'un air espiègle.

Ma tentative de lui adresser un regard noir échoua. À la place, je ne pus que sourire bêtement.

—Oh oui…

—Des détails ! s'exclama Delilah. Change-moi un peu les idées.

—Voyons… Vous voulez des détails ? Hé bien, il est aussi autoritaire que je le pensais, mais… c'est très facile de lui obéir. Sous ses vêtements se cache un corps d'apollon. Après avoir arrêté de baver, j'ai découvert qu'il était l'un des trois meilleurs amants que j'avais eus.

Je jetai un coup d'œil à Morio par-dessus mon épaule.

—Tu sais très bien qui sont les deux autres, alors ne t'énerve pas. Sinon, les cheveux de Flam semblent avoir une conscience propre. Je dois avouer que c'était très excitant. Et… Il dit être amoureux de moi et vouloir faire de moi sa compagne. Je ne sais pas trop ce que ça implique puisque je ne peux pas porter ses enfants.

À ces mots, Iris hoqueta de surprise tandis que Delilah faillit sortir de la route. Morio fut le seul à garder son calme. Après tout, il connaissait déjà l'histoire.

—Amoureux de toi, je peux comprendre… mais faire de toi sa compagne? Il veut t'épouser?

Delilah avait repris le contrôle de la voiture, mais sa voix tremblait toujours.

—Je ne sais pas s'il s'agit d'un mariage à proprement parler. Je n'ai pas posé la question, répondis-je quelque peu énervée. J'espérais que vous pourriez, vous et Menolly, me donner des conseils. Ne plus le revoir est hors de question, je pense.

Heureusement, personne ne souleva la question de Morio et Trillian. Elle m'occupait déjà assez l'esprit comme ça. En fait, je pensais beaucoup trop à mes trois amants pour mon propre bien.

Iris s'éclaircit la voix.

—La question est: est-ce que tu veux devenir sa compagne? Je suis sûre qu'il n'est pas très prêteur.

—Et tu as raison, marmonnai-je. Non, je ne veux pas être sa compagne. Pas maintenant, pas ici. En revanche, quand je suis avec lui, je ne pense plus clairement. Si je ne le connaissais pas mieux, je croirais qu'il est capable de me charmer. Je veux dire… Il est canon, il tient à moi, il prendrait soin de moi, mais je ne suis pas faite pour devenir la compagne d'un dragon. J'aurais l'impression de devoir faire attention à tout ce que je dis, à chaque instant. «Ne le mets pas en colère. C'est un dragon, il pourrait te carboniser.» Ce genre de choses.

Morio prit alors la parole.

—Si je comprends bien, tu te sens en sécurité avec Trillian et moi, mais pas avec lui?

Je réfléchis un instant à la question. Au même moment, nous passâmes devant un centre commercial sur le chemin du quartier de Belles-Faire. Si la circulation était bonne, dans huit minutes, nous arriverions au square des Pionniers.

— Dans un sens. Je me sens en sécurité avec lui, mais différemment, répondis-je.

Putain. Je détestais admettre que j'avais peur de quelqu'un avec qui j'avais couché. Même si « peur » n'était pas le bon mot. Au bout d'un moment, je compris ce qui me mettait mal à l'aise.

— Je n'ai pas peur qu'il me fasse du mal. J'ai plutôt l'impression d'être quelqu'un d'autre lorsque je suis avec lui. Comme un animal domestique.

— Je vois, dit Delilah.

— Regardez comme Trillian a été conciliant à l'arrivée de Morio. (Quand tout le monde ricana, je leur fis signe de se taire.) Je suis sérieuse. C'est vrai qu'au début, il s'est conduit comme un idiot, mais ça a bien changé. En revanche, je ne pense pas que Flam se mélange très bien avec les autres. Et je suis tout à fait consciente que si j'accepte sa proposition, il me gardera enfermée dans son tumulus. Il essaiera de me protéger du monde extérieur. Je ne peux pas me permettre de jouer les demoiselles en détresse. Pas avec l'Ombre Ailée dans les parages.

Je me retournai vers Morio qui m'adressa un sourire tranquille.

— C'est ce que je pensais aussi.

Au même moment, nous passâmes devant une librairie noire de monde. Ah oui, j'avais oublié ! Le dernier livre de Shala Morrison, l'équivalent féminin d'*Harry Potter*, sortait aujourd'hui. En temps normal, Iris devrait être au *Croissant Indigo* en train de les vendre.

— Iris ? Tu ne m'as pas répondu tout à l'heure… Qui s'occupe de la boutique ? Pourquoi n'y es-tu pas ?

Elle se pencha en avant pour passer la tête entre les deux sièges avant.

—J'ai engagé Henry hier. Il avait l'air content. C'est lui qui s'occupe de la foule aujourd'hui. À mon avis, il ne le fait pas pour l'argent… comme je te l'ai déjà dit, ça doit être à cause de sa mère.

Bon, au moins quelqu'un avait ouvert.

—Et Feddrah-Dahns et Gui ? Où sont-ils ? Je suis surprise qu'ils n'aient pas voulu nous accompagner.

—On les a dirigés vers l'étang aux bouleaux, répondit Delilah. Feddrah-Dahns devenait claustrophobe. (Elle se gara devant une boutique de spiritueux avant de sauter hors de la voiture et de venir de mon côté.) Tiens, conduis. Je préfère ma Jeep. Et puis, j'aimerais appeler Chase pour lui dire que nous sommes presque arrivés.

—Non, je n'ai pas envie. Morio, tu peux prendre le volant ? Je vais essayer de trouver un moyen d'utiliser la corne contre les gobelins.

Tandis que Morio jouait aux chaises musicales avec ma sœur, je sortis la corne de ma poche. Une fois installée, Delilah sortit son portable et composa le numéro de Chase.

—Oui, on arrive… Non… Mon dieu, sois prudent ! Quoi ? Non, elles sont empoisonnées, ne les touche pas ! On sera là dans dix minutes. Oui, moi aussi, mon cœur. (Elle raccrocha.) Et merde ! Les gobelins ont des sarbacanes avec des flèches de tetsa. D'après Chase, tous les passants ont été évacués, mais il reste les policiers et leurs gilets pare-balles ne sont pas étudiés pour.

Elle s'inquiétait visiblement pour Chase, trop humain et vulnérable pour faire face à ce genre d'interventions. Les flèches de tetsa étaient des missiles ailés, fins comme des aiguilles, trempés dans un mélange de venin de grenouilles hajas et d'une mixture toxique obtenue à partir du foie d'un oiseau pogolilly. Ces deux créatures étaient incroyablement belles. Et mortelles.

Quand je touchai la corne, elle émit une vibration, comme si elle chantait pour moi. Au début, je pensai qu'Eriskel essayait peut-être de communiquer avec moi, mais, au bout d'un moment, je me rendis compte que la voix que j'entendais était douce et délicate... flottant dans le vent. Une femme? Fermant les yeux, je m'assis plus confortablement sur mon siège et me laissai emporter par le tourbillon d'énergie qui m'attirait à lui.

Il y eut du silence, puis je sentis qu'on me tirait en avant. Soudain, je me retrouvai debout dans une pièce plongée dans le noir. Des étoiles brillaient au plafond. Étaient-elles réelles? Des miroirs recouvraient les quatre murs, comme dans un palais des glaces. Pourtant, mon image ne s'y reflétait pas.

Dans le premier se tenait une femme qui ressemblait à une dryade, portant une robe vert feuille et tenant une baguette magique taillée dans du chêne. Sa peau était brune comme la terre et ses yeux et ses cheveux, de la couleur du maïs frais. À l'instant où elle me vit, elle tomba à genoux pour me saluer.

Je me retournai alors pour observer le deuxième miroir. Un guerrier ailé se posa dans une aire au-dessus d'un ravin. Derrière lui, des éclairs déchiraient le ciel. Grand et pâle, les cheveux raides, il était entièrement habillé de cuir et ses yeux avaient la même forme que ceux d'un hibou. Il portait une longue épée étincelante. En me voyant, il me fit un signe de la tête et se mit au garde-à-vous.

Tout à coup, un bruit provenant du troisième miroir attira mon attention. Une femme habillée avec une robe de lave en fusion se tourna vers moi. Ses yeux étaient si brillants que leur éclat manqua de m'aveugler. Ses cheveux, composés de roches volcaniques, tombaient sur ses épaules et une couronne de vigne ornait sa tête. Elle avança pour me regarder un instant avant de s'agenouiller, comme la dryade.

Ainsi, la logique voulait que le quatrième miroir renferme un élémentaire de l'eau. Effectivement, quand je m'avançai vers lui, un homme sirène apparut de ses profondeurs. Des cheveux ondulés de la couleur du varech caressaient sa peau azurée et ses yeux avaient la couleur de l'onyx. Il se trouvait dans un océan ou un lac si vaste que je ne distinguais aucune terre à l'horizon. Il sauta hors de l'eau comme un dauphin, replongeant pour mieux ressortir. Là, il me salua à l'aide d'un trident en bronze.

— Qui êtes-vous ? Quel est cet endroit ?

Je comprenais presque la multitude de sentiments et de pensées qui m'étaient adressés. Ils attendaient que je leur donne un ordre.

— Tu as découvert le cœur de la corne, intervint Eriskel, l'air satisfait, tandis qu'il apparut près de moi.

Je sursautai.

— Tu vas bien ? demanda-t-il.

— Excuse-moi d'être sur la défensive, répondis-je. Je te rappelle que tu m'as jeté des éclairs dessus, la dernière fois. Je comprends cet endroit à un niveau basique. Je sens qu'une connexion s'est créée entre mon troisième chakra et lui, mais je ne suis pas sûre de savoir comment initier un contact. Aurais-tu un indice à me donner sans essayer de me carboniser ?

Quand Eriskel m'adressa un grand sourire, j'aperçus pour la première fois les magnifiques boucles d'or et de diamants accrochées à ses oreilles. Je me mis à saliver. Visiblement, il s'aperçut de ma distraction et de sa source.

— Tu veux mes boucles d'oreilles ? demanda-t-il en levant les yeux au ciel.

— Oui, si ça ne te dérange pas…

Je rougis. Je n'avais pas pour habitude de m'arrêter sur les bijoux des autres. Mais elles avaient quelque chose de différent. Eriskel secoua la tête.

— Pour l'amour du… Bon, je peux en fabriquer une autre paire pour toi. Même si je ne suis qu'un jindasel, j'ai hérité de pouvoirs similaires à ceux des djinns. (Quelques secondes plus tard, il me tendit une paire de boucles d'oreilles identiques aux siennes. Elles faisaient presque huit centimètres de diamètre. Tout à fait mon style. Je laissai échapper un cri de joie. Je ne pus m'en empêcher. Il me dévisagea.) On peut arrêter avec la mode ? Je peux continuer à répondre à tes questions ?

— Oui, s'il te plaît, répondis-je en enfilant les boucles d'oreilles. (Elles y seraient toujours à mon réveil de la transe.) Donc…

— Donc, continua Eriskel en tournant autour de moi. Tu as trouvé le cœur de la corne. Encore un signe qui prouve que tu es destinée à l'utiliser.

— Le cœur de la corne ? Qu'est-ce que ça signifie, au juste ?

Il m'observa longuement.

— Le cœur est l'endroit où réside la partie la plus importante de son pouvoir. Quand tu as contré l'éclair avec lequel je t'ai attaquée, tu as naturellement fait appel à une barrière de protection du maître du vent.

— Tu veux dire qu'il m'a aidée à me protéger ?

— Exactement. Au fait, tu dois t'adresser aux autres élémentaires sous les noms de maîtresse des flammes, seigneur des profondeurs et dame des terres. Ils sentent tes besoins et si tu fais appel à eux, ils répondront toujours présent, à condition qu'ils soient capables d'accéder à ta requête. Si tu essayais, par exemple, de concentrer ta magie lunaire dans la corne, tu échouerais.

— La corne des quatre éléments, fis-je en observant les miroirs.

—Exactement.

—Pourtant, je dois la recharger lors des nuits sans lune, pas vrai ?

Eriskel hocha la tête.

—Oui, cette période du mois est très puissante pour la magie des éléments terriens. Maintenant que tu as trouvé le chemin jusqu'ici, tu devrais te présenter à eux. Ça renforcera ton lien avec la corne. Personne ne t'obligera jamais à t'en servir et elle n'est pas compatible avec la magie de la lune, mais son pouvoir pourra se révéler très pratique, surtout si tu dois affronter des créatures de flammes et de feu.

—Comme les démons, murmurai-je.

Le maître du vent avait érigé une barrière contre l'éclair. Logiquement, la maîtresse des flammes, elle, devrait pouvoir me protéger des créatures de feu.

—Comme les démons, répéta-t-il. Tu comprends à présent tout ce que cette corne peut t'offrir ? Ne l'utilise pas à la légère et n'oublie jamais de la recharger. Les élémentaires ne possèdent pas de pouvoirs infinis. Ils doivent se reposer après des sorts de grande ampleur. Débrouille-toi seule quand tu le peux. La corne est là pour te sauver la vie, en cas d'urgence.

Puis, dans un nuage de fumée et de brume, il disparut.

Pour ma part, je me tournai vers l'est et, faisant confiance à mon instinct, je m'agenouillai en guise de salut.

—Maître du vent, je suis Camille, prêtresse de la lune.

—Bienvenue, Camille. Je te servirai jusqu'à ma mort, jura-t-il en plaquant ses mains l'une contre l'autre.

Je recommençai l'exercice devant chaque miroir jusqu'à ce que les quatre éléments m'aient prêté serment. Lorsque je me relevai enfin, je m'entendis prononcer des mots inconnus :

—Je n'abuserai jamais des pouvoirs de la corne, ni des vôtres. J'en fais le serment devant la lune, les étoiles et le soleil.

Le tintement d'un carillon retentit alors, suivi d'un grondement sonore. Quelque chose me brûlait la main.

Je sursautai et rouvris les yeux. Devenu incandescent, le cristal de la corne avait laissé sa marque dans ma chair. Toutefois, il refroidit presque aussitôt. J'observai attentivement l'objet. Tant de pouvoirs et de force. À quoi pouvait bien ressembler la licorne noire? Peut-être la rencontrerais-je un jour? Alors, je la remercierais pour son cadeau. Pour l'instant, je me contentai d'emballer de nouveau la corne dans son étui de tissu et de la ranger dans son fourreau, à ma ceinture.

Le fourreau aurait pu être utilisé par un enfant: facile d'accès, mais difficile à ouvrir par accident. Heureusement que j'avais laissé ma cape à la maison, car elle était trop encombrante pour se battre avec des gobelins. En revanche, j'avais apporté ma dague en argent. Elle pendait de l'autre côté de la corne.

Lorsque je soupirai bruyamment, Iris se pencha vers moi.

— Jolies boucles d'oreilles!

Je ris.

— Pas mal, hein? Avec les compliments du gardien de la corne. Pendant qu'on y est, je ne l'utiliserai pas pendant la bataille. On peut s'occuper des gobelins tout seuls. En revanche, pour le combat contre les démons, ça me facilitera la vie.

Morio passa dans James Street où des voitures avaient été garées à la hâte. Tandis que nous approchions de First Avenue, j'aperçus un officier de police accroupi derrière un fourgon, revolver à la main. Aussitôt, Morio se gara et nous sautâmes hors de la voiture. J'observai les nuages et le ciel, à la recherche d'éclairs sous-jacents.

Là-bas, à l'horizon. Un nuage d'orage.

Au moment où je le forçais à se rapprocher, Iris sortit l'aqualine que Menolly et moi lui avions rapportée d'Aladril.

264

Elle l'avait accrochée à l'extrémité d'un bâton. Je ne savais pas ce qu'elle avait prévu d'en faire, mais ça promettait un joli spectacle.

Delilah, elle, se mit à la recherche de Chase. Quelques secondes plus tard, il tenta une échappée du square des Pionniers et se précipita vers nous. Une balafre s'étendait de son oreille jusqu'au milieu de sa joue.

—Tu es blessé! s'exclama Delilah en l'attrapant par les épaules pour l'examiner. Tu vas bien?

—Ne t'en fais pas pour moi. Les gobelins ont pris d'assaut le parc. Deux de mes hommes sont tombés et je n'arrive pas à en rejoindre un troisième. Il a été blessé juste à côté d'eux. Comment est-ce qu'on bute ces trucs? Les balles les ralentissent un peu, mais ils continuent à avancer.

Il se retourna pour accueillir un policier qui courait vers lui.

—Monsieur, dois-je ordonner à nos hommes de se replier? Nous ne pouvons pas faire face. Peut-être devrions-nous faire appel au groupe d'intervention spécial.

—Pas question. Ils ne sauront pas quoi faire de plus, répondis-je en avançant vers eux. Vos armes ne sont pas très efficaces contre les Fae et les Cryptos. Vous pouvez toujours les atomiser ou jouer aux kamikazes, mais les gobelins sont difficiles à tuer. Leur peau est une sorte d'armure naturelle. Retirez vos hommes du champ de bataille et laissez-nous faire.

Le policier se tourna vers Chase qui, après nous avoir observés, hocha la tête.

—Ils ont raison. Demandez aux hommes de battre en retraite. Si l'on continue à tirer comme ça, on risque de blesser un passant. Malgré tous nos efforts pour barricader le parc, il y aura toujours un malin pour s'y faufiler. Ce n'est pas parce qu'ils sont stupides qu'on doit les laisser mourir.

Morio laissa échapper un grognement grave. Il commençait à se transformer ; il pouvait faire beaucoup plus de dégâts sous sa forme de *Yokai*. Chase l'observa, les yeux écarquillés, tandis qu'il grandissait, son corps devenant un mélange de fourrure et de chair, de griffes et de queue, de pattes avant et arrière. Ses yeux prirent une teinte jaune et un glapissement sauvage s'échappa de sa gorge. Du haut de ses deux mètres cinquante, il avait pris les traits les plus terrifiants de l'humain et du canidé.

—Oh, mon Dieu... rappelle-moi de ne jamais le mettre en colère, dit Chase tandis que Delilah le cachait derrière elle.

Elle dégaina sa dague en argent, jumelle de la mienne. Notre père nous les avait offertes. Elles étaient aussi longues que des épées et deux fois plus aiguisées.

J'avançai en premier avec Morio à ma droite et Iris à ma gauche.

—Je vais ériger une barrière de gel, annonça-t-elle. Elle contrera leurs flèches assez longtemps pour que nous puissions nous rapprocher.

À présent, les éclairs étaient à portée de main. Même si j'étais tentée d'utiliser la corne pour décupler leurs pouvoirs, je me souvins des paroles d'Eriskel. Ne jamais en abuser. Que se passerait-il si des démons débarquaient après la bataille ? Comme je ne savais pas combien de fois je pouvais m'en servir, mieux valait jouer la carte de la prudence.

Après avoir pris une grande inspiration, je gardai l'air dans mes poumons tandis que l'énergie traversait mes bras, mes jambes, voyageait du sommet de mon crâne jusqu'à la plante de mes pieds. Puis, prête à frire du gobelin, je redressai les épaules et me remis en marche.

Près de moi, Iris murmurait une incantation. Lorsque les premiers gobelins apparurent dans notre champ de vision, une barrière s'éleva entre eux et nous et dévia leurs flèches. Désorientés, ils nous regardèrent fondre sur eux. En un rien de temps, nous fûmes à portée de feu. La bataille venait de commencer.

Chapitre 19

Le parc où se trouvaient les gobelins était un bout de terrain triangulaire, à l'intersection de First Avenue, James Street et Yesler Way. Il devait y en avoir au moins quinze. Trapues, l'air brutal, ces créatures avaient la peau vert foncé et des cheveux longs tout emmêlés qui tombaient sur leurs épaules. Elles possédaient également des ventres arrondis mais musclés et des jambes arquées. Tandis qu'elles observaient les hommes à terre, leurs dents fines comme des aiguilles étincelaient. Les gobelins mangeaient parfois leurs ennemis. Mon estomac faillit se retourner.

La protection d'Iris fonctionnait toujours. Toutefois, quand leur chaman lança un sort contre elle, je la sentis faiblir. Aussitôt, j'accélérai l'allure et chargeai, suivie par mes compagnons. Lorsque j'arrivai à portée de tir, je libérai un éclair d'énergie. Il s'échappa de mes mains comme une fourche lumineuse. Les barrières s'évanouirent alors que deux gobelins hurlaient, touchés de plein fouet.

Je retins ma respiration. Il ne semblait pas y avoir de retour de flamme indésirable. Un point pour nous.

Morio et Delilah s'engagèrent dans la mêlée. Iris, elle, sortit sa baguette magique et se mit à murmurer une incantation. Quand je me retournai, je me retrouvai face à une créature. Elle mesurait environ deux centimètres de moins que moi, mais elle portait une épée impressionnante et je n'avais aucune envie de me retrouver au bout. Au moment où, trop près pour utiliser la magie, je dégainai ma propre arme, le gobelin fondit sur moi.

Les dalles sous nos pieds étaient glissantes, si bien que, lorsque je fis un bond sur le côté, mon talon dérapa et je me retrouvai les fesses par terre. Mon ennemi éclata de rire en brandissant son épée. Lorsqu'il voulut l'abattre sur moi, je roulai sur le côté et l'arme s'enfonça dans le trottoir mouillé. Avec un cri de guerre, je me remis sur pied et me jetai sur lui. Sous le choc, nous tombâmes ensemble. Cette fois, j'avais le dessus. Tandis qu'il cherchait sa lame à tâtons, j'enfonçai la mienne dans sa poitrine de tout mon poids, poussant aussi fort que je le pouvais.

L'argent étincela alors qu'il hurlait. Les gobelins et l'argent ne faisaient pas bon ménage. Il se débattit, mais, déjà, une flaque de sang se formait sous lui. Pas le temps de réfléchir. Je me relevai d'un bond. Puis, en me retournant, je me rendis compte que nous nous étions trompés quant au nombre de nos ennemis. Un groupe d'au moins douze gobelins accourait vers moi pour venir en aide à leur semblable. D'où diable sortaient-ils ?

Iris en avait figé deux à l'aide d'un sort gelant. Sous mes yeux, elle s'empara de ce qui ressemblait à un glaçon avant de leur trancher la gorge. Quand elle eut fini, elle les fit tomber en arrière.

Delilah et Chase se battaient contre un groupe de trois gobelins. Apparemment, ils en avaient déjà éliminé deux. Morio avait gardé sa forme démoniaque. Il tenait un gobelin entre ses dents et le secouait, tenu ainsi par la gorge. En tout, ça nous faisait huit gobelins vivants, dont cinq dans la nature. Plus les douze qui approchaient à grands pas.

Soudain, un bruit dans mon dos me fit sursauter. Deux gobelins. Je devais m'échapper. Un seul, j'aurais pu gérer. Deux ? Mieux valait ne pas tenter le diable. Mes ennemis sur les talons, je courus vers les barrières qui entouraient des arbres et un totem. Ils étaient rapides, mais moins que moi. Après les avoir distancés, je me retournai et fis appel à la foudre.

Alors qu'elle crépitait au bout de mes doigts, un cri qui ressemblait à celui de Delilah me déconcentra. L'énergie s'échappa pour aller frapper un arbre. Et merde ! Le platane londonien trembla et son tronc se scinda en deux dans un grand soupir, avant qu'une partie tombe pile sur la pergola qui avait été restaurée quelques années plus tôt. Je frissonnai. Pourquoi ce genre de choses m'arrivait toujours ?

Je jetai un coup d'œil à Delilah qui se frottait le bras. Puis, un rire rauque me ramena au combat. Les deux gobelins s'étaient remis en marche. Je tentai une nouvelle approche, en me servant du sort de *Mordentant* que m'avait appris Morio. Je n'aimais pas utiliser la magie de la mort sans lui car elle pouvait se révéler dangereuse, mais mon adrénaline et ma colère nourrissaient mes pouvoirs.

— *Mordentant, mordentant, mordentant…*

Me concentrant sur les gobelins qui approchaient, je sentis une énergie obscure m'envahir. Celle des corbeaux, des scarabées, des araignées et des chauves-souris. Elle commençait à me démanger dans les bras, les doigts, comme un flot de glace et de métal.

Lorsque l'énergie vint frapper à la porte de mon cœur, comme d'habitude, un frisson de doute me fit vaciller. Cependant, un seul regard en direction des gobelins me suffit à affirmer ma résolution. Aussitôt, je baissai ma garde pour laisser la vague d'obscurité s'emparer de mon cœur, de mon âme, de la moindre parcelle de mon corps.

— *Mordentant, mordentant, mordentant…*

Tout à coup, un banc de nuages gris, sombres et menaçants s'échappa de mes mains et vint s'enrouler autour de mes ennemis. Nous étions les seuls à pouvoir assister à ce phénomène. À son approche, les gobelins écarquillèrent les yeux, tandis que le brouillard pénétrait dans leur corps, leurs poumons, chassant l'air, arrêtant les organes, ôtant la vie de leurs âmes.

Le nuage se dissipa rapidement. Je n'étais pas assez forte pour les tuer complètement avec ce sort. Aussi, ils s'effondrèrent par terre en gémissant. Ils souffraient de l'intérieur comme de l'extérieur. Alors que je les observais se débattre, je me rendis compte que la Mère Lune ne m'avait pas reniée à cause de ma pratique de la magie de la mort. Après tout, elle aussi avait un côté obscur. Quand elle restait silencieuse, les chauves-souris, les morts-vivants et les araignées dansaient.

Sortant de mes pensées, j'approchai des gobelins à terre. Un coup de ma lame d'argent suffit à faire d'eux de l'histoire ancienne.

Quand je me retournai, j'aperçus Iris qui s'enfuyait, un gobelin sur les talons. Mais, alors que je m'apprêtais à lui venir en aide, Morio arriva par-derrière et se jeta sur la créature de tout son poids.

De leur côté, Delilah et Chase étaient venus à bout de leurs trois assaillants et s'étaient tournés vers les autres. Je commençais à penser que nous serions chanceux si nous en sortions tous indemnes. Nous avions besoin de quelque chose de plus efficace.

Pendant que je me préparais à accueillir une nouvelle bande de mécréants qui se dirigeait vers moi, le sifflement d'un train de marchandises retentit. Puis, Flam apparut. Sans doute sorti tout droit de la mer ionique. Après avoir jeté un œil au chaos qui l'entourait, il sourit doucement et, sans un mot, fondit sur les trois gobelins qui m'étaient destinés. Ils crièrent quelque chose que je ne compris pas avant de se préparer au combat.

Alors, Flam tendit les bras et ses ongles se transformèrent en griffes. Puis, tout devint flou, les mouvements trop rapides pour que je les suive. Il se jeta sur les gobelins qui criaient, les lacéra une fois, deux fois, trois fois. Quelques secondes plus tard, nos ennemis étaient étendus par terre, morts, dans une flaque de sang épais. Flam, lui, s'était déjà approché d'un nouveau groupe ; son rire rauque résonnait dans le parc.

L'odeur du massacre était forte et écœurante. J'avais du mal à me concentrer. J'ignorais depuis combien de temps nous nous trouvions là, mais j'avais l'impression que ça faisait une éternité. Toutefois, je n'avais pas le temps de me reposer, ni de m'arrêter. Un nouveau gobelin sur les talons, j'étais de retour dans la bataille.

Malheureusement, j'avais dépensé tant d'énergie pour le sort de magie de la mort qu'il ne m'en restait pas beaucoup. Je devrais compter sur ma dague. Je remerciai de nouveau mon père d'avoir eu la bonne idée de nous les offrir. Elles avaient été ensorcelées. Même si elles n'étaient pas très puissantes, elles étaient suffisantes pour atteindre des créatures à la peau épaisse. Menolly en possédait également une, mais depuis qu'elle était devenue un vampire, elle ne pouvait plus y toucher.

Le gobelin et moi nous tournâmes autour un moment. Il semblait plus réfléchi que ses camarades morts au combat. Je doutai qu'il tombe dans un piège. Tant pis pour moi. Je commençais à fatiguer. Le problème, c'était qu'en général, un adversaire fatigué était un adversaire mort.

Lorsqu'il chargea, je sautai sur le côté. Au même moment, je repérai un gobelin devant les vitrines d'un magasin, de l'autre côté de la rue. C'était l'entrée du Seattle souterrain. En 1888, la ville avait brûlé. Lors de sa reconstruction, certains quartiers avaient été surélevés de plus de dix mètres. En 1907, la partie souterraine avait été scellée pour de bon à cause de la peste bubonique. Toutefois, il existait une portion toujours accessible au public.

Plusieurs nouveaux gobelins en surgirent. Merde! J'évitai l'épée de mon ennemi et hurlai aussi fort que je le pouvais en désignant l'autre côté de la rue d'un geste de la main.

— Ils passent par l'entrée de la visite des souterrains! Il doit y avoir un portail!

Qu'allions-nous bien pouvoir faire? Il fallait que quelqu'un descende là-bas pour prendre le contrôle du portail et empêcher les gobelins et autres créatures de le traverser.

— Hé, gros nichons! Si tu te rends, je te laisserai la vie sauve. Quelque temps.

Le gobelin s'adressait à moi en calouk. S'il essayait de me mettre en colère, il avait réussi.

Furieuse, fatiguée et à bout de nerfs, je décidai de tenter le tout pour le tout. Aucune importance, si ça me brûlait un petit peu. Levant les bras, je fis appel aux éclairs et sentis leur énergie vibrer en moi comme l'annonce d'un orage. J'allais peut-être me court-circuiter, mais j'en avais marre! Au lieu de concentrer l'impact sur un gobelin, je le dirigeai vers l'entrée des souterrains. Quand il quitta mes doigts, l'éclair fendit l'air et fit exploser les pierres autour de la porte.

L'immeuble trembla. Pendant un moment, je crus que je n'avais causé qu'un léger séisme. La structure tint bon. En revanche, ce ne fut pas le cas de la porte et des briques qui l'entouraient. Une cascade de débris s'effondra sur les gobelins qui sortaient, les écrasant alors qu'ils tentaient de s'échapper. Rapidement, le passage fut bloqué par des pierres et des planches de bois. Les gobelins restants arrêtèrent de se battre et se retournèrent pour me dévisager.

L'air terrifié, mon adversaire recula vivement. Malheureusement pour lui, l'énergie de l'éclair avait attisé ma colère, prise au milieu de l'orage qui avait jailli de mes mains. Dague à la main, je m'approchai de lui. Marmonnant dans sa barbe, il se mit à courir dans la direction opposée, mais j'étais déjà sur ses talons. Il tomba sans réel combat.

Les autres gobelins présents dans le parc couraient, affolés, à la recherche d'une issue de secours. Dans la confusion, mes camarades n'eurent aucun problème pour les attraper. J'aperçus alors Iris se précipiter vers l'immeuble et poser ses mains contre le trottoir. Quand elle murmura quelque chose, une barrière se forma autour du bâtiment. Elle ressemblait à de la glace, mais, même avec cette température, de la glace aurait déjà fondu. Je la rejoignis rapidement.

—Qu'est-ce que tu fais?

—J'évite qu'il y ait plus de dégâts. La barrière ne tiendra pas longtemps. Chase! Appelle la mairie pour en savoir plus sur cet immeuble. En attendant, il va falloir empêcher les gobelins de sortir du portail. Nous avons besoin de gardes. Sur-le-champ, fit Iris avant de se tourner vers Delilah. Qu'est-ce que tu penses de la troupe de pumas? Tu crois qu'ils seraient prêts à nous aider?

—Je vais voir ce que je peux faire, répondit ma sœur. Je vais demander à des créatures surnaturelles de venir. Celles qui sont douées pour le combat. On pourra s'en servir comme gardes du portail en attendant de contacter la reine Asteria.

Après avoir ouvert son téléphone, elle composa le numéro de Zachary. En moins d'une minute, il lui avait promis de nous envoyer cinq de leurs membres les plus forts pour nous aider jusqu'à ce que nous trouvions des gardes permanents.

—En attendant leur arrivée, je m'en occuperai. Je peux passer à travers les éboulis sans problème, proposa Flam tandis qu'il passait un bras autour de ma taille.

Il se pencha pour déposer un bref baiser sur mes lèvres.

—Merci.

Prenant une grande inspiration, j'observai les alentours. Le square des Pionniers était jonché de cadavres de gobelins, si bien que nous avions l'air d'avoir réchappé d'un bain de sang, à l'exception de Flam dont le jean et la chemise étaient immaculés, comme d'habitude. Un jour, il faudrait que je lui demande comment il faisait. Pour ma part, j'étais couverte de sang de gobelin et, à mon avis, d'un peu du mien. Au moins deux policiers étaient morts ou blessés. Chase les inspectait.

— Vas-y, s'il te plaît. Empêche-les de traverser jusqu'à ce qu'on puisse poster des gardes permanents, dis-je en portant sa main à ma joue.

Ce simple geste me calma et me rendit plus forte. Flam hocha la tête avant de disparaître dans les courants ioniques. Je n'étais pas inquiète. Flam s'en sortirait. Si quelque chose allait de travers, il n'aurait qu'à changer de dimension.

Épuisée, tellement assoiffée que j'aurais pu avaler des litres d'eau, je me laissai tomber sur le trottoir. Les éclairs m'avaient asséchée. Delilah me rejoignit et me prit la main.

— Ils sont trop nombreux. On ne peut pas les battre, murmura-t-elle.

— Je sais. Nous avons besoin d'aide. (Je m'interrompis.) Peut-être que Morgane avait raison. Si les Cours Fae étaient restaurées, nous pourrions compter sur leur soutien.

Je lui rapportai rapidement ce que j'avais appris lors de ma nuit chez Flam. Delilah y réfléchit un instant avant de secouer la tête.

— Ils n'accepteront jamais d'obéir aux ordres de métisses, Camille. Je ne vois pas en quoi ça changerait de notre enfance à Y'Elestrial. Peu importe où nous sommes, nous serons toujours des parias. Ils essaieront de prendre le contrôle des opérations sans savoir ce qu'ils font. Les reines Fae s'inquiètent davantage de leur image de marque que du sort des humains. D'après toi, combien de temps durera leur trêve pour combattre les démons ? Combien de temps tiendra la reine de l'obscurité ?

— Ça n'arrivera pas, répondis-je, têtue. La Terre n'est que le premier arrêt pour l'Ombre Ailée. Morgane et Titania le savent toutes les deux. Elles ne pourront pas nous trahir sans se trahir elles-mêmes.

Cependant, les doutes de Delilah avaient soulevé des questions dans mon propre esprit. Jusqu'à quel point pouvions-nous vraiment faire confiance à Titania ? Et Morgane ? Après tout, Grand-mère Coyote nous avait déjà mis en garde contre la soif de pouvoir de Morgane. Que se passerait-il si l'Ombre Ailée lui proposait de régner sur la Terre ? Accepterait-elle de trahir la race de son père et de sa mère ?

Iris vint nous rejoindre. Elle paraissait fatiguée et sa robe blanche était maculée de sang. La Talon-Haltija possédait davantage de courage que la plupart des Fae que j'avais rencontrés. Je lui adressai un sourire de gratitude.

— Nous n'y serions jamais arrivés sans toi. Merci.

J'observai la rue. Sans nos amis, nous serions mortes depuis longtemps. Si, pour venir à bout d'une bande de gobelins, nous avions besoin de l'aide de Flam, que ferions-nous lorsque l'Ombre Ailée nous enverrait ses hordes de démons ?

Soudain, Delilah se leva et attrapa ma main. Je la laissai me redresser.

— Allez, viens. On va voir ce qui est arrivé aux hommes de Chase.

Même si j'avais envie de rentrer à la maison et de dormir pendant une semaine, je la suivis jusqu'à l'ambulance dans laquelle Chase aidait les policiers à s'installer. La morgue était arrivée pour embarquer le troisième.

— La vie de l'un d'eux ne tient qu'à un fil, nous apprit-il. Je ne sais pas s'il atteindra l'hôpital à temps. En fait, je pensais qu'il était déjà mort. Il a l'air de s'accrocher. L'autre est sérieusement blessé, mais il devrait survivre et se remettre complètement si tout se passe bien. Par contre, ses signes vitaux sont bizarres. On ne sait pas quoi en faire.

—Du poison! s'exclama Delilah. Chase, il y a de grandes chances pour que les deux hommes aient été empoisonnés. Appelle un médecin de l'OIA pour qu'il se rende à l'hôpital sur-le-champ. Dis-lui de faire un test pour le poison de tetsa. Vos analyses ne le détecteront pas. Seuls les guérisseurs sauront quoi chercher. Le tetsa peut être appliqué sur une lame comme sur des flèches.

—Et pendant que tu y es, demande-leur de regarder ta blessure, fis-je en désignant la balafre qui courait le long de son visage.

Il était couvert de sang séché. La tête et les extrémités saignaient toujours beaucoup. Même si la plaie n'était pas belle à voir, elle ne serait pas mortelle. Sauf si elle s'infectait.

—J'ai bien peur qu'il te reste une cicatrice…

Il haussa les épaules.

—Avec mon boulot, ça devait arriver.

—Ça te donnera un air encore plus viril, fit Delilah en lui prenant le bras.

—Du moment que ça te plaît, ma chérie…, répondit-il. Et vous? Vous êtes blessés?

Delilah leva son bras gauche. La veste qu'elle portait avait été déchirée. Quand je l'aidai à la retirer, elle frissonna. L'épée du gobelin avait traversé le tissu de la veste et de son tee-shirt pour atteindre son bras. Heureusement, la lame n'avait touché aucune artère, mais elle allait souffrir pendant quelque temps.

—Tu ferais mieux de te faire examiner. Notre immunité envers certains poisons ne nous rend pas invulnérables. En fait, nous devrions tous demander à Sharah de nous examiner entièrement. Mon corps me fait tellement mal que je ne pourrais pas dire où j'ai été blessée.

Sur ces paroles, je me dirigeai lentement vers la voiture. Lorsque Morio passa un bras autour de ma taille, je m'appuyai sur lui.

— Tu as besoin d'aide ? Je peux te porter, si tu veux, proposa-t-il. Je ne suis pas si fatigué.

— Menteur, répondis-je en souriant. Tu as l'air aussi crevé que nous. Je ne me sens pas prête à marcher. (Je jetai un coup d'œil aux cadavres.) Qui va nettoyer tout ça ?

— J'ai appelé différentes équipes. Tous les corps seront rapatriés à la morgue du FH-CSI. Au moins, ils ne risquent pas de se transformer en vampires, plaisanta Chase en secouant la tête. En parlant de ça, nous n'avons toujours pas de renseignements sur les vampires hors-la-loi qui ont disparu il y a quelques mois. Je n'aime pas ça.

— Ne t'en fais pas pour ça, dit Delilah. Un problème à la fois. Nous nous occuperons des vampires en temps voulu.

Pourtant, elle m'adressa un regard inquiet auquel je répondis. Quelques mois auparavant, une vague de meurtres avait vu naître des vampires hors-la-loi. À présent, ils parcouraient la ville librement et, malgré tous leurs efforts, Menolly et Wade, le créateur des Vampires Anonymes, n'avaient pas réussi à retrouver leur trace.

Nous passâmes devant un fourgon de télévision. Génial. Ils avaient réussi à prendre une bonne photo des corps des gobelins avant qu'ils soient enlevés. J'avais l'impression que nous n'arriverions jamais à empêcher les médias de s'incruster là où nous ne les voulions pas. Je n'avais rien contre la liberté d'expression, mais les journalistes responsables se faisaient rares. Depuis un an, nous apparaissions un peu trop dans les magazines à scandale à mon goût.

J'entendis Chase jurer dans sa barbe. Iris s'éclaircit la voix.

— Je sais que tu aimerais que ce genre de choses ne se sache pas et je te comprends. Mais lorsque l'on a rouvert les portails, le destin des humains et des Fae s'est retrouvé lié de nouveau. Que tu le veuilles ou non, les informations circulent. Les mauvais côtés du monde Fae devront être exposés, comme ceux des humains. Les gobelins ont tué des policiers et ils sont morts. Ce n'est pas très différent d'une bande de gangsters drogués qui tirent sur des flics et se font descendre.

— Je crains seulement que ça ne donne davantage de raisons aux Anges de la Liberté de commettre des crimes. À leurs yeux, un bon Fae est un Fae mort. Ce sont des fanatiques doublés de bigots. Une combinaison dangereuse.

Chase s'arrêta pour s'appuyer contre le mur. Comme la plupart des rues de Seattle, James Street était en montée. L'inspecteur était à bout de souffle.

Tandis qu'Iris et lui continuaient à discuter, un étrange sentiment grandit en moi. J'avais l'impression qu'on nous observait. Je me retournai. De l'autre côté de la rue se trouvait un parking à ciel ouvert. Sans réfléchir, je traversai et me postai à l'entrée, cherchant notre voyeur dans l'obscurité.

C'est alors que je le vis. Non. Que je les vis. Deux hommes et une femme, près d'une BMW rouge. La femme était magnifique, avec ses longs cheveux vaporeux, noirs comme la nuit, la peau hâlée et des yeux aussi verts que de l'émeraude liquide. Elle portait une robe jaune citron.

L'un des deux hommes était grand et mince ; il ressemblait à un Fae avec ses cheveux blond pâle relevés en queue-de-cheval. Son visage était émacié et taillé à la serpe, mais ses yeux, eux, brûlaient d'un feu étrange. Je n'aurais su dire de quelle couleur ils étaient.

Quand je regardai le second homme, mon cœur manqua un battement et son physique n'avait rien à voir là-dedans. Un puissant pouvoir s'échappait de lui par vagues. Par instinct, je cherchai un endroit où me cacher dans les alentours. Cet homme annonçait les problèmes avec un grand P.

Et pourtant… je n'arrivais pas à en détacher le regard. Grand et musclé, il était chauve et ses yeux étaient si sombres que j'aurais pu y plonger sans jamais en trouver le fond. Vêtu d'un costume chic qui avait pourtant l'air de provenir du Vieux Monde, il se retourna vers moi avec un sourire aux lèvres.

Posant la main sur son bras, la femme lui murmura quelque chose, puis recula tandis qu'il approchait de moi. Les deux autres le suivirent d'un peu plus loin.

Les battements affolés de mon cœur sonnaient comme une alarme dans mon esprit, mais je ne pouvais pas fuir. J'étais figée. À son approche, l'envie de m'échapper se dissipa. Je n'arrivais pas à détourner les yeux de son visage. Il observa le parking. En plein milieu de la journée, des gens allaient et venaient, partant ou revenant à leur voiture. Ils ne semblaient pas se soucier de notre présence.

Il s'arrêta à cent mètres de moi et alluma négligemment une cigarette. L'odeur de tabac me fit tousser. Toutefois, elle dissimulait une fragrance qui émoustillait mes sens.

— Je m'appelle Karvanak. Je sais qui tu es, évidemment, mais pourquoi ne te présenterais-tu pas quand même? demanda-t-il avec un accent prononcé.

Je n'arrivais pas à le replacer. Son parfum m'empêchait de penser clairement.

Alors, je compris qui il était. L'homme sentait l'orange, le jasmin et la vanille légèrement rance. Je faisais face au Rākṣasa.

CHAPITRE 20

Il ne manquait plus que ça!
Tentant de me réveiller de ma léthargie, je fis quelques pas en arrière. Allait-il me tuer en plein jour sous les yeux de dizaines de témoins?

— Ne mouille pas ta culotte, rétorqua-t-il. Je n'ai pas l'intention de te buter ici. Pas encore, ajouta-t-il avec un sourire odieux.

— Reste où tu es, le prévins-je en touchant la corne dans ma poche. (Je n'avais pas la force de combattre un démon, encore moins un démon supérieur, alors si on en venait aux mains, je devrais me reposer sur ma nouvelle amie.) Que veux-tu?

— Des tas de choses! répondit-il en me détaillant du regard. Je doute que tu les apprécies, mais je me moque complètement de ce que tu veux, donc ça n'a aucune importance, pas vrai?

Je me forçai à rester calme en prenant de grandes inspirations. Si je le laissais me déstabiliser, il prendrait l'avantage. Comme s'il ne l'avait pas déjà… Je devais avertir Delilah et les autres sans les mettre en danger.

— Dis-moi simplement ce que tu veux.

Les yeux rivés aux siens, j'érigeai des protections à l'intérieur de mon esprit. Après tout, les Rāksasas étaient maîtres en charme et en illusion. Si je gardais ça en tête, je ne tomberais peut-être pas dans son piège.

Il tira longuement sur sa cigarette avant de me cracher la fumée au visage. Je toussai. Mes poumons me brûlaient. Dans un éclat de rire, il fit signe à ses camarades et, ensemble, ils avancèrent dans notre direction.

Et maintenant ? Je pouvais m'enfuir en courant, mais les démons se comportaient comme des animaux sauvages. En agissant comme une proie, ils me prendraient en chasse.

Soudain, je sentis une présence derrière moi. Quand je jetai un coup d'œil par-dessus mon épaule, j'aperçus Morio. Il posa une main au creux de mes reins. Alors, son énergie se mélangea à la mienne, apaisante et rassurante.

Au même moment, l'homme et la femme nous rejoignirent. Le Rākṣasa ne leur accorda même pas un regard.

—Voici Jassamin et Vanzir, mes collaborateurs. (Les paroles du démon m'étaient destinées, mais ses yeux surveillaient Morio. Il paraissait vaguement décontenancé.) Tu possèdes quelque chose que nous voulons, mademoiselle D'Artigo. Un joyau… un magnifique joyau. En tout cas, si tu ne l'as pas, tu sais où il se trouve. Plus vite tu coopéreras, plus vite tu seras libre. Je suis prêt à récompenser tes efforts si tu fais le bon choix et que tu changes de camp. Je te promets que tu seras bien plus heureuse lorsque nous ne serons plus ennemis.

—Changer de camp ? M'associer à des créatures comme vous ? Tu nous prends pour des imbéciles ? m'exclamai-je.

Je sursautai lorsque Morio me pinça. Du calme. Je ne devais pas perdre mon sang-froid. Je pris une grande inspiration que j'expirai lentement.

—Parles-en avec ta famille. Et tes… amis. Si tu acceptes notre proposition, tout le monde sera gagnant. Dans le cas contraire, nous serons obligés d'utiliser la manière forte. À toi de voir. (Il jeta un coup d'œil de l'autre côté de la rue où Delilah, Chase et Iris nous observaient, les yeux écarquillés.)

Tu ne dois pas penser qu'à toi, Camille D'Artigo. Ne l'oublie pas. On reste en contact.

Sans un mot de plus, il s'éloigna vers sa voiture, suivi du djinn. Vanzir s'arrêta et m'adressa un regard d'une telle intensité que j'avais l'impression de faire face au néant.

— Ne le sous-estimez pas, me prévint-il. Il est sérieux. Vous ne pouvez pas gagner. Il vous mettra en miettes.

— Qui es-tu ? Pourquoi l'aides-tu ?

Comme il voyageait avec le démon, il ne pouvait pas être bon. Cependant, je sentais que quelque chose n'était pas normal.

Vanzir sembla vouloir ajouter quelque chose, mais, soudain, il brisa notre contact visuel pour rejoindre Karvanak au pas de course.

M'attrapant par le poignet, Morio m'entraîna de l'autre côté de la rue.

— Il faut partir d'ici et faire examiner nos blessures.

Silencieuse, je traversai la rue et montai dans la voiture. Le Rāksasa venait de menacer tous nos proches. Quand Dredge, le sire de Menolly, avait débarqué en ville quelques mois auparavant et s'en était pris à nos amis, j'avais été terrifiée. « Dommages collatéraux » étaient des mots affreux. À présent, je me rendais compte de l'importance de nos alliés.

Lors de leur invasion, les démons n'épargneraient personne. Peu importait la distance que nous mettrions entre nous et nos amis. Même si nous acceptions leur proposition et que nous les aidions, ces créatures resteraient de fieffés menteurs et se retourneraient contre nous dès qu'ils auraient eu ce qu'ils voulaient.

— C'était elle, le djinn, remarqua Delilah. Et l'autre… ?

— Le Rāksasa, oui. Il s'appelle Karvanak. Son pote s'appelle Vanzir. Je ne sais pas à quelle race de démon il appartient, mais, en tout cas, il y a quelque chose de pas net là-dessous. Karvanak menace de s'en prendre à nos amis et à notre famille si on ne coopère pas.

—Qu'est-ce qu'il veut? demanda Chase.

Je soupirai.

—Apparemment, il pense que nous avons le troisième sceau en notre possession ou, du moins, que nous savons où il se trouve. Il veut s'en emparer. Il a promis de nous récompenser si nous changions de camp. Bien sûr, ça signifie juste qu'il nous laisserait la vie sauve un peu plus longtemps. Nous allons devoir faire très attention. Il est fort. Très fort. Je peux le sentir et ça me terrifie. Nous ne gagnerons pas cette bataille. Il nous dévorera tout crus.

—Désolé de t'interrompre, fit Chase, mais je ne me sens pas très bien tout à coup.

Delilah posa la main sur son front.

—Il commence à avoir de la fièvre. Allons au bureau du FH-CSI. De toute façon, on ne peut rien faire à propos de Karvanak pour l'instant. Occupons-nous du plus urgent.

En silence, je démarrai la voiture, mais mon esprit marchait à cent à l'heure. Nous devions réfléchir à une stratégie. Nous devions trouver d'autres alliés. Nous devions… faire tellement de choses que nous ne nous en sortirions peut-être jamais.

Les bureaux du FH-CSI se trouvaient dans un bâtiment spécialement construit pour les affaires en rapport avec Outremonde. Comme il avait été endommagé par des vampires hors-la-loi quelques mois auparavant, les portes avaient été réparées et le système de sécurité magique renforcé, de sorte que de tels événements ne se produisent plus. Nul doute que quelqu'un en viendrait à bout. Mais nous en reconstruirions chaque fois un plus puissant.

La morgue était au sous-sol, trois étages en dessous, et l'équipement médical au rez-de-chaussée. Lorsque nous franchîmes les portes, je fis signe à Yugi. L'empathe suédois avait récemment été promu lieutenant. Il avait pris les rênes quand Tylanda puis Chase avaient quitté la direction du FH-CSI. Tylanda était une Fae de sang pur, ex-assistante de Chase. Elle était retournée en Outremonde comme le lui avait ordonné l'OIA. Nous espérions trouver rapidement quelqu'un pour la remplacer.

Sharah nous fit une prise de sang à chacun. Si nous avions été infectés par le poison de tetsa, il y aurait une réaction chimique. En effet, la toxine s'infiltrait rapidement dans le sang.

Elle versa quelques grains de poudre bleue dans un bécher avant d'y ajouter un quart de verre d'eau et mélangea le tout jusqu'à complète dissolution. Puis, elle aligna les échantillons de sang devant elle et, à l'aide d'une pipette, y fit tomber trois gouttelettes bleutées. Le sang de Morio ne changea pas. Le mien non plus. En revanche, celui de Delilah se mit à pétiller légèrement et celui de Chase à bouillir franchement.

—Chase, Delilah, votre sang a été infecté par le poison de tetsa. Vous devez prendre l'antidote.

Chase sursauta.

—Quoi ? Est-ce qu'on va mourir ? Qu'en est-il de mes hommes ?

—Calme-toi, chef, rétorqua-t-elle en fouillant un tiroir. Je leur ai déjà administré l'antidote. Ils sont tous les deux vivants pour l'instant. Trent m'inquiète. Le poison a très vite envahi son organisme. Dans tous les cas, Mallen s'occupe d'eux. Si quelqu'un peut les guérir, c'est bien lui. Toi, en revanche, tu marches toujours. C'est une bonne nouvelle, remarqua-t-elle légèrement.

Au bout d'un moment, elle se tourna de nouveau vers nous avec une grande bouteille à la main. À l'intérieur, le liquide était brun et mousseux.

Delilah fronça le nez de dégoût.

— Oh non, je sais ce qui nous attend.

— Est-ce qu'on doit boire ce truc ? demanda Chase, un peu vert. Ça a l'air infect… Oh mon Dieu, l'odeur est pire !

Sharah venait d'ouvrir la bouteille. Une odeur nauséabonde envahit la pièce comme un mélange de vinaigre et de soufre.

— Ne fais pas l'enfant. Tu dois le boire. Estime-toi heureux, il faut d'abord que je le dilue. (Elle versa deux cuillers à soupe de liquide dans des verres et les remplit d'eau du robinet jusqu'à ce qu'il arrête de pétiller. Puis, leur tendant un verre à chacun, elle ajouta :) Cul sec !

Après avoir pris une grande inspiration, Delilah but le sien d'un trait, grimaçant lorsque le goût toucha sa langue. Chase fut un peu plus lent, mais, finalement, il se boucha le nez et avala la décoction, manquant de tout recracher. Une fois les verres vidés, Sharah eut l'air satisfait.

— Bien. Vous vivrez. J'aimerais quand même vous garder en observation pendant quelques heures. Par contre, Camille et Morio, vous pouvez partir.

— Mais Camille a besoin de moi…, commença Delilah.

Je l'interrompis.

— Chut. Reste là pour être sûre que l'antidote a fonctionné. Mon portable est HS. Celui de Morio aussi. Tu ne pourras pas nous contacter avant notre retour à la maison.

— Prenez le mien, proposa Iris en me le tendant. Est-ce que vous rentrez directement ?

Je hochai la tête.

— Oui, je ne peux pas vraiment me présenter à *La Retraite des Aspens* blessée et couverte de sang. Il faut que je me change, que je me maquille et que je me fasse un peu plus présentable. Au cas où, je pourrais toujours leur dire que j'ai eu un accident.

— Alors, je viens avec vous, fit Iris. Je veux voir si Maggie va bien et j'appellerai Henry pour lui demander comment il s'en sort. (Elle se dirigea vers la porte.) Qu'est-ce que vous attendez ? Allons-y !

J'embrassai Delilah sur la joue et donnai une tape amicale sur le bras de Chase.

— Soyez prudents. J'aurai le portable d'Iris. Appelez-moi si vous avez besoin de quoi que ce soit.

Tandis que nous nous éloignions, je me tournai vers Morio.

— S'il nous arrive autre chose aujourd'hui, je jure de crier à en faire exploser les vitres.

Il rigola.

— Ne fais pas des promesses comme ça ! Il est à peine midi !

Je grimaçai. À peine midi ! Et la seule question que je me posais était : à quelle catastrophe allions-nous encore devoir faire face ?

La Retraite des Aspens se trouvait au sud de Seattle, après le Normandy Park, et s'étendait sur dix hectares bordés d'arbres. Nous dûmes nous arrêter par deux fois et demander notre chemin dans une supérette avant de prendre la bonne direction.

Là, les maisons se firent plus rares. Les centres commerciaux ne s'implantaient pas dans les environs. Après quelques pâtés de maisons, je tournai à droite, puis à gauche, dans une rue ombragée par des érables. Ou, du moins, elle le serait lorsque toutes les feuilles auraient poussé. Le coin me rappelait un peu la route pour aller chez nous. En mieux entretenu. Il y avait plus de pelouses ici que de terrains vagues.

— D'après toi, comment est-ce que je dois m'y prendre avec Benjamin ? Et s'il refusait de me parler ?

Après tout, Morio avait découvert que son mutisme ne cachait pas de troubles de la parole.

—Je n'en sais rien, répondit-il. Il réagira peut-être si tu lui parles des démons. Ses rêves le terrifient et nous savons tous les deux qu'il a raison d'avoir peur. Peu d'humains au sang pur peuvent voir l'avenir, mais je pense que c'est son cas.

—Tu es sûr qu'il est entièrement humain ? Je ne veux pas dire que les humains sont incapables de voir l'avenir ou de faire de la magie. Pas du tout. Mais ils découvrent rarement leurs capacités. Ceux qui les développent sont encore moins nombreux.

Nous passâmes devant un panneau indiquant *La Retraite des Aspens* sur notre gauche. J'enclenchai mon clignotant.

La voiture s'engagea alors sur un chemin de graviers sinueux qui montait progressivement. De chaque côté, il y avait de la pelouse parsemée d'érables, de chênes et de quelques saules. Au loin, la résidence était juchée sur une petite colline donnant sur la mer. De l'autre côté du port se trouvait l'île de Vashon.

—Tu sais, remarquai-je, en général, les HSP aiment attribuer leurs pouvoirs à quelqu'un d'autre. Le diable… Dieu me parle… J'entends des voix… plutôt que d'admettre qu'ils les possèdent vraiment ou assumer leurs responsabilités.

—C'est plus facile ainsi, répondit Morio. C'est plus facile de rejeter la faute sur quelqu'un d'autre ou de se dégager de toute responsabilité au cas où un malheur se produirait. Être le méchant de l'histoire n'est pas difficile tant que l'on n'est pas attrapé ou tant que l'on fait porter le chapeau à un innocent.

—On y est. Apparemment, tout le monde est dehors pour faire de l'exercice.

Alors que nous approchions des différents bâtiments, j'aperçus les patients qui se rendaient lentement aux jardins parfaitement entretenus. Certains étaient accompagnés par des infirmières en uniforme rose, d'autres marchaient par groupes de deux, parlant ou non, profitant de l'air frais de l'après-midi. Tous, à l'exception des infirmières et des gardiens, portaient des vêtements de ville. Je remarquai également qu'un bracelet rouge vif ornait les poignets des patients.

— Tu paries que ces bracelets renferment un capteur qui alerte les gardiens si quelqu'un essaie de s'échapper ?

Morio observa les trois patients qui examinaient des crocus florissant au pied d'un saule pleureur.

— Tu as sans doute raison. Gare-toi ici.

Après avoir pénétré dans le parking, parallèle aux bâtiments, je me garai et coupai le contact.

— Prêt ? Tu crois qu'ils me laisseront entrer ?

J'avais enfilé mes vêtements les plus stricts : une jupe droite noire qui flirtait avec mes genoux, un petit haut en soie couleur plume de paon et une veste en velours prune. Mes escarpins noirs à talon de dix centimètres complétaient parfaitement la tenue. J'avais aussi mis mon placard sens dessus dessous à la recherche d'un sac en peau de serpent bordeaux. Autrement dit, si je n'utilisais pas mon glamour, j'avais l'air d'une femme ordinaire.

Comme il devait se faire passer pour mon fiancé, Morio portait un pantalon en toile gris, un pull à col en V cobalt et des mocassins. « Juste un couple de jeunes cadres dynamiques venus rendre visite à leur cousin dingo, monsieur le juge. Pas d'entourloupe. Je vous le jure. »

Nous sortîmes lentement de la voiture pour observer les alentours. Je fermai les yeux, tâchant de ressentir l'endroit. Il y avait un grand nombre d'énergies chaotiques. Certaines semblaient à la limite de la magie de l'ombre, mais en y regardant de plus près, il s'agissait simplement de la folie humaine. Toutefois, sous cette couche maladive, je décelai des traces de magie et de recherche… On cherchait quelque chose. Il y avait des télépathes, ici, ainsi que des sorcières qui ignoraient leurs pouvoirs. Leurs familles les avaient jugés incapables d'évoluer dans notre société.

—Il y a tellement d'énergies contradictoires mélangées les unes aux autres qu'il serait impossible de les démêler, dis-je en ouvrant les yeux et en mettant mes lunettes de soleil.

Mes yeux étaient le révélateur le plus frappant de mes origines Fae. En les dissimulant, je cachais également mon glamour. Ainsi, je pourrais peut-être me faire passer pour la cousine de Benjamin.

—Au moins, ils ne sont plus battus à mort, ni enfermés ensemble jusqu'à ce qu'ils s'entre-tuent, remarqua Morio en me dévisageant. Je ne pensais pas te voir un jour habillée à la mode de *Vogue*.

—N'exagère pas, rétorquai-je en tirant mes cheveux en arrière pour former un chignon aussi présentable que possible. (Des mèches rebelles n'arrêtaient pas de s'échapper.) Je suis bien mieux que *Vogue*! Je crois que ça devrait faire l'affaire. Qu'est-ce que tu en penses?

M'emparant de mon sac, je pris la pose, une main sur la hanche. Le coin de ses yeux se rida, trahissant son sourire.

—Peu importe ce que tu portes, tu es toujours magnifique. Même dans cette tenue. Mais c'est vrai que tu n'as pas l'air… toi-même… sans décolleté plongeant. (Sur ces paroles, il m'offrit son bras.) Prête? Oh, si on te pose la question, on se marie en juin. C'est le mois des mariages par excellence.

—Juin? En Outremonde, on se marie davantage en hiver lorsque les activités ralentissent et que le solstice approche, dis-je avec un léger sourire. Mes parents se sont mariés en plein hiver. Comme ma mère n'avait jamais vu de mariage Fae, elle voulait une robe blanche. Bien sûr, ce n'est pas la tradition à Y'Elestrial. Pourtant, Père a demandé à la couturière d'en créer une à partir de soie d'araignée blanche comme la neige et de fil d'or.

—Ton père aimait énormément ta mère, pas vrai ? demanda Morio tandis que nous avancions vers le bâtiment principal.

—C'est certain. Il l'aimait au point d'aller contre la Cour et la Couronne et d'établir une pétition pour qu'elle obtienne la citoyenneté. Il l'aimait au point de rester auprès d'elle lorsqu'elle a refusé de boire le nectar de vie et qu'elle était mourante. J'ai gardé sa robe, tu sais ? murmurai-je.

—Sa robe de mariée ?

—Oui, bien rangée au fond de mon placard. Je suis contente de l'avoir emmenée avec moi. Toutes nos affaires d'Y'Elestrial ont été enterrées ou confisquées par Lethesanar. Ça m'aurait fait de la peine de la perdre. Pourtant, elle ne m'ira jamais. J'ai trop de formes. J'ai toujours pensé qu'on pourrait la retoucher pour Delilah. Je sais qu'elle se mariera un jour. C'est dans sa nature.

—Et toi ? s'enquit Morio en s'arrêtant pour me dévisager. Est-ce que tu te marieras un jour ? Avec Trillian... ou quelqu'un d'autre ?

Avait-il hésité à me demander si j'envisageais de l'épouser ? Dans tous les cas, je ne comptais pas l'embarrasser en lui posant la question. Au lieu de ça, je pris une grande inspiration.

—Le mariage ? Comment veux-tu que j'y pense ? Si nous étions à Y'Elestrial ou n'importe où en Outremonde, je vous épouserais tous les deux à l'instant où vous me le demanderiez. Là-bas, ça ne gênerait personne. Mais avec les démons... la vérité, c'est que j'ai du mal à entrevoir le futur. Je ne sais pas si nous pouvons vaincre l'Ombre Ailée.

Voilà, je lui avais révélé ma peur secrète. Une partie de moi ne cessait de me murmurer que nous allions à notre perte. Que nous avions emprunté le chemin le plus court vers l'enfer, au bout duquel le seigneur des démons nous attendait impatiemment. Je n'avais pas baissé les bras. Je m'étais simplement rendu compte que nous ne pouvions rien faire pour empêcher la vague de démons de déferler sur les rives de nos mondes.

Relevant la tête, je le regardai dans les yeux.

— Le devoir passe avant tout. Mon père m'a appris à tenir mes promesses et à accepter mes responsabilités, même quand je rêve de m'enfuir dans la direction opposée. La guerre compte plus que tout.

Silencieux, Morio me prit de nouveau le bras pour continuer notre avancée. Nous étions presque devant la porte lorsqu'un gardien l'ouvrit et nous fit signe d'entrer.

Le vestibule me rappelait celui d'un hôtel de luxe. Avec son sol en imitation marbre parfaitement lustré et ses couleurs vert et or, il était difficile de croire que nous nous trouvions dans une institution psychiatrique.

Je me penchai pour murmurer à l'oreille de Morio.

— Ils doivent bien gagner leur vie pour avoir une déco pareille !

Il hocha légèrement la tête.

— D'après ce que j'ai vu lors de ma dernière visite, les patients sont de familles aisées. Les vieilles fortunes abandonnent leurs enfants à problèmes ici et paient cher pour que ça ne se sache pas. C'est l'endroit idéal pour se débarrasser d'un enfant ou d'une tante qui aurait développé une réputation de fardeau pour la société.

— Je crois que je préfère Outremonde, répondis-je. Même si la Cour et la Couronne ont leurs propres sectarisme et pression sociale.

L'air sombre, Morio secoua la tête.

— La normalité. Conserver une normalité sans saveur par-dessus tout. Voilà ce qu'il en ressort. Je ne mets pas en doute

294

les qualifications du personnel. Je leur reproche seulement de placer la quête de la normalité avant celle du bonheur.

Je jetai un coup d'œil autour de moi. Il y avait plusieurs endroits réservés à la détente. Des patients regardaient la télévision ou faisaient des travaux d'aiguille. D'autres avaient les yeux dans le vide. Quand je levai la tête pour observer le plafond, j'aperçus un escalier en colimaçon qui menait au premier étage où semblaient se trouver les bureaux.

Depuis notre position, je ne pouvais pas voir où logeaient les pensionnaires. La logique voulait que les chambres se situent dans les bâtiments suivants, là où les personnes extérieures à l'établissement n'allaient jamais. De cette manière, si un patient devenait incontrôlable, il ne dérangerait pas les visiteurs, ni la façade sereine et artificielle que l'institution voulait donner d'elle-même.

L'accueil possédait un comptoir de marbre rose sur lequel était posé un carnet pour noter le nom des visiteurs et un stylo argenté retenu par une chaîne. La seule chose qui le distinguait du *Hilton* était la vitre pare-balles qui entourait le bureau. À notre approche, la réceptionniste vêtue de rose se leva et vint nous saluer avec un grand sourire.

— Je suis l'infirmière Richards. En quoi puis-je vous aider ?

— Je viens voir Benjamin Welter. Je m'appelle Camille… Welter. Et voici mon fiancé : Morio Kuroyama, dis-je d'un air soucieux qui signifiait : « Je suis quelqu'un d'important, ne m'embête pas avec tes questions et laisse-moi passer. »

Comme je le pensais, elle me répondit avec grâce :

— Puis-je voir une pièce d'identité ?

M'éclaircissant la voix, je jetai un coup d'œil autour de nous. Personne ne nous prêtait attention. Aussi, je retirai mes lunettes et fis tomber mon masque, laissant mon glamour étinceler de toutes ses forces.

— Vous n'avez pas besoin d'une pièce d'identité, murmurai-je en me penchant vers elle. Vous savez que je suis celle que je prétends être. Vous savez que je ne suis pas dangereuse et que je ne ferai de mal à personne. Pas vrai ?

Soit l'infirmière Richards n'avait pas l'habitude de trop réfléchir, soit elle n'avait pas inventé la poudre, car son sourire ne disparut qu'un instant avant de réapparaître encore plus grand.

— Bien sûr, mademoiselle Welter. Vous n'êtes pas dangereuse. Vous ne ferez de mal à personne. Je suis ravie de vous rencontrer, ainsi que votre fiancé. Toutes mes félicitations pour votre futur mariage. Si vous voulez bien signer et me suivre, je vais vous conduire à Benjamin.

Quand je lui fis un clin d'œil, elle pouffa. Puis, je signai et passai le stylo à Morio. Certaines personnes étaient vraiment trop faciles à charmer. Pourtant, les plus inquiétants n'étaient pas ceux qui résistaient. Étrangement, je craignais davantage les personnes froides avec un grand sang-froid et autant d'intelligence. Celles-là étaient les plus difficiles à ensorceler.

Après avoir demandé à un gardien de surveiller l'accueil, elle nous mena à travers le hall où elle tourna à gauche.

— Il vit dans notre résidence pour les soins de longue durée. Par ici, s'il vous plaît.

Nous quittâmes le bâtiment par les portes de sécurité à l'arrière surveillées par deux gardiens imposants arborant un sourire agréable et leur sempiternel uniforme rose. L'infirmière nous guida dans un jardin couvert où des bancs de métal donnaient la possibilité de prendre le soleil ou l'air frais, même les jours de pluie. J'en restai éloignée. Malgré leurs sièges en bois, il me suffirait de glisser pour me brûler sérieusement.

Les briques de l'allée formaient des dessins comme des figures celtiques ou des fleurs et égayaient le thème terracotta ordinaire. Les jonquilles et les crocus avaient fleuri, ainsi que les primevères et les pensées récemment plantées dans le sol fraîchement labouré. De l'autre côté du jardin, s'élevait un bâtiment de quatre étages relié à une autre résidence d'un étage par un chemin couvert.

—Benjamin a été un patient exemplaire, remarqua l'infirmière Richards. Il ne cause jamais de problème, sauf si l'on essaie de lui parler directement. Si vous n'avez pas vu votre cousin depuis longtemps, je préfère vous prévenir. En vous adressant au mur ou à un objet inanimé en disant quelque chose comme «C'est l'heure de dîner pour Benjamin», il vous écoutera et vous suivra jusqu'à la salle à manger. En revanche, si vous lui parlez directement, il risque de faire une crise d'hystérie. Tâchez de vous en souvenir. Il accepte que l'on s'assoie à côté de lui, mais, surtout, ne le touchez pas.

Assimilant les renseignements, je hochai la tête. Outremonde avait également son lot de maladies mentales. Dieux merci, nos chamans pouvaient guérir les cas les plus bénins en réparant leur âme ou avec d'autres techniques, mais même les plus atteints avaient le droit de circuler librement tant qu'ils n'étaient pas dangereux.

Dans certains villages, tout le monde s'occupait d'eux. On les nourrissait quand ils avaient faim ; on leur offrait un toit dans une ferme ou une cabane lorsqu'il faisait froid. S'ils devenaient un danger pour eux-mêmes, on les surveillait de près. S'ils devenaient un danger pour les autres, ils étaient abattus.

—Le voilà. Il prend l'air, aujourd'hui, dit l'infirmière en désignant un homme assis sur l'herbe qui observait le ciel.

Benjamin était seul, à l'exception de deux gardiens qui surveillaient le jardin. La situation semblait lui convenir parfaitement.

Tandis que nous avancions vers le jeune homme au jean bleu, l'infirmière reprit la parole d'une voix suffisamment forte pour qu'il l'entende.

—N'est-ce pas gentil de la part de la cousine de Benjamin de venir lui rendre visite? Elle devrait s'asseoir là-bas près du chêne, où il y a un petit banc, et profiter de l'air frais.

Quand elle me fit signe de la tête, je m'approchai du banc en grinçant des dents. Je devrais faire attention de ne pas toucher directement les accoudoirs ou les rivets sur le bois.

Je m'assis délicatement et jetai un bref coup d'œil à Benjamin avant de détourner la tête. Il m'observait avec une étrange lueur dans le regard. Lorsqu'il aperçut Morio, il eut l'air perdu, puis écarquilla les yeux. L'infirmière nous laissa entre nous. Sur le chemin du retour, elle s'arrêta près des gardiens et leur dit quelque chose en nous montrant du doigt. Je les sentis alors nous surveiller.

Au bout d'un moment, Benjamin parla si doucement que je ne l'aurais pas entendu si j'avais été humaine.

—M. Renard paraît différent aujourd'hui. Je suppose que vous êtes sa petite amie?

Morio sursauta.

—Benjamin sait qui je suis?

—Bien sûr, répondit-il. Je suis capable de reconnaître les métamorphes qui se déguisent en humains. En revanche, je ne sais pas pourquoi elle se fait passer pour ma cousine ni qui elle est réellement. Elle n'est ni métamorphe ni humaine.

Je consultai Morio du regard. Il hocha brièvement la tête.

—Je m'appelle Camille. J'aimerais discuter avec Benjamin de la grotte et du joyau en améthyste dont il a parlé à M. Renard. Le sort de nombreuses vies repose dessus. Benjamin pourrait faire une grande différence s'il nous aidait à sauver le monde.

Les mots avaient à peine quitté ma bouche que Benjamin me regarda directement. Il cligna des yeux par deux fois avant de me murmurer :

— Détournez la tête ou le gardien saura que quelque chose n'est pas normal. Vous êtes une Fae, n'est-ce pas ? Et vous combattez les démons que je vois dans mes visions ?

J'observai longuement le carré d'herbes qui poussait près de lui. Le vent se leva, faisant valser les tiges comme des vagues verdoyantes. À ce moment-là, je compris que Benjamin se cachait ici. Mais de quoi ? Des démons ?

— Vous avez en partie raison. Je suis à moitié Fae et je viens d'Outremonde. Et oui, nous nous battons contre les démons. Nous avons besoin de votre aide, Benjamin. Pouvez-vous nous dire ce que vous savez ?

S'éclaircissant la voix, il se laissa aller en arrière pour admirer le ciel. Au bout d'un certain temps, il reprit la parole :

— D'accord. À condition que vous me fassiez sortir d'ici.

— Nous ferons de notre mieux, répondis-je sans savoir comment je tiendrais cette promesse, du moins sur le long terme.

Visiblement, Benjamin n'était pas aussi fragile et affaibli que Morio l'avait pensé.

— Je suppose que ça fera l'affaire, fit Benjamin. Très bien, je vous aiderai. Que voulez-vous savoir, exactement ?

— Dites-nous tout ce que vous savez à propos de la grotte et du joyau. Depuis le début et n'oubliez aucun détail.

Je laissai échapper un long soupir. Nous avions enfin trouvé la piste que nous cherchions. Avec ça, nous avions peut-être une chance de gagner…

Chapitre 21

Benjamin se rallongea dans l'herbe, les mains derrière la tête. J'observai un buisson de rhododendrons tacheté de grosses fleurs fuchsia. Morio s'étira avant de poser sa tête sur mes genoux, comme si nous profitions du calme de l'après-midi au côté de mon «cousin».

—Il y a un an, commença Benjamin, je suis allé faire une randonnée du côté du mont Rainier tout seul. Là, quelque chose m'a poussé à me rendre à Goat Creek. J'ai donc quitté le sentier en direction du rocher. J'y ai trouvé une grotte.

Interpellée, je jetai un bref coup d'œil dans sa direction avant de reporter mon attention sur les cheveux de Morio et les fleurs.

—Vous dites avoir trouvé cette grotte près de Goat Creek?

C'était près de chez Flam, à quelques kilomètres à travers les bois.

—Oui, murmura-t-il. Je suis tombé dessus. Elle n'était pas indiquée sur les cartes. L'entrée était recouverte de mousse et de lierre alors je les ai repoussés pour entrer. J'ai eu une impression… bizarre. Comme si j'avais pénétré dans une autre dimension ou un autre monde. Je ne peux pas vraiment l'expliquer, mais vous me comprenez peut-être.

Ah ça, pour comprendre, je comprenais! Un portail. Il n'y avait pas d'autre solution. Ce qui signifiait qu'il avait voyagé jusqu'en Outremonde ou un monde totalement différent.

— Continuez, fis-je doucement.

— La grotte était remplie de cristaux vert et violet, et bleu et rouge. Certains étaient aussi grands que moi, sortant du sol ou du plafond. Je commençais à avoir peur. Je sais qu'il n'y a pas de grottes de ce genre près de Washington. Je voulais partir, mais... c'était bien trop beau! Je devais l'explorer davantage.

Je fermai les yeux. La curiosité était un défaut très dangereux, surtout pour les humains.

— Vous avez eu de la chance, Benjamin. D'en être sorti vivant. Qu'avez-vous découvert?

Il arracha une longue tige d'herbe pour jouer avec, y faisant des nœuds et glissant son doigt sur sa tranche jusqu'à ce qu'il saigne. Une goutte de sang brillait sur son pouce.

— Il y avait une épée. Au centre de la grotte. J'ai aussi vu une femme prisonnière d'une stalagmite de quartz géante. J'ai essayé de taper sur le cristal, mais elle ne m'a pas entendu. Alors je me suis emparé de l'épée...

Hésitant, il jeta le brin d'herbe avant d'en arracher un autre. Sa voix tremblait. Il avait l'air mal à l'aise.

— Tout va bien? demanda Morio, sans ouvrir les yeux.

Ben s'éclaircit la voix.

— Je ne sais pas. Chaque fois que je parle de l'épée ou que je pense à elle, je transpire à grosses gouttes.

— À quoi ressemblait-elle? Était-elle plantée dans le cristal?

Je priai pour qu'il ne s'agisse pas d'une rupture dans le temps qui nous ramènerait tout droit à Avalon. Mais pourquoi Avalon se trouverait-elle là-bas? Et puis, Arthur était un homme, pas une femme.

— L'épée... L'épée...

Benjamin semblait sur le point de fondre en larmes. Quand ses yeux prirent une teinte dangereuse, je relevai légèrement la tête pour voir si les gardiens s'en étaient aperçus. Nous avions de la chance. Leur attention était dirigée sur un groupe de patients dont la partie de pétanque avait vraisemblablement mal tourné. Malgré mon envie de le presser, je me retins. Il risquerait de faire une crise de nerfs. Ou de sombrer dans le silence.

Au bout d'un moment, il laissa échapper un sanglot.

— L'épée était posée sur une plateforme en cristal, une sorte de table. Elle était en argent avec une améthyste incrustée dans la garde. Très grosse. Quand je l'ai prise dans mes mains, j'ai senti une force qui essayait de s'insinuer dans mon esprit. On aurait dit des ondes qui transperçaient mon crâne.

Le sceau spirituel ! C'était sans doute l'améthyste !

Benjamin se leva d'un coup.

— J'ai besoin de marcher. Suivez-moi d'un peu plus loin et faites semblant d'admirer le paysage.

Aussitôt, main dans la main, nous suivîmes Benjamin qui descendait le chemin nerveusement. Lorsque nous quittâmes une allée de chênes pour rejoindre celle des saules, les gardiens se tournèrent dans notre direction. Je leur fis signe, un grand sourire aux lèvres. Ils hochèrent la tête avant de reporter leur attention sur les joueurs de pétanque fanatiques.

Après quelques minutes, Ben s'adossa contre un arbre et je m'assis sur une table de pique-nique voisine. Morio se laissa tomber sur l'herbe près de moi.

— Vous allez me prendre pour un fou, fit Benjamin. Ou peut-être pas. Ou peut-être que je suis vraiment dingue et que je ferais mieux de rester enfermé ici jusqu'à la fin de mes jours. J'ai attrapé l'épée et j'ai eu l'impression que…

que je pouvais comprendre tous les mystères de l'univers, si seulement je m'en donnais la peine. C'était comme si mon esprit s'était ouvert pour s'imprégner de savoir et d'images. Mais, soudain, le sol s'est mis à trembler et je me suis rendu compte que je me trouvais à l'intérieur d'une grotte durant un tremblement de terre. Alors, j'ai lâché l'épée et je me suis enfui. Trouver le chemin du retour n'a pas été facile.

Baissant la tête, il donna un coup de pied dans la terre.

— Quand je suis enfin arrivé à ma voiture, je ne me rappelais plus comment conduire. J'étais perdu. Tout me semblait si différent que je n'arrivais pas à me souvenir si j'avais rêvé ou non. J'ai essayé d'appeler ma mère, mais mon téléphone portable ne marchait pas.

— Qu'est-ce que vous avez fait ?

Je me demandai ce qui se passerait si nous amenions nos téléphones en Outremonde. Grilleraient-ils à l'intérieur du portail ? Lorsque nous nous étions rendues à Aladril, Menolly et moi les avions laissés à la maison.

— Je me suis mis à marcher le long de la route. C'est là qu'un policier m'a trouvé et qu'il m'a emmené à l'hôpital. Il pensait que j'étais drogué. Les docteurs, eux, ont dit que j'avais subi un choc psychologique. Je n'ai réussi à m'endormir qu'avec cinq sédatifs différents. J'ai rêvé des démons pour la première fois.

Le regard qu'il m'adressa le transforma totalement. En quelques secondes, il passa du jeune homme perdu à la victime terrifiée qui cherchait à s'échapper. Que s'était-il donc passé ? Le sceau spirituel était-il à l'origine de ses rêves ? Et que devait-on penser de sa soudaine acuité spirituelle ?

Tandis que je l'observais du coin de l'œil, j'aperçus un soubresaut à l'intérieur de son aura. En général, je ne remarquais pas les auras des gens, sauf si je me concentrais. Toutefois, l'énergie de Benjamin avait quelque chose de particulier. Elle étincelait et évoluait d'une manière qui... Oh, merde!

Je réprimai l'envie de me taper le front et me forçai à continuer la conversation.

—Vous pouvez me parler de vos rêves?

—J'en fais plusieurs fois par semaine. Surtout des images de démons énormes avec des cornes. D'autres sont bouffis et trapus. Certains ont l'air d'humains, mais je sais qu'ils n'en sont pas. Ils élèvent un mur de mort et de destruction devant eux, dévastant les terres, pillant les villes sur leur passage. Ils détruisent la planète et nous avec. Le gouvernement contre-attaque avec la bombe nucléaire. Le monde entier s'embrase.

À présent, des larmes coulaient sur ses joues.

—Je suis si fatigué que je n'arrive plus à réfléchir. Je ne fais que rêver. Quand j'essaie de rester éveillé, on me gave de médicaments pour que je m'endorme. Aidez-moi! Aidez-moi à sortir d'ici! Je pensais que je pourrais m'y cacher, mais je comprends maintenant que c'est impossible. Et ils refusent de me laisser partir. Ma famille veut me garder enfermé!

Sa voix reflétait tant de douleur qu'elle me donna envie de pleurer. Impuissante, je me tournai vers Morio. Que pouvions-nous faire? Sa famille serait furieuse si elle apprenait que nous l'avions libéré. Mais que se passerait-il si nous nous enfuyions? Si nous disparaissions? Est-ce que sa famille s'en préoccuperait? Même s'ils se retournaient contre l'institution, j'étais convaincue qu'ils ne chercheraient pas à le retrouver.

—Nous ferons de notre mieux, Benjamin, répondis-je. Je vous promets d'essayer. Merci de nous avoir parlé.

—Vous n'êtes pas humains. Vous êtes des anges... des anges gardiens. Je me moque de ce que l'on dit sur les Fae. C'est Dieu qui vous a envoyés à moi. (Benjamin s'ébroua comme s'il venait de se réveiller.) Vous feriez mieux de partir à présent, sinon ils vont commencer à se poser des questions. Ma famille ne reste jamais plus de quinze minutes.

Une fois levés, nous fîmes signe aux gardiens qui nous raccompagnèrent jusqu'au bâtiment principal. D'autres escortèrent Benjamin à sa chambre. Lorsque je jetai un coup d'œil par-dessus mon épaule, je l'aperçus qui traînait des pieds, la tête baissée. Il devait exister un moyen de l'aider.

Après avoir rassuré l'infirmière Richards que tout s'était bien passé et lui avoir fait comprendre qu'elle ne devait pas parler de cette visite aux parents de Benjamin lorsqu'ils viendraient, nous prîmes congé tout en lui promettant de revenir dès que possible.

Sur le chemin du retour, nous examinâmes l'histoire en long, en large et en travers. L'épée, la grotte, les rêves… Mes pensées ne cessaient de vagabonder vers la conversation de Morgane et Titania à propos d'Aeval. Et si la femme que Benjamin avait vue prisonnière dans le cristal était la reine de l'ombre ?

Tandis que nous traversions le nord de Seattle et que nous arrivâmes enfin dans le quartier de Belles-Faire, je m'arrêtai à la rôtisserie *Tucker*. Elle faisait le meilleur poulet rôti que j'avais jamais mangé. J'achetai un paquet de vingt-quatre morceaux, du coleslaw, une tarte au chocolat et un paquet de biscuits. Puis, je m'arrêtai au drive de *Starbucks* pour commander un grand mocha au caramel. Morio observa la boisson surmontée de crème chantilly avant de secouer la tête.

— Comment tu fais pour manger autant ? Tu ne prends jamais de poids !

Il prit un grand café avec de la crème et du sucre.

— Je suis faite pour avoir des formes ! Mais comme je suis à moitié Fae, mon métabolisme consomme plus d'énergie que le vôtre. Nous devons manger davantage. (Je tirai sur la paille et souris quand le goût glacé et apaisant du sucre caramélisé et du café légèrement amer se déversa dans ma bouche.) J'adore!

Tout à coup, fronçant les sourcils, je changeai de voie. L'heure de pointe venait de commencer. Nous nous retrouvions coincés au beau milieu du bouchon de fin de journée de Belles-Faire. Si je ne me rabattais pas sur la gauche, nous raterions notre sortie.

—Tu manges avec nous, je suppose? demandai-je en guidant soigneusement la voiture entre un 4 x 4 et un van qui avait l'air d'un rescapé de la génération «peace and love» des années 1960.

Il devait avoir au moins dix couches de peinture qui s'écaillaient à divers endroits pour lui donner un air psychédélique et il dégageait des gaz d'échappement à en étouffer un cheval.

—Bien sûr! Je reste aussi dormir, fit-il.

Tandis qu'il parlait, le téléphone d'Iris se mit à sonner. Morio le sortit de mon sac avant de l'ouvrir.

—Oui? Quoi? OK, on arrive. On est coincés dans les bouchons. Si ça continue comme ça, on sera là dans vingt minutes, finit-il en fermant le téléphone et en le remettant à sa place.

—Encore des ennuis?

Il ne manquait plus que de nouvelles créatures aient traversé les portails. Je ne me sentais plus capable de combattre des gobelins ou des trolls… ou toute autre créature. Du moins, pas avant demain matin.

—Peut-être. Je ne sais pas. Quand Iris est sortie pour donner son dîner à Feddrah-Dahns, il avait disparu. Le lutin n'est plus là, non plus. Ils n'ont pas parlé de partir et il y avait du sang dans l'herbe où la licorne se reposait. Iris pense qu'il s'agit du sien.

Je gémis.

—Ah non! Le prince héritier des licornes de Dahns ne peut pas avoir été blessé chez nous! Ce n'est pas possible! Je ne tiens pas à ce que son père débarque pour nous embrocher en guise de vengeance…

—Peut-être qu'il s'est blessé avec du barbelé ou un clou? Il est allé chercher de l'aide?

Malgré les efforts de Morio, je savais que la vérité se révélerait bien plus terrible que ça. Dans ma vie, il ne se déroulait que les pires scénarios. Nous ne nous en sortirions pas aussi facilement. Les sorcières du destin semblaient enclines à nous faire suer jusqu'au bout.

—Quelque chose cloche. Je peux le parier. Est-ce qu'elle t'a dit si les protections ont été désactivées?

Morio secoua la tête.

—Non, elle ne m'en a pas parlé.

Lorsque j'aperçus la jonction qui menait à la maison, j'appuyai sur l'accélérateur. J'étais sur le point de pénétrer dans la propriété quand une sirène retentit.

—Génial! Il ne manquait plus que ça.

Libérant mon glamour, je me garai sur le bord de la route. Il y avait une limite à ce qu'une femme pouvait encaisser en une journée. Et moi, je l'avais atteinte vingt minutes plus tôt. Après avoir baissé ma vitre, je fis face au policier qui m'avait fait signe et me préparai à lui baisser son pantalon et à passer sous le bureau si ça pouvait m'éviter une amende.

—Hé, ma belle! Tu te rends compte que tu m'envoies tellement de vibrations que ta sœur risque d'avoir une raison de m'arracher les yeux? Merde, je ne suis qu'un homme, après tout!

Chase s'était accoudé sur le bord de ma portière et m'observait d'un air affamé. Sans savoir si je devais l'embrasser ou le frapper, je secouai la tête et diminuai mon glamour.

—Idiot! Dépêche-toi de nous suivre à la maison!
Nous devons nous occuper de la disparition d'une licorne
et d'un lutin.

Tandis que Chase retournait à sa voiture en riant, je
me tournai vers Morio.

—Ne dis rien. Surtout pas un mot.

Chapitre 22

Le chemin qui menait à notre maison était long et sinueux, bordé de sapins et d'aulnes. Lorsque je franchis les limites de notre propriété, je sentis le signal d'alarme de mes barrières magiques. Elles avaient été endommagées. Quelqu'un était venu ici sans y avoir été invité et je doutais de ses bonnes intentions.

Après avoir garé la voiture, sans prendre le temps de couper le moteur, je me précipitai vers les cercles de protections qui faisaient offices de sentinelles autour du parking. Puis, j'approchai doucement de la ligne de démarcation symbolisée par deux troncs d'arbres, de chaque côté de la route de gravier, entourés d'épines de quartz.

Une grande puissance les avait traversés. Il ne pouvait pas s'agir du gobelin et du Fae. Même si l'un d'entre eux était un chaman, ils n'en auraient jamais eu la force. Non, l'odeur qui imprégnait l'air était celle d'un démon.

Revenant à la voiture, je sautai à l'intérieur.

—Les protections ont été désactivées. Des démons sont venus ici. Leur odeur est faible. Ce n'est pas récent. J'espère seulement qu'ils ne sont pas arrivés après le coup de fil d'Iris.

L'expression de Morio s'assombrit et ses yeux se firent brillants.

—Ils sont peut-être toujours là. On ferait mieux de se préparer à cette éventualité.

—Oh, mon Dieu, Chase! Attends!

Je sautai de nouveau de la voiture pour me diriger vers le 4 x 4 de l'inspecteur. Là, je frappai sur sa vitre. Il la baissa.

— Quoi ? Qu'est-ce qu'il y a ? Je t'ai vue t'arrêter pour observer ces troncs d'arbres. Il s'est passé quelque chose ?

— Des démons sont passés ici. Ils ne sont peut-être pas encore partis. Sois prudent. Quand on arrivera à la maison, enferme-toi dans ta voiture et attends qu'on vérifie qu'ils ne se cachent pas à l'intérieur.

— Des démons ? Delilah et Maggie ! Dépêche-toi !

Tandis qu'il remontait sa vitre, je me dépêchai de reprendre le volant. Maintenant qu'il était inquiet au sujet de ma sœur, j'allais avoir du mal à le forcer à rester en retrait. J'appuyai sur l'accélérateur pour atteindre les 90 km/h. Je n'osais pas aller plus vite sur ce chemin accidenté.

Lorsque j'aperçus la maison, je coupai le moteur et observai les alentours. Aucun désordre ou destruction apparents. Tout semblait aussi calme que d'habitude. Toutefois, si la licorne et le lutin avaient disparu, il y avait de grandes chances pour que ce soit l'œuvre des démons. Mais dans ce cas-là, pourquoi n'avaient-ils pas attaqué la maison ?

Je sortis prudemment de la voiture, l'oreille aux aguets. Quand Chase descendit à son tour, je me retournai vivement vers lui.

— Remonte dans cette voiture *illico* et ferme les portes à clé ! Si les démons se cachent à l'intérieur et que je dois me préoccuper de ta sécurité, tu seras un poids. Ne te voile pas la face ! Combattre des gobelins est une chose, combattre des démons en est une autre.

Il m'obéit de mauvaise grâce. Alors, Morio et moi nous rapprochâmes d'une fenêtre de la cuisine. Il me fit la courte échelle pour que j'en observe l'intérieur. Là, Iris et Delilah étudiaient une carte sur la table de la cuisine. Maggie se trouvait dans son parc. Tout semblait aller pour le mieux dans le meilleur des mondes. Fronçant les sourcils, je fis signe à Morio de m'aider à descendre.

— Rien d'anormal, murmurai-je. Je passe par-derrière. Reste ici.

Je montai les marches de la véranda sans bruit. Cependant, quand j'ouvris la porte, celle-ci grinça et en quelques secondes, Iris vint voir ce qui se passait.

— Camille? Pourquoi est-ce que tu n'empruntes pas la porte d'entrée? demanda-t-elle, perplexe.

— Tout va bien? demandai-je pour me rassurer.

— Oui. Le seul problème, c'est la disparition de Feddrah-Dahns et de Gui. Qu'est-ce qui te prend? Tu es aussi blanche que Menolly!

Iris voulut me faire entrer, mais je l'arrêtai.

— Je vais passer par-devant. Ferme tout à clé de ce côté avant de retourner dans la cuisine. Je t'expliquerai pour-quoi dans un instant. (Dévalant l'escalier, je fis le tour de la maison jusqu'à l'endroit où m'attendait Morio.) J'aimerais que tu leur jettes un sort pour dissiper une illusion au cas où il s'agirait du Rāksasa et de son acolyte. Tu peux t'en occuper d'ici?

Morio fronça les sourcils.

— C'est trop difficile. Je le ferai une fois à l'intérieur. S'il s'agit des démons…

— On prendra la raclée, je sais. C'est parti? (Prenant une grande inspiration, je puisai de l'énergie dans l'air et le ciel pour former une barrière. Puis, je sortis la corne de licorne.) Maîtresse des flammes, murmurai-je. (Je la sentis aussitôt se réveiller à l'intérieur du cristal.) Tiens-toi prête à renforcer mes protections.

À ma grande surprise, j'entendis une faible voix mur-murer:

— Je serai prête, dame Camille.

313

—Allons-y, fis-je en me dirigeant vers la porte d'entrée, Morio sur les talons.

À l'instant où nous pénétrâmes dans la cuisine, il leva la main et cria :

—Révèle-toi !

Un éclair traversa alors la pièce et Delilah et Iris crièrent et se mirent à couvert. Lorsque la lumière s'évanouit, elles ôtèrent leurs mains de leurs yeux.

—Mais qu'est-ce qui vous prend, putain ?

Comme Iris n'était jamais vulgaire, son éclat de voix fut une surprise, certes bienvenue puisqu'elle ne s'était pas transformée en démon.

—C'est vous. C'est vraiment vous, dis-je en me laissant tomber sur une chaise, soulagée. Nous devons tout de suite fouiller la maison.

—De quoi est-ce que tu parles ? me demanda Delilah en plissant les yeux.

Elle mettait toujours plus de temps à s'habituer aux changements de luminosité à cause de sa personnalité féline.

—Des démons, répondis-je, la gorge sèche, en gardant la corne près de moi. Des démons ont franchi nos protections. Nous pensions qu'ils se trouvaient dans la maison, que le Rākṣasa s'était déguisé…

—En l'une d'entre nous, termina Iris. Je comprends, à présent. Je n'ai pas pensé à vérifier les barrières lorsque j'ai cherché Feddrah-Dahns. J'étais trop inquiète. Comment ai-je pu être aussi stupide ?

—Moi aussi, fit Delilah. Tout ce que j'avais dans la tête, c'était de les retrouver. Il m'est même venu à l'esprit qu'ils avaient pu être chassés par des chiens sauvages !

—C'est bien pire que ça. Est-ce que tu as senti de l'énergie démoniaque du côté de l'étang des bouleaux ?

Delilah haussa les épaules, honteuse.

—Je n'ai même pas essayé…

—Je vais y aller avec Morio. Va chercher Chase et ramenez le dîner. Il s'inquiète tellement pour toi qu'il risque de mouiller son pantalon. Iris, viens avec nous. J'aimerais que tu me montres l'endroit où tu as trouvé les taches de sang.

Pendant que Delilah et Chase fouillaient la maison, Iris nous mena jusqu'à l'étang des bouleaux. Le sentier qui traversait la forêt semblait plus sombre que d'habitude, mais les oiseaux chantaient et je vis même un écureuil se faufiler dans un arbre. Bon signe. Si les démons avaient encore été là, les animaux n'auraient fait aucun bruit.

En chemin, Iris me raconta toute l'histoire.

—Feddrah-Dahns et Gui se trouvaient près de l'étang. Le prince ne supporte pas de rester trop longtemps près de constructions. J'ai commencé à m'inquiéter à midi, lorsqu'ils ne sont pas venus manger. Puis, Delilah est rentrée. En passant, Delilah et Chase ne se portent pas trop mal, étant donné qu'ils ont été empoisonnés… Quoi qu'il en soit, nous sommes allées les chercher ensemble.

—Bien. Je voulais demander à Chase comment il se sentait, mais tout est arrivé très vite et je ne suis pas au top de ma forme en ce moment.

J'étais fatiguée. Épuisée. Je n'avais qu'une envie : me blottir dans mon lit pour dormir une semaine d'affilée. Mais quelque chose me disait que je ne pourrais pas me payer ce luxe avant longtemps.

Après un virage, nous arrivâmes enfin à l'étang qui se trouvait dans une clairière entourée de cèdres et de sapins au milieu des bois. Sur nos terres, le plan d'eau était devenu une maison loin de la nôtre, nous rappelant, en beaucoup plus petit, le lac Y'Leveshan d'Y'Elestrial. Ses rives étaient couvertes de fougères et de myrtilles, à l'exception d'une parcelle où nous avions l'habitude de pique-niquer. Nous y effectuions également nos rituels et, chaque fois que j'avais besoin de m'entretenir avec la Mère Lune, je suivais le sentier sous sa faible lumière pour venir m'asseoir au bord de l'eau sombre reflétant son ovale et ses cratères.

Iris leva la tête vers moi. En silence, elle me prit la main et la serra. Je lui répondis par un sourire, me demandant comment nous avions pu nous débrouiller sans elle. Elle faisait autant partie de la famille qu'une tante, tout en étant plus présente.

—C'est ici, fit-elle en s'arrêtant sous un érable qui ombrageait la clairière.

J'observai ses branches remplies de feuilles naissantes. Rien d'anormal. En revanche, en dessous, près du tronc, la mousse qui recouvrait le sol avait été écrasée par une créature imposante. Un cheval… ou une licorne. Je m'en approchai avec précaution, suivie de près par Morio.

En inspectant la terre plus attentivement, je me rendis compte que les taches plus foncées étaient en fait du sang. Je pris une grande inspiration pour conserver l'odeur dans mes poumons… celle des plaines sauvages remplies de shagas, des fleurs fraîches et odorantes. Je me sentis perdre pied. Feddrah-Dahns, le prince héritier… son parfum musqué était empreint de notre monde natal. Et de poussière de lutins. Leur magie se mélangeait à l'odeur de la licorne. Mais tout cela était recouvert par un parfum entêtant : celui, métallique, du sang. Lorsque j'explorai les profondeurs de l'énergie de la fragrance, j'en reconnus une autre, moins marquée. Orange, jasmin, vanille.

—Karvanak, annonçai-je en me relevant. Le Rāksasa était ici. Par contre, je ne peux rien affirmer au sujet du djinn ou de tout autre démon qui l'aurait assisté.

— Oh non. Non, non ! s'exclama Iris, le visage blême. (Elle s'agenouilla pour observer les taches de sang.) Tu crois que… ?

— Qu'il a tué Feddrah-Dahns ? Je ne sais pas. Il n'a pas l'air de s'être débattu alors qu'il sait se battre. Crois-moi, je l'ai vu de mes propres yeux.

Le regard rivé sur l'étang, je priai pour qu'une vision de la scène apparaisse tout à coup. Malheureusement, je n'avais pas le pouvoir de voir les événements passés.

— Peut-être que Feddrah-Dahns et Gui se sont échappés ? suggéra Morio. Comme tu l'as fait remarquer, ils ne semblent pas s'être débattus et nous savons tous que la licorne ne suivrait pas un démon de son plein gré.

Iris se releva en ayant ramassé quelque chose.

— Regardez ce que j'ai trouvé ! fit-elle en tendant la main vers nous.

Dans sa paume laiteuse se trouvait un bout d'étoffe blanche. Il avait été déchiré sur une robe ou une tunique.

Je m'en saisis lentement avant de fermer les yeux. Son énergie et sa texture m'étaient familières. Il s'agissait d'une magie très puissante. Un sourire naquit sur mes lèvres.

— Je sais où ils sont allés. Ou du moins, j'en suis pratiquement sûre.

— Où ça ? demanda Morio en se penchant par-dessus mon épaule.

— Chez Flam ! Ce morceau de vêtement lui appartient. Je te parie tout ce que tu veux que Feddrah-Dahns a réussi à le contacter pour lui demander de l'aide. En revanche, je ne sais pas s'il a combattu les démons ou s'il s'est simplement sauvé avec Feddrah-Dahns et Gui pour éviter qu'ils soient davantage blessés. Dans tous les cas, ceci à Flam. Je reconnais toujours l'énergie de mes amants.

Iris soupira longuement.

— Alors pourquoi ne nous a-t-il pas appelés ?

— Parce qu'il n'a pas de téléphone. Parce qu'il prend son temps pour faire les choses à sa manière. Rentrons à la maison. Si je ne mange pas, je vais me sentir mal. Après, j'irai chez Flam pour lui demander des explications.

Morio passa un bras autour de ma taille et, ensemble, nous prîmes le chemin du retour.

— Il va falloir créer de nouvelles barrières et les renforcer. Nous avons besoin de sorts plus puissants. Les démons n'ont eu aucune difficulté à passer au travers.

— C'est certain. Nous avons besoin de beaucoup de choses. Malheureusement, le temps qu'il nous faudrait pour les rassembler commence à nous manquer cruellement.

Les traînées du crépuscule assombrissaient déjà le ciel. Les étoiles ne tarderaient pas à apparaître et l'air devenait frais et humide. Je sentais les nuages approcher, annonciateurs de pluie.

À la maison, Delilah et Chase nous attendaient, inquiets. Malgré leur fouille minutieuse de la maison, aucun de nous ne se sentait vraiment en sécurité.

Tandis que Delilah sortait la nourriture des sachets, je me laissai tomber sur une chaise et fermai les yeux. Morio se posta derrière moi pour me masser les tempes.

— Merci, murmurai-je.

Tous les coups, les décharges, les égratignures et les nerfs à vif de ces derniers jours m'avaient affaiblie. Je tenais à peine debout. Même les bons moments, en particulier ceux avec Flam, m'avaient stressée.

— Tu as l'air épuisé, remarqua Delilah.

Hochant la tête, j'ouvris à peine les yeux pour la regarder.

— Tu n'auras pas le prix de la poule de l'année, toi non plus. Tu as encore l'air un peu verte.

—C'est à cause du poison. Il colore la peau pendant quelques jours, même après absorption de l'antidote. (Se penchant en avant, elle se prit la tête entre les mains.) Je n'arrive pas à croire l'ampleur qu'a pris la situation. Au fait, Zach et ses potes sont descendus dans les souterrains. Flam a trouvé le portail. Il mènerait tout droit à Guilyoton.

—Merde!

J'attrapai la bouteille d'eau glacée que Morio venait de poser devant moi et en avalai la moitié. Guilyoton était la forêt et la ville des gobelins qui se situaient dans les contrées obscures du sud, près de Darkynwyrd. Les gobelins de Guilyoton étaient bien plus indépendants que leurs cousins à la solde de Lethesanar.

—Attends un peu! Flam est venu ici? (Voilà qui expliquait beaucoup de choses.) Est-ce qu'il a dit qu'il allait voir Feddrah-Dahns avant de repartir?

Iris hocha la tête.

—Oui, en effet. Je vois. Il a sûrement emmené Feddrah-Dahns avec lui.

—Quoi? C'est lui qui l'a emmené? Il ne l'a pas blessé, au moins? demanda Delilah, perdue.

—Non, je pense qu'il lui a plutôt sauvé la vie. Est-ce que Flam a dit quelque chose d'autre?

—Il repassera peut-être ce soir, répondit Delilah. Apparemment, il aurait créé une barrière magique autour du portail dans les souterrains, mais il ne pense pas qu'elle résistera aux chamans des gobelins.

Elle se leva pour aider Morio à mettre la table. Ils placèrent tous les plats au centre tandis qu'Iris donnait à Maggie son mélange de sauge et de crème.

Je me jetai aussitôt sur la nourriture. Mon ventre criait famine. Au fur et à mesure que je mâchais, je regrettai de ne pas avoir acheté de salade de fruits et de boissons. Delilah mangeait aussi goulûment que moi. À ce rythme-là, il n'en resterait pas pour le lendemain.

Alors que les derniers rayons du soleil disparaissaient, je repoussai mon assiette et me levai d'un bond.

— Chase, Morio, allez dans le salon. Tout de suite.

Chase jeta un coup d'œil à l'horloge.

— Elle va bientôt se réveiller, c'est ça ? Tu sais bien qu'un jour, on finira par connaître l'entrée de son repaire. La cuisine n'est pas si grande. Tu ne nous fais toujours pas confiance ?

Je secouai la tête.

— Ce n'est pas à toi que je ne fais pas confiance. (Lorsqu'il me dévisagea sans comprendre, je repris plus calmement.) Réfléchis, Chase. Imagine qu'un démon te capture. Ou un membre du clan d'Elwing. Malgré la disparition de Dredge, ils sont toujours actifs. Ils pourraient s'en prendre à Menolly. Combien de temps supporterais-tu leurs tortures ?

Blême, Chase frissonna.

— Je sais que tu n'as pas envie de l'entendre, mais ça pourrait arriver. Tu le sais très bien.

— Tu pourrais avoir un peu plus de tact, fit Delilah.

— J'en ai marre d'envelopper soigneusement chacune de mes paroles, la coupai-je. On ne peut plus se permettre de fermer les yeux sur les différentes possibilités. D'après toi, combien de temps est-ce que Chase tiendrait avant de révéler où se trouve le repaire de Menolly ?

Je me tournai vers lui.

— Tu crois que l'entrée est dans la cuisine. Pourtant, il y a aussi le hall et les pièces de derrière. Tu n'en sais pas autant que tu le penses et, crois-moi, il vaut mieux que ça reste comme ça.

Quand je finis de parler, je me rendis compte que tout le monde me regardait avec des yeux ronds.

— Quoi ? Nous sommes en guerre ! Nous ne nous battons pas seulement pour sauver nos vies. Nous nous battons pour nos deux mondes! Et pourtant, regardez-nous! Morgane avait raison quand elle me disait que nous avions besoin d'alliés. Même si nous ne pouvons pas lui faire confiance, elle a au moins été honnête sur ce point. Nous devons être francs entre nous aussi. Quand les mortels se mettent à rêver de démons qui détruisent les mondes et que les Rāksasas vivent à visage découvert dans la ville, c'est que le problème a pris des proportions bien plus importantes que nous le pensions!

Comme je me rendis compte que je faisais un monologue, je me laissai de nouveau tomber sur ma chaise.

—Désolée… C'est juste… Morio, Chase. Le salon, s'il vous plaît. Nous finirons le dîner dans quelques minutes.

Tandis que les deux hommes sortaient de la pièce, je posai la tête sur la table. Se postant derrière moi, Delilah passa les bras autour de mes épaules.

—Je sais que tu es inquiète. Nous le sommes tous. Et tu as raison. Si nous ne sommes pas plus francs entre nous, nous ferons des erreurs. Mais tu es fatiguée. Ne laisse pas la situation t'ôter tout espoir…

—Qu'est-ce qui doit lui ôter tout espoir? s'enquit Menolly avant de refermer la bibliothèque derrière elle. Je commençais à croire que ces deux abrutis ne partiraient jamais. Ça fait cinq minutes que je poireaute!

Après nous avoir envoyé un baiser, elle effleura les épaules d'Iris. Menolly n'était pas quelqu'un de tactile. La plupart des vampires avaient oublié comment faire.

Pendant qu'Iris allait chercher les garçons, Menolly se servit un verre de sang d'agneau. Grâce à une ferme biologique de Seattle, nous conservions un stock de sang pour elle. Les employés me le mettaient de côté lorsqu'ils abattaient les bêtes. Notre réfrigérateur était plein. Comme Menolly ne cessait de le répéter, ce sang n'avait pas beaucoup de goût, mais il suffisait à la nourrir. Morio essayait de trouver un sort pour lui donner une saveur particulière qui lui manquait depuis sa mort et pour l'instant, ça s'annonçait plutôt bien.

Lorsque nous fûmes de nouveau tous réunis autour de la table, Chase prit la parole.

—Est-ce que tu peux parler des gobelins et des démons plus tard? J'aimerais savoir ce que vous avez appris à l'institution psychiatrique aujourd'hui. Après, il faut que j'aille travailler. Je ne verrai sûrement pas mon lit avant 2 ou 3 heures du matin.

—Aucun problème, répondis-je. Pour résumer, nous savons où trouver le troisième sceau spirituel, mais ça ne va pas être facile.

Avec l'aide de Morio, je leur rapportai tout ce que Benjamin nous avait dit. Une fois notre récit terminé, Delilah se leva d'un bond, avec un biscuit dans une main et un morceau de poulet dans l'autre.

—Tu penses que la femme enfermée dans le cristal pourrait être Aeval, la reine de la Cour de l'ombre? Que se passera-t-il le jour où quelqu'un se servira de l'épée? Tu crois qu'elle se réveillera? Est-ce que c'est elle qui l'a mise là?

Haussant les épaules, je mordis dans une autre cuisse de poulet. Affamée, je regrettais de ne pas en avoir acheté davantage. Iris sortit du jambon et une salade de fruits du réfrigérateur pour les poser sur la table. Je lui adressai un sourire empli de reconnaissance.

—Tu lis dans mes pensées, dis-je en découpant une tranche de jambon. (Je reportai mon attention sur Delilah.) Pour répondre à tes questions, je n'en ai pas la moindre idée. Mais je peux te garantir que nous le découvrirons. Il est hors de question que quelqu'un d'autre s'empare de ce sceau spirituel! En revanche, il y a autre chose… Quelque chose que j'ai senti à l'institut. Je n'en ai pas encore parlé à Morio et je suis persuadée que Benjamin n'est pas au courant.

—Au courant de quoi? demanda Morio en me tendant un bol de salade de fruits.

Je lui adressai un grand sourire.

—Je pense que Benjamin a du sang Fae dans les veines.

Chapitre 23

C omme je l'avais prédit, les questions se mirent à fuser.

—Comment est-ce que tu t'en es rendu compte ? s'enquit Iris.

Je secouai la tête.

—Je ne sais pas trop. Au début, j'ai seulement remarqué des soubresauts dans son aura. Son énergie semblait s'insinuer partout. J'y ai reconnu des vibrations totalement Fae.

—Je ne comprends pas, intervint Chase. Tu peux me la refaire en plus clair ?

—Attends, répondis-je en mangeant ma salade de fruits. Je suis morte de faim !

J'avais tellement mal à la tête que j'avais l'impression qu'elle allait exploser.

—Mange. Je vais mettre la bouilloire sur le feu et apporter le dessert.

Après avoir mis l'eau à chauffer, elle découpa la tarte au chocolat que j'avais achetée en grosses parts crémeuses. Je m'essuyai la bouche avec ma serviette.

—Bon, peut-être que tu comprendras plus facilement si je te l'explique de cette façon : imagine que Benjamin soit une étoile, comme le soleil. Je peux voir sa couronne. À présent, imagine qu'il existe différents types de soleil : les soleils humains, Fae ou démoniaques. Et disons qu'ils ont tous un halo différent, selon leur race.

—Jusque-là, je te suis, fit Chase.

—Alors, quand j'ai observé Benjamin qui devrait être un soleil humain avec un halo uni, j'ai découvert que son halo était… qu'il y avait des petits pois par endroits ! Et comme les petits pois sont typiques des soleils Fae, ça signifie que Benjamin possède de l'énergie Fae !

Menolly ricana.

—Des petits pois ? Les miens sont de quelle couleur ? Rouge sang ?

Lui tirant la langue, je me tournai de nouveau vers Chase.

—Bien sûr, ce n'est qu'un exemple. Tu as compris ? Benjamin n'est pas un HSP. Il a du sang Fae dans les veines car son aura est mélangée à de l'énergie Fae.

Chase hocha lentement la tête.

—J'ai compris. Si tu observais son ADN, il serait différent du mien. Son énergie aussi. Et tu dis qu'il l'ignore ?

—En tout cas, je le pense. Le sang est sûrement récessif. Un lointain ancêtre a dû avoir une liaison avec un Fae. C'était il y a très longtemps car l'héritage magique a presque disparu. Mais quelque chose l'a réactivé. Je te parie que c'est l'épisode de la grotte ! L'énergie qui s'y trouvait a sûrement réveillé le sang Fae à l'intérieur de ses veines. Il n'en a pas conscience.

Soudain, j'eus pitié de Benjamin. Il était enfermé à cause de quelque chose qui était indépendant de sa volonté. Il ne représentait pas un danger pour les autres. Pourtant, sa famille n'avait pas hésité à le mettre de côté pour ne pas perdre la face.

—Comment pouvons-nous l'aider ? demanda Delilah, les yeux rivés sur son assiette. Tu as dit qu'il voulait s'échapper.

—Oui, mais je ne sais pas quoi faire de lui après l'avoir libéré. Où peut-on l'amener ? On ne peut pas s'occuper de lui et sa famille risque de nous attaquer en justice, remarquai-je en fronçant les sourcils.

—Pourquoi ne pas demander à Flam? Il prend bien soin de Georgio! Est-ce que Benjamin pourrait vivre avec lui? demanda Menolly qui sirotait son sang d'agneau.

Je la surpris à regarder le poulet avec envie. Elle regrettait son ancienne façon de se nourrir.

—Je ne crois pas que Flam serait d'accord, répondis-je tandis que le téléphone de Chase sonnait.

—Je reviens tout de suite, fit-il en s'éloignant vers le hall.

—Et même si Flam acceptait, la famille de Benjamin risquerait de le retrouver. Ils sont riches. Ils l'ont peut-être enfermé dans une chambre capitonnée, mais ils feront tout pour le récupérer. Je connais les gens comme eux. Non, si Benjamin s'enfuit, il doit se cacher à un endroit où personne ne pourra le suivre.

Morio attira mon attention.

—Nous connaissons tous cet endroit, fit-il.

—Outremonde?

Rassasiée, je posai ma fourchette. La pensée de lâcher Benjamin en pleine nature outremondienne me terrifiait. Il n'y survivrait pas. Il ne s'adapterait pas facilement à un monde totalement nouveau. Après tout, il avait déjà du mal à vivre dans celui-ci…

—Je pense que… (Je m'interrompis lorsque Chase réapparut, l'air las.) Qu'est-ce qui se passe? Encore des Cryptos?

Il secoua la tête.

—Non, je ne crois pas. Enfin, c'est difficile à dire. On vient de m'appeler à cause de la boutique de tapis… Tu sais, celle où vous êtes allés pour voir s'il y avait des démons? Elle a brûlé, ainsi que le bâtiment d'à côté. La police pense qu'il s'agit d'un incendie d'origine criminelle. Vous connaissez quelqu'un capable de faire sauter un repaire de démons?

Delilah recula lentement sa chaise.

— Tu ne crois quand même pas que c'est l'un d'entre nous ? Chase ! Comment tu peux dire ça ? Nous n'avons jamais joué avec la vie d'innocents !

Bafouillant, Chase leva la main pour la faire taire :

— Est-ce que j'ai dit une chose pareille ? Le capitaine des pompiers est en train de s'entretenir avec M. Karvanak. Apparemment, il se fait passer pour un humain très réservé. Ce qui m'inquiète, c'est que, s'il se révèle aussi machiavélique que vous le dites, il risque de citer vos noms. Il sait parfaitement que vous ne pouvez pas révéler les agissements de l'Ombre Ailée au monde entier. Il ne craint pas d'être dénoncé.

Merde ! L'idée qu'il puisse se servir d'HSP pour nous atteindre ne m'avait jamais effleurée.

— Nous avons un alibi. J'étais à *La Retraite des Aspens* avec Morio. Ils peuvent en témoigner.

— J'ai bien peur que non, remarqua Morio. Tu as ensorcelé l'infirmière pour qu'elle ne parle pas de notre visite.

— Non, je lui ai dit de ne pas en parler aux parents de Benjamin, nuance ! Voyons voir… aucun problème pour Delilah et Menolly non plus. Pareil pour Iris.

Je plissai les yeux. Quand mon regard se posa sur le poulet, mon ventre se mit à gargouiller.

— Bien, on pourra prouver où vous étiez. Et la licorne et le lutin ? demanda Chase en prenant des notes. Ils auraient pu faire le coup ?

Sa question nous réduisit au silence. Après tout, Feddrah-Dahns manquait toujours à l'appel. Nous ne savions pas où il était ni comment il se portait. J'étais sur le point d'ouvrir la bouche lorsque la sonnette retentit. Je me levai pour aller ouvrir.

Flam se tenait devant moi. Je relevai la tête et, sans comprendre ce qui se passait, je me retrouvai dans ses bras, serrée contre lui. Ses lèvres se posèrent sur les miennes. Sa langue m'effleura doucement, suffisamment pour m'enflammer. Le stress que j'avais accumulé dans la journée me faisait trembler. Il me caressa le dos, relâchant mes muscles.

—Tu vois, ton corps sait où il se sent bien, murmura-t-il.

Frissonnant, je m'extirpai finalement de son étreinte et tentai de reprendre mon souffle.

—Nous avons un problème. Plusieurs, en fait, lui dis-je en le guidant vers la cuisine.

—Je peux au moins te rassurer au sujet de l'un d'eux, fit-il en me suivant. Feddrah-Dahns et le lutin se trouvent tous les deux sur mes terres. La licorne est blessée, mais elle survivra.

À ces mots, tout le monde se mit à parler en même temps. Flam leva la main pour les faire taire.

—Assez!

J'attendis qu'ils se soient calmés.

—Qui l'a blessé? Des démons?

Flam hocha la tête.

—C'est ce qu'il m'a dit. Le Rāksasa a réussi à le toucher plusieurs fois avant qu'il s'échappe. Apparemment, Feddrah-Dahns est capable de semer les démons. Il avait réussi quand je l'ai croisé, sur mon chemin pour aller lui parler. Je l'ai aussitôt emmené avec moi, mais je n'ai pas eu le temps d'en informer Iris.

—Et Gui?

Flam cligna des yeux.

—Quoi? Je n'ai pas de gui chez moi. De la mousse, oui. Du lichen, certainement. Mais du gui, pas du tout!

Delilah soupira bruyamment.

—Pas la plante! Le lutin!

—Oh, je vois…, répondit Flam avec un sourire charmeur. Gui va très bien. Feddrah-Dahns a été touché au flanc. Il avait quelques blessures graves, mais il me restait des poudres et des onguents de Titania. Je m'en suis servi pour le remettre d'aplomb. Ça a arrêté les saignements et apaisé la douleur. Par contre, il y a une chose bizarre.

Ah non, pas encore !

— Qu'est-ce que c'est ?

Flam observa la nourriture sur la table.

— Le démon chasseur de rêves qui accompagne le Rāksasa.

— Un chasseur de rêves ? demandai-je en fronçant les sourcils. Je n'en ai jamais entendu parler.

— Il s'appelle Vanzir. Les chasseurs de rêves se nourrissent de l'énergie des humains durant leur sommeil. Quoi qu'il en soit, Vanzir a glissé et est tombé pile entre le Rāksasa et Feddrah-Dahns à un moment critique. Il n'a pas été blessé, mais il a sauvé la vie de la licorne. Apparemment, cette chute lui a laissé assez de temps pour s'enfuir.

Je fis signe à Delilah d'aider Iris à débarrasser.

— Quelqu'un vient de mettre le feu à la boutique de tapis tenue par le démon. Feddrah-Dahns n'a pas quitté tes terres de tout l'après-midi ?

Flam attrapa un morceau de poulet dans l'assiette que Delilah retirait de la table.

— Non. Il y est depuis des heures. Nous devons également parler du portail souterrain que nous avons découvert. Je l'ai traversé pour voir où il allait.

— C'est ce que Delilah m'a dit. Tu es sûr qu'il mène à Guilyoton ?

Hochant la tête, il mordit dans la cuisse de poulet. Je l'observai nettoyer l'os en moins d'une minute, sans mâcher ni salir son manteau blanc qui cachait ses sempiternels pull à col roulé gris et pantalon moulant blanc. Je sentis mes pensées prendre une tournure beaucoup moins ennuyeuse… Interceptant mon regard, Flam me fit un clin d'œil et m'envoya un baiser. Dénuée d'énergie, je me laissai tomber sur ma chaise.

Quand il eut fini de manger, il jeta l'os dans la poubelle et tourna une chaise pour s'asseoir à califourchon dessus.

—Je connais très bien les terres des gobelins en Outremonde. Ces créatures sont encore très nombreuses dans les royaumes du Nord et dans les hautes montagnes terriennes. Ils se reproduisent comme de la vermine et ont aussi mauvais goût. Je me doutais que le portail menait là-bas. En sautant dedans, j'ai confirmé mes soupçons. Les marais empestent le gobelin et la terre est souillée par leur magie.

—En effet, ça ressemble à Guilyoton. (Me forçant à me concentrer, j'attrapai un carnet et un stylo.) Bon, qu'est-ce que nous avons ? D'abord, le problème des Cryptos qui empire. Je suis sûre que le portail des gobelins n'est pas le seul à faire des heures sup'.

— Les démons restent notre souci principal. Surtout depuis qu'ils savent qui nous sommes et où nous habitons. En plus, ils pensent que nous avons le troisième sceau en notre possession ou, du moins, que nous connaissons son emplacement, fit Delilah en allumant son ordinateur portable.

—C'est le cas, à présent. Il y a également le problème de Morgane et Titania. Elles cherchent la grotte dont Benjamin nous a parlé. J'en suis persuadée. Si elles la trouvent avant nous, elles mettront aussi la main sur le sceau spirituel. (Je pris des notes.) Sans parler de la corne de licorne que Morgane et les démons convoitent.

—N'oublie pas l'incendie de la boutique de tapis, intervint Menolly. D'après toi, qui va être accusé ? Même avec nos alibis, ils vont trouver un moyen de nous faire porter le chapeau.

—Et Benjamin. Nous ne pouvons pas le laisser tomber, ajouta Morio. Si nous avons compris qu'il avait découvert le troisième sceau spirituel, les démons ne tarderont pas à faire de même. Surtout s'ils nous ont suivis. Ils le tortureront jusqu'à ce qu'il leur dise ce qu'ils veulent savoir.

—Merde, jura Menolly. Les démons sont les plus importants. Il faut qu'on trouve le sceau spirituel avant eux et qu'on le ramène à la reine Asteria. Comme ça, ils laisseront Benjamin tranquille. En revanche, ils seront toujours à nos trousses. Il faudra trouver une solution pour s'en débarrasser. Ainsi que du djinn. On sait quel camp elle a choisi.

—Je regrette que Trillian et Roz ne soient pas avec nous, fis-je. Avec Zach et ses hommes qui gardent le portail, il nous manque des bras. Et Karvanak ne sera pas facile à tuer. Oh, j'allais oublier! Flam nous a donné des renseignements sur le Rāksasa. Avec tout ça, on n'a même pas eu le temps d'y jeter un coup d'œil.

Je me rendis rapidement dans le salon pour chercher mon sac. Il se trouvait à l'endroit où je l'avais laissé. J'attrapai les feuilles qui dépassaient de sa poche avant de retourner dans la cuisine.

Quand Flam me fit signe de les lui passer, je m'exécutai.

—Puisque tu es là, pourquoi ne nous apprends-tu pas le plus important?

—Ce sont des maîtres de l'illusion. À partir de maintenant, chaque fois que vous vous séparerez, vous devrez vous assurer que vous ne parlez pas à un imposteur. En d'autres termes, révisez vos sorts révélateurs d'illusion. Qui sait s'en servir, à part Morio? Je peux créer une barrière qui annule automatiquement les illusions, mais je suis incapable de jeter le sort sur une personne en particulier.

Iris s'éclaircit la voix.

—Je peux dissiper une illusion. En particulier lorsqu'une créature essaie de se faire passer pour un humain.

—Ne me regardez pas, rétorqua Chase. Je ne sais même pas bouger mon nez.

Delilah ricana.

—Heureusement, tu as d'autres qualités pour compenser…, fit-elle en lui adressant un grand sourire.

Démons ou non, ça faisait du bien de la voir heureuse.

—Aucun des sorts que je connais ne ferait l'affaire, donc il n'y a qu'Iris, Morio et Flam qui en sont capables. Iris, Morio, nous devrons nous diviser en deux groupes et faire en sorte que l'un de vous deux fasse partie de chacun. (J'observai les feuilles de notes.) Je suppose que notre premier mouvement est tout vu : trouver la grotte et le sceau spirituel. Je suis épuisée, vous aussi, mais ce n'est pas la première fois. Allons-y tout de suite. Comme ça, Menolly peut nous accompagner.

—Vous pariez que des Anges de la Liberté ont découvert que la boutique de tapis appartenait à des démons et l'ont incendiée ? fit Morio. Ou pas forcément des démons, simplement des créatures surnaturelles.

Chase tapa sur la table avec son stylo.

—Tu soulèves un point intéressant. Je viens avec vous ce soir. Je ferai plus d'heures au bureau demain, c'est tout. J'ai un canapé là-bas où je peux dormir un peu. Après tout, je m'occupe de deux départements, à présent.

Avec un soupir, il rangea son carnet de notes dans sa poche avant de bâiller et de s'étirer.

—OK, mon cœur, répondit Delilah en passant ses bras autour de sa taille pour l'embrasser longuement. Mais sois prudent. Je ne veux pas qu'il t'arrive quoi que ce soit. Nos ennemis sont très dangereux.

La sonnerie du téléphone retentit de nouveau. Décrochant, j'espérai que, pour une fois, il s'agirait d'un téléprospecteur. Pas de chance. C'était l'infirmière Richards.

—Mademoiselle Welter ? J'ai de mauvaises nouvelles et comme les parents de Benjamin sont à l'étranger, j'ai pensé que je devais vous appeler.

Elle avait l'air paniqué. Que se passait-il encore ?

—Qu'est-ce qui ne va pas ? Comment va Benjamin ?

—Justement, c'est le problème. Nous l'ignorons. Il semble avoir... disparu.

—Disparu ! m'exclamai-je, les yeux rivés sur le téléphone. Qu'est-ce que ça signifie ? Où est-il allé ?

Au moment où je prononçais ces mots, je me rendis compte de leur stupidité.

—Nous l'ignorons. Les gardiens fouillent la propriété pour la troisième fois. Ce soir, deux hommes et une femme ont demandé à le voir. Ils n'étaient pas de sa famille, mais ils ont quand même insisté. Alors j'ai appelé le médecin, qui a refusé d'accéder à leur requête. Ils sont partis. Toutefois, ils n'avaient pas l'air contents d'avoir été déboutés.

Les démons et le djinn ! Il n'y avait aucun doute possible. À moins que ce soit... Morgane, Mordred et Arturo ?

—Vous avez bien fait, répondis-je. Il s'agissait probablement de journalistes tentant de porter préjudice à notre famille. Qu'est-il arrivé à Benjamin ?

Elle s'éclaircit la voix. Je pouvais presque entendre le mécanisme de son cerveau se déclencher. L'idée d'être assignée en justice la terrifiait sûrement.

—Quand nous nous sommes rendus dans la chambre de Benjamin pour lui administrer ses médicaments, il ne s'y trouvait pas. Nous l'avons cherché dans tous les bâtiments et les jardins sans succès. Pour l'instant, nous espérons qu'il s'est réfugié dans un coin tranquille pour dormir. Toutefois, je tenais à vous en informer. Vous m'avez demandé de vous appeler si quelque chose d'inhabituel se produisait.

Je pouvais remercier mon glamour. Après l'avoir assurée de ma gratitude, je raccrochai.

—Il faut à tout prix trouver la grotte ! Benjamin a disparu et je pense que les démons sont allés le chercher.

—C'est pas vrai! s'exclama Menolly. Allez! Iris, reste ici avec Maggie. Enferme-toi à clé et cache-toi dans mes appartements. Tu connais la sortie secrète au cas où.

Blanche comme un linge, Iris hocha la tête, visiblement inquiète. Elle se dépêcha de prendre Maggie dans les bras tandis que nous nous préparions. Pour ma part, j'attachai mon épée en argent dans son fourreau à ma taille et vérifiai que la corne de licorne se trouvait dans la poche intérieure de la cape qu'Eriskel m'avait donnée. Puis, en un temps record, je troquai mes talons aiguilles contre des bottines à talons plus larges.

Delilah, qui portait déjà un jean et un pull à col en V, enfila une veste en cuir et attacha sa dague en argent à sa jambe. Menolly passa une veste en jean par-dessus son pull à col roulé noir et ôta ses chaussures à talons pour les remplacer par des Doc Marten's. Après que Morio eut vérifié que son familier se trouvait bien dans son sac, nous nous dirigeâmes vers la porte.

—Morio, on n'a qu'à prendre ton 4 x 4. Comme ça, on rentrera tous dedans, commençai-je lorsqu'un bruit m'interrompit.

Me retournant vivement, je concentrai mon énergie, prête à l'envoyer au visage de l'intrus.

—Ne tirez pas! fit une voix familière.

Je baissai les bras. Tandis que nous descendions l'escalier, Trenyth et Grand-mère Coyote sortirent de l'ombre. Et ils n'avaient pas l'air de nous apporter de bonnes nouvelles…

CHAPITRE 24

— Trenyth! Grand-mère Coyote!
Comme je m'arrêtai soudain en plein milieu de l'escalier, Delilah me rentra dedans et, ensemble, nous roulâmes jusqu'au sol boueux. Je tressaillis lorsque la pointe de la corne de la licorne noire s'enfonça légèrement dans ma hanche. Je n'avais pas peur de la briser. Après tout, elle résisterait probablement aux roues d'un camion. En revanche, je craignais de libérer ses pouvoirs sans le vouloir. Je ne connaissais toujours pas son fonctionnement.

— Aïe! s'exclama Delilah en se massant les fesses. Fais attention où tu mets les pieds!

Elle se leva avant de m'aider à faire de même. Menolly se tenait derrière nous. Je m'attendais à la voir arborer un sourire moqueur. Toutefois, elle observait nos invités surprise avec un air des plus sérieux et un regard lointain. Morio et Flam s'approchèrent de nous.

— Vous voir ensemble n'a pas le moindre effet sur moi, remarquai-je en posant une main sur ma hanche endolorie. Qu'est-ce qui se passe?

— Il faut que nous parlions, répondit Grand-mère Coyote.

Ses dents d'acier étincelaient dans la nuit. La nouvelle lune était apparue depuis quelques jours. Pourtant, je sentais toujours la présence de la Mère Obscure dans l'air.

— Voulez-vous entrer? demandai-je en désignant la maison.

Elle secoua la tête.

—Non. Nous n'avons pas de temps à perdre en protocole. Vous devez vous hâter. L'équilibre va changer ce soir. L'équinoxe aura lieu demain. L'équilibre doit changer. Tout ce qui est allé de travers jusqu'à présent peut être rectifié aujourd'hui. Les pouvoirs qui ont régné autrefois, régneront de nouveau. Vous devez être présents pour témoigner du changement et faire tout votre possible pour qu'il ait lieu.

Des devinettes! Grand-mère Coyote ne savait pas s'exprimer autrement. Je ne pris même pas la peine de lui demander des explications. J'avais appris ma leçon. Après tout, nous le découvririons bien assez tôt. Comme d'habitude.

Je me tournai vers Trenyth.

—Et vous? Quelles mauvaises nouvelles nous apportez-vous? Ce doit être sérieux pour que la reine Asteria vous envoie malgré son refus de vous mettre en danger.

Il prit une grande inspiration.

—Ce sont effectivement de mauvaises nouvelles. J'aurais voulu que quelqu'un d'autre vous l'apprenne, mais il y a eu un accident. Il s'agit de Trillian…

Je commençai à me sentir mal.

—Non. Non…

—Camille, laissez-moi finir…

—Pas question!

Une montée d'adrénaline s'insinua dans mes veines. Mon cœur battait si fort que je m'entendais à peine penser. Je me mis à trembler.

—Trillian est…

—Non! Il ne peut pas être mort!

Je me mordis les lèvres au point d'en saigner. Ça ne pouvait pas arriver! Je ne le supporterais pas. Je ne supporterais plus rien.

Aussitôt, Delilah se plaça derrière moi pour me soutenir, bientôt suivie de Flam. Je me laissai aller contre lui.

—Il n'est pas mort! se dépêcha de dire Trenyth. La statue de son âme est toujours intacte. (Quand il secoua la tête, je sentis mon cœur bondir dans ma poitrine. Je respirais avec difficulté.) Du moins… il n'est pas encore mort.

Je faillis m'étouffer en toussant. Flam me serra davantage.

—Où est-ce que vous voulez en venir? Pas encore? Il a été blessé? Dites-moi ce qui ne va pas, pour l'amour du ciel!

Trenyth soupira.

—Nous pensons qu'il a été enlevé par un contingent de gobelins. Un de nos informateurs a été témoin de la bataille.

Sur ces mots, tout devint noir.

Lorsque je repris connaissance, je sentis une présence au-dessus de moi. Je clignai des yeux pour éclaircir ma vue. Que s'était-il passé? Pourquoi étais-je allongée sur le sol froid?

Soudain, j'aperçus les dents étincelantes de Grand-mère Coyote tandis qu'elle me souriait, une main caressant mon visage. Ses doigts étaient calleux et ses yeux semblaient sonder mon âme, comme pour me ramener de l'endroit où mon âme s'était réfugiée. Je hoquetai de surprise. Une décharge d'énergie venait de me toucher. Elle m'avait donné un coup de fouet, à la manière d'un vieux whisky.

—Viens, ma fille. Lève-toi. Tu n'as pas le temps de faire ton deuil. Tu dois accepter ce fardeau supplémentaire et accomplir ton destin. Pose toutes les questions que tu voudras. Tu pleureras plus tard.

Secouant la tête pour me réveiller tout à fait, je jetai un coup d'œil circulaire. Flam était assis près de moi. En fait, ma tête se trouvait sur ses genoux. Morio et Menolly étaient agenouillés sur ma gauche et Delilah et Chase sur ma droite. Ils m'aidèrent à me relever. Flam passa un bras autour de ma taille tandis que Morio me prenait la main.

—Ça va? s'enquit Delilah.

— Comment est-ce que ça pourrait aller ? demandai-je en la regardant droit dans les yeux. Tu sais aussi bien que moi ce que les gobelins font à leurs prisonniers. Être captif revient à être tué.

Elle se détourna, mais je ne m'arrêtai pas de parler pour autant.

— Trillian et moi nous appartenons l'un l'autre, aussi bien dans la vie que dans la mort. Quand il est réapparu dans ma vie, j'étais terrifiée parce que je savais que je n'aurais pas la force de le repousser une nouvelle fois. Peu importe le nombre d'amants que nous prenons ou les kilomètres qui nous séparent : nous sommes liés pour l'éternité. (Je fermai les yeux.) Racontez-moi ce qui s'est passé, fis-je à l'attention de Trenyth.

Grand-mère Coyote m'interrompit.

— Nous n'avons pas le temps !

— Et moi, je dis que nous allons le prendre ! m'exclamai-je en me tournant vers elle. (Je me sentais aussi glacée que les eaux des pôles.) Je suis liée à Trillian ! Je veux savoir ce qui lui est arrivé et pourquoi il a été envoyé en mission alors que sa couverture avait été découverte ! Le monde peut bien se briser comme du cristal, je m'en moque ! Je veux des réponses !

Elle m'observait avec une telle intensité que je crus un instant qu'elle allait me réduire en poussière. Puis, elle se tourna vers Trenyth.

— Dépêchez-vous. Nous n'avons pas de temps à perdre.

Trenyth tritura son col.

— La reine Asteria ne pouvait confier cette mission qu'à Trillian. Vous comprendrez pourquoi quand je vous aurai expliqué de quoi il retourne.

— Je vous le souhaite, fis-je en effleurant mon épée d'argent.

Il m'adressa un regard glacial.

—Votre père devait se rendre à Elqavene il y a quelques jours. Il devait se joindre à nos tacticiens.

—Père! Que savez-vous à propos de lui? Nous n'avons plus de ses nouvelles depuis sa désertion!

Je me figeai et sentis Delilah et Menolly faire de même.

—Votre père nous a informés de son arrivée. Nous avions besoin de son aide. Il possède des informations secrètes sur l'armée de la Cour et de la Couronne. Malheureusement, il a disparu en chemin.

—Merde! C'est pas bon. C'est pas bon du tout! Vous avez une idée de ce qui aurait pu lui arriver? demanda Menolly en frappant dans une pierre.

Delilah, elle, se laissa tomber à terre. Je l'observai un instant de peur qu'elle se transforme.

—D'après notre informateur – vous connaissez Rozurial –, la statue de son âme est intacte. Mais nous avons besoin des renseignements qu'il transportait. Nous devons découvrir où il se trouve et les causes de sa disparition. Trillian était la seule personne à qui nous pouvions faire confiance pour cette mission. Il connaît votre père. Il connaît toute l'histoire.

—Oh, mon Dieu, marmonnai-je en me laissant aller contre Flam qui me supportait. Alors les gobelins…

—Lorsqu'ils comprendront qu'il est un espion, ils le tortureront avant de le tuer… à moins qu'il s'échappe. (La voix de Trenyth faiblit.) Je suis terriblement désolé. Nous ignorons encore ce qui s'est passé. Nous n'avions pas connaissance de la présence de gobelins à l'endroit où se trouvait Trillian. Nous ne savons pas comment ils ont pu apparaître si rapidement.

—Les portails! fit Menolly en claquant dans ses doigts. Voilà comment ils s'y sont pris! Ils utilisent les portails non répertoriés. Vous pariez combien que certains d'entre eux sont retournés à Guilyoton pour faire un rapport sur notre combat d'aujourd'hui?

—Votre combat ? De quoi est-ce que vous voulez parler ? demanda Trenyth, l'air perdu.

Nous le mîmes au courant des péripéties de la journée.

—Merde ! Il ne faut pas oublier le gobelin qui accompagnait le Fae, aussi ! fit Delilah en se relevant d'un bond et en époussetant son jean. À mon avis, ils ont raconté leurs aventures aussi bien aux démons qu'à leurs compatriotes. Les gobelins sont de sales connards sournois. Ils ne tiennent jamais parole.

—Dans ce cas-là, ils nous espionnent sûrement depuis longtemps, avant même que Feddrah-Dahns n'entre dans notre boutique, remarquai-je. (Je me sentais aussi endormie que si j'avais plongé dans une piscine de Novocaïne.) On parie que c'est l'œuvre de Karvanak ? Après tout, il habitait à Seattle avant que Luc le Terrible entre en scène. Il nous observe peut-être depuis le début. Impossible de savoir ce que les démons ont appris. Ou même Lethesanar.

Mon inquiétude pour Trillian et mon père prenait une tout autre tournure.

—Vous croyez que Lethesanar est de mèche avec les démons ?

Cette pensée me glaça jusqu'aux os. Si c'était le cas, la reine était une traîtresse envers les deux mondes.

Trenyth fronça les sourcils.

—J'en doute. Toutefois, je veillerai à en discuter avec la reine Asteria. Je n'ai pas grand-chose à vous dire d'autre.

—Et maintenant ? demandai-je, anxieuse. (À l'intérieur de moi, je ne cessais de me répéter : *Il n'est pas encore mort… il n'est pas encore mort. Garde espoir.*) Nous devons porter secours à Trillian. Je sais qu'il a été entraîné pour faire face à ce genre de situation, mais les gobelins ne connaissent pas la pitié. Ils le démembreront avant qu'il ait pu leur dire quoi que ce soit.

—Malheureusement, nous ne pouvons rien faire, répondit doucement Trenyth. Nous ferons tout ce qui est en notre pouvoir, mais… (Il posa une main sur mon épaule. Flam la repoussa. Trenyth baissa la tête.) Camille, vous ne pouvez pas imaginer combien il me pèse de vous annoncer cette nouvelle. Je sais ce que Trillian représente pour vous.

—Oui, c'est ça, murmurai-je. Autre chose ?

Il secoua la tête.

—Dans ce cas-là, vous feriez mieux de rejoindre la reine Asteria pour l'entretenir de tout ça, dis-je avant de me détourner pour l'empêcher de répondre.

—Mon enfant, ne blâme pas le messager, intervint Grand-mère Coyote. (Quand sa voix résonna dans la nuit calme, je me retournai, prête à la contredire. Toutefois, face à son air désapprobateur, je demeurai muette.) Il aurait très bien pu ne rien dire. Rien ne l'obligeait à venir ici.

Je pris une grande inspiration et frissonnai.

—Vous avez parfaitement raison. Trenyth, merci de vous être déplacé. Nous ferions mieux de nous mettre en route. Quelque chose à ajouter ?

En guise de réponse, ils se détournèrent en silence. Tandis que je les observais s'éloigner, je sentis mon cœur tomber comme une masse, si lourd qu'il manqua de m'emporter dans sa chute. Je marchai vers le 4 x 4 de Morio, bientôt suivie de mes compagnons. Le poids de leurs questions en suspens me donnait envie de suffoquer.

Je leur jetai un coup d'œil.

—Vous ne pouvez rien faire pour arranger les choses, alors n'essayez même pas ! Trillian est fichu et notre père a disparu. C'est la guerre. Tant que nous ne pourrons pas retourner en Outremonde pour les chercher nous-mêmes, les mots ne serviront à rien. Et même si c'était le cas… nous ne saurions même pas par où commencer !

Morio déverrouilla les portes de sa voiture. Pendant que les autres prenaient place à l'intérieur, en laissant les sièges avant libres, Flam et Morio se postèrent près de moi. J'observai Morio sans bruit. Son regard topaze faisait fondre mon cœur. Je sentis un sanglot naître dans ma poitrine. Alors, il passa un bras autour de ma taille et Flam, autour de mes épaules. Ses cheveux, eux, se mirent à caresser mes bras, mon front et mes jambes.

—Camille, tu dois faire quelque chose! fit Flam. Trillian… Il existe un moyen de le sauver. Et ce n'est pas un tour de dragon pour te faire mienne.

—Qu'est-ce que je peux faire? Comment est-ce que je peux le trouver?

Je gardai la voix basse, tentant vainement de contrôler mes émotions. J'avais envie de pleurer, de me briser pour qu'ils ramassent les morceaux. Mais, comme toujours, je me forçai à me tenir droite.

À la mort de Mère, j'avais servi de clé de voûte à toute la famille. Même si, à l'intérieur de moi, je criais, je ne les avais jamais laissé tomber.

Lorsque les autres enfants se moquaient de Delilah à propos de ses transformations, je les avais défiés… et avais souvent fini frappée. Pourtant, je ne pleurais pas. Je n'osais pas montrer ma propre vulnérabilité, de peur qu'ils s'en servent pour la blesser davantage.

Et quand Menolly était rentrée assoiffée de sang et entaillée sur tout le corps, j'avais gardé mon sang-froid suffisamment longtemps pour appeler à l'aide. Puis, j'avais soulagé la douleur de mon père et de Delilah, gardant mes propres peurs pour moi, comme j'étais supposée le faire. J'étais leur roc. Leur ancre.

Cette fois, Trillian était presque mort et Père manquait à l'appel. Malgré tout, nous avions une mission à accomplir.

Je devais encore une fois mettre mes sentiments de côté. Oublier mes besoins pour la bonne cause. Peut-être était-ce la raison pour laquelle je ne voulais pas d'enfants. J'avais déjà donné tout ce que j'avais à donner.

—Je vais te dire ce que tu peux faire, reprit Flam. Lie-toi à Morio et moi. Prends-nous comme maris. Ainsi, nous pourrons te protéger et allier nos pouvoirs pour sauver Trillian.

Son expression était si sérieuse qu'elle m'effrayait presque. Je le dévisageai avant de me tourner vers Morio pour vérifier que le dragon me disait la vérité. Morio hocha la tête, les lèvres pincées.

—Vous êtes sérieux? Vous épouser tous les deux? Au cas où vous l'ignoreriez, ce monde est régi par des lois… ce pays en tout cas.

—On se fout des lois! s'exclama Morio. Il n'est pas question de documents légaux, ici, ni d'une simple cérémonie de mariage ou de belles paroles. Non, je sais très bien de quoi veut parler Flam. Il veut que l'on accomplisse le rituel de symbiose de l'âme.

Je secouai la tête.

—Qu'est-ce que c'est que ce truc? Je n'en ai jamais entendu parler! C'est une coutume terrienne?

Flam souffla.

—Pas tout à fait. Il s'agit d'un rituel gardé secret par des lignées de créatures surnaturelles, expliqua-t-il avec un regard d'avertissement pour Morio. Ne me demande pas comment je le sais, je ne te le dirai pas.

Morio fit signe à Delilah qui passait la tête par la fenêtre de la voiture.

—On arrive tout de suite! lui dit-il. Le rituel relie les âmes par la magie. Cette union apporte certains pouvoirs. Tout d'abord, les êtres dont les âmes sont liées sont toujours capables de retrouver leur moitié. Bien sûr, Trillian ne sera pas techniquement lié à nous, mais je compte sur le fait qu'il l'est à toi. Tu pourras te servir de nos pouvoirs pour le chercher. En s'y mettant à trois, nous aurons plus de chances d'y arriver.

Je les observai, bouche bée.

— Vous voulez dire que nous pourrons le localiser ?

— Je ne peux pas te le promettre à cent pour cent, mais je suis prêt à prendre le risque, avoua Morio en me soulevant le menton. Camille, tu sais parfaitement que les elfes ne peuvent pas se permettre de le chercher. En fait, ils le voient sûrement comme un poids, maintenant qu'il a été capturé. Ils enverront peut-être une triade de Jakaris, comme pour ton cousin Shamas. Toutefois, Trillian ne possède pas les mêmes pouvoirs que lui. Il ne serait pas capable de se servir de la magie de ses ennemis. Il en mourrait.

Jakaris était le dieu svartan du vice, mais pendant la guerre, le roi Vodox avait demandé aux triades, des groupes de trois moines assassins, de travailler pour Tanaquar et Asteria. Si Trillian devenait leur cible, il ne ferait pas un pli.

— Merde ! Vous feriez ça pour moi ? Vous lieriez votre âme à la mienne pour me permettre de sauver Trillian ?

J'avais du mal à croire au cadeau qu'ils m'offraient. Morio hocha la tête, imité par Flam.

— Combien de temps dure cette union ?

Dans mon cœur, je connaissais déjà la réponse, mais je voulais l'entendre de leur propre bouche.

Flam s'éclaircit la voix.

— Toute la vie… et plus. Ça signifie également que nous ne pourrons jamais rester éloignés trop longtemps les uns des autres. Si tu rentres en Outremonde pour plus de quelques mois, Morio et moi devrons te suivre. Si l'un de nous meurt, son corps retrouvera celui des autres dans un rite funéraire. Ce n'est pas une proposition faite par des amis, mais par des amants. Tu seras réellement notre femme.

Je me tournai de nouveau vers la voiture. Devais-je accepter ? Il s'agissait sûrement de la seule solution… pourtant, elle chamboulerait ma vie. Alors, je pensai à Trillian et pris ma décision. Peu importait les sacrifices, je le retrouverais.

—Allons-y. Nous avons du pain sur la planche, fis-je en me dirigeant vers le 4 x 4 de Morio. (Puis, plus doucement, j'ajoutai :) Je vous aime tous les deux. J'espère que vous le savez. Et j'aime aussi Trillian. Si nous parvenons à le sauver, vous devrez l'intégrer à notre mariage. Je serai très honorée de devenir votre femme. Mais, surtout, souvenez-vous que je suis déjà mariée à Trillian, même si nous ne prononçons jamais ce mot. Êtes-vous prêts à me partager avec lui ?

Je dévisageai Flam. Le moment de vérité était venu.

Morio ouvrit la porte du passager et se recula pour me laisser entrer.

—Je sais, répondit le dragon, et ça ne me pose aucun problème tant que…

—Tant que quoi ? demandai-je.

—Tant que Trillian est toujours sain d'esprit et de notre côté, termina Flam. Dans ce cas-là, je suis d'accord.

Il monta à l'arrière à côté de Menolly. Morio ferma ma porte et j'attachai ma ceinture en réfléchissant à l'avenir. Delilah posa une main sur mon épaule. Je la recouvris d'un air absent et jetai un œil à travers la fenêtre.

Dans l'état actuel des choses, toute forme d'engagement à long terme semblait insensée. Pourtant, il existait déjà. J'étais liée à Trillian, Morio et Flam, sans la moindre cérémonie ou certificat. Alors pourquoi ne pas le rendre officiel ? Pourquoi ne pas mettre toutes les chances de notre côté ?

Soupirant longuement, je regardai Flam par-dessus mon épaule. Il me fit un clin d'œil. Tout petit. Mais suffisamment pour me dire tout ce que j'avais envie d'entendre : « Je suis là pour toi. Je t'aiderai. Je t'aime. Tu es à moi, mais je suis prêt à te partager pour ton bonheur. »

—C'est parti ! m'exclamai-je tandis que Morio roulait hors de la propriété, en direction des terres de Flam.

CHAPITRE 25

A près avoir protégé la voiture grâce à une illusion, Morio appuya sur le champignon. Nous arrivâmes en un temps record. Tandis que nous pénétrions dans l'allée qui menait à la maison de Tom Lane ou plutôt de Georgio, je sentis une présence obscure planer au-dessus de nous.

— Qu'est-ce que c'est que ce truc ? m'exclamai-je en sautant de la voiture dès qu'elle fut arrêtée.

Je jetai un coup d'œil autour de moi, dans l'espoir de découvrir d'où venait toute cette magie. La pression m'empê-chait presque de respirer. Il s'agissait d'un pouvoir puissant, ancien, Fae ou Sidhe. Et merde ! Titania et Morgane !

— Les démons ? s'enquit Delilah en sortant à son tour.

Je secouai la tête.

— Je ne pense pas qu'ils soient déjà là. Non, c'est de la magie Fae. Avec un soupçon de magie lunaire. Après tout, Morgane est une fille de la Lune, comme moi.

Alors, tout le monde descendit de voiture. Je remarquai que Flam fronçait le nez. Quand il grogna, je me retournai complètement pour vérifier qu'il n'était pas en train de se transformer, mais il se contenta de rester debout, grand et impassible sous le ciel nocturne.

— Titania et Morgane sont à la recherche de la grotte, fit-il. Elles ouvrent des passages entre les mondes pour trouver les cachettes secrètes de ces terres. Elles ne tarderont pas à réussir. Nous devons les rejoindre.

Je fermai les yeux. Un vent glacé venait de se lever et faisait onduler les arbres et craquer les branches avant d'emporter leurs plaintes vers l'est.

— Ça vient de l'ouest. Des rivages lumineux.

— D'Avalon ? demanda Menolly.

Prêtant l'oreille, je tâchai de localiser l'origine des courants d'air qui nous parvenaient. Ils charriaient le sel marin, les algues, le cri des mouettes et la phosphorescence étincelante qui brillait à la surface de l'eau lors des nuits chaudes à marée haute. De la magie Fae prisonnière du monde marin.

En suivant la traînée d'algues brunes, je voyageai à l'intérieur de moi-même. Ainsi, je me retrouvai dans le sanctuaire de la licorne noire, face au seigneur des profondeurs. Il nagea jusqu'à moi. Ses longs cheveux étincelaient d'une lueur magique et ses yeux ronds brillaient de toute leur noirceur. Lorsqu'il fit surface, je me rendis compte qu'il était accompagné d'un banc de dauphins.

Je m'inclinai devant lui et il m'imita.

— Dame Camille, que désirez-vous ?

— Cette magie est-elle originaire d'Avalon ? L'île est-elle toujours perdue dans la brume ou a-t-elle réapparu ?

Je patientai, comptant les secondes, tandis qu'il fermait les yeux et plongeait la main dans l'eau. Vingt secondes plus tard, il releva la tête pour m'observer à travers le miroir.

— Non, cette magie n'est pas liée à Avalon. L'île sacrée a sombré trop profondément dans la brume pour que quelqu'un, moi y compris, puisse la retrouver. Il s'agit des vagues de magie de la Mère Lune, des courants marins de la puissante déesse des mers et des océans. Je sens le pouvoir de Grand-mère Eau. Elle chante à travers le vent ce soir. Quelqu'un a fait appel à elle.

Il ne pouvait pas m'en dire davantage. Après l'avoir remercié, je sortis de ma transe aussi facilement que pour me réveiller d'une légère sieste.

—Ce n'est pas Avalon. Une chose est sûre, elles n'essaient pas de réveiller Arthur. (Fermant les yeux, je me raccrochai de nouveau aux bribes de magie qui m'appelaient, m'invitaient, me tentaient. Je ne pouvais pas y résister. Je devais la suivre.) Venez! La source se trouve au beau milieu de la forêt, où Benjamin nous a dit avoir trouvé la grotte. Allons-y!

Alors que je commençais à avancer, Flam m'attrapa par le bras.

—Stop! Il y aura beaucoup de pièges sur notre route. Laisse-moi passer devant, dit-il en s'exécutant. Je saurai les désamorcer.

Écoutant mon bon sens, je le laissai passer et le suivis avec Morio, talonnés de près par Menolly, Delilah et Chase.

Ainsi, nous nous enfonçâmes dans la nuit, sous la lumière de la lune qui filtrait au travers de nuages fins. Je sentais ses yeux de givre sur nous. Elle avait rejeté son voile noir en arrière et nous regardait à présent depuis les cieux. Elle deviendrait pleine et mûre durant les deux prochaines semaines, dégoulinant de passion, de luxure et d'œufs prêts à être fécondés. Alors, elle nous ordonnerait de nous adonner à la Chasse, à la recherche de ceux qui désiraient jouer au chat et à la souris.

La forêt se révélait noire et blanche, devant nous. Par-ci par-là, des auras perturbaient la monochromie de la nuit. Flam avançait avec aisance entre les arbres et les buissons, empruntant des passages qui m'auraient déjà fait tomber depuis longtemps dans les sous-bois. Durant la Chasse, je voyais clairement dans le noir, mais les autres nuits, même si ma vision était meilleure que celle de la plupart des HSP, j'étais obligée de ralentir en terrain inconnu.

Je m'arrêtai. Flam m'avait fait un signe de la main. Nos compagnons me rejoignirent tandis qu'il avançait prudemment.

Soudain, il y eut une détonation et une légère explosion secoua les environs. Pourtant, il n'y avait aucune trace de flammes ou de fumée et Flam avait l'air sain et sauf. Quand son regard rencontra le mien, je sentis sa présence m'envelopper, me garder en sécurité.

Nous reprîmes notre route, jusqu'à l'endroit où Morgane avait établi son campement. Au loin, on pouvait apercevoir un feu. Il s'agissait sans nul doute de leur caravane. Flam nous fit de nouveau signe de rester en retrait tandis qu'il s'en approchait en courant. Au bout d'un instant, les flammes disparurent et les ténèbres nous entourèrent encore une fois. Je frissonnai. Je n'avais pas froid, mais la magie Fae de Grand-mère Eau devenait de plus en plus forte. Elle était si dense que j'avais du mal à réfléchir.

Me tournant vers Morio, je lui murmurai :

—Tu le sens aussi ?

Il hocha la tête.

—Oui. Sûrement pas autant que toi, mais je le sens aussi. J'ai du mal à faire comme si de rien n'était.

Delilah se pencha en avant.

—Nous sommes dans la nature sauvage. Flam l'a voulu ainsi. Seulement, je me demande si ça ne va pas se retourner contre nous.

—Qu'est-ce qui va se retourner contre nous ? demanda Flam en réapparaissant aussi vite qu'il avait disparu.

—Cette… terre, bafouilla Delilah. Elle est sauvage et…

—C'est généralement le cas de la nature, fit-il en lui adressant un regard glacial. Est-ce que tu connais seulement l'âge de cette forêt ? Celles d'Outremonde sont nées durant la Grande Séparation. Ici, elles sont tellement vieilles qu'elles appartiennent au souvenir de la planète. Ce sont des entités qui possèdent leur propre monde. Les bois n'ont nul besoin des humains car les humains sont devenus un furoncle sur la surface de la planète. Les dragons aussi et tout ce qui évolue dans la forêt. Nous piétinons, nous dévorons, nous détruisons : c'est ainsi et nous ne pouvons rien y faire. C'est dans notre nature. Mais ça ne veut pas dire que les forêts l'acceptent et font semblant de ne rien voir.

— En Outremonde, nous avons trouvé le moyen de communiquer avec les arbres, intervins-je. Dans les forêts sauvages, il y a des arbres qui se moquent des bipèdes, mais aucun n'est aussi effrayant que certains spécimens que l'on rencontre ici !

— Tu oublies leurs cousins sombres de Darkynwyrd ! fit Menolly en se joignant à la conversation. Peu importe où tu te rends, il y aura toujours des arbres qui te dérouleront le tapis rouge et d'autres qui te fuiront comme la peste.

— Assez parlé ! s'exclama Flam. Leur caravane est là-bas, mais pas Morgane. J'ai vu Arturo et cette bête impatiente qu'elle appelle Mordred. Il empeste les flammes et la suie. Il s'agit sûrement de votre incendiaire.

Mordred ? Ça paraissait logique. Visiblement, Morgane avait déjà entamé sa campagne contre les démons.

Nous nous remîmes en route, suivant Flam sur un chemin escarpé et pentu. Derrière moi, j'entendais Chase se démener pour nous suivre. Après tout, Morio, mes deux sœurs et moi avions beaucoup plus d'endurance que lui. Soudain, ses soupirs ne parvinrent plus à mes oreilles.

Inquiète, je me retournai vivement. Grâce à la lueur des yeux de Menolly, je vis qu'elle avait pris Chase sur son dos. L'air effrayé, il s'accrochait de toutes ses forces. Lorsque Delilah lui jeta un coup d'œil, il lui lança un regard noir. Aussitôt, ma sœur se détourna sans rien laisser paraître.

Flam s'arrêta si soudainement que je lui rentrai dedans. Il m'attrapa par le poignet pour me faire avancer avec lui.

—Regarde, dit-il en me tournant vers l'ouest.

Là, du flanc de la colline, s'échappait une lumière d'un bleu céruléen à l'intérieur de laquelle dansaient des étincelles comme une légère brume dans la nuit.

—La grotte, murmurai-je.

—La grotte, confirma Flam.

Aussitôt, nous dévalâmes la pente qui menait à la clairière en contrebas de la grotte. Je ne demandai pas à Flam s'il connaissait son existence. Après tout, ceci était aussi nouveau pour lui que pour nous. Tandis que nous avancions sous le croissant argenté de la lune, je sentais l'attraction de la grotte s'accentuer. Son énergie recelait du sang de vie de la Mère Lune emporté par les courants de Grand-mère Eau.

La magie allait et venait, tourbillonnant comme une danse labyrinthique, nous appelant à elle. Les dangereuses Fae des landes et des collines remplies de bruyères tentaient de nous ensorceler avec des chants de sirène. Je m'approchai de Menolly. Chase se trouvait derrière elle. Inquiète, je le regardai dans les yeux. Plus communément appelées bougies des morts, ces orbes de lumière, entités dénuées de forme, appâtaient les humains comme des sirènes. Dans l'intention de les tuer.

Chase avait les yeux écarquillés et les narines dilatées. Je tapai Menolly sur l'épaule. Je voulais à tout prix éviter de parler afin que le vent ne porte pas nos paroles. Elle s'arrêta pour observer le policier et les bougies des morts. Quand elle comprit où je voulais en venir, elle l'attrapa fermement par le bras pour le faire avancer.

Satisfaite, je me frayai un chemin à travers l'herbe haute jusqu'à Flam. Morio nous rejoignit tandis que Delilah restait plus en arrière avec Menolly et Chase.

Je jetai un coup d'œil à la lune. Son croissant étincelait comme la lame d'une faux. Tout à coup, une vague glacée de peur et de désir se déversa dans mes veines. Elle était ma dame, ma chasseresse, ma déesse.

« *Vivras-tu pour elle ? Mourras-tu pour elle ? L'embrasseras-tu sur les lèvres le jour de ton mariage et accepteras-tu son baiser sur ton front le jour de ta mort ?* »

La voix de Nigel résonnait dans le fond de mon esprit. Il avait tenté de me dissuader d'entrer au service de la Mère Lune, comme il le faisait avec tout le monde. Courtiser la Lune sans y avoir été invité menait généralement à la folie ou à une mort rapide. Dans mon cas, elle m'avait accompagnée dès mon plus jeune âge. Depuis, j'aurais fait n'importe quoi pour la toucher, pour l'entendre parler à mon cœur, pour répondre à l'appel qui ébranlait mon âme.

—Viens. Nous n'avons pas de temps à perdre, fit Flam en me sortant de mes pensées.

Je me rendis alors compte que je me tenais, immobile, au milieu de la clairière, perdue dans sa contemplation. Lorsque l'odeur de terre et de mousse humide chatouilla mes narines, je secouai la tête pour me rafraîchir les idées avant de le rejoindre en courant.

Nous étions presque arrivés à la grotte lorsque j'entendis le premier appel à l'intérieur de mon cœur : *Camille, nous avons besoin de toi. Viens jusqu'à nous. Tu as autant ta place que nous dans tout ceci.*

—Quoi ? Qui… ?

Je m'arrêtai pour observer les alentours.

—À qui parles-tu ? s'enquit Delilah, l'air inquiet.

—Je ne sais pas. On me demande d'entrer dans la grotte. La magie m'appelle depuis que nous avons pénétré sur ces terres et elle ne cesse de grandir. (Je me mordis les lèvres.) Je dois y aller. Je dois entrer dans la grotte.

— Nous devons tous y aller, fit Menolly qui retenait toujours Chase.

Visiblement, il était dans un autre monde. Il nous serait inutile tant que le charme agirait et que nous n'aurions pas mis une certaine distance entre la forêt et lui. Nous aurions dû le laisser à la maison.

— Qu'est-ce qu'on fait de lui ? Si on le laisse ici, on risque de le perdre. Si on l'emmène avec nous, quelqu'un devra le surveiller.

Je l'observai, tâchant de choisir la meilleure solution pour tout le monde.

— Je le surveillerai et ferai en sorte qu'il ne lui arrive rien, répondit Delilah. Je suis plus forte que Chase. Je peux le protéger.

— D'accord, acquiesçai-je en faisant un geste vers l'entrée de la grotte. Bon, comme c'est moi qu'on appelle, j'y vais en premier. Je n'ai pas senti de démons donc ils ne sont pas mêlés à tout ça. Du moins, je l'espère.

Après avoir hoché la tête, Morio et Flam se placèrent derrière moi, suivis de Delilah et Chase. Menolly, elle, se fondit dans l'obscurité pour nous servir de sentinelle invisible. Un garde silencieux et sans odeur.

Observant la grotte, je m'emparai de la corne dans les replis de ma cape. Puis, je me mis à courir, mes deux amants sur les talons. Quand mes pieds touchèrent les premiers rayons bleutés, la hampe glacée du pouvoir de la Mère Lune m'empala, se brisant dans mon cœur et résonnant comme des milliers de clochettes.

Sans plus de cérémonie, je déboulai dans la caverne.

Là, Morgane et Titania se tenaient près d'une forêt de cristaux qui gardait le corps d'une femme emprisonnée dans une stalagmite géante. Leur sourire sauvage typiquement Fae m'encouragea à approcher.

Titania avança avec une épée à la main dont le manche recelait une améthyste qui brillait dans la lumière changeante de la grotte. *Le sceau spirituel.* Tel que Benjamin l'avait décrit.

—Nous t'attendions, Camille, dit-elle. Tu vas nous aider à libérer Aeval. Tu n'as pas le choix.

—Et si je refuse? demandai-je en les jaugeant du regard.

Malgré leurs précédents différends, il était clair qu'elles travaillaient main dans la main et que Titania avait retrouvé une grande partie de ses anciens pouvoirs.

Morgane fit un pas en avant.

—Camille, tu es celle vers qui l'équinoxe s'est tourné ce soir. Tu es la seule à pouvoir nous aider à relever la reine de l'ombre. Nous la ramènerons à la vie et, ainsi, nous rétablirons l'équilibre qui a été brisé lors de la séparation des mondes.

« *L'équilibre va changer ce soir. L'équinoxe aura lieu demain. L'équilibre doit changer. Tout ce qui est allé de travers jusqu'à présent peut être rectifié aujourd'hui. Les pouvoirs qui ont régné autrefois, régneront de nouveau. Vous devez être présents pour témoigner du changement et faire tout votre possible pour qu'il ait lieu.* »

Les paroles de Grand-mère Coyote résonnèrent dans mon esprit comme les percussions d'un batteur fou. Alors, je compris. Elle m'avait ordonné d'aider Titania et Morgane. Les Cours Fae étaient destinées à être restaurées, mais je devrais porter la lourde décision sur mes épaules.

Si je ne les aidais pas, l'équilibre en pâtirait. Si je les aidais… quelles seraient les conséquences? Je n'avais pas le temps de peser le pour et le contre. Les démons approchaient à grands pas. Benjamin arrivait de la direction opposée. Quant à Feddrah-Dahns et Gui, ils avaient eux aussi pris un chemin différent, depuis la maison de Georgio où ils se cachaient. Dans tous les cas, ils convergeraient tous ici avant minuit.

Toutes ces images affluaient dans mon esprit. Je me retournai vers mes compagnons qui se contentaient d'observer la scène en silence.

Flam était prêt à l'attaque ; Menolly avait l'air abasourdi. Morio me fit signe de la tête et Delilah retenait Chase par le bras. Ils étaient suffisamment près de l'entrée pour pouvoir s'échapper au cas où.

Je reportai mon attention sur Titania et Morgane.

—Que dois-je faire ?

CHAPITRE 26

Titania me fit signe d'approcher avant de se tourner vers mes compagnons.

—Vous ne devrez intervenir sous aucun prétexte, compris?

Flam l'interrompit.

—Un instant. Morio, ton sort, s'il te plaît.

Je compris où il voulait en venir.

—Fais-le. Je n'ai pratiquement aucun doute, mais on ne sait jamais.

Alors que Morgane était sur le point d'exploser, Titania, elle, prit un ton plus amical :

—Faites donc, maître renard.

Hochant la tête, Morio recula d'un pas et leva les mains. Au bout d'un moment, il se mit à fredonner une incantation en japonais. Alors, une lumière vive éclaira la grotte. Un chatoiement nous entourait. Une série d'images tourbillonnantes défilaient sous mes yeux tandis que Delilah prenait tantôt sa forme de chat, tantôt celle de panthère. Flam se tenait au milieu d'un nuage de fumée à l'effigie de sa véritable nature de dragon blanc. Mais le plus surprenant, c'était Chase. D'après son aura, il n'y avait pas de doute sur son identité. Toutefois, il y avait quelque chose en plus… comme une promesse lointaine.

Morgane et Titania ne subirent aucune transformation. Ni la Fae prisonnière du cristal.

Se détendant, Morio secoua la tête.

— Elles ne sont pas des illusions du Rāksasa. Elles disent la vérité.

— Dans ce cas, on ferait mieux de se mettre au travail, répondis-je en observant la grotte.

La chambre dans laquelle nous nous trouvions s'étendait plus loin. Des épines de quartz semblaient s'échapper de la roche noire. Une couverture cristalline qui avait l'aspect de la glace couvrait le sol, reflétant une lumière paraissant provenir de la pierre elle-même.

Puis, une estrade de cristal s'éleva devant la stalagmite qui retenait Aeval prisonnière. Dessus se trouvait un calice soufflé dans de la lave volcanique qui contenait un liquide dont la fumée débordait de tous les côtés.

Quand Titania me fit signe d'approcher, je jetai un dernier coup d'œil en arrière.

— Je dois le faire. Grand-mère Coyote l'avait prédit. Je n'ai pas le choix. Je ne peux pas me battre contre ma destinée.

Alors même que je parlais, l'énergie de la grotte me forçait à avancer. Cessant de résister, je rejoignis Titania et Morgane.

Titania me demanda de me placer à sa gauche. Elle se tenait au milieu de nous trois, Morgane à sa droite. La reine Fae tendit la main et, instinctivement, je plaçai la mienne, paume vers le haut, sur la sienne. Alors, nos regards se rencontrèrent et les années semblèrent défiler à l'envers, les millénaires s'écouler tandis que son pouvoir se déchaînait autour d'elle comme une cape de magie tourbillonnante, un nimbus d'immortalité. Elle redressa les épaules. Morgane eut un hoquet de surprise. Titania avait laissé tomber tous ses masques. Sa beauté et son éclat emplissaient la grotte.

Je ne pouvais rien faire d'autre que l'admirer, les yeux remplis de fierté. C'était la Titania des contes et légendes, la reine Fae qui terrorisait et séduisait les mortels. C'était la dame que notre propre reine aurait dû imiter. Titania savait se conduire en réelle souveraine. Pendant quelque temps, elle s'était perdue dans sa tristesse et l'alcool, mais, à présent, elle était de retour.

Après avoir levé l'épée dont le manche était incrusté du sceau spirituel, elle fit glisser la lame sur ma chair pour l'entailler. Mon sang se répandit sur ma main avant de se déverser sur le sol.

— Joins-toi à nous, fit-elle en désignant le calice.

Plaçant mon poing fermé au-dessus du récipient, j'observai les gouttes de sang se mélanger au liquide fumant qui se mit à crisser et à produire des flammes violettes.

Morgane me prit la main. Je la laissai faire. Alors, elle porta la blessure à ses lèvres pour l'embrasser. Aussitôt, ma chair se reconstruisit, comme sous le charme d'aiguilles invisibles.

Titania se tourna vers l'estrade.

— Seule l'union du sang d'un Fae et de la magie de la Mère Lune par leur propre accord peut libérer Aeval de sa tombe de cristal et la ramener au monde des vivants. Comme je suis sa rivale directe, je ne peux pas briser la stalagmite. Morgane non plus, car elle aspire à prendre sa place.

Elle s'arrêta pour me regarder dans les yeux.

— Toi, en revanche, Camille… Du sang Fae coule dans tes veines, tu es une fille de la Lune et tu ne convoites pas nos trônes. C'est à toi de libérer Aeval. Bois cet élixir avant de frapper le cristal à l'aide de l'épée. Brise le maléfice qui retient la reine de la Cour de l'ombre depuis que les mondes ont été divisés et les Cours dissoutes.

Ses paroles résonnèrent dans la grotte. *« Brise le maléfice qui retient la reine de la Cour de l'ombre depuis que les mondes ont été divisés et les Cours dissoutes. »* Ainsi, Aeval était prisonnière depuis la Grande Séparation et je devais annuler un sort d'immense pouvoir qui avait été jeté par… par… qui au juste ? Je jetai un coup d'œil anxieux à Titania.

—Qui a jeté ce sort?

Elle prit mon visage entre les mains.

—Quatre seigneurs élémentaires se sont alliés pour le créer, au même moment où ils m'ont retiré un grand nombre de mes pouvoirs. Même si j'ai réussi à les recouvrer, je ne peux pas défaire ce qui a été fait à Aeval.

—Et vous pensez que je peux…

—Maintenant que tu possèdes la corne d'une licorne noire, tu as la force de la réveiller. Nous connaissons les pouvoirs de la corne. Les élémentaires qui vivent à l'intérieur peuvent t'offrir assez de magie pour surpasser le pouvoir de ceux qui ont ensorcelé les Cours et les ont mises à genoux.

Mis les Cours à genoux? Je n'avais jamais entendu parler de cette partie de l'histoire.

—Vous êtes en train de me dire que la Grande Séparation a en fait été une bataille?

Titania me regarda gravement.

—Ne le sais-tu pas, mon enfant? La Grande Séparation a été la plus grande bataille que les Fae aient jamais connue. Ceux qui avaient peur des démons se sont battus pour diviser les mondes d'une manière qui déséquilibrait toutes les sphères de l'existence. Depuis, les choses n'ont cessé d'empirer. Oh, pendant quelque temps, ça a tenu les démons à distance, mais le système s'effondre. De plus en plus de portails s'ouvrent seuls. Les sceaux désirent être réunis pour rétablir l'équilibre du monde.

—Dès le début, le plan avait des lacunes, intervint Morgane. Les gagnants ont tourné le dos à leur héritage en s'exilant en Outremonde. Après avoir décimé les Cours de l'ombre et de lumière. Beaucoup ont sombré dans l'oubli, mais ceux, comme nous, qui ont mené les Cours à la bataille se souviennent de la destruction causée par la guerre.

—Donc, en faisant ça, je trahirai ma famille, mon monde d'origine…

Paralysée par l'indécision, je me sentais comme une girouette coincée entre deux mondes. L'équinoxe aurait lieu ce soir. Grand-mère Coyote était une sorcière du destin. Elle m'avait fait comprendre que ma destinée était de reconstruire les Cours Fae. Sur Terre. Mais quelles seraient les conséquences en Outremonde ? Allais-je engendrer davantage de conflits ?

À bout de patience, Morgane m'attrapa par le bras pour me retourner vers elle.

—Ta famille est née sur Terre ! Il ne fait aucun doute que tu es une fille de Fae, mais connais-tu tes ancêtres ? Connais-tu les racines de ton père ?

Effrayée, je secouai la tête. Quelque chose d'important allait avoir lieu. Je pouvais le sentir. Morgane regarda un instant Menolly et Delilah. Elles étaient sur le qui-vive, prêtes à agir.

—Ça vous concerne aussi, alors écoutez-moi bien. Je ne comptais pas vous en parler, parce que certaines choses valent mieux d'être oubliées, mais si tu as besoin de ne pas avoir l'impression de trahir ta famille, vous feriez mieux d'être au courant. D'après vous, d'où vient votre arbre généalogique ? Alors ?

—Je ne sais pas. Père nous a dit que la plupart des registres avaient été perdus.

Mes dents s'entrechoquaient tellement que j'avais du mal à respirer. Morgane resserra sa prise sur mon bras, formant des rougeurs là où ses doigts malmenaient ma chair.

—Camille, regarde-moi. Qu'est-ce que tu vois ? Regarde-moi bien !

Je m'exécutai. J'observai les yeux violets de Morgane, ses cheveux noir corbeau et son visage juvénile. Alors, je compris. Je compris ce qu'elle essayait de nous dire.

— Oh, mon Dieu ! Vous… Vous…

— Je suis ton ancêtre, idiote ! Tes racines sont les mêmes que les miennes ! Nous appartenons toutes deux à la famille qui s'est liée à la Mère Lune pour la première fois, bien avant la Grande Séparation. Vous avez toutes les trois le même sang que moi dans les veines. En quelque sorte, votre père et moi sommes cousins. Même si je ne suis qu'à demi Fae, mes travaux au côté de Merlin m'ont permis d'allonger ma vie. Je vivrai sur cette Terre aussi longtemps qu'une Fae au sang pur. Votre père, lui, est né après la séparation des mondes, mais son grand-père et mon père sont parents. J'ai fait des recherches à la suite de notre première rencontre. Votre sang appelle le mien.

Tout à coup, je sentis le sol se dérober sous mes pieds. En regardant Menolly et Delilah, je me rendis compte qu'elles étaient aussi secouées que moi.

— Nous sommes de la même famille ?

Mon arrière-grand-père était mort bien avant ma naissance en se battant contre une créature sans nom dans la forêt. Mon père ne l'avait jamais connu non plus.

La Grande Séparation avait scindé le monde, déraciné les familles, détruit les registres, déchirant les clans et les communautés anciennes. Cependant, nous avions toujours cru que les sacrifices avaient été nécessaires, que tous les Fae s'étaient mis d'accord pour empêcher les démons de nous envahir. À présent, une ombre planait sur toute l'histoire qu'on nous avait apprise.

— Tu peux m'appeler « cousine », si ça te chante. Allez, debout ! Un peu de courage ! Tu sais ce que tu as à faire, alors fais-le !

Les yeux plissés, Morgane me releva sans ménagement et me poussa vers l'estrade.

— Tu as une drôle de façon de montrer ton amour, marmonnai-je.

Au moins, elle avait réussi à me réveiller de mon état de choc. Même si ma réputation serait tachée en Outremonde, je devais agir. Maintenant que je savais que la Grande Séparation avait été imposée aux Cours, je faisais davantage confiance à Grand-mère Coyote qu'aux Outremondiens restés à la maison.

Au moment où j'acceptai la coupe que me tendait Morgane, les cristaux qui s'échappaient du sol et du plafond se mirent à bourdonner. À l'intérieur, le liquide sombre dégageait une odeur d'herbes. Le mélange bouillait légèrement. Je pouvais y sentir la présence de mon sang, mélangé à celui de Titania et Morgane. Je jetai un coup d'œil à Menolly qui semblait bien réagir à ce déballage d'hémoglobine.

Après avoir pris une grande inspiration, je portai le calice à mes lèvres, priant pour qu'il ne me tue pas. Le goût amer de l'hydromel se déversa dans ma gorge. Miel, levure musquée, pomme mûre. Sang, armoise, cannabis. Et… un léger arrière-goût de champignon.

Tandis que la liqueur coulait le long de ma gorge, un feu de glace s'éveilla dans mon estomac et se répandit. Des vagues de douleur et de plaisir s'engouffrèrent dans mes veines pour me lécher les orteils, titiller mon cœur et se déverser dans mon corps comme un papillon qui déployait ses ailes pour la première fois.

J'observai la toile qui s'était créée entre Titania, Morgane et moi. Elle était composée de milliers de gouttelettes d'énergie. Je compris que nous avions fabriqué notre propre version de la mer ionique, un pont entre différents pouvoirs. Je les ressentais à l'intérieur de moi : Titania était rassurée d'avoir pu recouvrer sa forme originale. Elle en voulait à Morgane, mais elle travaillerait main dans la main avec elle pour rétablir la paix. Morgane, elle, avait soif de pouvoir. Toutefois, il n'y avait aucun doute dans son esprit. Elle ne s'allierait jamais aux démons. Aucun risque qu'elle nous trahisse.

— Regardez! Vous voyez ça?

Le murmure de Chase brisa le silence. Nous nous tournâmes comme un seul homme pour le faire taire. Alors, le policier écarquilla les yeux et fit un pas en arrière. Flam plaça une main sur son épaule pour le maintenir en place.

Quand je le regardai dans les yeux, le dragon bougea imperceptiblement les lèvres. Il resta silencieux, mais m'envoya un baiser. Un halo d'énergie l'enveloppait. De la fumée s'élevait de son long manteau. À l'intérieur, je distinguais l'énergie reptilienne qui tourbillonnait, serpentait, m'attendait.

Alors que mon regard passait de Flam à Morio, à mes sœurs, je fus capable d'apercevoir les pouvoirs de leurs âmes. Je me rendis compte à quel point je les aimais. De manières différentes. Même Chase, dont l'aura rosâtre me disait qu'il possédait certains pouvoirs qu'il ignorait. Il était humain, mais quelque chose évoluait à l'intérieur de lui.

— Tu es prête? me demanda Titania.

Je me retournai vers l'ancienne reine Fae.

— Laissez-moi préparer la corne.

Elle hocha la tête.

Je plongeai la main dans ma poche à la recherche de la corne de la licorne noire. À l'instant où mes doigts la touchèrent, une soudaine vague de douleur et de peur me submergea. Feddrah-Dahns! Je me retournai vivement.

— Feddrah-Dahns est là-dehors! Il a des ennuis! Allez l'aider! Moi, je reste là. Trouvez-le, les démons sont ici.

Aussitôt, Flam prit la tête du groupe, son long manteau volant derrière lui comme s'il avait une vie propre, suivi de Menolly et Delilah. Morio m'adressa un regard torturé avant de se tourner vers Chase.

—Reste ici, contre les démons et les bougies des morts, tu n'as aucune chance.

—Il a raison, Chase, fis-je à mon tour. Tiens-toi prêt au cas où quelqu'un pénétrerait dans la grotte.

Soupirant, Chase hocha rapidement la tête et observa les autres s'éloigner. Après avoir sorti ses nunchakus, il se posta accroupi à l'entrée de la caverne.

Je me saisis alors de la corne. Nous n'avions plus de temps à perdre. Pas question de douter ou de s'inquiéter. La main autour du cône de cristal, je plongeai mon essence à l'intérieur de la corne, à la recherche de la chambre aux miroirs. Une seconde, deux... et je me retrouvai au milieu des quatre élémentaires qui m'attendaient. Eriskel était là, lui aussi, et m'observait attentivement.

—J'ai besoin de vos quatre pouvoirs pour renforcer ma magie, expliquai-je. Je dois briser un ancien sort incroyablement puissant jeté par des seigneurs élémentaires. J'ai besoin de vous pour passer au travers des barrières et des gardes.

Sans un mot, ils s'inclinèrent devant moi et je sentis leur énergie s'insinuer à l'intérieur de mon corps. Un peu comme si j'avais plongé les doigts dans quatre prises électriques différentes.

Une fois de retour dans mon corps, à ma grande surprise, je me rendis compte que les liens qui m'unissaient à Morgane et Titania étaient maintenant ornés de perles épaisses et colorées. Les racines de la terre, l'énergie de l'eau, le pouvoir de l'air, les épées du feu... tout cela bouillait à l'intérieur de moi.

En silence, Titania me tendit l'épée. Je contemplai le sceau spirituel. L'améthyste était incrustée dans un pendentif fixé sur le manche. Des rayons dansaient à l'intérieur de la pierre, étincelant comme une ligne à haute tension rompue. Le sceau avait une vie propre. Il avait conscience de ma présence et il était prêt à l'emploi. Pendant un instant, je faillis céder à la tentation de le plier à ma volonté, de le faire mien. Puis, je me ressaisis et reportai mon attention sur le cristal à l'intérieur duquel Aeval était prisonnière depuis des milliers d'années.

Levant l'épée, je visai le tombeau de cristal. Je le touchai du premier coup.

— Réveille-toi !

Un vrombissement emplit l'air. Je reculai pour frapper encore une fois.

— Brise-toi !

De nouveau, l'argent et le métal entrèrent en contact avec le cristal. Des échos harmoniques résonnèrent dans la chambre.

— Espérons que la troisième sera la bonne ! m'exclamai-je en recommençant.

Il y eut une pause, un moment de silence étouffé, puis la pierre se brisa. Les épines de quartz se dispersèrent comme les balles d'un AK-47. J'observai l'impact s'élargir comme une toile d'araignée. Alors, il y eut une forte explosion et le reste du cristal explosa.

Tandis qu'un vent se levait dans la grotte, je lâchai l'épée et me laissai tomber à genoux. Titania et Morgane furent propulsées en arrière sous la force de la détonation. Les ondes de choc se répercutaient dans mon corps comme une série de coups. Je relevai la tête. Mes côtes me faisaient un mal de chien.

Un tourbillon se forma autour d'Aeval, vortex de souffle, vie et magie. Des doigts brumeux effleurèrent ses lèvres et les entrouvrirent afin de pénétrer à l'intérieur de son corps. Elle se mit à convulser, assimilant la fumée comme un élixir de vie. Puis, Aeval cligna lentement des yeux avant de les ouvrir en grand. Ils avaient la couleur de la neige et du givre. Vêtue d'une robe de la couleur de la nuit, elle sortit des restes du cristal comme une ballerine dansant sur ses pointes.

Elle était grande et dangereusement belle. Quand elle observa l'endroit où elle se trouvait, un sourire narquois naquit sur ses lèvres. Soudain, elle aperçut Titania et elle éclata de rire.

—Alors comme ça, je suis libre. Et toi aussi. Si je comprends bien, nous n'avons pas gagné la guerre? (Elle se tourna vers moi.) Qui es-tu? Tu es Fae et pourtant… (Elle renifla l'air.) À moitié seulement. Je n'ai jamais rencontré la race de Fae qui t'a engendrée.

Titania se releva aussitôt, suivie de Morgane.

—Aeval, nous n'avons pas de temps à perdre. Nous devons restaurer les Cours. L'équilibre du monde est en jeu.

Morgane paraissait mal à l'aise.

—Et moi? Je voulais…

—Silence! fit Aeval en posant un doigt contre ses lèvres.

Morgane obéit. J'observai ma cousine. Elle ne s'était pas tue de son plein gré. Non. Aeval lui avait jeté un sort. Tandis que je regardais l'ancienne reine de l'ombre, je compris que ses pouvoirs n'avaient pas été bridés. On s'était contenté de les figer dans le temps. Visiblement, elle était une femme dangereuse. Je fis un pas en arrière.

—Tu m'as ramenée à la vie, fit-elle en se tournant vers moi. Je te suis redevable, demi-fée. Fais-en bon usage. Je pourrais avoir à te sauver, un jour.

Mon estomac se noua. Si seulement j'avais eu une bouteille d'eau de mélisse sous la main, je l'aurais avalée d'une traite. Aeval savait intimider les gens. À mon avis, sa proposition était l'équivalent d'une carte «Vous êtes libéré de prison».

Tout à coup, Titania s'interposa entre nous.

—Nous avons beaucoup de choses à nous dire, ma sœur, et Morgane sera présente. Même si elle n'est pas une Fae au sang pur, c'est elle qui a commencé cette quête pour la restauration des Cours. Je ne peux pas te laisser la tuer. Quand tu étais enfermée et que je me noyais dans l'alcool, elle a su garder notre souvenir vivant.

Après avoir réfléchi aux paroles de Titania, Aeval hocha la tête.

—D'accord. Allons-y. Je veux sortir de cette satanée grotte.

Titania se tourna vers moi. Désignant l'épée d'un geste, elle me fit signe de rester silencieuse.

—Tu peux la prendre, avec tout ce qui y est fixé. Fais-en ce que tu désires. Je te recontacterai bientôt.

Sur ces mots, elle passa un bras autour de Morgane et les trois sorcières disparurent dans un épais nuage de fumée.

Je contemplai le cristal brisé et l'épée avant de me tourner vers Chase qui se cachait derrière un rocher. Se levant d'un bond, il accourut vers moi.

—Camille, ça va ? Tu as besoin d'aide ?

Il me tendit la main. Je me relevai doucement, vérifiant que tout était en ordre. Les pouvoirs de la corne commençaient à décliner. Je devrais bientôt les recharger. Malheureusement, il n'y aurait pas de nuit sans lune avant presque un mois. La magie qui m'avait traversée pour briser le cristal m'avait mise à vif. Être le convecteur des énergies de quatre élémentaires, d'une reine Fae et d'une puissante sorcière m'avait écorchée et me faisait encore souffrir.

J'étais sur le point de répondre lorsqu'un bruit à l'entrée de la grotte nous fit tous les deux sursauter. Tandis que je tentais de rassembler autant de pouvoir que je le pouvais, quelqu'un s'engouffra dans la chambre. Nunchakus à la main, Chase se plaça devant moi. Puis il reconnut l'intrus et baissa sa garde.

Benjamin Welter se tenait là, l'air torturé.

—Aidez-moi, nous supplia-t-il. Les démons me poursuivent. Ils sont à la recherche du joyau !

CHAPITRE 27

— Benjamin! m'écriai-je en poussant Chase de mon chemin pour me précipiter vers lui. (Le pauvre homme avait l'air effrayé, comme s'il avait les chiens de l'enfer aux trousses. La réalité n'était pas très éloignée… mais bien pire. À côté des démons, les chiens de l'enfer avaient l'air d'une bande de caniches nains.) Venez par ici. Chase, aide-le à trouver une cachette.

Si les démons approchaient, je devais protéger le sceau. J'attrapai l'épée et observai la soudure qui assemblait le joyau et le métal. Alors, j'eus un déclic. Sollicitant mes dernières onces d'énergie, je passai la main sur le sceau.

— Libère-toi!

À ces mots, la pierre se détacha et tomba dans ma main. Je contemplai le sceau spirituel, me demandant ce que j'allais bien pouvoir faire avec. Si les autres ne revenaient pas, Chase et moi n'aurions aucune chance contre les démons. Je jetai un coup d'œil autour de moi. Pas bon du tout. Ils fouilleraient la grotte pour trouver le sceau.

Face au manque de possibilités qui s'offraient à moi, je glissai le joyau dans mon soutien-gorge entre mes deux seins, où il vibra légèrement. Ils devraient me passer sur le corps pour s'en emparer. Dans l'état dans lequel je me trouvais, je ne serais peut-être pas en mesure de jeter des sorts. J'avais été vidée de mon énergie comme jamais auparavant. Toutefois, j'avais une épée en ma possession. Je ne me rendrais pas sans combattre.

—Tu crois que Titania reviendra nous aider ? demanda Chase d'une voix pleine d'espoir.

Je voulais lui dire « oui », le rassurer, mais dans mon cœur je savais qu'il s'agissait de notre propre combat. Les reines Fae ne joueraient pas à la cavalerie. Je secouai la tête.

—Ne compte pas là-dessus. Nous devons seulement espérer que les autres reviennent à temps. En attendant, mets-toi derrière moi. Je suis plus résistante que toi.

—Non. J'en ai marre d'être mis de côté parce que je suis un humain…, commença-t-il, mais je l'interrompis.

—Écoute-moi bien : tu ne seras pas plus avancé lorsqu'ils te passeront sur le corps pour m'atteindre. Si je tombe, tant pis. Mais je peux résister suffisamment longtemps pour les retarder. Tu comprends ? Nous avons tous les deux plus de chances de survie si je suis devant toi.

Sans attendre sa réponse, je me retournai vers l'entrée. Il y eut du mouvement à l'extérieur, puis Feddrah-Dahns et Gui déboulèrent.

—Est-ce qu'ils arrivent ?

—Oui. Les démons sont devant vos sœurs et vos amis. Nous avons essayé de les éloigner de la grotte, mais je pense qu'ils ont senti qu'il s'était passé quelque chose ici. L'énergie que vous avez soulevée a dû se répandre à travers le plan astral jusqu'en Outremonde.

Feddrah-Dahns gratta le sol avec ses sabots et hennit.

—Merde ! On va devoir les occuper jusqu'à l'arrivée de Delilah et des autres. Je vous préviens, il ne me reste plus une goutte de magie. Je suis vidée. Si j'essayais d'invoquer la foudre, je n'aurais pas assez de force pour la contrôler et je finirais carbonisée, ainsi que ceux se trouvant près de moi.

Je pris une grande inspiration, retenant l'air dans mes poumons pour me recharger. Au moins, l'adrénaline emplissait mes veines et m'aidait à rester debout.

— Noté. Gui, reste avec l'agent de police. Aide-le si tu peux, fit Feddrah-Dahns en me regardant.

Je lui adressai un sourire reconnaissant. Tandis que nous attendions, un flot de pensées remplit mon esprit. Les combats devenaient de plus en plus durs, les chapeaux blancs difficiles à distinguer des noirs. Nous étions dépendants de nos épées. Cependant, l'alternative était tellement terrifiante que nous n'avions pas le choix. Armée sanglante, épées sanglantes, époque sanglante.

Avec tout ça, pas étonnant que mes nuits avec Flam m'apparaissent comme des vacances : en sécurité à l'intérieur d'un rêve de fumée et de brume qui existait réellement. La promesse d'un sanctuaire.

Trillian prenait également beaucoup de place dans mes pensées, mais je n'arrivais pas à verser la moindre larme. J'étais véritablement vidée. Il faisait face à des gobelins, moi, à des démons. Peut-être avait-il davantage de chances d'y survivre. S'inquiétait-il pour moi ? Probablement, mais Trillian ferait face à sa peur et s'acquitterait de sa tâche. Moi aussi. Je ne le laisserais pas tomber. Avec mon père, je les rendrais tous les deux fiers.

Alors que je me redressais, un nouveau mouvement à l'entrée attira mon attention. Un parfum d'orange, de jasmin et de vanille me parvint. Les voilà.

Karvanak fut le premier à apparaître, suivi de près par Vanzir et Jassamin. J'avalai la boule qui s'était formée dans ma gorge. Ils paraissaient humains, mais ce n'était qu'une illusion. Il s'agissait de tueurs sans pitié qui recherchaient ardemment le sceau. C'était mon devoir de le protéger.

Je dégainai mon épée.

— N'approchez pas. Vous n'êtes pas les bienvenus ici. Partez et nous vous laisserons la vie sauve.

Karvanak ricana avant de se débarrasser de sa forme humaine comme d'une mue. Tout à coup, je me retrouvai face à un homme nu avec une tête de tigre. Les yeux plissés, il découvrit ses crocs.

—Nous vous avons laissé suffisamment de temps, dit Jassamin. (Le djinn se plaça près de son maître.) Vous avez choisi de ne pas nous écouter.

Vanzir apparut de l'autre côté.

—Si vous nous offrez le sceau de votre plein gré, tout ira bien.

Il y avait quelque chose dans sa voix… une hésitation, une pause qui me fit le dévisager. Il soutint mon regard, comme dans le parking. J'avais l'impression qu'il essayait de communiquer, mais j'étais trop fatiguée pour comprendre quoi que ce soit.

—Vous savez parfaitement que je ne vous le céderai pas. Je dois empêcher l'Ombre Ailée de s'approprier les sceaux.

Je tentais de gagner du temps. Si je leur montrais ma peur, tout serait fini en un claquement de doigts.

Soudain, le Rākṣasa laissa échapper un grognement et fit signe à Jassamin. Hochant la tête, elle s'approcha. Elle portait une combinaison intégrale en vinyle avec des bottes hautes. Si elle mourait et que je parvenais à survivre, je ne me gênerais pas pour lui piquer sa tenue. Elle rejeta la tête en arrière et éclata de rire.

—Djinn contre sorcière de la lune. Intéressant… Toutefois, tu as l'air au bout du rouleau. Fatiguée, ma belle? lança-t-elle avant de m'envoyer une rafale de vent en pleine face.

Je me repliai sur moi-même, tentant d'élever autant de barrières que je le pouvais. Le coup me frappa de plein fouet, mais au lieu de briser tous les os de mon corps et de m'envoyer voler, le vent se scinda en deux avant même de m'avoir touchée.

—Qu'est-ce que… ?

—Je suis là. Nous ferons notre possible pour vous aider, même si nous ne pouvons pas vous donner l'énergie nécessaire à vos sorts.

Le maître du vent! Les élémentaires essayaient de m'aider! Jassamin recula vivement, en m'adressant un regard interrogateur. Alors, tirant avantage de son égarement, je m'élançai vers elle, épée à la main. Le métal s'enfonça dans sa chair. Elle laissa échapper un hurlement. Visiblement, les djinns n'aimaient pas non plus l'argent. Du moins, pas celui-là.

—Salope! s'exclama-t-elle en m'administrant une claque magistrale qui me fit voler à travers la pièce.

Je me réceptionnai près de Feddrah-Dahns. Alors, la licorne se mit à murmurer une incantation dans un langage inconnu et Chase m'aida à me relever. J'avais à peine retrouvé un semblant d'équilibre lorsque Jassamin fondit de nouveau sur nous, avec un cimeterre aiguisé comme une lame de rasoir à la main. Elle se déplaçait rapidement et manqua de me toucher d'un cheveu. Malheureusement, Feddrah-Dahns fut moins chanceux que moi. La lame entailla son épaule avant qu'il ait pu se dégager. Il hennit de douleur tandis que le sang qui s'écoulait maculait son beau crin blanc laiteux. Gui cria, parsemant de la poussière magique autour de lui.

Un nuage de fumée se forma entre les démons et nous. Je cherchais désespérément une autre arme que mon épée à utiliser dans la grotte.

Les yeux pleins de larmes, Jassamin traversa la brume. Même si elle avait lâché son cimeterre, elle se dirigeait toujours vers moi. Je trébuchai, tentant de m'échapper, mais je n'avais nulle part où aller. Au lieu de m'attaquer, Jassamin m'attrapa par le poignet pour m'attirer à elle. Sa force était immense. Je ne pouvais pas me libérer.

—Non!

Je tentai de me concentrer sur la Mère Lune, mais ça revenait à vouloir puiser de l'eau dans un puits vide. Je n'avais simplement pas assez d'énergie pour invoquer la foudre. Pas même un petit éclair.

—Bien, très bien, la félicita Karvanak tandis que j'étais poussée dans ses bras. (Il m'adressa un sourire insolent.) D'abord, le sceau…

—Pitié… Réfléchissez à ce que vous faites! Voulez-vous vraiment détruire deux mondes? Aucune personne sensée ne…

Il me fit taire en m'assenant un coup de poing. Je gémis, goûtant à mon propre sang dans ma bouche. Ses actes semblaient l'amuser grandement car il rit à gorge déployée. Puis, sa main se faufila dans mon décolleté à la recherche du joyau. Ses yeux s'illuminèrent d'une teinte qui ne me plaisait pas du tout. Paralysée, je priai pour qu'un miracle se produise. Inutile. Il avait déjà trouvé la pierre entre mes seins.

—Si nous avions plus de temps, je te mangerais toute crue, murmura-t-il en m'attirant à lui. De bien des manières. En finissant à table, bien sûr. Mais notre emploi du temps…

Alors, j'entendis Chase hurler. Quand je me retournai, je l'aperçus luttant avec Jassamin.

—Non, Chase! Laisse-la! Elle va te tuer.

Karvanak rit de nouveau, si vulgairement que j'eus envie de vomir.

—Tu pensais vraiment que nous vous laisserions la vie sauve? Idiote. Nous t'avons laissé une chance. Tu n'as pas su la saisir. Quand l'Ombre Ailée s'emparera de ce monde, quand nous régnerons sur nos esclaves humains, peut-être que ton âme regardera par les barreaux du donjon de l'enfer, sachant que tu auras pris part à notre victoire.

Je me débattis. De toute façon, il allait me tuer. Autant se battre jusqu'au bout.

—Vous pouvez me tuer. Vous pouvez tuer mes amis. Mais il y aura toujours quelqu'un pour se dresser devant vous ! Il vous reste six sceaux spirituels à chercher. Vous ne pouvez pas espérer tous les trouver.

Karvanak haussa les épaules.

—Qu'ils viennent ! Qu'ils viennent en masse ! Jassamin, Vanzir, tuez ces imbéciles. Je pars offrir notre présent à l'Ombre Ailée.

Il frotta le joyau sur son torse avant de l'observer d'un air envieux.

—Oh, et Vanzir, fit-il en se tournant vers l'intéressé. C'est ta dernière chance. Encore une erreur et je t'envoie chez Razor. Tu sais ce dont il est capable.

Sur ce, il me jeta aux pieds de son compagnon et se tourna vers la porte. Il avait à peine fait deux pas qu'une cacophonie se fit entendre à l'extérieur.

—Merde !

En quelques secondes, Karvanak se transforma. Il avait pris l'apparence du frère jumeau de Chase. Il courut vers la sortie.

—Les démons sont à l'intérieur ! Ils sont en train de tuer Camille !

Sa voix était elle aussi identique à celle de l'inspecteur.

Avant que j'aie pu me remettre sur pied, Flam déboula dans la grotte, suivi de Delilah et Menolly. Morio était sur leurs talons.

—Ce n'était pas Chase ! C'était une illusion de Karvanak ! fis-je en titubant. Il a le sceau. Arrêtez-le !

Aussitôt, Flam fit demi-tour, imité par Feddrah-Dahns, Gui et Menolly. Puis, Morio courut vers moi tandis que Delilah s'occupait de Chase.

— Chase! s'exclama-t-elle en courant sur le sol en cristal de la chambre.

Je me retournai à temps pour apercevoir l'inspecteur couvert de sang et Jassamin qui essayait de le laper. Avant que Delilah les ait rejoints, avant que j'aie pu réagir, Vanzir dégaina son sabre. Mais au lieu de menacer Chase, il planta proprement la lame dans le dos du djinn. Elle cria en s'effondrant en avant.

Je l'observai, me demandant ce qu'il pouvait bien se passer, tandis que Morio, lui, attaquait déjà le démon à l'aide de trois étoiles de lancer. Vanzir grogna. Pourtant, il ne répondit pas. Il se contenta de frapper de nouveau Jassamin, à la tête. Cette fois, elle se retourna et tenta de répliquer, en vain. Il était trop tard. Un éclair d'énergie s'écoula de ses plaies et son corps convulsa avant de disparaître. En quelques secondes, toute trace de son passage fut effacée… à l'exception des blessures de Chase.

Pendant que Delilah se précipitait vers celui-ci, Morio et moi nous tournâmes vers Vanzir. Que se passait-il ? Il n'avait pas essayé de nous tuer. Lâchant son épée, il leva les mains, sans bouger ni parler.

— Qu'est-ce que c'est ? Un piège ? Que se passe-t-il ?

Gagnait-il du temps pour son maître en se sacrifiant ? Ou est-ce qu'il… ? Non. Impossible. Pourtant, la tête baissée, Vanzir prononça des paroles que je pensais ne jamais entendre sortir de la bouche d'un démon.

— Je me rends. Pitié, ne me tuez pas.

Prise au dépourvu, j'échangeai un regard stupéfait avec Morio. Après tout, les démons étaient connus pour se battre jusqu'à la mort. Pas vrai ?

— Pourquoi ? Pourquoi te rends-tu ?

Par prudence, je donnai un coup de pied dans son sabre pour le pousser plus loin. Le démon releva la tête. Son regard était limpide et son expression assurée.

— Je ne peux pas suivre l'Ombre Ailée. Je ne peux pas le laisser envahir ce monde. C'est une erreur… une grave erreur. Je veux changer de camp. Je veux vous aider à l'arrêter.

— Mais tu es un démon !

— Je suis un chasseur de rêves. Je peux vous être d'un grand secours. Je connais les plans de votre ennemi, ainsi que les noms et les adresses des espions qui vivent par ici, remarqua-t-il en souriant.

Lorsque Flam, Menolly et Feddrah-Dahns s'en revinrent les mains vides, nous avions ligoté et bâillonné Vanzir du mieux que nous le pouvions. Je ne savais pas si ça allait tenir, mais en si peu de temps, impossible de trouver autre chose. Benjamin était sorti de sa cachette de cristal. Delilah avait fait asseoir Chase. Elle s'était servie de son tee-shirt et du sien pour fabriquer un bandage de fortune.

— Nous avons perdu le sceau, dis-je à Flam.

Aussitôt, il m'attira à lui pour me prendre dans ses bras et déposa un baiser sur mon front.

— Tu es épuisée et blessée, murmura-t-il.

— Vous l'êtes tous, intervint Feddrah-Dahns. Vous avez besoin de nourriture, de repos et de soins.

Tandis qu'il parlait, la grotte se mit à trembler.

— Un tremblement de terre ! Sortez ! s'exclama Flam en me prenant dans ses bras et en courant vers l'air libre. (Il me posa à quelques mètres de la grotte.) Je vais m'assurer que les autres ont réussi à sortir, dit-il en repartant en sens inverse.

Sous mes mains et mes genoux, le sol ondulait comme un océan déchaîné. Je me mis à quatre pattes en attendant que ça passe. Puis, Menolly sortit à son tour avec Chase au bras, suivie de près par Delilah. Morio ne fut pas long à les imiter. Il portait l'épée et guidait Feddrah-Dahns, Gui et Benjamin. Enfin, Flam réapparut avec notre prisonnier sur l'épaule.

Alors que les secousses se faisaient de plus en plus fortes, je priai pour que les maisons des alentours tiennent bon et que la montagne n'explose pas comme une cocotte-minute. Après tout, Rainier était une bombe à retardement. Si elle s'enclenchait, peu importait que l'on soit humain, Fae ou *Yokai*, on serait tous morts. Sauf peut-être Flam.

— La lumière! Elle disparaît! fit Delilah en désignant la grotte.

Je me retournai vivement. La lumière provenant de l'entrée de la grotte vacilla puis s'éteignit sous nos yeux.

— La caverne est retournée dans la brume. (Je jetai un coup d'œil au champ autour de moi. Les bougies des morts semblaient avoir déserté l'endroit.) Pour le meilleur ou pour le pire, nous avons ouvert un nouveau chapitre de l'histoire, ce soir.

— Je ne comprends pas. Je ne comprends rien du tout, marmonna Benjamin.

Il était assis en retrait, sur le côté, et se balançait sur lui-même en position fœtale. Avec un soupir, Menolly s'approcha de lui et effleura son épaule du bout des doigts.

— Et maintenant? s'enquit Morio. Qu'est-ce qu'on fait?

Bonne question. Le sceau était entre les mains des démons. De notre côté, nous avions un chasseur de rêves qui avait retourné sa veste et semblait déterminé à nous rejoindre. Trillian manquait à l'appel. Et nous étions fatigués. Épuisés, même.

— Je pense que pour l'instant, nous ferions mieux de… rentrer à la maison?

Il n'y avait pas grand-chose d'autre à dire.

Chapitre 28

Le matin suivant, celui de l'équinoxe, se leva aussi froid que le précédent. Pourtant, l'air avait une odeur différente. Lorsque j'ouvris les yeux, j'aperçus tout de suite Flam à ma droite. Allongé près de moi, il m'observait, tout sourires.

Je grognai. Le moindre muscle de mon corps était en feu. Soudain, je me rendis compte qu'un bras était posé en travers de mon ventre. Morio dormait avec nous. Je tentai de m'en rappeler la raison, mais la seule chose dont je me souvenais était d'être rentrée à la maison, épuisée et le moral à zéro. Le reste avait disparu dans le brouillard.

—Bonjour, fit Morio en posant la tête sur mon épaule.

Le regard qu'il lança à Flam indiquait qu'ils avaient déjà eu leur petite discussion et que je n'avais pas à jouer les intermédiaires.

—Comment tu te sens, ce matin? Mieux? demanda Flam en s'asseyant contre le cadre de lit et en tapotant ses genoux.

Je me hissai vers lui et posai la tête contre les draps de coton égyptien. Tandis qu'il caressait mes cheveux, les mains de Morio parcouraient mon dos, massant mes muscles endoloris.

Je frissonnai.

—Je suis toute courbatue et j'ai le moral à zéro. Sérieusement, j'ai donné tout ce que j'avais hier soir. Et pour quoi? Pour que les démons gagnent!

—Les démons ont peut-être remporté cette bataille, mais ils n'ont pas gagné la guerre, fit Flam. Souviens-toi de ceci : personne ne peut être toujours victorieux. Ça ne doit pas nous arrêter. Il faut les empêcher de trouver les autres sceaux spirituels. Toutefois, nous devrons faire attention à partir de maintenant. Même d'un seul joyau, l'Ombre Ailée pourra tirer un pouvoir non négligeable.

—*Nous* arrêter ? demandai-je en insistant sur le premier mot. Tu ne retournes pas dans les royaumes du Nord ?

Il haussa les épaules, le sourire aux lèvres.

—Mes plans ont changé lorsque j'ai décidé de t'épouser.

Je me forçai à me relever. Nom de Dieu, j'avais mal partout !

—J'ai l'impression d'être couverte de blessures des pieds à la tête. (Je pliai les genoux pour poser mes bras dessus, puis mon menton.) Qu'est-ce qu'on va dire à la reine Asteria ? Elle compte sur nous.

—Nous trouverons en temps voulu, répondit Morio. Au moins, la nuit dernière aura répondu à une question.

—Laquelle ? demandai-je en clignant des yeux. (J'avais tellement besoin de caféine que j'en tremblais.) Il me faut du café. Tout de suite.

Il ricana.

—C'est pas nouveau. La question est : pourquoi es-tu si douée pour la magie de la mort alors que ta magie lunaire se court-circuite ?

Flam se mit à me masser les épaules. Je me sentis fondre sous ses doigts. La nuit commençait à me revenir en mémoire. Après la bataille, nous étions rentrés à la maison. Je rougis en revoyant Flam et Morio dans mon lit, m'aidant à surmonter la douleur et la peine d'avoir perdu, m'aidant à oublier notre combat. Flam me tenait dans ses bras tandis que Morio s'enfonçait profondément en moi. Les cheveux du dragon s'étaient enroulés autour de mes poignets. Ah oui, je comprenais mieux pourquoi j'avais mal à certains endroits que la magie n'avait pas atteints.

—Alors, dis-le-nous. J'aimerais aussi connaître la raison, le pressa Flam.

Morio se laissa glisser vers le bout du lit pour me masser les pieds. Si j'avais été Delilah, j'aurais ronronné comme un moteur.

—C'est à cause de ton héritage. Morgane est l'une de tes ancêtres. Elle manipule une magie puissante, un peu comme Aeval, et sa connexion avec la Mère Lune se fait au travers de sa face cachée. Elle a dit que vous veniez toutes les deux de la famille qui s'est liée à la lune pour la première fois. Camille, tu as sûrement hérité des mêmes capacités que Morgane. Tu penses que la pleine lune te convient le mieux, mais je parie que les nuits sans lune te seraient également bénéfiques.

Je devais avouer que ça paraissait logique. Peut-être que mon lien avec la Mère Lune allait au-delà de mon sang mi-Fae, mi-humain. Peut-être m'étais-je trompée de phase de lune pendant tout ce temps?

Un coup sur la porte interrompit mes pensées.

—Camille? s'enquit Delilah.

—Entre.

Elle jeta un coup d'œil avant de sourire à pleines dents en nous voyant collés les uns aux autres.

—Nous avons des invités. Plusieurs. Vous feriez mieux de descendre avant qu'une bagarre magique éclate.

Oups, ça sentait mauvais.

—J'arrive! m'exclamai-je en escaladant Flam.

Je sentis ses doigts glisser le long de ma cuisse tandis que je me dégageai. Un frisson partit de mes tétons jusque dans mes orteils. Je pris une grande inspiration.

—Plus tard, murmura-t-il tandis que Morio plaçait lui aussi une main sur ma jambe.

Ah ça oui, ils s'étaient mis d'accord. Delilah s'éclipsa lorsque les deux hommes sortirent du lit. Nous nous habillâmes rapidement. Intimidée pour je ne sais quelle raison, j'évitais leurs regards et toute autre partie de leur anatomie. Puis, nous dévalâmes l'escalier. Enfin, ce fut le cas pour Morio et Flam. Pour ma part, chaque pas me faisait souffrir. Jusqu'à ce qu'ils s'en aperçoivent.

Alors, sans ménagement, Flam me souleva pour me porter sur son épaule. J'étais sur le point de protester lorsque je compris que c'était la meilleure solution pour ne pas accroître la douleur.

Il me reposa dès que nous arrivâmes dans le hall. Je remis ma robe en place, puis, ensemble, nous entrâmes dans le salon.

Là, Iris servait le thé à nos invités : la reine Asteria, Rozurial, Titania et Morgane. Ils étaient installés sur le canapé et les causeuses. Aucun signe de Mordred et Arturo.

— Merde ! Il y a assez de pouvoirs réunis dans notre salon pour raser les États-Unis de la carte ! m'exclamai-je en cherchant un endroit où m'asseoir.

Quand Flam se laissa tomber sur un fauteuil, je me plaçai sur ses genoux. Morio s'installa sur le sol près de nous. Sur le repose-pieds, Delilah semblait épuisée. Chase n'avait pas l'air d'être là et Menolly était bien sûr allée se coucher. Quand je cherchai Maggie des yeux, Iris secoua la tête.

— Il vaut mieux ne pas ébruiter certaines choses, murmura-t-elle en me tendant du thé et un scone.

Hochant la tête, je mordis dans le gâteau. Au bout d'un moment, la reine Asteria se leva.

— Delilah nous a appris ce qui est arrivé au sceau. Vous n'avez pas pu le garder ?

Déglutissant difficilement, j'avalai mon thé alors que j'aurais voulu une bonne tasse de café pour me rafraîchir les idées.

— Deux humains et une demi-Fae ne peuvent rien face à deux démons et un djinn. Sauf si l'un d'eux est un super-héros. Ce qui n'est pas notre cas.

Elle acquiesça d'un signe de la tête.

— Bien sûr. Pardonnez-moi. C'est seulement que ça me fait mal au cœur. Je sais que vous avez fait de votre mieux. Même toi, jeune bête, fit-elle à l'attention de Flam.

— S'il vous plaît, est-ce que vous avez des nouvelles de Trillian ? (Sous le coup de l'impulsivité, je tendis ma tasse à Flam et me retrouvai à genoux devant la reine des elfes.) Le moindre indice ?

Fronçant les sourcils, elle secoua la tête.

— J'aurais voulu te dire le contraire, mais non, mon enfant. Il n'y a aucune nouvelle de lui. La statue de son âme est toujours intacte, comme celle de votre père, mais nous n'avons reçu aucun message de leur part. J'ai bien peur que ce ne soit qu'une question de temps…

— Ne dites pas ça ! m'exclamai-je en me relevant d'un bond. Que faites-vous pour le retrouver ?

Elle soupira.

— C'est la guerre. Il y a des pertes des deux côtés. Nous ne pouvons pas sacrifier des hommes pour un seul… voire deux. Comme j'ai besoin des renseignements qu'ils transportent, j'ai envoyé une équipe de sauvetage, mais n'en attendez pas trop. Je ne peux rien faire d'autre.

Alors Flam avait raison. Les elfes ne nous aideraient pas, du moins pas en profondeur.

— Eh bien, moi, je vais faire quelque chose ! Je vais me lier à Flam et Morio grâce au rituel de symbiose des âmes. Puisque personne d'autre ne semble enclin à chercher Trillian, nous allons nous débrouiller. Je suis également liée à lui. De façon différente, certes, mais la connexion devrait tenir et nous être utile.

Hoquetant de surprise, Delilah me dévisagea.

— Tu quoi?

— N'essaie pas de m'arrêter, l'avertis-je en secouant la tête. J'irai jusqu'au bout! Trop de gens sont déjà morts. Je refuse de perdre aussi Trillian.

Les lèvres scellées, elle acquiesça d'un grognement.

— Il n'y a aucune garantie de réussite…, commença la reine Asteria, mais Titania s'éclaircit la voix.

— Laisse-la essayer. Elle est loyale envers ses hommes. Peux-tu en dire autant de ton peuple? Nous avons d'autres sujets à aborder, comme le fait que les démons ont mis la main sur un sceau spirituel, Vanzir et la restauration des Cours.

La reine Asteria fronça les sourcils.

— Pour ce qui est du sceau, nous ne pouvons rien faire, excepté chercher le suivant. Cette fois, nous devrons le trouver en premier et le conserver. Quant à ce Vanzir, les démons sont connus pour être des traîtres. Pour ma part, je ne lui ferais pas confiance, peu importe qu'il prétende avoir changé.

— C'est ce que nous pensons également, répondit Iris. Il existe un rituel des chamans des royaumes du Nord pour asservir un démon. Seuls les plus puissants y résistent. Vanzir a accepté de s'y plier pour se lier aux filles et à moi. J'ai discuté avec Menolly et lui hier soir. Nous nous en occuperons en lune ascendante. S'il nous trahit, il mourra sur-le-champ et dans la douleur.

— En parlant de ça, où est-il? demandai-je en regardant autour de moi.

Nous ne pouvions pas le laisser en liberté.

— Tu te souviens de la chambre secrète au *Voyageur* où nous devions enfermer le vampire hors-la-loi? demanda Delilah en souriant.

Les sourcils froncés, je hochai la tête. Apparemment, l'OIA avait doté le bar d'une pièce capable de contenir des démons mineurs.

—Oui, il y est ?

—Enfermé à double tour. Il ne peut pas y faire de la magie, ni appeler qui que ce soit. Il y est en sécurité, pour l'instant. (Iris me tendit un biscuit.) Mange. Tu es morte de faim.

Elle avait raison. J'engloutis le biscuit.

—Bon, puisque nous n'avons plus à nous occuper de ça…, fis-je en me tournant vers Titania et Morgane. Vous êtes toutes les deux entières. Que s'est-il passé après votre départ ?

La reine Asteria soupira.

—C'était de la folie pure. Tu n'aurais pas dû les écouter.

Visiblement, elle n'était pas contente.

—Grand-mère Coyote l'avait prédit et personne ne va contre les décisions des sorcières du destin, pas même la royauté elfique, contra Titania. Malgré les années que nous avons passé éloignées, je vois que tu es toujours aussi vieux jeu et guindée. Tu ne comprends pas ? Les temps changent, le monde change. Nous devons nous adapter.

—Tu crois que je ne l'ai pas compris ? Sinon, pourquoi me serais-je alliée au roi Vodox ? s'exclama la reine des elfes en se levant.

Tout à coup, je l'imaginai commencer une bagarre. Si c'était le cas, elle nous battrait tous à plate couture. Aussi, je me redressai à mon tour.

—Par pitié, cessez de vous chamailler ! Je ne le supporte plus. J'en ai par-dessus la tête des batailles, du sang et de la guerre. Racontez-nous simplement ce qui s'est passé, et si ça ne plaît pas à l'un d'entre nous, tant pis ! Compris, tout le monde ? Mes sœurs et moi sommes celles qui nous battons en première ligne et nous faisons de notre mieux !

Tout à coup, je me rendis compte que je venais de crier au visage d'une elfe vieille de plusieurs millénaires. Je reculai lentement. Derrière moi, j'entendis Flam renifler avant d'éclater de rire.

— Ça, c'est ma petite sorcière, s'exclama-t-il. Bien dit!

Je fis volte-face.

— Et toi, arrête de mettre de l'huile sur le feu, lézard démesuré! Peu importe tes compétences au lit… ou à quel point j'apprécie… ton odeur ou… Oh, ferme-la! (Tout le monde me regardait, bouche bée. Je m'éclaircis la voix avant de me rasseoir sur les genoux de mon amant.) Je suis stressée en ce moment, admis-je.

— Apparemment, répondit Titania en souriant. Pour résumer, les Cours Fae ont été restaurées, grâce à ton aide. La différence, c'est que maintenant, il y en a trois au lieu de deux.

— Trois?

Je clignai des yeux. Delilah et Iris semblaient aussi perplexes que moi.

— Trois, confirma Morgane. Les choses ne peuvent pas être et avoir été. Nous l'avons compris. Alors, à partir de maintenant, au lieu d'une Cour du matin et du soir, d'une Cour de l'été et de l'hiver, nous aurons les Cours des trois reines. Titania régnera sur la Cour Mère, la Cour de lumière.

— Aeval reprendra son trône à la Cour de l'ombre et de la nuit, continua Titania, et Morgane, même si elle n'est pas notre égale, régnera sur la Cour du crépuscule. Elle représentera un pont entre la Cour de lumière et la Cour de l'ombre. Elle sera l'émissaire entre le monde des mortels et celui des Fae.

— Il y a un autre problème, intervint Asteria. Ce Benjamin… je l'emmène avec moi. J'ai demandé à mes érudits de traduire d'anciens textes. Benjamin et Tom Lane auront tous deux à jouer un rôle dans la guerre contre les démons. Si vous trouvez d'autres humains, qui n'ont aucun lien avec le surnaturel, portant des sceaux spirituels ou qui ont subi leur influence, envoyez-les-moi. Je ne peux pas vous en dire plus pour l'instant.

— Mon Tom… mon cher Tam Lin, soupira Titania dans un moment de nostalgie et de tristesse. Mais il vaut mieux que nous soyons séparés. Avec la restauration des Cours, j'ai trop de choses auxquelles penser.

— Trois cours, marmonna la reine Asteria. Pour le meilleur ou pour le pire, nous verrons bien. Mais si Grand-mère Coyote l'a voulu, nous ne pouvons pas faire grand-chose.

Elle se leva et, pour la première fois depuis que je la connaissais, elle me parut soudain âgée.

— Puisque je suis responsable de la disparition de Trillian, je vous laisse Rozurial pour vous aider autant que possible.

Elle se dirigea vers la porte, suivie de Titania et Morgane. Avant de sortir, elle se retourna.

— Feddrah-Dahns rentre également avec moi. Il a été gravement blessé, mais il vivra. Il m'a demandé de vous donner ceci, pour votre amie. Celle qui désire un enfant.

Elle me tendit une pochette remplie d'herbes et de pierres.

— Qu'est-ce que c'est ? C'est pour Lindsey ? demandai-je en la rangeant soigneusement dans mon sac.

— Une amulette. Son pouvoir s'étend sur trois mois.

Je ravalai un sanglot. J'avais appris à connaître la licorne et je ne voulais pas perdre contact. Pendant son séjour ici, il m'avait rappelé la beauté et la grâce de mon monde natal. Comme si elle avait senti ma tristesse, la reine Asteria me tapota la main.

— Feddrah-Dahns vous envoie ses bons vœux. Il espère vous revoir bientôt. Il sait que vous utiliserez son cadeau avec soin. Et moi aussi.

Alors, je croisai son regard millénaire. Il était plein d'amour et de compassion.

—Je ferai de mon mieux pour être digne de ce cadeau… et de son amitié, murmurai-je, les larmes aux yeux.

—Il est conscient de vos efforts. Comme nous tous.

Sur ces paroles, elle franchit le pas de la porte, suivie par ses homologues Fae.

CHAPITRE 29

Deux nuits plus tard, quand Chase put se libérer et après nous être remis de nos blessures, nous nous rassemblâmes près de l'étang des bouleaux. La lune formait presque un croissant. Elle chantait dans mon sang, me rassurant sur mon choix.

Morio portait son kimono rouge et or, avec son épée à la taille. Et, sous son long manteau blanc, Flam avait revêtu une veste bleu et or, une chemise bleu pâle et un jean moulant blanc. Tous deux avaient les cheveux attachés et la Mère Lune les baignait dans sa lumière argentée. Elle commençait à peine son ascension.

Delilah et Menolly se tenaient près de moi. Chacune portait sa robe du solstice d'hiver. Moi, j'étais habillée en argenté, comme la Mère Lune, comme les ancêtres de Flam, comme l'épée de Morio, comme les cheveux de Trillian.

Mes sœurs avaient voulu que je prenne la robe de mariée de ma mère, mais ça ne me semblait pas indiqué. Après tout, Mère ne s'était liée qu'à un seul homme. Je ne suivrais jamais ses pas. Ce n'était simplement pas ma façon de faire.

Chase et Zachary se tenaient d'un côté, Rozurial de l'autre. L'inspecteur portait Maggie dans ses bras. Iris, elle, était debout près du pont. Dans ses mains se trouvaient une chaîne en argent et une baguette en cristal que je n'avais jamais vues auparavant.

—Tu es sûre de toi? Ce lien est plus fort que celui du mariage, tu sais? s'enquit Delilah. Après le rituel, vous serez tous les trois liés à jamais par le biais de vos âmes.

Je me tournai vers les deux hommes qui m'attendaient. Deux hommes qui m'aimaient. Flam me voulait pour lui tout seul, pourtant, il était prêt à abandonner ce rêve et à me partager avec un autre de mes amants pour pouvoir retrouver un homme à qui j'avais offert mon cœur des années auparavant. Morio, lui, proposait de se lier à moi par simple loyauté et amour. Il appréciait aussi Trillian. Je sentais l'inquiétude émaner de lui.

Et moi… je les aimais tellement que je ne pouvais même pas l'expliquer. Mon amour avait grandi pour englober trois hommes bien différents. Pourtant, ils m'étaient tous destinés. Chacun constituait une nécessité différente.

Pour toujours? Visiblement.

—Ma place est à vos côtés. Vous êtes mes sœurs, ma famille. Quand je dis ça, je parle aussi d'Iris et de Maggie. À présent, la famille s'agrandit encore. Qui choisir de mieux comme maris qu'un dragon et un démon renard? Personne ne me protégerait davantage.

—Mais pour toujours? Vous serez liés pour l'éternité! s'exclama Delilah, visiblement inquiète.

—Au moins, je ne la passerai pas à me demander si j'aurais pu sauver Trillian. (Je baissai la tête vers le sentier.) Nous devons le retrouver. Il est comme mon miroir. Mon cœur me dit que nous y arriverons, mais je ne peux pas le faire toute seule. Et peut-être… peut-être qu'en trouvant Trillian, je trouverai aussi Père.

Quand Delilah fit mine de protester de nouveau, Menolly l'en empêcha.

—Nous devons tous faire des choix, chaton. Nous devons tous prendre des chemins différents. Tu ne peux pas rester éternellement devant une intersection. (Elle jeta un coup d'œil plein de sous-entendus en direction de Zach et Chase.) Parfois, quand tes compagnons de jeux ne s'entendent pas, tu dois faire un choix.

—Venez. Il est l'heure, fis-je en mettant fin à la conversation. Soyez heureuses pour moi. Combien de personnes ne trouvent jamais l'amour de leur vie? Moi, j'ai de la chance. Trois hommes détiennent les clés de mon cœur. Delilah, promets-moi de ne pas te transformer pendant mon mariage. Mes mariages.

Quand nous fûmes près de l'autel, Iris relança les runes pour sacrer notre union. Alors, la cérémonie commença. Tandis que ses mots s'envolaient dans la nuit, je me tournai vers mon amant dragon qui allait bientôt devenir mon mari, puis vers mon amant *yokai-kitsune* qui allait aussi bientôt devenir mon mari. Ils paraissaient sûrs d'eux et du rituel, sûrs de l'étape qu'ils franchissaient. Mais qui savait où elle nous mènerait? Une fois que nous l'aurions retrouvé, Trillian serait également lié à nous. Il m'en ferait voir de toutes les couleurs. Toutefois, il finirait par s'y faire. J'en étais persuadée. Notre amour était trop fort pour qu'il me quitte.

—Camille, acceptes-tu de te lier à Flam et Morio, de devenir leur âme sœur pour l'éternité?

Je me rendis compte qu'ils avaient déjà prononcé leurs vœux. Le cœur battant, j'ouvris la bouche et dis:

—Je le veux.

—Alors tenez-vous la main, déclara Iris en approchant la chaîne d'argent.

Je tendis la main gauche. Flam posa la sienne au-dessus et Morio, au-dessous. Puis, Iris les attacha ensemble avec la chaîne et commença son incantation.

Elle chantait dans un langage ancien, mais l'intention que nous percevions était claire. Tandis que ses mots s'élevaient dans l'air, la chaîne se mit à trembler puis à disparaître. Je l'observai s'enfoncer dans la chair de Flam, suivie de la mienne et de celle de Morio. Les atomes d'argent se transformaient et s'adaptaient pour créer un lien dans nos auras, dans nos âmes. Dans un instant, il serait trop tard pour faire marche arrière.

Je les observai soudain, me demandant s'ils allaient changer d'avis, mais Flam m'embrassa sur les lèvres et Morio sur la joue. Alors, la chaîne disparut totalement. Je sentis une vague de calme me submerger. Nous étions liés pour l'éternité. Peu importait ce que nous ferions, où nous irions, nous reviendrions toujours les uns vers les autres. Et, avec la bénédiction de la lune, nous trouverions peut-être Trillian.

—C'est fait, murmura Iris.

Je baissai la tête vers nos mains entrelacées. Même si la chaîne était invisible, je pouvais la sentir autour de nous. J'étais mariée à un dragon et à un démon renard. Nous étions des âmes sœurs aux yeux de l'univers et des dieux. Et personne, démon ou humain, ne pourrait jamais nous séparer.

GLOSSAIRE

Calouk: dialecte commun utilisé par certains Outremondiens.

Cour de l'ombre: cour Fae terrienne de l'ombre et de l'hiver, dissoute pendant la Grande Séparation. Aeval en était la reine.

Cour de lumière: cour Fae terrienne de la lumière et de l'été, dissoute lors de la Grande Séparation. Titania en était la reine.

Cour et la Couronne (La): la Couronne désigne la reine d'Y'Elestrial. La Cour désigne la noblesse et l'armée qui entourent la reine. Ensemble, la Cour et la Couronne désignent le gouvernement d'Y'Elestrial dans son intégralité.

Crypto: race de la famille des cryptozoïdes qui englobe des créatures de légende qui ne sont pas tout à fait Fae: gargouilles, licornes, griffons, chimères, etc. La plupart d'entre eux évoluent en Outremonde, mais certains de leurs cousins vivent sur Terre.

Dreyerie: antre d'un dragon.

Elqavene: royaume elfique en Outremonde.

Faucheurs : seigneurs de la mort. Certains sont également seigneurs élémentaires. Les faucheurs et leurs suivants (fiancées de la mort, Valkyries, etc.) récoltent les âmes des morts.

FH-CSI : brigade fées-humains du CSI, créée par l'inspecteur Chase Johnson. Il s'agit d'une collaboration entre la police de Seattle et l'OIA. D'autres FH-CSI ont ensuite vu le jour dans le pays à l'image du prototype de Seattle. Le FH-CSI prend en charge toutes les urgences criminelles et médicales dans lesquelles sont impliqués des visiteurs outremondiens.

Garde Des'Estar (La) : armée d'Y'Elestrial.

Grande Séparation (La) : période de bouleversement intense durant laquelle les seigneurs élémentaires et des Fae de la Cour suprême ont décidé de séparer les mondes. Jusque-là, les Fae vivaient mélangés aux humains. La Grande Séparation a déchiré les mondes et créé une nouvelle dimension : Outremonde. Au même moment, les Cours jumelles des Fae ont été dissoutes et leurs reines ont perdu leurs pouvoirs. Les sceaux spirituels ont alors été créés pour garder les mondes séparés. Certains Fae ont choisi de rester sur Terre, d'autres ont préféré s'installer en Outremonde. Quant aux démons, la plupart ont été enfermés dans les Royaumes Souterrains.

HSP : humains au sang pur (s'emploie généralement pour désigner les Terriens.)

Melosealfôr : rare dialecte crypto connu des Cryptos puissants et des sorcières de la lune.

Mer ionique : courants d'énergie qui séparent les terres ioniques. Certaines créatures, en particulier celles qui sont liées aux énergies élémentaires de la glace, de la neige et du vent, peuvent la traverser sans protection.

Miroir des murmures : appareil de communication magique qui relie Outremonde et la Terre. Visiophone magique.

OIA : CIA outremondienne. Le cerveau derrière la garde Des'Estar.

Outremonde : nom donné par les humains à la terre des Fae. Une dimension distincte de la nôtre où vivent des créatures des contes et légendes, des chemins qui mènent aux dieux et d'autres endroits comme le mont Olympe. Le vrai nom d'Outremonde diffère selon les dialectes des Cryptos et des Fae.

Portails : passages interdimensionnels qui relient les différents royaumes.

Sceau spirituel : artefact magique en cristal créé pendant la Grande Séparation puis fragmenté en neuf parties. Ces sceaux spirituels ont été donnés à des seigneurs élémentaires. Chacun renferme un pouvoir différent. Une seule partie peut réduire l'écart qui sépare la Terre, Outremonde et les Royaumes Souterrains. En réunissant tous les sceaux, les portails s'ouvriront.

Seigneurs élémentaires : êtres élémentaires, hommes ou femmes, qui, comme les sorcières du destin ou les faucheurs, sont les seuls véritables immortels. Ils incarnent divers éléments ou énergies et se déplacent dans tous les mondes. Ils interviennent rarement auprès des humains ou des Fae, sauf si on les appelle. Mais le prix à payer pour leur aide est souvent très élevé. En revanche, les seigneurs élémentaires ne s'occupent pas du maintien de l'équilibre comme les sorcières du destin.

Sorcières du destin : protectrices de l'équilibre, ni bonnes ni mauvaises, elles se contentent d'observer le futur. Lorsque les événements échappent à leur contrôle, elles agissent en utilisant des humains, des Fae ou des créatures surnaturelles pour remettre le destin sur la bonne voie.

Statues de l'âme : en Outremonde, petites figurines créées à la naissance des Fae de certaines races qui sont liées à leur corps par magie. Elles sont placées dans le caveau familial et se brisent lorsque les Fae meurent. Si quelqu'un disparaît, sa famille peut ainsi savoir s'il est encore vivant. Dans le cas de Menolly, quand elle a été transformée en vampire, la statue de son âme s'est mal reformée.

Terres ioniques : formées du plan astral, du royaume spirituel ainsi que d'autres dimensions moins connues. Ces terres sont séparées par la mer ionique, un courant d'énergie qui empêche les terres ioniques de se rencontrer, évitant ainsi une explosion qui toucherait l'univers dans sa totalité.

V.A. / Vampires Anonymes : groupe de soutien terrien créé par Wade Stevens, un ancien psychiatre transformé en vampire, qui a pour mission d'aider les vampires à s'adapter à leur nouvelle existence et de les encourager également à ne pas blesser d'innocents. Les V.A. tentent d'imposer leur loi. Leur but est de créer une police intérieure à la communauté vampirique.

Y'Elestrial : cité d'Outremonde où sont nées et ont grandi les sœurs D'Artigo. Elle est actuellement ravagée par la guerre civile qui oppose la tyrannique et droguée reine Lethesanar à sa sœur, un peu plus saine, Tanaquar qui essaie de lui voler le trône. La guerre civile s'est étendue aux autres territoires et de nombreuses races ont choisi leur camp.

Yokai : démon / esprit de la nature japonais. Ici, les Youkai possèdent trois formes : animale, humaine et démoniaque. Contrairement aux démons des Royaumes Souterrains, les youkai ne sont pas nécessairement mauvais.

Chapitre premier

D epuis mon lit, je contemplais la lune scintillante à son dernier quartier. Un banc de nuages bas, ombre lumineuse contre le noir du ciel, faisait courir sur elle ses doigts d'encre graciles. J'avais laissé la fenêtre entrouverte afin de profiter de l'air exceptionnellement doux de cette nuit d'avril. Sans un bruit, je me levai en remerciant Iris pour le tapis tressé qu'elle avait récemment déniché dans une petite boutique vintage.

Je soulevai le panneau, m'accoudai au montant, et scrutai l'obscurité du jardin. Ma sœur Camille passerait la nuit dehors, avec ses deux époux, Morio et Flam (un démon renard et un dragon, respectivement) dans les bois qui entouraient le tumulus où vivait ce dernier. Ce soir encore, ils tenteraient d'unir leur magie pour rappeler l'un des nôtres jusqu'à nous. Trillian, l'amant alpha de ma sœur, demeurait introuvable. Nous savions qu'il était toujours en vie, mais ça s'arrêtait là. Il avait complètement disparu, et tous les rapports s'accordaient à dire qu'une bande de gobelins lui avait mis le grappin dessus en Outremonde. Nous pressentions le désastre… pour lui autant que pour nous.

Mon autre sœur, Menolly, qui tenait le bar *Le Voyageur*, ne tarderait plus à rentrer du travail, si ce n'était déjà fait. De ma fenêtre, on ne voyait pas l'allée où elle garait sa Jaguar.

Je reportai mon attention sur le lit. Chase avait décidé de passer la nuit là. Il dormait comme un loir, étendu en travers du matelas, la couverture rejetée de côté. Cet homme avait le sang chaud. Cela le rendait très coopératif la nuit, lorsque je piquais toute la couette, le laissant complètement dénudé. *Tiens*, songeai-je. *En parlant de nudité…* De toute évidence, il appréciait son rêve. Ou bien il y incarnait un cadran solaire…? Je me léchai les lèvres. L'heure était venue de le réveiller d'une façon très spéciale. À condition de faire bien attention…

Je remontai avec souplesse sur le lit et, d'une langue prudente, parcourus la longueur de son érection.

Il gémit :

—Erika ?

Je me figeai, la langue toujours pointée, sourcils froncés. Erika ? C'était qui, ça ?

Soudain, la porte s'ouvrit à la volée.

—Delilah, viens vite !!

Chase s'éveilla en sursaut, je tombai en avant : mon croc gauche déchira sa peau fine sur deux bons centimètres, traçant une ligne rouge où de petites gouttelettes perlèrent immédiatement. *Oh, merde !*

—Putain, mais qu'est-ce que tu fous ?! s'écria-t-il d'une voix anormalement aiguë tout en reculant à la hâte.

Son expression n'était franchement pas celle que j'avais espérée.

—Oh, Chase ! Je suis désolée…

—Nom de Dieu !

Il se prit le pied dans le couvre-lit et s'effondra sur le sol avec un grand bruit sourd, en lâchant une bordée de jurons.

Je m'élançai vers lui tandis que Menolly, auréolée de lumière, ricanait depuis l'encadrement de la porte. Des bulles de sang lui sortaient par le nez, ruisselaient vers sa bouche.

— Pense à frapper, la prochaine fois! grondai-je. (Je l'observai plus attentivement et secouai la tête.) Je vois que tu sors de table.

Elle toussota. En apercevant l'étincelle d'hilarité qui brillait dans ses yeux, j'eus toutes les peines du monde à m'empêcher de rire. Je me sentais quand même un peu mal vis-à-vis de Chase, pour la blessure, surtout, mais en même temps, j'avais l'impression d'être Lucy Ricardo, l'héroïne de la série *Love Lucy* prise en flag au beau milieu d'un de ses stratagèmes farfelus.

Je ne voulais pas qu'il me voie sourire. Mon détective en avait vu de vertes et de pas mûres ces derniers jours, et son sens de l'humour était aux abonnés absents. Son travail – ou plutôt, toutes ses différentes casquettes – commençait à le rendre fou.

Sans compter que Zachary Lyonnesse se faisait de plus en plus présent. Chase était débordé depuis un mois, au point, souvent, de ne pas pouvoir venir dormir ici. En l'apprenant, le puma-garou avec qui j'avais couché une fois, et qui souhaitait me conquérir, avait multiplié les visites. Il n'essayait pas de me presser, non, mais je sentais bien l'électricité qui passait entre nous. Nous faisions, l'un et l'autre, comme s'il n'en était rien – moi plus que lui, peut-être – mais l'alchimie restait incontestable, même si mon cœur appartenait à Chase.

Celui-ci, je le savais, s'irritait de cette situation, mais il avait également l'intelligence de ne pas me poser d'ultimatum. C'était une bonne chose, parce que j'appréciais sincèrement Zachary, et que nous devions de toute façon travailler ensemble à constituer les bases d'une communauté surnaturelle en pleine croissance.

Je passais mon temps à lui répéter que je l'aimais, et que je n'irais pas voir ailleurs sans l'avoir préalablement consulté. Mais nous n'avions fait l'amour que quatre fois en six semaines, ce qui n'arrangeait rien. Insatisfaits et frustrés l'un comme l'autre, nous avions l'impression d'être complètement déphasés.

Menolly enjamba délicatement le tas de vêtements qui avait poussé au milieu de ma chambre. Iris me tannait pour que je range, mais je n'étais vraiment pas fan des paniers à linge. Oui, oui, je sais, un chat-garou comme moi devrait logiquement être une créature méticuleuse et soignée. Eh bien, ça ne risquait pas d'arriver. Je voulais m'améliorer, vraiment, mais en vérité j'étais une sale flemmarde, et je le resterais sans doute à jamais malgré tous mes efforts.

Ma sœur tira un mouchoir de la boîte qui se trouvait sur ma table de nuit et s'en tamponna le nez en reportant son attention sur nous. Ses yeux, d'un bleu si clair qu'il en devenait presque gris, s'illuminèrent dans la pénombre en se braquant sans vergogne sur Chase. Du bout de la langue, elle se lécha les lèvres.

J'allais la remettre vertement à sa place quand je me rendis compte que ce n'étaient pas les régions inférieures de mon détective qui l'intéressaient. Non. Elle flairait l'odeur du sang. Menolly était un vampire, et bien qu'elle sache, en général, très bien se contrôler, la poigne de fer qui retenait ses émotions pouvait, parfois, faiblir un peu quand elle était surprise.

Chase prit conscience de l'étude approfondie dont il était l'objet au même moment que moi.

— Ne fais pas un pas de plus! ordonna-t-il en tirant hâtivement le drap sur ses parties intimes. Si tu crois que tu vas planter tes crocs dans ma… n'importe où, je te conseille d'y réfléchir à deux fois!

Elle se reprit.

— Pardon, je ne voulais pas te mater. C'est juste…

— Menolly, fis-je en me levant. N'oublie pas où tu te trouves.

Elle posa les yeux sur moi, puis sur Chase, et secoua la tête.

— Non, vraiment, je n'avais pas l'intention d'être impolie. Ça va, Chase ?

Sans attendre la réponse, elle se tourna vers moi en affichant un sourire béat.

— Il faut que tu descendes, sinon tu vas tout rater !

— Rater quoi ? demandai-je en enfilant ma chemise de nuit. Qu'est-ce qui se passe ? Il faut que je m'habille ? Il y a des démons dans le jardin ? Une brigade de gobelins qui défile dans la cuisine ? Une autre licorne venue nous rendre visite ?

Avec notre chance, c'était peut-être tout ça à la fois… Voire plus terrible encore.

— Non, il ne s'agit pas de bagarre, répondit-elle en battant des mains. Je viens de rentrer. Iris est réveillée. Maggie a dit ses premiers mots ! On dirait qu'on ne peut plus l'arrêter ! Bon, c'est encore beaucoup de charabia, mais sérieux, elle sait dire certains trucs ! Iris est en train d'immortaliser ça sur caméscope. Magne-toi d'amener tes fesses !

Quand la porte se referma sur elle, Chase se leva, tourna un moment sans rien faire, puis se rassit au bord du lit en observant son sexe. Le sang ne coulait plus, mais la petite boursouflure écarlate restait en souvenir de l'endroit lacéré par ma dent.

Je grimaçai en cherchant mes pantoufles dans le monticule de linge.

— Ça doit faire mal…

— Non, tu crois ? rétorqua-t-il avec un regard noir. Ça te dirait, un jour, de prévenir ? On a déjà tenté cette manœuvre plusieurs fois, Delilah. Mes cicatrices le prouvent, merci bien ! (Il soupira.) Je t'ai dit que j'étais d'accord pour laisser tomber les pipes. Franchement, chérie, qu'est-ce qui a bien pu te donner une idée pareille ?

Il secoua la tête en manipulant avec précaution sa fierté blessée. Je grondai doucement.

—Ça va, pas besoin de t'énerver comme ça! Je n'avais pas l'intention de te «tailler une pipe», je voulais juste te réveiller tout doucement pour qu'on s'amuse un peu. Tout se serait très bien passé si Menolly n'avait pas débarqué. Bon sang, Chase, on ne se touche presque… (Un coup d'œil suffit à me convaincre d'en rester là. Vu sa tête, ce n'était pas le moment d'aborder ce sujet.) Je t'ai dit que j'étais désolée, d'accord? Attends, je vais chercher la pommade.

J'entrai dans la salle de bains qui jouxtait ma chambre et, munie de l'antiseptique, revins bientôt m'agenouiller près de lui. Radouci, il me laissa faire. Alors que j'appliquais une fine couche de produit sur sa blessure, je croisai son regard. Il se pencha et m'embrassa, doucement, lentement, avec beaucoup de tendresse. Je fus tentée de garder les premiers mots de Maggie pour les rediffusions matinales. On pourrait peut-être quand même se livrer à quelques jeux torrides sans que ça lui fasse trop mal… Mais brusquement, il s'écarta.

—Allez, faut qu'on s'habille. (Il enfila un boxer couleur bourgogne et la robe de chambre en velours qu'il laissait ici.) C'est à peu près la seule bonne nouvelle qu'on ait eue depuis un bout de temps. On ne va pas rater ça.

Ayant enfin retrouvé mes chaussons, je les enfilai à la hâte et m'élançai après lui. Je savais qu'il adorait Maggie. Mais au point de faire passer un truc comme ça avant le sexe… Non, quelque chose n'allait pas. Et de toute évidence, il ne souhaitait pas partager ce secret avec moi.

Menolly était agenouillée près de Maggie sous l'œil attentif du caméscope. Ma sœur avait pris notre gargouille tachetée sous son aile, et jouait autant que possible les mères de substitution. Nous aimions tous ce petit bout, mais un lien très spécial s'était tissé entre ces deux êtres déracinés, arrachés de force à leur élément par les émissaires du mal qui arpentaient le monde.

Maggie ressemblait au produit d'un croisement entre un lutin et un gros chat. Son corps se couvrait d'une fourrure rase, duveteuse, de couleur noire, blanche et rousse. Elle avait une moustache, et les oreilles pointues. Ses ailes étaient encore trop petites pour supporter son poids.

Pour tout dire, elle en était toujours à l'apprentissage de la marche. Ses premiers pas remontaient à quelques mois seulement. Menolly lui avait montré comment se servir de sa longue queue, terminée par une touffe de poils, comme d'un balancier. Elle pouvait désormais se tenir debout un instant sans prendre appui sur la table basse, et même faire quelques pas. En général, les choses se corsaient peu après. Ses jambes flageolaient ; elle essayait, d'instinct, de battre des ailes, et se retrouvait illico sur les fesses. Bien sûr, elle ne se faisait jamais mal, mais ses « Mouf! » étonnés lui valaient immanquablement une petite friandise, un morceau de rosbif, ou un rab de sa boisson à la crème.

Je m'agenouillai devant le bébé Crypto, qui leva vers moi ses yeux couleur topaze. Quelle langue parlerait-elle ? Celle de ce pays ? Le dialecte fae que nous utilisions fréquemment entre nous ? Ou autre chose encore ?

Je jetai un coup d'œil à Iris.

—Alors ?

—Je crois qu'elle fait une pause. Je te jure, au moment où elle a dit le premier mot, elle s'est littéralement ouverte. Comme une percée dans les nuages. Elle n'arrêtait plus de babiller. Mais ne sachant pas si je pouvais venir te déranger, j'ai préféré attendre que Menolly arrive.

Elle porta de nouveau le caméscope à ses yeux et zooma sur Maggie tandis que je tendais les bras vers elle.

— Non! dit la petite en secouant la tête.

Surprise, je me rassis et j'attendis.

— Pas s'assire! Pas s'assire sur moi, Deyaya!

Je me retins de rire. Maggie se montrait extrêmement sensible à tout ce qui pouvait, même de loin, ressembler à de la moquerie.

— C'est encore un peu à l'envers, mais elle parle, c'est sûr.

Menolly s'assit sur la table basse.

— Ouais, et elle connaît tous nos noms. Quand je suis entrée, elle m'a appelée «Menny».

— Menny! confirma Maggie, visiblement très fière d'elle. Menny, Deyaya, Cami. Où, Cami? demanda-t-elle en promenant son regard confus dans la pièce.

— Camille rentrera un peu plus tard, lui répondit ma sœur en lui glissant les mains sous les ailes pour l'asseoir sur ses genoux. Et lui, c'est qui? ajouta-t-elle en désignant Chase qui avait souvent joué les baby-sitters.

Maggie se mit à glousser et à taper des mains.

— Musslor!

Je me tournai vers l'inspecteur.

— Euh, attends… C'est quand même pas «monsieur» qu'elle essaie de dire, là?

— «Musslor»!

Chase s'empourpra jusqu'au bout des oreilles.

— Non, je ne crois pas.

— Mais alors pourquoi… Oh… Grands dieux! Tu lui as dit que tu t'appelais Musclor?!

Il leva les yeux au ciel. Je pouffai.

— J'ai cru que c'était une bonne idée, sur le coup. (Il tourna vers Iris un regard suppliant, mais elle se contenta de serrer les lèvres avec un petit sourire.) Je n'aurais pas pensé qu'elle s'en souviendrait, et encore moins qu'elle le répéterait!

Menolly haussa les sourcils.

—On a découvert ton secret, Johnson! Tu te la joues super-héro! Enfin, on sait maintenant que la petite se développe normalement… Du moins, je crois. Même si les démons l'ont traitée comme du bétail, elle parait en mesure de saisir des concepts de base…

Elle fut interrompue par un violent tintamarre venu de l'extérieur, suivi d'un craquement sec, plus près de la maison.

—Delilah, viens avec moi! lança-t-elle en tendant aussitôt Maggie à Iris. Vous deux, vous attendez ici.

Sans un mot de plus, elle se coula vers la cuisine et, un doigt sur les lèvres, ouvrit prudemment la porte de derrière. Silencieuse comme le chat que j'étais, je la suivis sur la pointe des pieds jusqu'au porche. Un autre bruit sourd se fit entendre. On entendait les branches céder.

Je lui tapotai l'épaule pour lui faire signe de reculer. Alors qu'elle s'exécutait, je me focalisai sur le centre de mon être, le noyau où toutes mes facettes se fondaient en une seule avant de se disjoindre de nouveau.

Le monde parut se replier sur lui-même. Les ombres se firent ténèbres puis se dégradèrent en niveaux de gris. Comme entraînée par une spirale, je sombrai en moi-même. Mes membres et mon torse fusionnèrent, se mélangèrent, se séparèrent encore, adoptant une forme nouvelle. On ne me croyait jamais lorsque je disais que la métamorphose était totalement indolore. Du moins, tant qu'elle se déroulait sans heurt, et lentement.

Pieds et mains devinrent pattes. Ma colonne vertébrale s'étira, mon torse rétrécit. Je rejetai la tête en arrière et la laissai rouler sur mes épaules, savourant la sensation des vagues de magie qui déferlaient dans tout mon corps et me façonnaient autrement.

Un parfum de brume, l'odeur lointaine des feux de joie… Mais Panthère ne vint pas. Mon maître, le seigneur

413

de l'automne, attendait, silencieux, immobile. Cette fois, c'était d'un chat dont on avait besoin. Ma fourrure dorée frémissant dans la brise, j'agitai brièvement la queue et clignai de l'œil, avant de m'élancer à travers la chatière.

Sous cette apparence, je pourrais partir en éclaireur sans trop attirer l'attention. Celui ou ceux qui étaient occupés à ravager les bois délimitant notre propriété n'avaient pas besoin de savoir que nous étions sur le coup.

Tandis que j'avançais à pas feutrés sur la terre silencieuse, les effluves de cette fin de printemps manquèrent de peu de submerger mes sens. J'avais du mal à contrôler mon instinct, quand je jouais au chat. Le moindre battement d'ailes poudrées m'attirait, et tout ce qui fleurait le repas ou le jouet me donnait envie de courir l'explorer. Mais j'avais une mission ; je ne manquai pas de me le rappeler alors que j'écrasai un faucheux d'un coup de patte, le reniflai et le gobai tout rond avant de m'élancer vers la source du bruit.

Celui-ci, déjà fort sous ma forme de bipède, devenait ainsi quasi assourdissant. Passant en mode furtif, je rasai le sol et me coulai d'une ombre à l'autre. J'avançais sous le vent, aussi l'intrus, à moins d'avoir un odorat extrêmement développé, ne pourrait normalement pas repérer mon approche.

Je progressais, quasiment à plat ventre, entre les herbes hautes quand je sentis une présence familière. C'était Misha, la souris avec qui j'entretenais une sorte d'amitié. Je la pourchassais encore, parfois, mais uniquement pour jouer, et elle-même disait que ça l'aidait à rester vigilante et à entretenir sa forme. Elle avait sauvé mes fesses quand ma queue s'était prise dans un buisson de ronces plein d'épines durant l'hiver dernier, et depuis, nous étions parvenues à transcender nos instincts pour forger une alliance bizarre, certes, mais viable.

Surgissant de son trou, elle s'élança vers moi.

—Delilah, il y a quelque chose dans ces bois qui ne devrait pas être là!

Quand j'étais chat, je pouvais communiquer avec les autres bêtes. Bien sûr, cela ne ressemblait pas aux vocalisations que j'utilisais en tant que femme: il existe une langue commune, mélange d'attitudes et de sons, que la plupart des animaux reconnaissent.

Je hochai légèrement la tête.

—Je suis au courant, mais je ne sais pas ce que c'est. Je n'ai repéré aucune odeur. J'allais justement enquêter.

Elle frissonna.

—C'est une chose méchante, et affreuse. Elle est immense, et toute noire, et elle mange les souris, et les petites créatures. Tu ferais bien d'être prudente. Elle se les met dans la bouche, et elle mâche, elle mâche, elle mâche…

Ce n'était peut-être pas une si bonne idée que ça d'y aller sous ma forme de chat…

—Tu as déjà vu ce genre de monstre auparavant?

Misha renifla.

—Non, jamais. Il est horrible. Il bave. On dirait un bipède cassé, mais en gris, et pas aussi grand, ni aussi large, très laid, avec des cheveux qui lui tombent dans le dos, et un gros bidon tout boursouflé. Oh, il a de la fourrure, ça oui. Mais pas aux bons endroits. Pas copain.

Dans le petit monde de Misha, les autres créatures, animaux et oiseaux, se divisaient en deux catégories: «copain» et «pas copain».

Elle se hâta de rejoindre son trou, en s'arrêtant pour me jeter un dernier regard.

—Fais bien attention à toi. Il pourrait te casser comme une brindille.

Sur ce, elle s'empressa d'aller retrouver ses enfants.

Achevé d'imprimer en décembre 2009
Par CPI Brodard & Taupin - La Flèche (France)
N° d'impression : 55369
Dépôt légal : décembre 2009
Imprimé en France
8110258-1